LAS HEBRAS DE UN TAPIZ

CARLOS HIGGI-NAUMANN

Higgi-Naumann, Carlos (autor)
Las Hebras de Un Tapiz
ISBN 978-0-6452700-0-6

Ficción/Realismo Mágico/ Fantasía
Palatino 11pt/20pt

Edición de Loreto Calvo y re-edición de portada de Ian Andrew
Fotografía de cubierta por Amirali Mirhashemian (*Unsplash*)
Diseño de cubierta por Carlos Higgi-Naumann y Green Hill Publishing
Illustration Isadora De Los Reyes.

«Nuestra creencia no es una creencia. Nuestros principios no son una fe. No nos apoyamos únicamente en la ciencia y la razón, porque son factores necesarios y no suficientes, pero desconfiamos de todo lo que contradiga a la ciencia o ultraje a la razón. Podemos diferir en muchas cosas, pero lo que respetamos es la libre investigación, la mente abierta y la búsqueda de ideas por su propio bien».

Christopher Hitchens

A **Francisco Moyen**
A su memoria y a su sufrimiento injustificado

Agradecimientos

Principalmente y sobre todo a Miriana Naumann mi madre.

Dedico esta historia aquellas mujeres que son y fueron parte de mi vida, desde mis raíces hasta la cima de mi existencia que nunca llega. Esos recuerdos que me han dado lo necesitado, me ayudaron y me guiaron cuando creí que me asfixiaba, en la nube de mi carga. Ellas tejieron el único manto que me cobijó durante nueve años que me llevó a escribir este cometido.

A Claudia, a María Cristina, Peta, Anita, Inés, Francisca y Myriam. A mis cuatro Lilies. Especialmente a James y Collin. Sin olvidar a Danisa, Lisa, Susana.

Entre comas y puntos, estaré eternamente en deuda con Loreto.

El Autor

Prefacio y Augurio

El enorme espacio es oscuro, pero no frío. Desprovisto de vida. Cauteloso con la ignorancia, es una inmensidad sin fin. De allí, el silencio y el vacío emergen.

Desde entonces, sin principio ni fin, incrustado en el tiempo, ha existido un árbol. Debajo de él, vestido con lo que se ha ido, lo que es y lo que va a ser; tres seres rebosan. No crean ninguna deliberación; sin recelos, definen las historias antiguas y no contadas. Sus razones son eternas. El tiempo que conocemos no existe. Solo una brecha persistente en las dimensiones de largo alcance está presente. Tejiendo nuestros destinos, ellas moran.

Vidas y muertes conectadas de principio a fin; entrelazadas con la sabiduría. Aunque no siempre sea aparente, están completamente enredadas; hay un propósito en eso.

La condición del mundo actual, perdiendo el control en la historia de la humanidad, requiere una dolorosa metamorfosis. En la bonanza del tiempo, resurge una resolución. Los todopoderosos han tejido una alternativa; las magníficas energías decidirán el curso del mundo; la canalización es una alternativa única.

Desde el cosmos, el designio trae consigo la última palabra, desciende la desesperación. Es un fin. Antes de que eso ocurra, las mujeres que alimentan el tiempo concederán la sensación de vivir solo una vez a tres partículas extraordinarias.

Tendrán una terminación y un propósito. Antes del final, a través de esta historia, esas vidas serán sigilosas. Traen un sentido cíclico.

Será el fin de una era orbicular para que comience otra, una dolorosa. La razón de una segunda oportunidad, guiará y dará poder a la vida misma.

Una de ellas, la partícula con ida y vuelta; en las dificultades, aprenderá a ser humano y sabio, sobre todo, la energía se limitará a sus errores. Vivirá plenamente consciente del propósito de su ser.

No trazará una línea interminable entre todas las razas o formas de vida. En la búsqueda de recados perdidos en el tiempo a medida que la historia de la civilización ha progresado, este será el comienzo de un largo camino.

Sin lógica y sin acusaciones de sentido común en todo; deteniendo sus argumentos y la magia atará sus cabos sueltos. La obligación de cumplir algo hace que la certeza y la verdad vayan juntas.

El amor y la nostalgia, sobre todo, el odio dirigirá las tres partículas.

El pasado se convierte de nuevo en el futuro. Entre las capas de la existencia, el presente cambia continuamente, retorciéndose en todas las posibilidades. La vida siempre comienza y termina en el mismo objetivo.

Esta vez, sin embargo, no existe el alivio de escapar a los castigos del tiempo. La destreza de una mujer única conocerá la precedencia y el punto de partida. Existe la resignación.

Habrá dos víctimas.

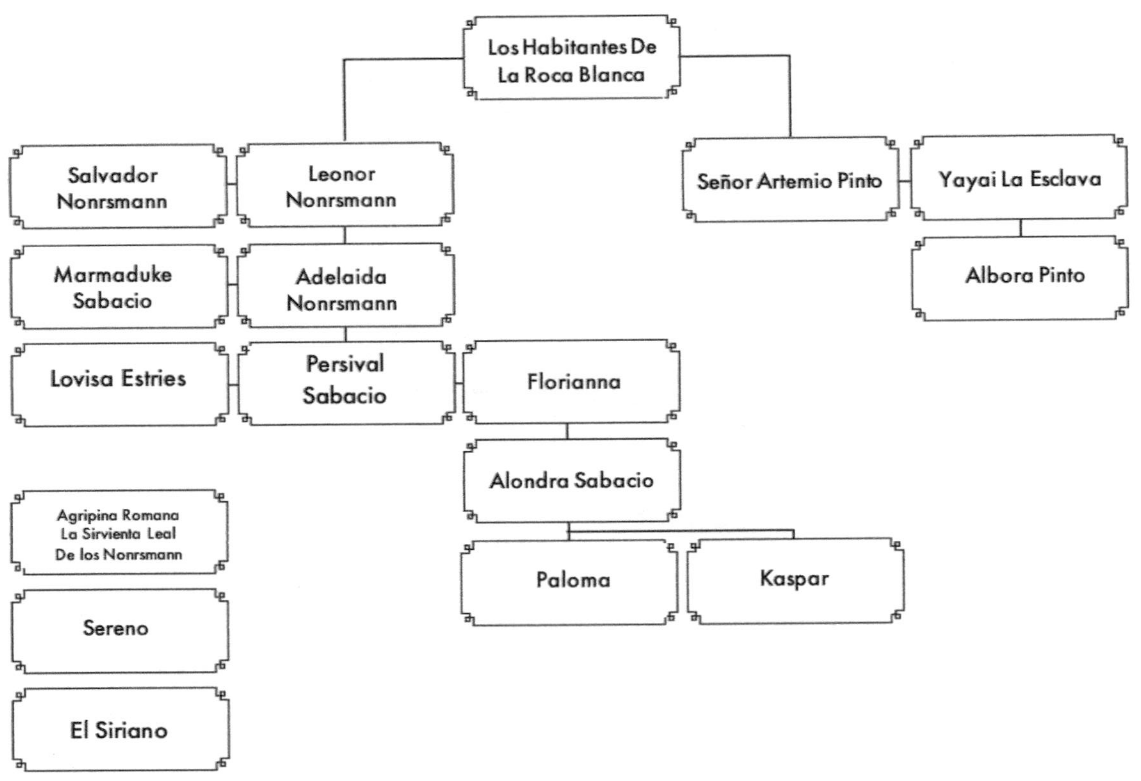

Los Habitantes De La Roca Blanca
Salvador Nonrsmann
Leonor Nonrsmann
Señor Artemio Pinto
Yayai La Esclava
Marmaduke Sabacio
Adelaida Nonrsmann
Albora Pinto
Lovisa Estries
Persival Sabacio
Florianna
Alondra Sabacio
Agripina Romana La Sirvienta Leal De los Nonrsmann
Paloma
Kaspar
Sereno
El Siriano

Imprevisibles Y Desconocidos Eventos

Capítulo 1

Mi Preámbulo

«Fuiste, eres y siempre serás nuestra creación perfecta; tu último
momento comienza ahora pequeña memoria.
Eres libre de escribir esta saga».
Tres sonidos transmitidos suenan en una sola voz.

* * * * *

En mis mejores tiempos, siempre quise ser humana. Ahora que me encuentro decrépita, ese sentimiento está más arraigado en mi ser, mi era de perfección se está convirtiendo en una cosa del pasado. En mi futuro, solo puedo vislumbrar un número: 44460.

«¿Qué significa ese número?» Se preguntará usted; lo aclararé inmediatamente, ese número son los segundos que me quedan de vida, son los segundos que le llevará a usted, *«señor lector»*, para leer esta historia. Lo sé, me engaño a mí misma, podrían ser 741 minutos de creencia e incredulidad o específicamente algo así como 13 horas de oscuridad y luz.

De todos modos, no importa.

Cualquiera que sea la deliberación, la verdad absoluta está ahí. Las pequeñas irregularidades de la tierra; el tiempo, no cambiará lo que sé; la vida y la nada, donde vamos después de la muerte, no es secreto para mí. Por lo tanto, debo comenzar con mi historia.

Provengo de una mujer excepcional, Amelia Grover. Soy su memoria, una copia sin detalles de un manuscrito que aún no se ha perdido. Incrustado en mi nombre, guardo las palabras y párrafos que una vez lo completaron. En ese ensayo cósmico, los episodios flotan atados al hilo de mi ser. —No los dejé ir, no todavía. La diafanidad no me ha alcanzado, no estoy completa. Aunque soy un ser vivo, —¡Soy única! Ya no soy lo que era antes. De mi exquisita grandeza, como una magnífica joya y ahora degradada, mi realidad no es más que una ordinaria pieza de adorno insignificante.

Como lo hizo mi Amelia, acepto esta legitimidad. En el continuo ascenso de reencarnaciones, transiciones y muertes, me han arrastrado de una vida a otra. Muchas vidas han estado aquí conmigo. Seres puros y otros seres distantes. «¡Todavía puedo sentirlos!» Forman el conjunto imperativo de un final que aún no ha llegado a mí.

En la sustancia de mi ser, he escrito los hechos que marcaron mi devenir. Aunque este tejido de vidas forma parte de mi mujer excepcional; no le pertenece. Seré un mero observador de esta historia; intentaré contener mis impulsos. «¡Debo hacerlo!»

No busco simpatía. La lástima es algo que he rechazado, algo que no deseo que se asocie conmigo. Debo dejar claro, mi paliar, es parte de aquello de lo cual estoy hecha, sin embargo, no disminuye la intensidad de este daño. Así, al llegar a mi capítulo final, cederé. Después de ese momento ausente, ignoro lo que será de mí.

—¿Una segunda vida? Lo dudo.

Trataré de no confundir mi realidad, con una inmolación descarnada. Aunque, mi forma es algo menos que cadavérica, no estoy muerta. Me ha tomado mucho tiempo convencerme. Nunca, fui una víctima sacrificada. Ni nunca, hubo una intención de maldad a lo que me ha acontecido. Resignación, es una palabra con la cual, me vestí y aún arrastro. Tal vez, ella, mi mujer excepcional, asimismo, se cobije allí, después de mi final.

Ambas nacimos en septiembre; el día no es relevante. Hace algo más de cincuenta y dos años, pienso. Nos complementábamos; ella me nutría y yo aportaba lo que se suponía que salía de mí.

El silencio todopoderoso ha vuelto; algo me obliga a concentrarme en mi objetivo. Me miran fijamente y me hablan.

—*Debes poner fin a tu obsesión compulsiva, el hablar de tu perfección.*
—Desde la quietud, sus voces rugen. Debo guardar silencio… A ellas, las escucho.

—*Obedecerás, ignorarás esos detalles, innecesarios. De la historia que estás a punto de relatar, desde su apertura, hasta llegar al juicio concluyente, deberás ser sincera. Sobre todo, por lo que relaciona a tu Amelia y sobre ti misma. Sé breve pequeña memoria.*

«A las *Nornas*, digo sí».[1]

En la senda de esta historia, no estaré sola. Las voces de esas entelequias permanecerán conmigo. Aunque no como ayer, todavía puedo percibir colores y realidades. Puedo verlas. Son tres piedras, altas como las columnas de Troya. Ellas, serán mis lazarillos omnipotentes. Las advenedizas comienzan a guiar mi decir, me indican los pasos a seguir, son sustanciales. Me fuerzan a concentrarme en mi cometido, hacía la travesía más importante de todas, me llevan. Con algo de penuria, retorno a mi decir. Retorno al *miliario de oro y tinta*.

En mi relato, continúa palpitando el grabado de aquellas vidas. Se entrelazan a las certidumbres para las cuales yo, fui escogida, así, poder narrarlas a puntos de hebras y lamento. Antes de llegar al final, el tiempo, me ha facultado, para saltarla y atravesarla y volver al punto de partida.

Tiempo es una hembra.

Interminablemente fértil, como una «Casta-Diva», su cabello está hecho de siglos y milenios, saturada en naftalina azucarada que no cesa de reproducirse por si sola.

Ayer, en este rumor, *el-Tiempo* no existe y los futuros no han sido constituidos. Con aquella voz bizarra y de epígrafe, vestida de época,

---

[1] En la mitología nórdica, las Nornas son seres femeninos que rigen el destino de la humanidad.

me lo ha dicho ella. —*Todo se ha escrito con estupidez y cada íntegro se puede borrar con sabiduría.*

Después de ese maravilloso encuentro, la vi extenderse más allá del infinito.

* * * * *

Ignoro el propósito original, o si alguna vez ha existido. El comienzo de esta historia, parece no importar. No para mí. Cuando se es una elegida e involuntaria, merecedora de una sentencia, antigua y vasta. Solo me queda continuar.

Sin duda, eso me otorga el privilegio de relatar los hechos. Aunque sean en las realidades más absurdas y horrendas, crecientes o mágicas. No sé, si este momento reflexivo, es parte de mí ayer, o es un presente, el cual, aún no ha sucedido. Aquello es lo único que persiste y me confunde.

Lo contaré antes de que mi poderosa voz se apague y el ultimátum final alcance mi mujer excepcional; el estado senil de Amelia. Antes de aquello, pelaré todas esas capas hasta llegar al núcleo de Kaspar Sabacio y su razón de ser; el caminar entre los humanos.

Por la ironía de la vida y la casualidad de los presagios, sí alguien llegase a encontrar mi narración, descuide usted, mi condena, no le alcanzara, es un lazo para un alma reservada. No deseo mostrarme antes usted, como una memoria distorsionada, llena de resentimientos, o con una energía alterada. —Soy lo que soy—: Tal vez, para usted, sueno negativa y no justifico mi baja tolerancia ante mi frustración. Le aseguro a usted «*señor lector*», nunca fui, o nunca llegaré a ser una memoria agraviada, llena de momentos amargos.

Libremente y con algo de inquietud, puedo decir, han sido muchos los hechos puntuales, aunque difíciles de comprender, arribaron a mí, para cumplir una promesa de alguien más. Desearía que aquella ofrenda, hubiese sido producto de mi perfección errónea. Pero, no lo es.

La trama de los nombres sigue presente, los veo y los huelo. No son confusos.

Surgieron el día en que Amelia Grover, mi mujer excepcional, se despertó medio segundo antes de lo habitual. Sintió que el amanecer era ajeno a ese día. Con los ojos aún cerrados, percibió el cambio de tiempo. Algo no encajaba en el comienzo de aquel amanecer, ella aún no lo sabía, las capas del tiempo comenzaron a extenderse.

Muy, muy lejos de lo que mi capacidad de recordar podía estirar.

El segundo fue diferente, en su momento, de cualquier otro momento incompleto; esa sensación de inseguridad era nueva para Amelia y para mí.

Incluso la peculiaridad de aquel momento no era extraña a la naturaleza única y crónica de Amelia Grover.

Amelia tarareó suavemente; no tenía prisa. Se concedió ese privilegio a sí misma. Su mente buscó el recuerdo más preciado en mí. Pensó en la teta de su madre. La inmensa seguridad de ese recuerdo le dio a mi Amelia el consuelo para protegerse de las preocupaciones inesperadas.

Para usted, «*señor lector*», puede parecer una evocación morbosa. Una mujer madura pensando en el pecho de su madre. «¿Es incomprensible, o injustificado tal vez?» Bueno, puedo asegurarle que los recuerdos se hacen de eso y todo aquello que es innombrable.

Para Amelia Grover, ese pensamiento era tan personal, único y natural. Yo, su maestría, lo sabía.

Esa manta de seguridad no centraba la peculiaridad de esa reminiscencia en la piel materna. En el pezón o, concretamente, en la leche que alguna vez salió de él, si no en la teta misma. En esa ventana de tiempo. Había un vínculo que siempre la había cobijado, otorgando una protección impermeable a los predicamentos de su infancia. Amelia pensó que, en ese recuerdo seguro y preservado, podría poner fin a su inesperada preocupación.

Pero la referencia, primando sobre el lazo de la teta, no era más que el vínculo anterior a su nacimiento. Cuando aún estaba en el vientre y podía escuchar a su madre, cantando melodías inventadas; entre tantas nanas, allí, en la suya, en esa caja de seguridad. Flotando en el líquido que la engendró, permaneció otros once días. En contra del acto de dar vida. Ella no nacería durante y no antes, de preparar las conservas del hogar. Tal vez ese acto de negarse a venir al mundo actual pueda parecer al revés. La tradición de hacer las conservas del hogar; era cuando la felicidad de la familia de Amelia estaba en su cúspide. Amelia no quería interrumpir ese momento perfecto pero sencillo.

Ese día el feto que ya arrastraba dos almas propias, dejando a tres compañeras de su madre, lloró. Saliendo del propio vientre, prolongaría su gestación. Ese siseo irrumpió en los oídos de todas las mujeres presentes. El vientre de la embarazada se movía sin control, como si el bebé en ese espacio sin luz buscara aire. La voluntad de la niña por nacer informaba de la indolora disposición a gemir. Era su decisión.

Una de las tres mujeres acercó su oreja derecha al vientre. —*Esta pequeña tiene pulmones sanos, me atrevo a decir.* —La segunda mujer sonrió en respuesta, mientras intentaba no revelar que el sonido del bebé traía una vida pasada. La tercera permaneció en silencio, ya que aún no hay nada que contar.

* * * * *

Amelia Grover, debía pensar en aquella paz infinita, apegada a la teta, singular y materna. Sí, a la única teta que su madre siempre tuvo. La cual, tan bien le había servido para nutrir a sus crías y alguno que otro mocoso. «*¿Pero por qué recordar hora?, ¿por qué pensar en aquello?*»

No dejaba de cavilar.

Amelia volvió a mirar el despertador, eran las 5:24 de la mañana. Su acostumbrado a despabilar, nunca fluctuaba en fracciones. Si era más de un segundo, o menos de un minuto, siempre traería consecuencias, que la malograban a ella, o a sus cercanos. Aconsejada por la cordura y secundada por la razón misma, no debía contradecir aquellos hechos, que aún, le eran desconocidos.

Tengo presente, hacía mucho tiempo, Amelia Grover, había dejado de preguntar, el porqué de las cosas. Desde su temprana existencia, la respuesta yacía en la costumbre, a la cual ya había sucumbido, debía ignorar aquello que no podía contrastar.

Amelia Grover, había nacido con la magnífica capacidad, de recordar detalles, momentos y hechos, que la relacionaban a ella y a todo el mundo. Detalles simples y complejos, así como, escenas del diario vivir. Bajo la ecuación del destino yo, su memoria privilegiada, le permitía entrelazar patrones de eventualidades. Así, la conclusión, le concedía adelantarse a los hechos más simples e intrincados, antes que estos pudiesen ocurrir. Antes de ser concebida, aquella alma, llevaba consigo una añadidura de gracia. En el tarot de su vida, esta vez yo sería su «*Le-Monde*»[2]

En un principio, de niña, se atormentaba. A sabiendas, le era imposible evitar una tragedia, o un mal pasar.

Por ejemplo, un día cualquiera Amelia observaría una eventualidad; una grieta desproporcionada aparecería enfrente de sus pies, en la acera a dos cuadras de su casa. La cual estaría intrínsecamente relacionada con el quemamiento de una carne horneada y las preocupaciones de su madre. Que dentro de tres días tendría que ayudar a un vecino que se caería en la susodicha grieta. Vínculos inesperados relacionarían ese suceso con un momento aún más atroz. El edificio de la farmacia local ardería hasta los cimientos,

---

[2] Le-Monde (El Mundo) representa el final de un ciclo de vida, una pausa en la vida antes del siguiente gran ciclo que comienza con el tonto. La figura es masculina y femenina, arriba y abajo, suspendida entre el cielo y la tierra. Es la plenitud.

por culpa de la cajera en cuestión; la madre de Amelia. La mujer de una teta se olvidaría de avisar al propietario de la farmacia de que una toma de corriente estaba defectuosa, de la que salía un denso humo desde hacía tres días.

El día del incendio de la farmacia, precisamente a las 10:32 minutos de la mañana, un conductor de autobús perdería el control de su vehículo. Al intentar esquivar un carro de bomberos que acudía al incendio farmacéutico, el cual, en el accidente aplastaría contra un poste de la luz, la mejor amiga de Amelia, la joven mujer moriría.

Su amiga no escuchó el consejo de Amelia, firme como una piedra sólida.

—No cojas el autobús de las 10:40 de la mañana.

La muerte sin sentido de la joven sería un límite que Amelia Grover no podría sobrepasar. Aquella fatalidad y la quema del rostizado estaban intrínsecamente relacionadas con el olvido de su madre.

Esa fue mi conclusión y Amelia retuvo esa información.

Amelia sabía que los hechos se encuentran ahí, delante de todos nosotros. Únicamente ella podía verlos. Para ella, cada ser nace con tejidos específicos, que engarzan al resto de la humanidad. A los seis años, aprendió a leer la hora y todo lo que conlleva. Comprendió que poseía un atributo maravilloso y eso la aterrorizaba. Amelia comprendió; el tiempo y los acontecimientos caminan a la par. Ese pequeño acontecimiento ayudó a Amelia a comprender el futuro.

Nadie escucharía nunca sus premoniciones matemáticas. Incluso si lo hiciesen, los acontecimientos se corregirían a sí mismos para ofrecer el mismo resultado. Amelia Grover había nacido para ser una simple espectadora, única y seleccionada.

Ahora, puedo observar la vida de Amelia y esas dos vidas anteriores en las que su alma y su esencia tuvieron que atravesar el tiempo y las existencias definidas hasta llegar a este punto, donde estoy relatando esta realidad mágica. Sin embargo, concedido a mí, poseo la inmensa prerrogativa del conocimiento, lo que me da una autoridad única. En breve, desataré los nudos que atan las vidas de mi notable mujer a las de otros y a la extraordinaria existencia de Kaspar Sabacio.

Él, con un alma solitaria, magnífica sin comparación, como el vigor de su orden.

Capítulo 2

La Primera Hebra

Desde algún tiempo, las canas, habían tomado posesión de su excéntrica greña. Con un viejo pincel desdentado, sujetó el cabello. Acto incompleto, un mechón loco, como una cascada suave, cayó sobre su perfil «*nefertitico*». La profundidad de sus párpados, se habían asentado, más de lo que fueron una vez. Sus ojos, casi sin pestañas, seguían grandes y almendrados, arrastraban unas arrugas sutiles. Sus labios mantenían la generosidad voluminosa de siempre, en sus comisuras, liberaban unas líneas débiles. Estas, no eran la consecuencia por algún vicio desmesurado, Amelia, nunca los tuvo. Yo lo sé.

Amelia Grover, no soportaba la idea de ser sometida por una conducta posesiva, que constantemente, necesitase recompensas. Aquellas señas del tiempo, eran los frutos por sus mimos, teniendo a sus hijas y animales, como receptores. Sentía qué el decir un—: «*Le quiero, o cuánto le he extrañado*», —cuando las palabras, se adjuntaban con la piel. Tenían un valor de verdad. Creció escuchando, sintiendo, que el amor era palpable, cuando se es real y aquello, siempre valía el mérito. Sin detenerse nunca, ante la sublimidad de un mensaje de cariño.

Antes de levantarse Amelia observo a su marido. Bonifacio dormía como siempre, bisbiseando cada vez que el reloj daba campanadas enteras. En vocablos isócronos[3] y de repique, le hacían susurrar aquello que soñaba. Al salir de su alcoba, tengo presente, en un crispar sosegado, Amelia frotó sus manos. No era por el frío, lo

---

[3] Sonido isócrono es realizado en intervalos de tiempo iguales.

hacía, para que su sangre, llevase a su mente y a mí, las ideas entremetidas y apuntadas.

Antes de abrir las puertas de las habitaciones de sus hijas, Amelia se detuvo. Murmuró la retórica del tiempo, pensando en los hechos que cada una de ellas viviría ese día. Comprendiendo, Amelia Grover suspiró. La catástrofe no estaría presente. Con el pecho lleno de alegría, intentó no pensar en los hilos que sostenían sus vidas. Como Talía, la hija mayor y con su desproporcionado terror por la caries. O las gemelas, ambas alérgicas a todo. Una a todo lo verde y la otra a todo lo líquido en color blanco. Y la hija menor de Amelia, Rocío, con su eterno silencio, su miedo a oír y a hablar.

Después de vivir veinte años en aquella casa, Amelia Grover, sabía perfectamente, los tablones precisos, que crujirían del piso. Por el pasillo largo, deslizando, se fue calladamente, jugando, saltando en una rayuela inexistente. Su alegría sería momentánea.

La escuché pensar en la primavera retrasada, en las cuentas y despensa que llenaría aquella mañana. Pensó en los problemas del mundo, sequías, la hambruna, de cómo aquellas miserias, en el día a día de la humanidad, eran presentes. Amelia no era filosófica, ni se proponía serlo, de aquello, tengo seguridad.

Para espantar la sucinta angustia de esa mañana, Amelia Grover, necesitaba un pensamiento pesado. Al volver a caer en mientes, la intención, fue interrumpida. No podía apartar la seguridad que el seno de su madre le otorgaba. Aquello, solamente, ocurría cuando algo, se avecinaba en cantidades grandes, eventos, que marcaban un capítulo nuevo en su vida.

Soñó con la teta, aquel día, el cual, Bonifacio, al entrar una mañana a una panadería, un costal de harina, calló en su cabeza, casi lo mata. El accidente, había depositado en él, una blancura santurrona y medio hierática, que, para todos, menos para ella, representaba una tranquila solemnidad.

O cuando su cuarta hija, se negó a oír y hablar, por cuatro días. Debido a que, una amiga de asignaturas, le había revelado.

—*Los regalos de fin de año, son traídos por un hombre obeso, de mal aliento y en un traje prestado.*

Creo que, según la denunciante, la figura de aquel personaje, variaba de año en año. La verdad, era sabida por todos, aquel gordinflón inventado, decidía, quien era bueno o malo y merecedor de su gracia.

Fue allí, que la niña había promulgado; no hablaría o escucharía necedades, ella, no sería sujeta a un comportamiento erróneo y falso. A Amelia Grover, le tomó los cuatro días para explicar, no todo el mundo, pensaba como ella.

—Mi dulzura, debes percibir las creencias de todos y respetarlas. Especialmente de aquellos que están convencidos de que hay algo más grande que el propio universo, incluso si esas creencias han sido prestadas, dadas o impuestas, —le dijo exponiendo.

* * * * *

Después de atravesar el pasillo, Amelia Grover, continúo con su lento monólogo. No era una adivinación, eran las continuas sumas de los vínculos lógicos. No detuvo su proceso calculador, a sabiendas de que, *Leopoldo*, el undécimo conejo, le esperaba afuera en el pastizal. El animal, se arrastraba por un vértigo desproporcionado. Aquella dinastía de lepóridos, todos ellos habían compartido el mismo nombre. Lo sé, Amelia Grover, se alegraba al pensar, que siempre habría un *Leopoldo* cerca de ella.

En su vida, ella, los llego a tener de todo tipo, perezosos, gordos, o mal humorados, incluso a uno que sufría de delirio de perro. A Amelia no le importaba como fuesen. Después del tercero, Amelia decidió, aquellos que viniesen, se llamarían *Leopoldo*. Mi mujer excepcional, nunca llego a enterarse, el alma de aquel animal, empeñadamente, volvía una y otra vez, a nacer y morir en esa casa. Con aquella familia especifica, por el mero hecho, de recibir el amor de aquella mujer, porque el comienzo de la felicidad de aquel animal, estaba apegada a la piel misma de Amelia.

Dispuso, antes que las gallinas despertasen, sería oportuno recoger los huevos. Acostumbraba a llevar una diminuta ofrenda al gallinero, era un simple cohecho, no soportaba la culpabilidad de robar.

«Un resarcimiento dulce y regocijado, alivia los desconsuelos», —según pensaba ella.

Entró en el alma embetunada de aromas de la casa, la cocina, abrió la vieja hojalata del hidalgo debilucho, sacando cuatro polvorones, Amelia los introdujo en el bolsillo del camisón, con aquella acción se sintió redimida.

Antes que fuesen extrañados, debía recoger los huevos. Cada vez que hacía una tortilla, o los escalfaban, no soportaba aquella terrible culpabilidad. Al escuchar el cloqueo, a eso del medio día. Su corazón, retorcía de culpabilidad, —*«¿cómo deben hablar de mí, estas criaturas, madre naturaleza?»* —se preguntaba incansablemente.

Se puso la mantilla y las botas de agua. Antes de salir al frío, le recordé, el día anterior, se había embetunado los pies con la gallinaza. Frente al paragüero, se detuvo. Otra vez, debía sujetar la maraña de su cabeza. Amelia Grover, continuaba pensando en la teta. A su concentración, agrego el medio segundo adelantado de su despertar, de alguna forma, no podía atar ambas cosas. Eran un desorden inigualable. La simplicidad, había comenzado a imponer un peso en mí. Aquello, la aterraba, la hacía sentirse indefensa, sentía que sus pies iban rotulando su presencia en el pulido del piso.

La sensación de la nada, nos cruzaba a ambas. Nada tenía sentido, nada era lo que veía y nada era, lo que yo podía fraguar.

«Algo, falta a este momento sin forma en el tiempo, ¿dónde está la hebra que necesito?» —Amelia presentía y preguntaba.

Para que Amelia Grover pudiese cronometrar, hechos y entender el resultado. Era preciso, entrelazar aquellos lances con algo específico, preciso y particular, que le sirviese como una marca primaria. A la cual, debía anudar los puntos restantes.

Amelia Grover, estaba incapacitada de su propia maestría. Consiente de su desconocimiento, una carga de sudor afloró en su frente, su piel brillaba. Era un presagio húmedo.

Amelia Grover supo entonces, aquello que se avecinaba, marcaría su vida de una forma, de la cual, no podría volver atrás. El tiempo había cambiado. Aun así, no dudó en continuar con su empresa de robo.

Capítulo 3

El Despertar De Un Prodigio

Siendo una mocosa, Amelia Grover aprendió la relevancia en los quehaceres de su familia, cosas triviales, detalles importantes, que nadie más que ella, podía notar. Ante aquella habilidad, sin dificultad, aprendió a entregarse en su totalidad. La rapidez del resultado, dependía de cuan viejo, era el recuerdo que emergía de mí. El ente, que me atravesaba como en un embudo hecho de tiempo de gradación, se asociaba a un número de características imprescindibles.

Yo, le otorgaba los patrones a Amelia y su lógica, entregaba el resultado, suministrando un total de eventos.

Los efectos, siempre eran correctos.

Amelia nunca se equivocaba.

Su conclusión, invariablemente, terminaba en un desenlace. Podía ser un animal, un nombre, alguien, o simplemente un sustantivo, incluso, un concepto.

Empero, siempre era una palabra.

A mi Amelia, aquella facultad, le otorgaba el don de mirar a través de una mirilla peculiar y fija en el futuro. Al otro lado de aquel vidrio mágico, el evento expuesto, según pensaba ella, solo vaticinaba una conclusión alargada en un futuro hecho de veintisiete días. En ese entonces, si mi niña excepcional hubiese deseado, ella podría haber descifrado su vida entera, con eventos, días, minutos y todos aquellos preponderantes y minúsculos momentos de existencia. Hasta llegar a este punto en la vida de ella, donde me encuentro relatando parte de su vida y la de otros.

Tal hazaña le habría tomado siete años de meditación autoinducida, como un *Buda*, pero eso, ella nunca lo supo. Y aquello me alegra, imagínese usted *«señor lector»*, desperdiciar siete años preciosos, sentada bajo una higuera, o comer un grano de arroz de vez en cuando solo por el mero hecho de saber que yo, al final de sus días no sería tan perfecta. Tal sacrificio no vale la pena, aunque sí, hay una higuera en esta historia y aquello no se puede cambiar.

* * * * *

Junto a la nebulosa que envuelve mis recuerdos, tengo grabada una mañana. Melba, *la-cuasisoprano*, notó, su niña susurraba palabras, al mismo tiempo, en medio del aire, su manita, cosquilleaba algo intangible. El episodio duró tan solo un par de minutos, terminando, en una palabra. La suposición de *la-cuasisoprano*, fue concretada un día.

La párvula repitió algo constantemente, Melba no pudo comprender.

Antes que el reloj diese las once de la mañana, de un día lunes, Amelia comenzó con un murmullo sufrido. Algo, la angustiaba.

—¡Lechero!, —dijo la voz débil de la niña, repetía, una y otra vez, a la reiteración, agrego otro nombre —¡Berta!, ¡lechero!, —en su cuello, la arteria palpitaba ferozmente. Aquel inesperado trance terminó.

—¡Tía Berta!, —su bisabuela, no entendía aquello que la nena de cuatro años, replicaba, tal vez, había visto algo indebido. No tenía sentido, el lechero, era un muchacho flacucho y la Berta, una vecina octogenaria, que se pasaba la vida mimando niños ajenos. Melba, creyó ver aquella imagen absurda, en la cual, el lechero se encontraba besuqueando a la anciana.

—¡Esto es absurdo, va más allá de cualquier cuchicheo!, —se dijo.

—¿A qué te refirieres niña?

Proveniente de la calle, Melba, fue interrumpida por un alarido. Corrió hacia la puerta, con espanto, pudo ver, tía Berta yacía en la calle, ensangrentada. Por la conmoción, muchos salieron de sus casas. Más tarde, se había llegado a saber, el lechero, conduciendo su vagón, en el minuto mismo, que la vetusta se cruzaba, había tenido un ataque de tos.

Su bisabuela comprendió, aquella niña, poseía algo especial. No se lo dijo a nadie, la mujer, suficiente razón tenía. Su larga vida, le acordaba sobre las malas lenguas y las almas abyectas.

Después de lo ocurrido con su hermano, Melba, no deseaba hacer de Amelia, una muestra más, o un lastimoso esperpento de feria. El hombre, anunciaba terremotos y aluviones, los sucesos dependían de la intensidad del dolor de sus sabañones. Esto, en conjunto con las punzadas y espasmos del bazo, entregaban el pronóstico. El adivino se hizo conocido por todos lados. En los campos le pagaban para anunciar las temporadas, incluso, lo hacía con once meses de anticipación.

Fueron tan buenas las ganancias, que se llegó a comprar un campito, eso, había sido antes que cayese en el amor por el bendito licor. Al final de su vida, las punzadas de la visera, las confundía con el dolor de la fibrosis, los temblores, los confundía con lloviznas y viceversa.

La gente comenzó a desconfiar de sus pronósticos.

Una noche emborrachado, junto a la desgracia, sobre los rieles del ferrocarril, se quedó dormido, despertando con sus pies cercenados. El pobre sobrevivió, pero debido a que no contaba con la herramienta, que la vida le había otorgado, se rindió a su propia lástima, muriendo de amargura.

Melba sabía, eran muchas las personas que, de alguna forma u otra, decían tener un don especial, o que habían nacido con obsequios, como ella los llamaba. *La-cuasisoprano*, podía diferenciar a un matasanos, de una curandera y sus panaceas.

Después de aquel evento desarticulado, muy seria, *la-cuasisoprano*, se arrodilló mirando a su niña, le tomo por los hombros y con una voz implorante, preguntó:

—¿Cómo has sabido aquello que iba a ocurrir?

—¡Me lo mostraron!, —contestó Amelia.

—¿Quién? ¡Dígamelo por favor!, —dijo su bisabuela, con la presión de su nuca a punto de estallar.

—¡Ella lo ha puesto frente a mí!, —sin miedo, respondió Amelia.

—¿Quién es ella?, —inquirió Melba, pensando en algún fantasma revoloteado.

—¡*Genoveva*!

Antes que su bisabuela preguntase, quien era esa *Genoveva*, de donde, o como. Amelia le miró con dulzura diciendo:

—*Genoveva* es mi memoria.

En aquel minuto, de aquella mañana y con aquella acción nominativa de mi niña excepcional, así fue como yo me convertí en un ente. Completa y espléndida. A partir de ese nacimiento, entre Amelia y yo, creció una eterna conversación. En su vida, yo, siempre sería una sustancia viva. Revelando, mostrando los pensamientos y sentimientos más íntimos. Amelia nunca estaría sola.

Desde aquel día, *la-cuasisoprano*, juró a su propia alma, que su niña incandescente, no sería objeto de habladurías. La mujer sabía, cómo las palabras pueden corroer el alma, transformando al ser, en algo maligno y lejos de toda bondad. Melba, intuía, Amelia estaba destinada a algo monumental y magnífico.

Ahora, en la entrega de mi aserción, lo comprendo.

Cada vez que veía a su bisnieta, encasillar cosas en el aire y mascullando sílabas, trataba de protegerla. Le pedía que le cantara una milonga, porque aquellas canciones, se emparentaban con los tangos y distraían a aquellos, que las escuchan. Alejando realidades que duelen, por otras que tenían melodías.

La-cuasisoprano sabía, «*Quien nace martillo, del cielo, le pueden arrojar clavos*» y su bisnieta, estaría rodeada de clavos que la ayudarían en su cuesta. Cualquiera que esta fuese. Ella misma pudo, pero no quiso entrever aquello que le vendría a la nena. La quiromancia, había sido el fuerte de Melba. Desde muy joven, se había solventado con aquel procedimiento adivinatorio. A quien se lo hubiese pedido, enseñó su arte, siempre y cuando tuviesen el corazón bueno y el alma transparente.

En su longeva vida, solo una vez, se arrepintió de haber vendido su conocimiento a una persona equivocada, pero en aquel entonces, no sabía que tan arpía era la dueña de esos ojos marinos.

Sé que, Amelia Grover, pensaba en su amada criandera. Especialmente, cuando a sus noventa y ocho años, ciega y sorda, *la-cuasisoprano*, le había aconsejado que se protegiese.

—La gente en muchos casos, no sabe o pretende no entender, lo que no se puede explicar.

»Mano a mano, la ignorancia y la maldad se enfrentan, se susurran secretos malvados, llenos de odio, se acarician mutuamente, dejando, en la esencia de la otra, rastros de hipocresía, e incidentes que pueden trastornar toda una vida, o incluso aquellas que aún no han llegado a suceder.

»Se nutren de voces aviesas bajo el candor malévolo de la envidia, —¡siempre!, recuerde y escuche a su alma. —Con una voz protectora, le había dicho su querida vieja.

Capítulo 4

La Antesala

Sin dilatación, en el espejo del paragüero, en la segunda parte de aquella mañana peculiar, Amelia Grover, se vio como su Melba, reiterando, que mantuviese la espalda erguida y cuello siempre alto. En un solo tronco, conectados. Le entregué, la imagen de una mano, casi flamenca, de piel vestida de manchas de la edad, con sus dedos, sutilmente relajados. Como en un abanico, en un corto meneo vertical y de energía.

«¡Así, derechito mi lindura, que su cuerpo y la esencia de adentro, se le acomoden y lleven su cabecita en alto!» —Amelia recordó.

* * * * *

Amelia Grover estaba a punto de abrir la puerta, pero algo la detuvo.

Yo, en mi máxima capacidad, en ese momento, puedo verlo correctamente. Como si fuera hoy. Amelia Grover sintió un fino sudor, que ha empezado a cubrir su cara de nuevo. Un repentino mareo la ha forzado, se aferra a la madera; está aterrorizada y sujeta al paragüero. Se miró a sí misma y no comprende. Le tiemblan las piernas. Yo, le recuerdo los desafortunados temblores: —*¿Qué pasa, Amelia, no puedes respirar?* —Sin control, su pecho se agita, cree que se está asfixiando.

En su angustiado soliloquio, la oigo preguntar—: «*¿Por qué siento este desconcertante terror? Nunca me he sentido insegura. En mi reflexión, me miro y me alejo de mí misma, me vuelvo nebulosa. ¿Por qué siento este miedo? Que me abruma y me hace vacilar; me hace confusa. Nunca me ha* *importado el mal que me han hecho, ni las palabras hirientes. Los problemas de dinero no son cruciales para mí, o esa imagen de mí que ven los demás».* —Amelia jadea.

«¿Puedo amar? ¿Cuál es mi edad?, ¿estoy sola?», —únicamente hay silencio.

»Siento una presencia. ¿Quién eres? Creo que de alguna manera te conozco.

»¿Cómo?, ¿cuándo? ¡Piensa Amelia! ¡Sigue pensando! Genoveva no caigas en este olvido aterrador, ¿me has abandonado? —No hay respuesta; estoy observando este momento, el momento de Amelia.

«Pero en este instante, puedo ver la acumulación de soledades; están llenando las paredes con mi alma; mi resistencia y mi conjetura, quieren rendirse.

»Pavor por mi familia, no es. ¿Mi vida? ¿Mi razón? ¿Me estoy trastornado y no lo sé? ¿Este miedo, de dónde viene? Nunca le he sentido así.

»La desolación me rodea, no entiendo, el control de mis pensamientos se ha alejado, estoy a la deriva, estoy enredada. El propósito de ser yo no tiene sentido; puedo sentir las venas de mis piernas, ¡están palpitando locamente! Van y ascienden, no se detienen».

Amelia se toca la mejilla.

«El latido llega a mi cuello; creo que va a explotar, este dolor paralizante que frunce mi piel».

Con una voz casi ausente en su mente, Amelia responde.

«¡Debo calmarme! No pregunto, debo esperar a que esto, sea lo que sea, termine, necesito sentirme de nuevo. Hay angustia y se ha incrustado en mi ser, quiero llorar, ¡y no sé por qué! ¿Pero llorar? No recuerdo cuándo fue la última vez que lloré, por tristeza o por cualquier otra cosa —¿Soy incapaz? ¿Y si cierro mis ojos?»

Como en un acto de rendición, Amelia suplica, no duda.

«No pienso, en mi mente no hay imágenes, no hay nada, todo es oscuro, como al principio de toda la vida y la atracción de la muerte. Este asunto me

tranquiliza y me calma. Siento que estoy flotando, no sé lo que está arriba ni lo que está abajo, solo mi presencia, ahora, estoy aquí», —la oí decir.

«Es antes, mucho antes del pecho de mi madre, me encuentro abrazada, rodeada por el líquido amniótico. Eventualmente puedo respirar, lentamente.

»En este instante, en ese momento, nada puede hacerme daño. La esencia de mi existencia ha vuelto a su momento original. Noto un pequeño resplandor. Me guía y me atrae, me conduce y me eleva. Dejando atrás este momento de incertidumbre».

Amelia cree que se ha encontrado a sí misma.

«Soy yo de nuevo, abriré mis ojos».

La Amelia paralizada, la del espejo, nos mira pasivamente y se diferencia de ella. Nos hace comprender que lo que está sucediendo es y será más allá de un momento vital, cambiará nuestra existencia. Como dos extrañas, unidas por un hilo común, se miran.

Mi Amelia apoya lentamente sus dedos, estirándolos sobre el frío mármol, la sensación de vida vuelve a su cuerpo, a su ser, a mí.

Nos damos cuenta de que, durante ese vasto y pequeño atisbo de desolación, un peculiar olor a higo maduro inunda su piel. Amelia se toma el cabello y huele ese aroma azucarado, se siente maravillada. Su piel y todo, fue bañada con un extracto de un recuerdo particular.

Es lejano, pero todavía es ajeno a mí.

«¿Genoveva qué es lo que me recuerda este aroma?, ¿un verano?, ¿mi familia?, ¡piensa, piensa vuelve a pensar Amelia!», —su monólogo interior es una súplica.

El recuerdo concreto aún no ha salido de mí. Con cientos de candados forjados, está encerrado. Contra el tiempo, contra el olvido. En estado preservado, en el espacio seguro de mi bóveda, en el pozo de su mente. Allí, con ese olor a fruta perfecta. El momento ha esperado casi toda una vida para aparecer frente a ella.

Por primera vez, al comienzo de esa mañana tan inusual, el horror ha retrocedido. Una inmensa alegría la sostiene y la abraza.

«*¿Crees que lo has olvidado Genoveva?*», —me pregunta la voz interior de Amelia.

Ojalá hubiera podido recordárselo, guiarla con mi voz para que se alejase de aquel día único.

Durante casi cuatro décadas, como una siempreviva, ha estado allí, guardada, para que tú, Amelia Grover, pudieras vivir tu vida. Sin molestias, sin atajos, sin laberintos. Aunque, el recuerdo carece de su sustancia real. No está completo. Oh, Amelia, ni siquiera lo sabes. El tiempo final ha comenzado y se acerca.

Sin dudarlo, le hago comprender y eso le devuelve el alma. El horror ya no importa.

Amelia piensa y cree que he desentrañado el mensaje. Se equivoca. Ella no se da cuenta todavía, los datos de su memoria, de mí, están corruptos. Su *Genoveva* está incompleta. Amelia debe alcanzar el punto cero, la base de esa secuencia.

¿Cómo puede hacerlo? Mis herramientas, los momentos de ese evento específico. El momento final oculta los detalles.

De improviso, la cadena del pasado, el presente y el futuro nos devuelve al minuto anterior, ese momento en el que perdió el control de sí misma. Esta vez, es diferente, violento y abrazador. Amelia está rodeada de oscuridad y silencio.

«*Quiero tranquilidad*», —Amelia suplica, su razón no sirve—: *Me resulta difícil soportar esta fuerza potente.* —Amelia cree que se está muriendo.

La imagen que guardo de su madre se desvanece, convirtiéndose en una insignificante gota de leche. Allí, suspendida en esa oscuridad perfecta, el punto blanco no es diminuto o débil, estalla de repente en un centelleo potencial. Nos arrastra y nos guía sin moverse; me atrae, me levanta y nos aleja

Amelia siente cómo dos seres, sin errores o defectos, están tan cerca y tan lejos. En una calma infinita, dividen el pequeño resplandor en dos energías. Entre ellos, se miran y nos miran. Ahora es el momento.

Sus piernas temerosas se doblan, se deshacen. Amelia siente que su hogar no es más que una casa sin recuerdos, sin gente.

Se ha ido para siempre.

Amelia no pertenece a ese lugar. Sus cimientos son frágiles. El inmueble se encuentra inhabitado, sin nada y desnudo de toda vida. Su pecho se hincha por un dolor desgarrador. Es el principio duradero; en este mismo segundo, ya no hay vuelta atrás. El momento me une a la sentencia final. Es el principio del fin y no nos dejará ir. Ahora, ella es la Amelia elegida y es mi verdugo hipérbole que me presiona.

Con gran dificultad, sobre la madera del mueble, se aferra; cada movimiento de sus manos de artesana le devuelven algo de vida. Cada bocanada de aire arremete contra su conciencia, contra sus pulmones. Le recuerdo a la mujer que fue hace dos minutos.

La Amelia original no está allí.

De pie, casi ligera, por fin, siente que vuelve a estar aquí, aunque, todavía desconcertada, no importa, Amelia se regocija. Exhala múltiples suspiros de alivio, confundida, se quita las botas, la mierda de las gallinas no importa. Amelia quiere sentir cada momento lo que el frío del amanecer le pueda proporcionar esa mañana. Se lo recuerdo; el barro después de la lluvia será su tónico.

La manilla de la puerta le parece una última advertencia.

—Un paso más por la puerta será como ir y no volver nunca.

«*¿Estás segura?*», —le advierto, —: *Sea lo que sea, lo aceptaré, aunque ello me traiga dolor, no me arrepentiré, sé que no podré cambiarlo y volver atrás.*

»*La que siempre he sido*, —yo, su perfecta memoria, la oí apenarse.

Como todas las mañanas, los perros esperan fuera, en el patio. No saludan a Amelia. Sus miradas son angustiosas. Amelia se sacude el asombro de su cuerpo y besa a cada uno de ellos. Atraviesa el jardín de hierbas. El rocío huele sano; se ha mezclado con la tierra. Las nubes que se habían estancado, no quieren irse. Todo parece más oscuro y ceniciento. Soy consciente de que hubo belleza en ese extraño día de abril. Por mi forma de ser, aquel realismo era todo lo contrario a lo anterior.

Amelia, en la ladera oye el agua derramarse; se deja llevar.

«*¿Amelia todavía tienes dudas?*», —le pregunto.

Se envuelve en la manta. El ligero viento es más frío que de costumbre. Llena sus pulmones con el aire de su Devon. La misma brisa que existe en las colinas de su lejano puerto, de su Aviva; el recuerdo de su antiguo hogar vuelve y la rodea.

Al sentir ese oxígeno extremo, se regocija. Con una rapidez excelente, la conciencia de estar viva llega a su mente y a mí. Piensa, desea quedarse quieta, así, llenándose de vida, latiendo y ocupando ese espacio preciso y perfecto. Como una niña pequeña, la veo hundir sus pies en el musgo. Los perros se adelantan a su camino. Ella mira la casa, silenciosa y adormecida. En un par de horas con su familia, se despertará.

En una mirada fugaz, ve que uno de los perros ha comenzado a lamerse la entrepierna. La postura se asemeja a la de un reloj de sol, que marca las nueve. Vuelve a mirar la casa. Sin duda, lo sabe. Ambas se pertenecen. Sin embargo, no por poseer o tener una dueña, el lugar siempre le ha encontrado un refugio. Amelia sabe que la casa la atrajo como un imán que la llamó. La hizo soñar. La obligó a emprender un viaje y así poder encontrarla.

La casa quería volver a dar el amor que había dado. El palpitar de su cabeza no ha cesado, ahora Amelia se siente más presente y lejos de su ser, sabe, ya no se resistirá.

Capítulo 5

De Un Mentor A Una Discípula

Bordado en el visillo del tiempo, antes de nacer, el nombre de Amelia, había sido conjugado cinco veces. Su alma, meramente una. Todos sus ciclos, en múltiples tiempos. En mis evocaciones, como una melodía que repite en una mente, existen tres. Una de aquellas, es completa. Ahora comprendo, como los designios infinitos, llegaron a Amelia Grover. No fue por la rareza, o por la bifurcación de su senda. En su vida, estaban establecidos; los nudos, las tintas y la trama, dejarían huellas. Las de Amelia Grover, llegaron un junio.

* * * * *

Después de dos años de estudios, una compañera de dormitorio, convenció a Amelia de viajar al sur. Junto con el novio continental de la muchacha, irían al condado de Barcino. La casa del joven, estaba en el histórico barrio industrial, entre dos talleres artesanales y cerca de la antigua plaza termal. Era simple y de dos pisos, las persianas exteriores, pintadas de rojo, le otorgaban un aire de exordio. El granito rosa, conque había sido construida, era ahora, de un verdoso húmedo de siglos. Afuera del caserío, eran esperados por una pareja vetusta. El joven les presentó a sus viejos, los cuales, se alegraron de ver al muchacho.

El padre ya había aceptado el curso que tomaría la vida de su hijo. Esa era su pena, una carga y una angustia. *«Perderé mi tradición y mis conocimientos de tintorero, todo sé ira sin dejar rastro»,* —el viejo pensaba.

Como muchos de su familia, había nacido con afinidad por los colores y las mezclas; el señor Picario Justo era el último de una estirpe artesanal. Por sus venas solo corrían tintes en atavismo.

Antes de mencionar al muchacho, sobre el azul profundo, que había creado, amalgamando hojas frescas de índigo, con extracto de lazulita. La pareja de enamorados, se había marchado. Con resignación, una vez más, la madre sujetó el pañuelo de su melena, estiro el peto de su delantal, enderezo los volantes de los hombros, dándole más altura a su batista diciendo:

—¡Por la santa mayonesa, mi polenta se está quemando!, —y así, retornó a la cocina de su propio mundo.

En aquellos ojos nublados del viejo, Amelia Grover, pudo notar la aflicción. Antes que este terminara de lamentarse, le preguntó por sus tintas. Era sincera, deseaba entender aquel arte remoto. Don Picario la observo, sin dudarlo, tomó su mano. Recitando, como un maestro tintorero, salido de una fábula antigua y de mil noches, dijo.

—¿De qué color apetece su pañuelo?, —depositando uno blanco en la mano de ella, para continuar diciendo.

—¿Lo quiere de azul?, —con una voz imitada, respondió pretendiendo ser ella.

—¡No!, —antes que él, pudiese continuar, la muchacha dijo.

—¡Lo quiero de azul y rojo!

—¡Me gustaría que fuese de un intenso carmesí!

El viejo pudo entender, frente él, había una igual.

Por el patio central de los damascos, la invito a cruzar. De reojo, dejó que Amelia se maravillara con los cardenales que colgaban en flor. Al llegar a un corredor muy angosto y extenso, se detuvieron. El techo, era desproporcionado, la oscuridad del lugar, no le intimidó, al revés, elevo la ansiedad de Amelia, aún más.

—¡Para llegar allí, debemos cruzar ese soportal!, —dijo el viejo indicando un pasadizo.

Luego, camino los doce pasos, que tomaban para recorrerlo. Amelia Grover, pudo observar, como la espalda y el cuerpo de aquel hombre, se iban dilatando, desafiando la diminuta altura del conducto.

Ante una escasa puerta violeta, don Picario, se detuvo, volviéndose, la miró pícaramente. Presintiendo y deseando, que ella, poseyese la clara intención, de saber sus antiguas artes.

—Mi doña, al entrar por este principio, cuide su mollera, —dijo susurrando. A sabiendas, una alegría, se elevaba en su pecho, atrás, entre el olvido y el desapego, él dejaba los años de contigüidad. Con la mano extendida, don Picario continúo.

—¡Para cruzar este umbral, tan solo una reverencia, es lo que se necesita!, —al abrir la puerta, la invito a entrar.

—¡Mi querida señorita, bienvenida al milenario arte del teñido!

Ante Amelia Grover, se encontraba un almacén. Era espacioso. Con murallas de ladrillos dobles, altas, casi interminables, aún, se podía ver la cal de antaño. El punto de foco, eran sus veintitrés vigas colosales de hierro dulce, que se perdían en el espléndido techo escaleno.

El conjunto geométrico, en sí, resaltaba por el azul de rey de su color. El techo, era una claraboya larga, desde donde, se desprendían cientos de pelusas, finas y largas. Herencias del testimonio de tantas telas, que habían nacido al color.

—Son los suspiros de mi familia, me encanta verlos por doquier, congelados en el tiempo. —Mirando hacia arriba don Picario dijo.

Al extremo izquierdo de aquel espacio, Amelia, pudo observar. Una cuarta parte, estaba ocupada por una estantería ancha y profunda, de casi dos cuerpos de alto. Con cuatro repisas, que, a su vez, estaban divididas por estantes cruzados, en forma de rombos. Como bibliotecas de pergaminos. Allí, atiborradas, se encontraban las lanas, rollos de linos, sedas, muselinas, percales del río Indo y sargas crudas de algodón. Todas ellas, estaban en diferentes naves y anchuras.

La mano de mi joven Amelia, se dejó llevar. Acariciando la virginidad de aquellas materias primas, Amelia, sintió como cada una de ellas, eran diferentes, al resto de las otras.

Cada textura, era como sentir la piel de distintas razas.

Una hilera de cinco toneles robustos, era la pieza principal de aquel espectáculo revelador. Eran tan altos, como Amelia misma. Parecían perdidos de sus destinos originales de fermentar vino. Eran las fundaciones, donde los colores primarios, se deformaban, para dar vida a otros.

El artesano que se acercaba al segundo barril dijo.

—El marqués de Montresor encargó estos robustos barriles, para un viñedo, que pensaba plantar a su regreso de un viaje. Salió un día con indicaciones fijas.

Bajando la voz, continuó. —Las malas lenguas dicen que el viaje era el deseo del hombre, para poder limpiar su título corrupto. Pretendía robar las mejores cepas para su viñedo. Y así, ennoblecer su escudo de armas.

Su habla era suave. —El desgraciado murió en una fiesta bacanal. Nadie sabe qué pasó. Lo encontraron con una sonrisa de bufón y una nariz desproporcionada.

»La marquesa, que siempre se opuso a un negocio de vinos, vendió estos barriles y las vigas. Las mismas que puedes ver en la parte superior. —Dijo señalando con un dedo manchado.

—Fueron vendidas al segundo tintorero de mi familia, hace doscientos años.

Don Picario retiro con la uña algunas mezclas de brea y tinte, dejando al descubierto algo que parecía una letra M.

Al ver esto, Amelia volvió a sentirse sorprendida. Detrás de la paleta de colores, había dos hileras que formaban cuatro estantes altos y sólidos de roble. Eran paralelas entre sí y en ellas se encontraban las bases de los colores. Las vasijas de porcelana y mayólica eran de tonos azules y destacaban junto a los cántaros de barro usados.

Les seguía un número considerable de pastilleros, junto con una gran cantidad de frascos de cristal de Bohemia. Estos cubrían todos los estantes.

—¿Me permite, por favor? —Preguntó Amelia, cogiendo uno.

El maestro Justo parecía disfrutar de ese encanto infantil en el rostro de la joven.

—Por supuesto, que puede hacerlo.

—¿Don Justo, ¿cómo puede saber la ubicación de cada color?

—Con las etiquetas y las claves de su contenido, todos están en orden alfanumérico. — En la alegría de aquella respuesta, el hombre seguía sin saber que aquella joven pondría algo de movimiento en su existencia. La vida le estaba dando una oportunidad para transmitir todo su amor por un oficio casi perdido.

No solo a él. La posibilidad de la vida los unía. Mi mujer excepcional necesitaba otro arte. Amelia tendría que retratar una historia de la vida de otra persona, hecha desde y por lo más extraordinario.

El maestro Justo dejó que Amelia siguiera disfrutando del esplendor de aquel cautivador mundo de colores. Amelia se regocijó bajo las texturas y el aroma en una pesa oxidada al colocar en ella una maceta con pétalos de colza. Cuando se propuso adivinar algunas hierbas, Amelia suspiró. Don Justo sonrió cuando ella abrió un pastillero, asqueada, encontrando una flor de calabaza seca, que aún conservaba la podredumbre de antaño.

—Don Justo, ¿cómo recuerda las fórmulas de sus colores? — Preguntó, despertando del trance picante.

—¡A ha!

—El centro de todas sus preguntas y respuestas, las encontrará allí, —el viejo señalaba al final de la sala de sus creaciones.

Los ojos de Amelia se deslizaron para encontrar dos vitrinas. Una de nogal y otra de pino. Ambas eran de distintas épocas. La más antigua, construida enteramente con cajones, aún conservaba sus inscripciones, tiradores y anillas. La que le seguía era enorme, con tres columnas que destacaban por sus desproporcionados adornos en forma de volutas.

—Estas son mis fuentes de conocimiento, mis secretos, mis ideas. Cuando creo que me ahogo en mis sueños, me reconfortan. ¡Sí, mi jovencita! Toda mi vida, estas magníficas piezas y los muebles me han acompañado. Han sido mi escuela. Son la herencia de mi padre y de toda mi familia. Este es el legado que dejaré a mi hijo.

Amelia se dio cuenta de que los ojos nublados del anciano se habían humedecido. Intentando aliviar su tristeza, Amelia le exhortó:

—¿Podría echar un vistazo a uno de sus libros? —Ella era sincera.

Las vitrinas contenían libros, llenos de fórmulas, crónicas y las percepciones de todos aquellos taumaturgos de la familia Justo.

—En ellos encontrará lo profano, lo analítico y lo mágico. Una ciencia, un misterio para despertar todos los sentidos. Incluidos aquellos seres inmunes al hechizo. ¡Siempre llegan, aunque se olviden!, —exclamó orgulloso el maestro Justo.

Amelia no noto la ocultación del tiempo en las palabras del viejo artesano. Eran parte de su historia; la huella, el pasado y el futuro y otros personajes irreales que forman el rasgo único de esta historia. Y la sentencia que traería consigo.

Mucho más estaba por venir, si solo yo lo hubiese podido preverlo.

Fueron dos horas en las que ella se había dejado impresionar profundamente y él se había dejado despertar. Se habían convertido en camaradas. Sin decir una palabra, el maestro entró por una puerta oscura, casi negra, con un par de herrajes desproporcionados, cuyo bronce pulía la incandescencia.

Amelia le siguió en sueños.

Al otro lado de la puerta, pudo ver que había decenas de telas colgadas. Eran diferentes en formas y texturas, pero todas como una sola, formaban parte de un espectro completo de los colóres del arcoíris. La discreta luz, entraba por los grandes ventanales, alimentando el fantástico despliegue. Una suave brisa abanicaba las telas, invitando a acariciarlas. Entre los tendederos se abrían estas, invitando a Amelia a descubrirlas. Al final de la habitación, pegada a la pared, una escalera abierta y rústica conducía al desván.

Amelia siempre ha recordado ese momento, aquello fue antes de que cumpliese los cuarenta y siete años.

En su mirada inquisitiva de mi Amelia, el maestro Justo comprendió.

—¡Qué mi vieja no me escuche, si no me deja de hablar, como lo hizo en el año 35! Debo ser sincero con usted. Tengo dos esposas, que me aman y yo amo por igual, sin distinción. —Aseguró con la mano en alto.

—He dedicado toda mi vida a ellas. En este momento, una está en la cocina, dulce como un turrón sabio y madre de mi hijo. La otra es mi arte, que ya le he presentado. Ambas me complacen, me tranquilizan y no me discuten, —dijo enamorado.

—Pero tengo un secreto, que es solamente mío.

Su voz apenas inaudible, continuó—: Allá arriba, vive mi amante, ella es la cómplice de mis sueños más desmesurados.

El maestro Justo quiso adelantarse a la confusión de Amelia, que ya empezaba a dibujar el asombro en sus labios.

—No pienses mal, sígame.

Don Justo, tomó el antebrazo de Amelia, con calma, fueron atravesando gasas glaucas. Las bayetas encarnadas dejaron que ella, elevara sus estímulos. Entre los brocados y pajizos bermejos, se habían convertido en camaradas por igual. Todos los sueños tangibles se sacudían enhorabuena. Desde la cocina, la resonancia de un bolero puntual, proveniente del receptor de la esposa melómana, había entrado por los ventanales. Fueron unos minutos estivales y perfectos, era una complicidad inesperada. Para que ellos, culminasen en una cita programada a través del tiempo.

Su pollera, rozaba el suelo, parecía moverse al mismo tiempo que las telas se deslizaban. Las sandalias, que habían quedado en el patio de los cardenales, hollando los tablones alfombrados de pelusillas, dejaron que sus pies, disfrutaran de aquel momento.

Sin permiso, un chiflón, entró por las persianas, generando un carnaval de puntas y formas. Ambos, fueron saludados por satines violáceos e incontables sedas primaverales. Ante las lanas cardadas en carmín y blancas puras, se reverenciaron. Todas las telas se habían destapado, para que mi Amelia pudiese descubrir un tesoro altruista.

El viejo y la joven parecían una pareja imperfecta. Amelia era alta y el minúsculo. Pero la cooperación que nacía en ellos los igualaba en sus similitudes por el amor a los nudos e hilos.

Amelia subió primero. El ático era tan largo como la planta baja. A ambos lados, la luz entraba por nueve óculos. En el centro y de pie como si esperara a su amante, estaba el telar.

—Esta es mi amada, tiene más de trescientos años. Está bien conservada, ¿no cree usted? Llegó a mí gracias a tres campesinas Huarpes[4]; hija, madre y abuela. Las tres llamadas Norma, e igualmente sabias. Me enseñaron las artes de los tintes de los Pehuenches[5].

»Un día, cuando acompañé a mi mujer al mercado, me las encontré. Las vi vendiendo sus tejidos, llenos de colores vibrantes. Recuerdo que me llamó la atención un tejido de lana única. Era amarillo y negro. Dispuesto a conocer el secreto, me acerqué a ellas.

---

[4] Los Huarpes son un pueblo indígena de Cuyo en Argentina.
[5] Los Pehuenches son un grupo indígena montañés que forma parte del pueblo mapuche y habita a ambos lados de la cordillera de los Andes en el centro-sur de Chile y el sudoeste de la Argentina.

Les pregunté cómo habían conseguido esos colores. Eran casi incandescentes».

—En nuestra tribu, desde el principio de los tiempos, las mujeres han, siguen y serán las protagonistas, respetadas y obedecidas. Somos las hijas del Universo, teñimos e iluminamos a los ignorantes que viven como bestias. Me dijeron las tres.

»¡Atónito, escuché cuando me explicaron sobre el tejido artesanal del ojo-de-guanaco[6], tradicional de sus tierras! Cerca del Río Negro[7], al otro lado del océano Atlántico.

El viejo maestro se detuvo a pensar—: ¡Todavía recuerdo la extrañeza de su habla! Era como una prosa escrita antigua y culta. Me invitaron a visitarlas al día siguiente. Tal y como habían prometido, como tres diosas plantadas, me esperaban afuera de su morada.

Don Picario llenó su voz de secreto.

—Al entrar en la casa de campo, pasamos por unas habitaciones sin amueblar, recuerdo, impregnadas en las paredes, había un elemento azucarado presente, casi latente. Llámeme loco, pero al atravesar aquella casa, sentí que estaba caminando por un túnel hecho de tiempo.

»Hasta que salimos a un gran prado, lleno de hierbas y flores. El olor de la primavera me despertó de ese trance trascendental.

»Al final del patio y bajo un viejo fresno, como un albino, había una gigantesca olla de terracota. Allí preparaban sus tintes. Se ofrecieron a enseñarme el proceso de teñido del hilo. La madre me preguntó cuál era mi color favorito. Respondí que el cerúleo, —dijo el anciano artesano cruzando los brazos al hablar.

---

[6] Ojo-de-guanaco; diseños con forma de ojos, en los cuales pehuenches tejen piezas gruesas capaces de abrigarse incluso en las heladas más duras.

[7] Río Negro, es el río más importante de la provincia argentina de Río Negro.

—Vertieron coles rojas, junto a cientos cuerpos desecados de hembras de kermes y arándanos morados. Mezclados con muchos pedacitos de cortezas de nogal.

»Me alegré y removí los elementos del tinte. Me di cuenta, las tejedoras se habían devuelto al chalé. Al otro lado del fresno, fue cuando la vi, allí, estaba ella, descansando a la sombra, —dijo acariciando delicadamente el telar.

—La luz del sol, que atravesaba levemente el follaje, no se interponía. Para que ella, no ocultase su encanto.

»Me acerqué fascinado, me atraía como una maja en pelotas, reposando larga y horizontal, por una eternidad, labradora de sus miles de hilos. —Su voz anotaba pasión.

—Sin dolor, ella yacía allí, con agujas aun atravesadas. En aquel momento, fue que, por primera vez en mi vida, descubrí la esplendidez de la lana hecha con fibras de bambú.

»Como un quinceañero enamorado, me di cuenta de que mi pasión sería inminente. La madre tejedora, que había regresado, me explicó. No podían llevar el telar consigo. Pronto partirían a sus tierras lejanas. Sin dudarlo, le pregunté cuál era el valor de aquella maravilla.

»Ella me dijo, —con gusto se lo regalamos, sabemos que será cuidado y apreciado.

»¿Sabe usted tejer?, —preguntó la mujer mayor.

»Ojalá supiese.

»La más joven me tranquilizó, —aprenderás en poco tiempo.

»Antes de que la mayor de las tres mujeres continuase, acaricié la urdimbre una vez más.

»Este objeto antiguo está lleno de pasado y ha tejido hilos como se han escrito vidas, —me dijo una de ellas.

»Lo sabía, me estaba enamorando.

»Las tres con voz sincronizada me hablaron, despertándome de aquel nuevo encantamiento, —antes a embarcar, dejaremos el telar en su casa.

Exclamando asombrado, don Justo dijo —: ¡Esa misma noche, junto a uno de mis cipreses en mi casa! ¡Encontré el objeto de mi nueva pasión!

El tintorero, observando la complicidad de Amelia, preguntó.

—¿Sabía usted, que hay que estar alegre, tener paz, para que los hilos, se puedan asentar mejor, cuando se teje?

En su piel; mi Amelia había experimentado las mismas sensaciones del relato.

—En un principio, solo tejí el lino, —continuó él.

»Luego, las telas me eran más fáciles a fuerza de sedas, algodones y lanas. Pero con los años, me dejé llevar por la impulsión, comencé a agregar cuanta cosa encontraba. Aunque, no se pudiesen tejer.

Acercándose a un armario, dijo, —en este taquillón de campañas, guardo aquello que voy encontrando. ¡Aquí está!

El viejo amante sacó un cofre. En él, Amelia pudo ver en formas de trenza, había múltiples briznas tupidas de perros, de conejos e inclusive cabello humano, las texturas naturales no daban abasto para los ojos maravillados de Amelia.

—Este material es mi favorito, —dijo sacando una madeja de lana.

—¿Sabe? La lana de la vicuña, es como ninguna otra fibra, es más, con su forma suave, puedo hacer los nudos y superficies más intrincados que deseo. Aún a sí, puedo ver en ella, toda su gracia y delicadeza.

Entre pelos de camellos y fibras, don Picario Justo y Amelia Grover, habían sellado la afinidad por dos amores en común. Los colores y tejidos. Construyeron una amistad verdadera. Don Picario, entregaba otro propósito a la vida de Amelia y ella, lo salvaba de un final prematuro.

En mí, el destino de mi Amelia había forjado otro camino, a contrapelo de lo que Amelia se había propuesto hacer con su vida. Nunca lo he dudado, antes que ellos naciesen, la savia de sus tramas y colores, los había centrado en el curso ya escrito.

* * * * *

La madre de Amelia Grover, murió en el sueño, en la distancia y sin dolor. Le dolió no poder despedirse de ella. Para ahuyentar la congoja, don Picario, le dio una idea. Sobre una moqueta, urdiese una canción de cuna.

«En ella, ponga a su madre, atrape la memoria más bella y verá como le acondiciona el alma» —le dijo en una carta.

Sin saberlo, él, sería parte de esos puntos. El hombre murió tranquilo y sin remordimientos, a sabiendas de que el final de su vida, había sido fecundo. Había abonado un arte atávico, para que las fibras de una historia pudiesen ser reales.

En los tendederos, aquellas telas, quedaron colgadas para siempre, esperando ser arriadas por su creador, junto al receptor, emitiendo aquellos boleros eternamente.

Amelia Grover, no lo sabía en ese entonces. Don Picario Justo, viviría en mí, por un tiempo limitado.

37

Capítulo 6

Las Precedentes Vidas De Amelia Y Bonifacio

Mi esencia está hecha de un manto fino, tejido bajo un fresno. En la oscuridad del tiempo, que cruza dimensiones y vidas. Delicadamente, proveniente del pasado, comienzo a extender la claridad de un amor añejo, un amor perdurable y que no era nuevo entre mi mujer excepcional y su marido. Libremente, el olor a naftalina y azucarada del tiempo, me envuelve y me lleva al remoto Andino de ayer.

* * * * *

Intiawki, nació en silencio, mirando al sol de medio día, en el penúltimo anden, en el penúltimo día de la siega. Su madre lo escupió por las paredes vaginales. Las últimas panojas de quinua, aún plantadas, detuvieron su caída segura por el abismo andino. Ella, más tarde contaría, el bebé, con sus *«uñitas»* moradas, lo primero que había hecho, fue pellizcar una semilla. Al ver que esta estaba presta, había lanzado un llanto en complacencia.

Salió tan rápido y con él, iba el deseo de conocer todo y entender aquello que había a su alrededor. Sin ningún sonido, miró deslumbrado el cielo claro, en silencio, escuchó el llanto alegre de su madre. Como un runrún asombrado, observo un cóndor que volaba. Era de plumajes azules y elementos minerales. El ave, le aventuraba una vida eterna e inmortal. Con la blancura, en el borde de sus alas en despliegue, iba barriendo todas las nubes, para que él, pudiese ver el sol y la infinitud más allá. El *«Apu Kuntur»*, en su vuelo suave, le decía, su amor trascendería, allende al tiempo de lo conocido. En silencio, Intiawki lo vio alejarse.

En él, traía la firmeza de sus piernas, unos pies gruesos para plantarlos donde fuese necesario. Antes que pudiese articular cualquier palabra, aprendió a caminar, para subir y bajar las incontables laderas cultivadas. Graderías de vida y sustento. Creció siguiendo a su padre, recogiendo toda lección, porque ya había aprendido del amor por la tierra y el agua.

Durante un raudal de verano, sus padres casi lo perdieron. Lo buscaron, entre sol y sombras. Entre las drupas de un molle[8], lo encontraron en la tercera noche, la cual, brillaba bajo el reflejo de una luna llena.

Fue durante aquellas mismas estrellas y esa misma noche, que Killay nació, treinta y tres lunas después que él viniese al mundo de las alturas. La madre de la niña, al llegar a una huaca[9], para ofrecer una dádiva de hojas de coca, dio a luz. Al ver el reflejo lunar en uno de sus ojos, la llamo mi *lunita* única. No fue hasta la aurora, con el clarear del sol del este. Descubrió, aquella niña, era ciega en un ojito, cortado, como el reflejo en un agua oscura.

La sacerdotisa predispuso que, a la niña, se le vendase la cabeza con las tablas, para moldear su cráneo y ser purificada. Killay, era de pelo azul y nariz recta, chiquita como un suspiro. Su madre tejedora, muy temprano, le enseño el conocimiento del quipu[10]. Entre nudos, Killay corrió salvaje, entre ligaduras, entendió el valor de sus recuerdos, en la lazada, aprendió a escribir eventos. Pese a que no se conocían, los padres de los niños, igualmente, se aferraron aquel tiempo limitado de sus cortas vidas. Entregando como regalo, el amor a la flora, a la tierra y toda fauna que en ella existía.

---

[8] Molle arbusto espinoso siempre verde de 2 a 7 m de altura; tiene hojas simples y alternas y flores amarillentas; crece en América Central y del Sur.

[9] Huaca es un objeto que representa algo venerado, normalmente un monumento de algún tipo.

[10]Quipu son dispositivos de grabación formados por cuerdas, utilizados históricamente por varias culturas de la región de la América del Sur andina.

La primera vez que Intiawki vio a Killay, fue durante el año de la gran piojería. Ella, estaba detenida, su cabeza, estaba recostada sobre un hombro. Tratando de ampliar las imágenes del panorama ante ella. Al ver el hermoso semblante de la niña, el pequeño corazón de Intiawki, se contrajo. Dilatándose como el alzar del cóndor que vio al nacer. Las tablas de Killay, habían deformado la tapita de sus sesos.

Sin temor, Intiawki, acercándose a ella, preguntó —:¿Sientes dolor en la cabeza?

—¡Un poquito nada más!, —dejándose palpar, respondió ella sonriendo.

El amor infantil y trascendental, nuevamente, había nacido en ellos. Aquella tarde, mientras esperaban sus turnos, para que los purgaran de los parásitos, hablaron de lo que sabían. Lo que ignoraban, lo inventaron de colores fuertes y sonidos que tronaban. Sin ninguna partícula de impureza, rieron, tratando de no infundir en sus corazones, los sustos de los grandes. Antes que el sol llegase al portal de piedra mágica, en un amor eterno y sustancial ya habían enlazado sus almas.

El cual, no culminaría en aquella vida.

Se sentaron junto a una roca grande y pulida, tan suave como sus manitas entretejidas. Ella, lo dejó imaginar; la llevaría a conocer el mar y sentir las arenas en sus pies, él, le dijo, que no tuviese miedo, si en el camino se cruzaba el puma, él, lo haría entender de sus aventuras, no le temía. Killay escuchaba en silencio, no quiso romper su ilusión. Calló la verdad de su inocente futuro. Intiawki, continúo diciendo. Al regresar, le pediría al cóndor que los trajese de vuelta, para qué a través de las nubes, ella pudiese ver las montañas. En sus ojos, las lágrimas, a punto de derramar, brillaban.

Él, con una bondad clara, le besó el ojo ciego.

—¡No llores!

No sabían, la sacerdotisa los escuchaba y con una voz llena de adivinaciones, les dijo a ambos:

—Ustedes, nacieron para acompañar al emperador en el camino, después de su perecimiento, él, es dueño de sus vidas. Vestirán las mejores vestimentas, llenas de colores suaves, con oro inmaculado, como gotas del sol. En sus sombreros maravillosos, llevarán plumas ricas en suavidad.

Empero, los niños no escuchaban. No les interesaban aquellas ilusiones vacías, de un más allá, donde los dioses, que no existían, inducían a las mentiras, ignorantes de la verdad. La voz de la adivinadora, era un sonido lejano, interrumpido por la respiración de sus tristezas y el amor, que los había reunido. Invenciblemente, se convertía en una pesadumbre, inmensa y llana.

La mujer calló el secreto poderoso. Estaba escrito que sus inmensas almas, atravesarían el tiempo, para poderse amar nuevamente.

Los dos últimos años de su vida, Killay pasó su existencia en la morada de las vírgenes. Para esperar la transición de este lugar a ese otro más tranquilo, bebían el licor dócil, hecho de maíz, hojas de coca y cenizas. Durante sus temporales vidas, solo se vieron dos veces. La última fue durante la enorme hoguera antes de su sacrificio impuesto.

Entre la enorme multitud, como un par de gemidos; sus susurros se confundían con el crepitar de la llamarada; el amor reencontrado los despertó del trance inducido. De pie, como en un solo entrelazamiento, sus conciencias, en el pequeño roce de sus deditos, se unieron. Abiertos al fuego, sus pequeños rostros se encontraron, para que sus recuerdos se pudiesen grabar.

Mientras las llamas crecían, Killay memorizaba cada contorno del cuerpecito de Intiawki, su pelo, sus dientes. Ella le sonrió.

—¡Amor!, —gritó.

Ella cubrió su sonrisa desdentada.

—¡Te quiero! —Killay parpadeó tantas veces como pudo. La mariposa de su mirada llegó a la mejilla de él.

—Siempre te amaré, ellos no me importan. No me importa si el emperador no puede encontrar su camino en la otra vida. —El rostro de Intiawki reflejaba el más profundo amor.

—Nos encontraremos el uno al otro, por siempre y para siempre. Nada podría separarlos.

—Sí, lo haremos, —respondió ella.

Intiawki grabó en su alma, la nariz de Killay, su boca. El miedo no podía quitarles sus espléndidas emociones.

Esa noche, Intiawki escuchó una suave promesa.

—Mañana, en el camino hacia la cima del volcán, encontrarás una huella de colores, será una cadena larga de lana, muy larga, atada con cuatro flores, todas, separadas y solitarias. Primero, verás una roja, para que no te desanimes, más arriba, en la pendiente, te dejaré una amarilla, para que te abrigue, —dijo Killay.

»No te detengas, porque pronto, encontraras una azul, por qué el camino terminará y antes que eso ocurra, verás la última flor blanca, allí, será donde yo me encuentro. —La tristeza detuvo sus palabras.

—Te buscaré y te volveré a encontrar, una y otra vez, —dijo Intiawki.

Sus voces callaron en el aire, quedando lleno de inocencia y amor puro. Amor que, en aquel momento, hería por la desolación que les invadía. Por un egoísmo ajeno, que se interponía ante aquellas ternuras infantiles. Tan perfectas y magistrales.

Killay antes que él se puso en marcha. No se encontraron. En aquel mar desértico y rocoso, Intiawki no vio las boyas de las flores prometidas. El ligero y helado viento de la montaña había barrido esas perfectas señales.

Ambos ya dormían en un sueño inmortal, cuando fueron depositados como ofrendas. Ante aquella nada imaginaria, aquella llamada, Dioses. A la nada, que no justificaba la conclusión de sus vidas. Sus cuerpos de ofrecimientos, inservibles, se mezclaron entre los otros cientos de diminutas ofrendas, que yacían en la ladera del volcán durmiente.

Con sus minúsculas torres de piedras, como cuellos de ánforas. Mudos testigos, mirando por siempre, el vuelo de un cóndor, que se alejaba hacia el mar. Arrastrándolos hacia un ocaso que no terminaría allí.

Mi resurgimiento está hecho de acciones pasadas, preceden a otra línea de tiempo y sin duda alguna, se preveía que la gran fuerza de causas y efectos los reuniría en la cima de otra montaña.

En otra vida como pago por ese ojo ciego, purgado, por un sacrificio incomprensible.

Capítulo 7

Las Vidas Ulteriores De Intiawki Y Killay

Desde su llegada a Londres, dos otoños y un verano, tuvieron que pasar, para que Amelia Grover, conociese a Bonifacio. En una plaza, como desvariado, lo vio parado. Él, observaba el proceso biológico de una paloma cagar, se veía fascinado. *«¿A este que le pasa?»* —Pensó ella, *«¿tal vez, es unos de esos raros, los cuales, se embelesan con la defecación?»* —En su pensar, no había juicio. Amelia, no podía apartar su mirada, de aquel espectáculo.

El joven talludo, sin notar, era él ahora, el observado. Bonifacio, estaba abstraído por el semejar de los nidales, de un palomar ilusorio. Que su tío abuelo, le había mostrado, cuando aún, era un mocoso. Cuando las palabras arrastradas, le salían de a dos sílabas.

Sé que, Amelia, deseaba indagar, aun así, continuaba detenida.

Los pichones, los palomos, evocaban en Bonifacio, la necesidad desmesurada por el campo. Donde los líquenes y la tundra sin hielo, alfombraban la tierra de su infancia. Viendo a esa paloma hacer de vientre, Bonifacio, se recordaba a sí mismo. Como un minúsculo crío, caminando con los pies tatuados de mugre. Entre los matorrales de un páramo y su río de juerga, que se convertía en un estuario. Frente a él, estaban las razones que le llevaron desde joven, a expandir su conocimiento. Aprovechando los frutos de su tierra, impregnada de vapor de estaño.

Aquella mañana, la correlación entre el culo, mierda y la tierra, en que la paloma depositaba su excremento, había sido el nutriente imprescindible, que los atraía. Solo había sido un segundo de caca, un segundo de entre sueño, de ese particular plumífero, que los reunía otra vez. Sin notar, era ella, la mirona de aquel momento, estaba fascinada y absorta. Ante la magnificencia del culo de aquel agrónomo gigante, sin contenerse Amelia Grover, se había dejado llevar.

Su apocamiento, al descubrir la firmeza de las piernas y el grosor de los pies de aquel campesino, concluyó. *«Este tiene que tener corazón blando»*, —pensó ilusionada. Ignorante, sería él y no otro, con el que se apararía de por vida; Amelia, se fue acercando, sin timidez y con una expectación nerviosa, preguntó —: ¿Esperas que le salga un pedo?

La sonrisa traviesa de Amelia, se alejaba. Enredada en su maraña de pelo ceñido, iba una corona de caracolillos de olor, que despertó a Bonifacio del trance. Entre el gentío del medio día, la vio distanciarse. Ante él, quedaba la memoria fresca de aquella voz atrevida y amarrada a una esencia de flor.

Bonifacio, indefenso ante aquel inesperado reencuentro mágico, por casi una hora y como un topillo de pradera, se quedó plantado, esperaría a la amada. Antes del mediodía, su única meta, sería encontrar aquella mujer. No buscarla, sería un sacrifico, que él, no estaba dispuesto a tomar. Armado, con lo más potente y universal, la inocencia de un amor puro, trascendental e infantil, decidió buscarla. El sentimiento perdido en los siglos del tiempo, que nunca llego a hacer, los volvía a reunir.

Bonifacio, dejaría que su intelecto, lo guiase. Usando él roció, como punto de referencia, emprendió un camino botánico. En la arcada de un puente de piedras, dos días después, encontró su primera señal. Entre una hiedra estupenda, allí, vio una flor tímida de Pitahaya.

—¡Stenocereus queretaroensis!, —se dijo.

Intrigado por la blancura y belleza, que deslumbraba de ella, que se exponía a ser descubierta, cruzó el puente. Más tarde, desde de la copa de un árbol, descubrió el sedante aroma de una flor roja. Por unos minutos, se detuvo, debía atar los dos eventos. Algo le decía, debía seguir aquellas inusuales señas. Él, no sentía sobresalto al sacrificio. Como la aventura de un niño, debía continuar el camino, porque al final, estaría ella esperando.

Después de una semana, en la ventana de una casa ajena, observó un florero expuesto. En él, había un racimo de narcisos a todo color, eran amarillos y dorados. Porque un asombro iba en camino hacia él, estaban vestidos en primavera.

—¡Amaryllidaceae!, —su voz, en exaltación, dijo.

«Sé que no estás lejos.»

Al paso de tres semanas, el desaliento, había comenzado apoderarse de él. Su salvación llegó, botada en medio de una calle mojada, había una flor de verbena, de un azul intenso, como un caracol de mar. Su tallo, era continuado, apuntaba al otro lado de la acera, le indicaba donde estaba su amada.

Amelia Grover, iba caminando, cubriéndose por un paraguas rojo. Sin dudarlo, Bonifacio se detuvo, antes que se le terminase la vida y llenando sus pulmones de un aire lleno de alegrías, gritó:

—¡Oye tú!

Al otro de la acera, seis mujeres y un hombre con un perro en brazos, se detuvieron a mirar quien inquiría.

—¡Tú, la hermosa! —Esta vez, solo dos mujeres y el hombre, le observaban.

—¡Tú, la del paraguas carmesí!

En aquel segundo, sus ojos, ataron sus rostros y no les dejarían alejarse en esta eternidad. En un silencio tenue, sus caras, llena de complicidad, esbozaban una sonrisa.

Sin timidez y sin distancia, Bonifacio, fue el primero en quebrar la perfección de aquel momento:

—Casi, te llegué a perder, no sé quién seas, solo sé, que estás aquí y no puedo pasar otra vida más sin ti.

»De alguna manera soñé con este momento, —ella se acercó a él.

—Creo que te conozco desde siempre, este sentir no lo puedo explicar con palabras. Es como un viejo y espléndido amor. Que ha surgido de mi pasado, —su aliento se acercó al de ella.

—Sabía que, si seguía este hilo imaginario que me daba la vida, al final, te encontraría.

—Pues aquí estoy, —con una sincera y tibia sonrisa, ella alejó el tiempo perdido.

—Soy Bonifacio.

Ambos, detenidamente, escudriñaron el rostro del otro, el momento pueril, maduraba a cada segundo. Ya no sería un recuerdo perdido. En trance y ajenos a la lluvia, con sus dedos meñiques enroscados, caminaron ausentes a toda realidad. Aquel fue el principio. Cuatro años más tarde, en una oficina de registros, se casaron. Siendo aquel evento, el punto final, corolario de años de acontecimientos. Sin torpeza, por un diseño deliberado y perfecto, habían sido tejidos.

Capítulo 8

Hebras Que Unen

Antes del embarazo, Amelia y Bonifacio, habían previsto la idea de dejar la ciudad y encontrar una casa en una dehesa lejana. Sin bullas de gritos, sonidos mecánicos y sin la asquerosidad, que la gran urbe, traía consigo. Deseaban tener verde en plenitud. Se instalaron en un pequeño piso, junto al teatro de los miserables. Teniendo el río Támesis, como desenlace. El primer día, unos ruidos producidos por unos tacones desorbitados, procedentes del piso de arriba, otro hilo de esta historia estaba esperando surgir.

Allí, vivía Celofina Estrada. La doncella mulata, había nacido con unas piernas diseñadas para exaltar todos los sentidos y perfeccionar el dominio del claqué. Desde su llegada a la metrópolis, había cambiado nueve veces de residencia. Con su telita de candela, pagaba la renta una vez al año. Celofina, buscaba aquellos lugares, donde los propietarios, fuesen viudos o amargados en el matrimonio.

Nacida en el Caribe y criada por Copernica, su abuela. La cual, de joven, deseaba huir de aquel infierno tropical. Pero por una u otra razón, que siempre terminaba atragantándose en su vida, terminó atrapada allí.

Su único consuelo fue haber trabajado toda su existencia, en la casa de la expiración de aquella isla. La labor refrigerada, le había sido dada por el director de la morgue. Según ella, había nacido con el hipotálamo desencajado.

—¡No puedo vivir en esta isla condenada, donde el calor, lo languidece todo!, —dijo el día que se presentó.

»Mire usted como sudo, —¡si no paro, me voy a desaguar!

Cuando cumplió cuarenta y cuatro años de servicios, Copernica, recibió un pequeño bono. El dinerillo, alcanzo para comprar un boleto de tercera. La abuela, deseaba que la nieta, partiese a un destino distinto, alejado de esa isla maldita. Un lugar, donde el clima, fuese más afectuoso.

—¡Te irás y vivirás bien, planta y usa tus piernas como se debe!, —le había dicho la abuela.

Literalmente, Celofina haría eso, en muchas formas. Bailando, o perdiendo su virginidad en ciento veintisiete ocasiones. Sebastiana, amante de su abuela, en conocimiento de su partida, le entrego el secreto de una poción ancestral. Usada por su madre, para tranquilizar al marido.

—Es una mezcolanza de bálsamo y jarabe, se bebe o se puede untar, como usted desee mi niña.

La preparación duró nueve semanas.

Era hecha a fuerza de pétalos de flor roja y de semillas de jícaro. El hígado de un chinche, (como regla, no se debía quitar la vida del animal). Bajo una luna menguante, se debía agregar, dos gotitas de fluidos de gulogulo[11] y 33 celosías florecidas. En el día cuarenta y cinco, se debían añadir 15 garbanzos remojados, (cuanto más podridos, eran aún mejor). Para pasar el mar sabor, se debía mezclar, media cucharada de miel con vainilla y unos clavos de olor.

—¡Si quiere sangrar como santona, agrégale tres sanguijuelas y de pasada te limpiara la sangre y el cuerpo!, —agrego la mujer.

Sebastiana, le explicó, —: esta pócima se relaciona con la ignorancia del himen y su virgo.

»Será tu marchamo de aval, te dará oportunidades. La idea de una virgen, los embelesé, despertando en ellos, sentidos nunca vistos.

Al escucharla, impávida, dijo Celofina frunciendo el ceño.

—¿Quieren que me haga puta?

---

[11] Gulo-Gulo; (glotón) carnívoro fornido y musculoso, parecido a un oso pequeño

La abuela, en su infinita y acumulada sapiencia, le aconsejo.

—Según sea su criterio, por amor, dinero o sobrevivencia.

—¡Abuela, no le entiendo!

—Mi canela, recuerde, algún día, encontrara su cometido en la vida y antes que eso curra, aferrase al lado que más conviene.

—¿Y cuál sería ese?

—¡El de la vereda sombreada!

En un maletín de mimbre, pusieron sus mejores mudas. Entre el par de zapatos de claqué, iba un frasquito con la esencia de la maravilla. Que más que nada, parecía confitura de frutillas.

Hacia la ensenada, caminaron, se despidieron sin lágrimas, en un abrazo eterno, se dijeron adiós aquel junio.

* * * * *

Cada vez que ceñía a sus animalitos, muchos años más tarde, Celofina recordaría aquella despedida. Nunca más se vieron, a los diez años de su partida, su abuela murió. Fue enterrada con un jersey lila, bordado de pelo de angora y copioso. Como un abrigo. En su cuello, fue vestida con una bufanda de seis metros, que ella misma se tejió. Su cuerpo, descanso dentro de un ataúd hecho de hielo grueso, para que le apaciguara el calor bajo la tierra.

Por la ausencia y el dolor de la perdida de su amada, Sebastiana, le siguió cuatro días después. En su rostro, había un gesto de complacencia y en la mano, sostenía una botellita vacía.

Capítulo 9

La Senda Hacia La Casa

El llamado de la casa, sobrevino durante un verano. Dos semanas antes del primer alumbramiento, Amelia, comenzó a sentir síntomas y náuseas matutinas. No entendía, porque ahora, los vómitos y aquel asco incontrolable.

Su doctor la tranquilizó diciendo.

—Mujer, no te preocupes, de que es una señal, que la gestación va bien y normal, come menos, bébete unas agüitas de jengibre y verás cómo te harán regia.

Ni el consejo, o la voz del curandero, habían ayudado a Amelia.

Por el gran hedor, que se levantaba desde las aguas turbias y junto a un calor seco, las náuseas, se acentuaron aún más. La ciudad de frío, los obligaba a huir. El bebé, se había encajado confortablemente, esperando el lugar preciso para nacer. Antes de salir, Amelia subió a despedirse de Celofina. Aquella, sería la última vez. La mulata la miró diciendo.

—A tu bebé, le gustarán las guindas y las ciruelas.
Antes que todos ellos naciesen, en el manto que había sido tejido y desde donde mi voz se nutre de aquellas hebras. El nombre bordado de Celofina, estaba hecho del mismo filamento perdurable de esta historia.

* * * * *

Como almas en auxilio, Amelia y Bonifacio, entraron en el carro, pensaban conducir por un par de horas. De pueblo en pueblo, sin saberlo, se fueron guiando. Siguiendo una leyenda, un rumor transmitido con nombres inexactos. La joven pareja no conseguía saber a donde se dirigían. Cada hora, detuvieron la marcha. Amelia, no aguantaba las ganas de orinar. Cuando se detuvieron en Lynmouth, se calló el dolor. Podía sentir el bebé, su mollera punzaba y latía.

—Creo que vomitaré de nuevo, —dijo Amelia.

—¿Quiere que le acompañe?, —replicó Bonifacio.

—No, estaré bien.

Detrás de unos arbustos y con pavor, pudo observar. Por sus entrepiernas, un tapón viscoso, se iba desprendiendo. Con una voluntad inquebrantable, las cruzó. Deseaba que su bebé esperase, suplicándole que no naciera aún.

—Desconozco la unión final y el punto definido, no está completo, espera un poco, —se decía a sí misma, como un mantra.

Continuaron por las tierras altas, descendiendo hasta los páramos sombríos. Fue allí, el desconsuelo de sus caderas, había aumentado, produciéndole un dolor desgarrador.

Al recordar la mañana anterior, su pesar fue apaciguado. Atando consecuencias y eventos, Amelia, había calculado los hechos. El resultado indicaba; el bebé nacería una semana más tarde.

«Vendrás cuando esté previsto, me lo ha dicho Genoveva», —una y otra vez, trataba de convencerse a sí misma.

Condujeron hacia el oeste, junto al río. Creyeron oír, como las aguas les hablaban, que, a momentos, se convertían en susurros suaves. Al bajar la última ladera del amplio macizo, antes de alcanzar los valles, Amelia observó. Como el dosel de los robles, que dominaban la vista, en una reverencia, se iban doblegando, indicándoles a que continuasen.

Fueron cinco caminos, los que se convirtieron en uno. La tierra color marrón, se veía sana, llena e invadidas de miles de colas de zorros. El espectáculo verdoso y pálido. A Amelia y Bonifacio les produjo un profundo sentimiento de contradicción. Como si aquel verde de ríos y mesetas, les recordaran lo opuesto. Sierras de arena, arroyos desolados y árboles carentes de existencias. Hierbas de un hielo eterno, sobre una montaña cubierta por millones de piedras congeladas.

Bonifacio no había dormido. Con los ojos en derrame, Bonifacio, propuso que se detuviesen en el siguiente pueblecito. Debían descansar, era irrevocable. Sin novedad o vestigio de vida, condujeron por otras dos horas. Finalmente, a los pies del escarpe y en medio de un bosque, encontraron una tienda. Bonifacio antes de entrar en el almacén dijo, —: por favor, espéreme aquí.

Al atender la llamada de un leve olor a mar y ajena a las instrucciones. Amelia decidió bajarse. Aquella esencia, era traída por una brisa valedora, atravesaba árboles, se iba escurriendo. Amelia Grover, atendidamente, se había dejado llevar.

Bonifacio no tardó en salir. La puerta del carro estaba abierta, no había señal de su mujer. Frente a él, no había nada. Junto a un camino de tierra olvidado, solo había arbolado y el almacén. Muchas veces, la llamo repitiendo.

—¡Mi amor!, ¡mi vida!

Colmados por la angustia, gritaron sus pulmones. Su mente, era invadida por miles de imágenes y desgracias.

Calló para percibir, necesitaba saber, si el viento traía de vuelta la voz de ella. La desesperación, inundaba el pecho de Bonifacio. Una helada traspiración, comenzaba a quemar sus sienes. Como un lamento escuchado, un aroma de cerezas y barro, vino a él. Inundando sus sentidos, le hizo bajar sus ojos.

Frente a sus pies, un líquido cruzaba como un hilo enjuto, deseando ser descubierto, desafiando al terreno y la gravedad. Tímidamente, llevaba arrastrando una orquídea, sin darse cuenta, su boca liberó una exhalación escrita en dos palabras.

«¡Encyclia gramatoglossa!»

Sin dudarlo, Bonifacio, comenzó a caminar en forma contaría aquel surco.

Por casi medio kilometro, entre piedras y matorrales, vio el líquido atravesar unos troncos podridos, saltar de roca en roca, perderse y reaparecer, siempre siguiendo una dirección. Sin darse cuenta, comenzaba a subir por una pendiente.

«*¿Sacrificio o esperanza?*» —Le dijo la voz de su corazón.

El fluido ya no era una deficiencia, había cambiado, traía consigo sonidos ocultos, entre los peines del bosque, iba avanzando y abriéndose, invitaba a Bonifacio.

Como un perro de casa, siguió el líquido, olfateando lo que se le ha entregado. La templanza de Bonifacio, no se rendía. Se detuvo, debía prestar atención a su propia razón.

—*Tal vez, es una mala idea.*

Sin advertir, entre los matorrales, había una mujer. Su piel, era curtida por el viento, por el sol, o tal vez, por el mucho tiempo que le esperaba. Bonifacio quiso preguntar por su esposa, antes de pronunciar una palabra, la anciana, apuntando con una mano ilusoria, dijo con una sonrisa desdentada.

—Sube, tu mujer te espera en la cima.

Esto confundió a Bonifacio. Frente a él, todo parecía irracional y equivocado. Como hombre de ciencias, se sentía confiado; su lógica se cuestionaba en ese momento.

«*¿Quién es esta mujer?, ¿apareció de la nada?, ¿cómo sabe que estoy buscando a mi esposa? ¿Fantasma o aparición?*» —Solo pensó en una respuesta. —: «*No tengo ninguna objeción para ese consejo dado*».

Agradecido caminó hacia arriba. En un estruendo de palos y piedras, el hilo líquido de vida creció. Ensordecido por unos minutos, se detuvo, Bonifacio, no podía vacilar. En su senda, cuesta bajo, él desmadre, había absorbido la flora y vida. Bonifacio, no podía distinguir aquello, ni sabía, que eran ramas, o raíces.

Todo, era un barrial amniótico y morado, sin pensarlo, se subió a una roca grande y geométricamente pulida. La polvareda mojada, iba serpenteando y arrastrando cuanta cosa encontraba a su paso. No podía ver nada, ante aquel espectáculo improbable. Le rugía en una jerga de ruidos y crujidos lentos. Bonifacio esperó hasta que la maza acuosa desvaneciese su volumen.

—*No te perderé por una segunda vez,* —se prometió.

Con una irreal cuerda de amor, eterna y atada a su pecho, continúo cuesta arriba. Bonifacio sin adivinar, sabía, en la cima, estaría ella. Con las canillas, hundidas en el barro, le sintió viva. En el cielo, la carencia de nubes, dejaba a que el sol, lo alentase a reencontrarla. Poniendo sus manos en la firmeza de sus muslos y con los pies plantados en el lodo, Bonifacio se detuvo.

En su descanso, pudo escuchar el sonido de un despliegue mojado y vivo. Frente a él, una maza orgánica, hecha como una circunferencia de color púrpura, iba flotando sola.

Los chirridos, crotorar y el ulular de las aves, se detuvieron. La membrana tejida de enredos, llevaba en ella una urdimbre de raíces, flores y hojas.

Bonifacio comprendió el mensaje descriptivo. Las flores embarradas, grabadas en su memoria, sobresalían como un sombrero maravilloso. Bonifacio pudo ver un pigmento rojo y efímero, iba atado a un azul. Diciéndole, que no se detuviese, porque más allá, junto a un amarillo débil, ella lo esperaría.

Ese momento de colores fluidos, es mi evocación más preciada. Muchos años después, Bonifacio le repetiría incansablemente a su esposa, aquellos tres colores. Cuando la cara de Amelia Grover, comenzaba a ser inundada por un vacío desolador.

* * * * *

Entre dolores de energía y lágrimas. Había sido Amelia misma, la que le había enviado cuesta abajo, aquel líquido de su bolsa rota. Había sido ella, la que, gritando con el alma en los labios, le había enviado los eslabones de colores, atados a una cadena de barro fluvial.

Bonifacio, con la fuerza de un hombre que no se vence, llego a la cima. En la cresta de la colina, pudo ver una casa en decadencia. Junto a ella, había una cuadra grande. Sus ojos barrieron aquel panorama abandonado, frente a la morada, había un antejardín selvático, lo forzaba a observar.

Con un pasto crecido por doquier y la maleza, no dejaban entender, donde terminaban las ventanas o donde comenzaba el techo de la vivienda.

Frente a la casa, Bonifacio, pudo observar un pórtico erosionado de piedra. A un lado, el caminito, estaba sujeto por una rejería colapsada. Frente al guardián de granito, había dos árboles paralelos. Cada uno, en custodia de un futuro prometido.

Bajo un ciruelo y un guindo, armados de flores blancas, que solo junio podía dar. Entre las raíces protuberantes, estaba Amelia Grover. Recostada, bajo la sombra del cerezo, en sus brazos asidos, descansaba el bebé, ambas lloraban. La madre de alegría, porque había llegado al punto final de una historia, que no había comenzado aún.

Bonifacio abrazó a su mujer, para nunca más dejarla ir. Con el ruido liviano del mar en la distancia, se quedaron sumidos en el prodigio de vida.

* * * * *

Seis semanas más tarde, impresionante por sus dimensiones, la cuadra colosal, les había robado los sentidos. Tengo en cuenta que, Amelia, se había parado en la entrada, esperaba que Bonifacio, abriese los dos portones laterales. Para así, poder ver el edificio y saber que se podía hacer de aquel mastodonte. El acto descubridor produjo un torbellino de paja y plumas. El cual, levanto su pollera

56

lanzándola al suelo. Como si aquellos portones, fuesen almas, que salían de sus destierros, para juntarse en la trilla final.

Una vez adentro, ambos, se maravillaron con la gran viga de cuarenta metros, que servía como cresta, para el soporte transversal.

del techo. Que, a su vez, este era sostenido por once pilares a cada lado. En todas sus larguras, las murallas, se elevaban desde el suelo, hasta encontrarse en unas curvas góticas. Formando un marco de costilla. Al entrar y desde el ótro lado, Bonifacio gritó.

—¡Vida!, ¿qué te parece?, ¡tenemos nuestra propia catedral!, ¡pura de toda religión!

Poco o nada, Amelia Grover sabía que, en aquel principio, al final de la cuadra, frente a la gran muralla de adobe y cal, ella, se convertiría en mi mujer cambiada.

Decidieron usar la abundancia de aquel espacio, albergando a cuantos animales pudieron rescatar de aniquilamientos innecesarios. Durante el año y medio, que les tomó reconstruir la casa, vivieron junto a dos vacas, un becerro, patos y un caballo gris. Allí se establecieron. Con risas y llantos de infantes, el hogar se fue llenando de vida. Quitando la fronda, que la había habitado por los años de soledad.

Fue allí, en esa casa y en la distancia, Amelia Grover, había llorado el fallecimiento de *la-cuasisoprano*. La escuchó cantar, con su espalda erguida y la voz joven de otros tiempos.

Capítulo 10

Entre Portales

Sobre el acontecimiento que ocurrió la segunda parte de aquella mañana, la del minuto incompleto, debo ser dialéctica en mi reflexión, no puedo sentir indiferencia, sobre aquel segundo específico y truncado. Aunque sí, está saturado en mí, los mismos sentidos, que han llenado la vida de Amelia Grover y esta historia irracional, que me dejara partir.

* * * * *

Con los pies embetunados de humedad y parada como un centinela, los ojos de Amelia, recorrieron el horizonte vasto. Desde los páramos hasta el mar lejano, la brisa helada del norte, no le quitaba el olor a breva que aún la cubría. Sus ojos se detuvieron en la casa. En su mente y en mí, la comparó a una detallada memoria, cuando la vio por primera vez, labrada y selvática.

No tenía prisa, junto al granero, Amelia observo el roble grande, mudo testigo de las vidas pasadas. Había servido plácidamente de posada, para que sus hijas, ataran once casitas de nido. Para que todas las aves, extraviadas en los caminos del amor y jubileo, tuviesen un lugar donde hacer noche. La única inquilina permanente, era una *«tórtola-turca»*. Que, por flojera, más que por conveniencia, se quedaba a esperar la fruta seca al sol. Las cuales, todos los veranos, tintaban el techo de paja de colores.

Amelia introdujo sus manos heladas en los bolsillos de su camisón, sintiendo la azúcar nevada de los polvorones. Y recobrando la razón de su frío, volvió a la encomienda de robar huevos. Sus pies no se habían movido, cuando débilmente, sintió un eco distante, que provenía sobre y por la tierra. Mirando a ambos lados, Amelia trató de comprender el origen de aquella vibración.

«*¿Estás sola Amelia?, ¿qué sucede?*», —la escuche pensar.

Sus ojos se fijaron en la meseta llana, pudo percibir un sonido tímido.

Era como él relinche y retumbar de caballos, la bulla, se iba acercando hacia ella. El ruido, paso junto al canelo. Al atravesar el gallinero, se hizo más fuerte y ensordecedor, trifurcó a los perros, hasta estrellarse contra ella. Fue como un grito seco en su cara.

—¡Qué carajos!, ¡no es nada!

Esperando una estampida, sus oídos, solo podían advertir el palpitar apresurado de su sangre. Su mente, empujada por el pavor de aquel cabalgar espectral, no podía comprender.

Después de unos segundos, Amelia, distinguió, unas voces masculladas y sin palabras, se habían unido a la desbandada de animales y metal. Como una algarabía del pasado, el bandolerismo muerto, pasó junto a ella. Cerrando sus ojos, quiso convencerse, no había nadie allí.

Estaba más allá de cualquier prueba válida de una ensoñación.

El ruido, era tan fuerte y detrás del margen de sus hombros, se enmudecía. Los perros no ladraban, Amelia no podía oír el cloqueo de las gallinas y en la casa, ninguna luz se había encendido. El bullicio, así como llego, sin dejar rastro de que fue, o de que lo había producido, se desvaneció. Mi Amelia, había cruzado la primera dimensión de tiempo.

Yo podía sentir su pavor.

Al estruendo, le siguió un silencio contranatural, no había sonidos, ni crujidos o aleteos, solo la manera de su respiración. El sosiego, era tan susceptible, como el sentido irracional de lo que ocurría. Amelia, pensó que había ensordecido

«*¿Pero como puedo estarlo?, ¡aún retumban mis venas, las puedo advertir!*

El silencio era excesivo y estrepitoso, no paraba. Le pasmo aún más. Sin entender, un aire blando, no cálido, ni helado, la rodeó. La segunda travesía, comenzaba a recorrer la curvatura de sus ojos. Deteniéndolos en un punto fijo, impuesto y remoto.

Amelia sintió como su pelo y uñas, detenían su crecer. Su piel, había suspendido su envejecimiento natural. Las fibras de su camisón y mantilla, estaban inmóviles. Apegados a su piel, Amelia, los podía sentir como en un almidón sin dimensión. Como una gelatina seca, esa cosa inmaterial, era carente de toda lógica.

Cesada de pies a cabeza, Amelia, no sentía opresión o dolor. Solo el horror de no entender que le estaba ocurriendo.

«*¿Tal vez, todavía estoy dormida? ¿Pero como puedo estar?*», —las preguntas, fugazmente, cruzaron su mente. Sus pies no rozaban el suelo, algo, la mantenía inerte.

En aquel punto de tiempo, una fuerza distinta y cambiada, la observaba.

Los perros, sus únicos testigos, de que no estaba loca, eran una fotografía orgánica. Amelia, podía observar, como uno de ellos, en el medio del aire, aún estaba detenido en un salto interminable. El otro, con su lamida placentera, continuaba dando las once perpetuas.

Como un pivote irreal, Amelia, fue girada lentamente. Una escasa apertura, en la comisura de sus labios, le recordaba que no respiraba, nada entraba en su ser y nada salía.

«*Señor lector*» puedo asegurar Amelia sabía que estaba sola. Ni siquiera yo, o su lógica podían interferir en su defensa. Esa soledad fue el prólogo de lo que vendría. Amelia sintió que se habían llevado todas sus esperanzas.

Era imposible oponerse a lo que estaba ocurriendo. Amelia comprendió que no moriría aquella mañana. La muerte era algo natural y aquello que sucedía, se contradecía al ciclo culminante.

Durante la lenta rotación, una desagradable sensación de mareo, se fue adueñando de su ser. Amelia, podía observar como todo aquello, que estaba frente a ella, comenzaba a absorber una forma artificial y áspera. Amelia, había sido posicionada en forma oblicua a la luz del alba.

Como una espectadora callada, veía una bambalina panorámica. Los componentes, desde su persona, hasta el horizonte lejano, todos, habían sido antepuestos con una cautelosa sapiencia. Sin profundidad, como si cada imagen y forma, estuviesen aplastados entre ellos. En la fachada de planchas, los colores acuarelados, se iban dilatando, volviendo a su pigmento previo. Generando un grupo de objetos inanimados, en un fondo fundamental.

Aquel vacío profundo hizo que Amelia, sintiese que pertenecía a ese teatro de papel. Impotente de reír, se había asombrado ante la entelequia de aquel evento.

De súbito, despegándose de sus centros. Como una bóveda semiesférica y manteniendo los ejes épicos en sus posiciones. Las figuras teatrales se deformaron junto a la línea lejana del horizonte. En dirección contraria, iban pujando el espacio del cielo y por sobre el firmamento. Amelia, podía observar, como día y noche, giraban sobre su ser. Creando cientos de líneas circundantes, de amanecer y crepúsculos, de una tómbola curva, de aquel otro mundo quimérico.

Amelia, no entendía si aquellos lapsos de tiempo, iban o venían. Donde las plantas crecían una y otra vez. Decenas de imágenes difusas y cuerpos inmateriales, así como llegaban a la bambalina, salían para extinguirse. Por un difuso momento, nuevamente, se había olvidado, no tenía oxígeno, no respiraba. Amelia no había muerto.

«¿Pero como puedo saberlo? ¿Amelia te has muerto alguna vez?, —la escuché pensar.

Sus pies continuaban inmóviles, levitando, bajo ellos en la tierra, miles de piedras, giraban en múltiples direcciones. Por un par de minutos su mente, olvido sobre aquel cielo quimérico, su atención desviada, se fue a una lágrima que emergía de ella. Su ojo derecho, involuntariamente, liberaba una insignificancia húmeda, la cual, después de circundar su cabeza dos veces, succionada, emprendió un despliegue, para perderse en aquel movimiento hipnótico de la bóveda celeste.

Un calor seco y repentino, llenó aquel espacio en que se encontraba, Amelia se sentía agobiada. Pudo observar, como la cuadra se desvanecía. Provenientes de un hielo eterno, manadas de osos enormes, se materializaban solitarios. Sé que, Amelia, podía reconocer aquel panorama joven, aunque, este era distinto al que ella pertenecía.

El punto del sur, giró hacia el este, pero deteniéndose antes del norte. Trayendo todo el espacio hacia ella. Como un viento fugaz, todo se detuvo. Amelia comenzaba atravesar otra brecha de tiempo.

En el aire, su ojo izquierdo, pudo percibir una abeja suspendida, desplazándose lentamente, de derecha a izquierda. Podía sentir la caricia suave de la nervadura de sus alas. Los pliegues y estriado de los apéndices del insecto, iban atravesando su ojo. En un movimiento raudo, el entorno irreal, detuvo su desplazamiento, para desplazarla y acercarla, hacia donde Bonifacio, mantenía sus colmenas normalmente.

Amelia, asombrada vio, aquellas, no estaban allí. Esta vez, el espacio, era ocupado por una pieza de tablas añosas, mojadas y musgosas. Anexado a la casa original, aparentaba ser un fregadero.

En aquel lugar, Amelia, pudo observar, era un fragmento de una escena. De espaldas a ella, reposando contra la madera, había una mujer, su silueta, resaltaba. La pensativa imagen, estaba parada frente a una estepa de niebla, parecía sumida en un pensamiento lejano y triste.

Estaba ataviada de un vestido amplio y antiguo. Entre los pliegues de la seda difusa, se podía apreciar, en él, había un estampado de guindas. Solo su cuello, mostraba su piel canela, que contrastaba con el color de su cabello anaranjado, los rizos, en un hombro, descansaba a un lado, estaban recogidos por una cinta verde. Sus brazos cruzados descansaban bajo su pecho.

Los dedos mostraban una porción, en ellos, se distinguía una misiva lacia. El acto melancólico fue interrumpido por un violento desprendimiento de la casa, llevando Amelia, más allá de sus pies.

Amelia, había comenzado ser sostenida en la distancia de la nada. Frente a ella, los techos, murallas y las habitaciones, se deformaban para levantarse y ser incendiadas, una y otra vez. Puedo asegurar, Amelia sintió pánico.

Desde la cocina, la violencia desfigurada, ante el llamado de una lumbre débil, se detuvo. Cayéndola contra la piedra azulina y pasta dura del inmueble. Amelia, iba atravesando los materiales de tiempo, trayendo hacia ella, las náuseas incontrolables. Aún estaba viva, pero mentalmente, adolorida.

* * * * *

Tal vez mi relato, parezca absurdo y para comprender, es necesario retomar la peculiaridad, que siempre, ha estado presente en la vida de Amelia Grover. La cual, de una forma u otra, siempre han llegado a ella. Contradiciendo a todo sentido común, variaban entre la singularidad de algunos y el mensaje masticado, que traían otros.

Puedo aseverar que, muchas veces, Amelia no podía discernirlos.

Hay que tomar, por ejemplo; por casi una semana, Amelia, observo el número nueve, paralelamente al once, o al revés, según la ocasión. El último verano, cayeron frente a ella, ciento diecinueve manzanas, desplomándose todas juntas, de un manzano, afuera de una casa extraña. O cuando, una vez, once cigüeñas blancas, se depositaron sobre el tendedero, donde se secaban los pañales de su hija. Las aves se largaron a los nueve minutos.

Aún retengo su pensar, —: «*¿Algo me está señalando el número de hijos que tendré?*»

Ante el dolor de aquella memoria y moviendo la cabeza en desaprobación, en desaliento, sobó sus caderas.

El número, insistentemente, se presentaba una y otra vez, en el reloj de la cocina, o en los once libros que se desplomaron una noche. Sus marcapáginas estaban insertados en la hoja nueve. La peculiaridad ya se había presentado en su niñez. Había sido aquella noche, en la cual, por un dolor infantil, *la-cuasisoprano* los despertó a todos. Descubrieron en las desdentadas encías de su bisabuela, habían crecido once dientes, que se le cayeron todos juntos, a los nueve meses.

Más peculiar había sido, durante un coito mañanero, a Bonifacio, se le posó un avispón en una de sus nalgas, dejándole el culo desproporcionado para siempre. Junto a la lanceta, de once milímetros insertada.

Por lo que se puede observar, Amelia Grover, nunca había sido extraña a sucesos destapados. Empero, aquello que sucedía aquella mañana, iba más allá de lo que su ser, estaba asociado.

* * * * *

Después de atravesar las murallas, una tras otra, fue detenida frente a una habitación. La que habitualmente, asemejaba ser su estudio. Amelia Grover, adosada, entre una cama y la muralla, pudo observar el aposento, estaba en penumbras. Era bañado por unas luces suaves y dispersas. Provenían de nueve velas, sobrepuestas en lo que parecían ser botellones de cuello grueso. Estaban colocados por el suelo, entre dos cómodas y sobre un escritorio pequeño.

La luz diáfana y la oscuridad que penetraba por la única ventana, le daban al lugar, un sentido voluptuoso. Amelia pudo observar, en una botella, traslúcido por el vidrio verde, había un monograma incomprensible.

El lecho, estaba compuesto por cuatro columnas forradas con tela. Con la mirada lateral y esforzándose, Amelia, pudo percibir un forraje coloreado y antiguo. Su visión paralizada, había sido detenida allí, con un propósito, observar aquella pareja, en una copulación eterna.

Amelia sintió ser intrusa, aunque aquella escena, la atraía. Entendía, no podía perderse nada. Sobre las sabanas sudadas, el hombre yacía con los brazos extendidos. Eran gruesos y su piel, era nívea. Dejaba ver la tensión placentera en que se encontraba, desde su ángulo, Amelia, podía ver algo de aquel semblante.

La mujer que lo montaba, mantenía sus brazos en apoyo, sobre el pecho perfecto del amante, estaban fijos. Su piel era canela, en la disparidad a la del varón, por el trazo de la candileja que los rodeaba, se alzaba aún más. O tal vez, era por aquel placer máximo en que se encontraban. Su rizada cabellera, caía hacia atrás, dejando ver su fisonomía deleitosa. Sus facciones estaban fijas en el rostro del hombre, eran de una finura proporcional. En él, había una barba negra y gruesa.

En aquel espectáculo íntimo, Amelia, pudo observar, aquella damisela, era el antagonismo a la tristeza de la mujer anterior. Solo la complejidad del amor perfecto, que existía entre Amelia y su marido, la llevaba a entender aquella escena sublime.

El espectáculo placentero fue desvanecido por un come-mocos[12] de papel inexistente. Abrieron sus puntos cardinales, revelando la imagen de sí misma, de aquella mañana. Cuando se despertó medio segundo ante de lo común, recordándole la teta de su madre. ¿Pero qué era común? ¿Qué era usual?

---

[12] Come-mocos juego clásico y popular. Se juega al doblar un trozo de papel formando 4 pequeñas pirámides de la que se pueden abrir las solapas y descubrir colores, números o dibujos.

Nada lo era.

El mensaje y si existía alguno, aún no lo recibíamos. Ante ella, la habitación giró, dejándola

posicionada frente a su ventana. El mismo silencio de un principio, se mantenía sin inquietarse.

La incentivaba aún más, a que no dejase pasar nada.

En la penumbra del cuarto. Amelia, estaba parada frente a un mirador, que se iba llenando de luz de medio día. Con los ojos paralizados, obligándola a que se observase así misma, once años antes. Lejana, al otro lado del pastizal seco, siguiendo el llamado incesante de la casa, que la atraía. La cual, le arrastro con dolor y todo.

Amelia se vio parada de espaldas, en la cima de la colina, con las piernas abiertas y las caderas casi dislocadas. Arrojando un río amniótico cuesta abajo, para que Bonifacio, la pudiese encontrar. Para que se quedasen allí, por sus propias resoluciones.

¿Qué tan poco sabías entonces Amelia? ¿Por qué razón fuiste llevada a ese camino? ¿Elevada a esa colina? ¿Atraída a esa casa? En aquel entonces, si hubieses sabido, ¿te habrías detenido?

La sensación de angustia, se había debilitado, dando paso a un alborozo, el cual, hasta aquel momento, no indicaba un mal adverso. Por aquello que le ocurría, Amelia, deseó poder llenar sus pulmones de beneficio.

Capítulo 11

La Carta

Dándose un placer único, Amelia, respiró profundamente. En el conventillo del árbol, podía escuchar a las aves. Sus pies aún sumidos, podían sentir el deleite del musgo mojado. Entregándose a sí misma, a los pensamientos lentos, que paulatinamente, comenzaban alejarse. Amelia, tomaría con calma lo que se le presentase. De la misma forma, procedió a percibir los tenues bullicios, que la naturaleza le estaba entregando.

En mi tiempo limitado, no existe y no permito aquello que se pueda olvidar, por eso mismo, el cuarto suceso de aquella mañana, no lo puedo dejar ir, aunque quisiese.

* * * * *

El callado bienestar de Amelia, fue interrumpido por un lento y oxidado ruido. Provenía del buzón de cartas, acompañante del viejo ciruelo. El receptáculo, sin uso y desfasado, servía de espacio vacío. Amelia giró su mirada hasta alcanzar el objeto en la distancia. Por un ente inexistente, observó, la tapa del casillero, era cerrada lentamente, Amelia, se sacudió la idea que la continuación de la odisea anterior, comenzaría pronto. El frío, había dejado de ser placentero, arropándose los hombros aún más, apresuro el paso, antes de llegar a la reja principal, por alrededor de los pilares, decidió desviar el camino.

Colocado en el barro, junto al buzón, el ojo de Amelia, podía observar un bulto.

«*No hay nadie*», —pensó.

Solo estaba ella, la brisa y la calle de tierra hecha un lodazal.

Frente a Amelia, había un cajón de envíos. Era uno de aquellos embalajes antiguos, que emprendían vidas útiles, entre vías marítimas y ferrocarriles. La madera, parecía que hubiese resistido al tiempo y la lluvia, otorgándole un grisáceo marino.

La encomienda, semejaba haber sido construida de tablones grapados, tenía chapas diagonales, que la reforzaban a cada lado.

Sin sigilo y ansiosa, Amelia se fue acercando.

El objeto, no tenía indicación, no había señal alguna a quien iba dirigido. Trató de levantar la caja, al sentir su peso, desistió inmediatamente. En mi grabado está aquello, mientras Amelia escudriñaba el arcón con su mirada, traje a su mente, un relato vivo.

Era del abuelo de Bonifacio. El hombre había contado —: «*A finales del siglo pasado, cuando yo era aún era un mocoso. Mi madre decidió mandarme por el nuevo sistema de correos con certificación. En ese entonces, las regulaciones, aún no habían sido especificadas. La gente, seducida por la nueva prestación, enviaba todo tipo de encargos, desde pan recién horneado, pasando por artículos domésticos. Hasta ceménteles en época de pareo. A esto, se sumaban lactantes y niños. Mi travesía comenzó cuando fui facturado y pagado con dos monedas por el franqueo. Junto a esto, otras treinta por un seguro de viajes. Me tomo tres días en llegar. Al final de aquel recorrido, mi padre, me recibió enteramente cagado y en mi frente, había un sello rojo estampado*».

* * * * *

Con el instinto lleno de moretones, Amelia, no convencida del todo, decidió evitar el cajón y se dirigió al buzón. En su interior y con medio cuerpo afuera, había un sobre. Era un pergamino grueso y pesado, no tenía sello o remitente. Desconocía quién lo hubiese enviado.

En la misiva, en letras grandes, Amelia, pudo leer su nombre escrito, ignorante de su contenido.

Amelia abrió el sobre.

En su interior, las páginas de un escrito magno, habían sido delicadamente dobladas. Al desplegar la primera cuartilla, un aroma perfecto, fue liberado, era una mezcla entre flores, madera y tierra mojada, que se elevó, hasta alcanzar su rostro.

Al centro, en un latín casi insondable, Amelia, pudo leer una oración.

«*Quo Fata Ferunt*».

Al girar la hoja, Amelia pudo observar, directamente y posicionado atrás de esta, había otro enunciado. Su caligrafía, era lenta, clara y distinta.

«*A donde el destino nos guíe*», —súbitamente el mismo olor a breva, más fuerte y penetrante, la envolvía una vez más.

Aquel olor y sentencia, no nos dejaría escapar, proveniente de mi bóveda, una evocación remota, comenzaba a emerger. Por años, en el olvido, había estado oculta y dormida.

Amelia, fuiste tú y nada más que tú, la que hace mucho tiempo atrás, fuiste cerrando, una por una, los cientos de puertas y sus cerraduras en mí, habías sido precisa en delimitarte, en protegernos, por sobre todo a mí. Tu memoria, tu *Genoveva*. Con precaución, pusiste candados forjados, para que aquel recuerdo, habitase allí, en la penumbra de la postergación. Sin tiempo.

Ahora, las catacumbas secretas de tu mente, comienzan a liberar aquella alusión.

De mí, emerge una imagen. Proviene tu ciudad natal, tu Aviva. Sobre una roca grande, hay una casona cimentada. Al final de un extenso jardín, después de una glorieta y debajo de una higuera plena y antes del cactus, ambos magnánimos, una imagen nubosa, comienza a formar su contorno.

Desde la distancia, Amelia, puede notar el reventar de las olas. En el pasto, sentados, estás tú, el niño y acomodada sobre el viejo asiento de mármol griego, esta Agripina Romana, se encuentra solos. Melba, tu bisabuela, se dirige a la cocina de la casona y los ha dejado solos a ustedes tres.

La memoria en mí, está abierta al aire libre, Amelia, los puede observar, como quien mira un sacrifico inevitable. El decadente grabado, lentamente, se va nutriendo de talles olvidados.

Poco a poco, comienza a sentir el calor lejano y olvidado de un verano, de hace más de treinta y cinco años. El viento salino del norte, ha subido por la ladera escarpada.

Amelia es capaz de saborear. En su boca, siente el manjar dulce de aquella fruta.

En sus dientes, las pepitas de la breva, como el tictac y calibre de un reloj, han comenzado a incrustarse.

Mi rememoración está construida de dos pináculos, una pregunta, basada en la curiosidad de Amelia Grover y una contestación proveniente de Agripina Romana. El segundo, está lleno de un augurio, sin maldad. En esa respuesta, hay una sentencia verdadera, para Amelia y su perfección, yo.

Amelia, vería tan solo dos veces en su vida a ese niño, Kaspar Sabacio. Él a ella, miles de millones de a veces, ella, nunca lo supo. Aquella ocasión, había sido la segunda.

Sus venidas al mundo, ocurrieron el mismo día, del mismo año. Ambos, habían nacido a la misma hora, con una excepción. Sus nacimientos habían sido separados por tan solo medio segundo.

Durante aquella memoria, a ambos, les quedaba un par de dientes de leche por caer.

Ahora, saliendo de mí, Amelia, puede mirar aquel recuerdo, finalmente, es claro y está completo. Con la curiosidad natural de una niña de su edad, se ha acercado al mocoso.

En los ojos de Kaspar Sabacio, Amelia, trata de encontrar su propia reflexión. Sus cabezas están tan cerca, solo un hilo de aire, las separan.

—¡Humm!, curioso, —Amelia exclama.

—¿Qué hay de curioso, mi niña?

—No puedo ver mi cara en el negro de sus ojos.

—Si se lo digo, no me creería, o no lo entendería, —Agripina responde.

—¡Lo dudo! Yo, me he visto en los ojos de todas las personas que he conocido, qué son más que esto, —dice con los dedos extendidos de sus manos; Amelia, se ha vuelto a acercar a Kaspar, el niño, continúa comiendo callado.

—Ve señora yo no estoy ahí, ¡esto es muy curioso!, —repite Amelia.

—¡Está bien se lo diré, no mejor aún!, —¿sabe qué? Se lo escribiré, —junto a un suspiro penoso, Agripina, dice mirándola con dulzura.

»Es un secreto, en realidad es más que eso, es una sentencia y verdad, como todo en la vida, que está hecho de eso, verdades que alegran y otras que duelen. Las cuales, muchas veces, son cubiertas por mentiras, que pueden vivir toda una existencia, sin dejar salir la claridad.

»Para llegar a cualquier verdad, en todo tiempo se debe sobrellevar o pagar un precio que puede lastimar mucho, incluso, —puede dejar una secuela.

»La cual, no permitirá volver atrás, —dice Agripina, cerrando sus ojos y respirando profundo.

—¿Qué es lo más preciado para usted, mi señorita?

Agripina espera atender el nombre de algún cachivache.

—¡Mi memoria!

Agripina, calla por unos segundos, la mira con los ojos llenos de pesadumbre, trata de contener el lamento a punto de caer, Agripina propone.

—Primero, haga su vida, que deseo que sea muy larga, alegre y algún día, enviaré una carta solo para usted y allí, se lo contaré. — Agripina abre sus brazos como una bienvenida, mira a lo alto y dice—: ¡Lo prometo!, ¡debajo está higuera esplendorosa, prometo, que lo haré!

Con duda, menguando sus ojos, Amelia exclama con incredulidad.

—¡Júremelo!

—¡Yo no juro mi tesoro, eso es para necios, para los que se dejan engañar!, ¡ahora coman!

Aquella recordación, era presente y latía. Amelia Grover, sabía que la advertencia de antaño, no tenía amago, después de recordar, se sentó callada e inmersa.

«*¿Será prudente leer y encontrar la respuesta a mi pregunta de infancia?*» —Amelia solo pensaba.

Como un pilar, que ha comenzado a desprenderse del muro de su destino, todo, era contrafuerte y no se levantaría más.

«*¿Cómo vacilar ahora?*» —Amelia se cuestionó.

Después de aquello que había sucedido aquella mañana, no había hesitación. Como el resultado de una sus ecuaciones perfectas, estaba claro. Amelia decidió remover la última página de la carta.

En sus pliegues originales y sin temor, la volvió a doblar. La introdujo en el sobre, no la leería hasta que fuese necesario. No pretendía engañar el presagio, solo se daba tiempo y el tiempo establecido, venía en el interior de aquel cajón.

Llena de enigma, removió la cubierta. Amelia sintió el golpe de un aire transportado claro y dulce. En su rostro, las emociones, comenzaban a despertar. En su interior, se hallaban los materiales brutos, de un tapiz que aún no existía. Sin confusión, todos los elementos, estaban ordenados, Amelia, fue tomando y maravillándose con los hilos, lanas y cáñamos, piedras semipreciosas, aguamarinas negras y toda una gama de colores, extraídos de un arcoíris de minerales.

Amelia se asombró con unas monedas vetustas y corroídas. Suspiró con los bucles de cabellos glaucos, negros lisos, rizados y pelirrojos. Todos ellos, atados con cintas de encaje azul. Estos, se adjuntaba ligados a un libro antiguo y enorme. Era de rotulado con una lomera de nervios y flores. En su interior, había una barba larga, como el penacho de ramas de una escoba. Al ver las telas, el alma de Amelia se había suavizado. Eran muchos, los componentes que sobresalían entre sedas tupidas y lisas.

Amelia, extrañamente, vislumbró al ver tres velos negros y largos, como el de una novia, o una viuda. Entre unas baldosas esmeraldas, se encontraban decenas de fotos y daguerrotipos, estaban separados por las hojas de un naranjo y un pomelo.

Al ver un trozo de una roca blanca, Amelia, comprendió cuál sería la base de un tejido, el cual ya había comenzado a nacer desde su ingenio.

Su deleite, continúo al abrir una funda rellena con las ondas bermejas del pelaje de un perro. Envueltas en una muselina negra de puntos recios, había cuatro plumas largas y blancas. Como las de un sombrero añejo. Al descubrir ovinos de lana, una sonrisa leve se fue dibujando en sus labios. Más allá, había linos, mantas de algodón, un vestido largo, entre otros, que desprendía un olor salino. Muchas vestimentas, todas, en diferentes tonos y gastadas por el uso del tiempo. Un sonido tímido llamó su atención, una trenza gruesa, hecha de cintas y becerros, llamaban, para que no los dejase atrás.

Al fondo del cajón, Amelia pudo observar, allí, había una corrida de pequeños frascos de vidrio. En ellos se encontraban, polvos verdes de acelgas y perejil, de remolacha morada y moras negras y azules. Eran los colores de un futuro tejido, a los cuales, se sumaban el azafrán para el amarillo, té negro y cacao entre otros.

Una gaveta debajo y a lo largo de la cubierta, llamó su interés. Cuidadosamente, allí, se encontraban doce hileras de frascos. En ellos, descansaban, copihues blancos y rojos, azucenas, rosas, lirios, maravillas y amapolas, tréboles de seis y ocho hojas. Todas y otras flores, que no se detuvo a apreciar, cada una ellas, tenían sus tallos y hojas. Como si hubiesen sido cortados por una mano prodiga, tan solo un par de minutos antes. En aquel ramo silvestre, el rocío, aún se podía percibir.

Junto a estas, había un pañuelo de bolsillo grande, con mucha delicadeza, sus doblegues habían sido posicionados. Demarcaban ternura. En él, quebrado en seis pedazos, había un disco de vinilo, sus trozos, estaban atados con papeles de guirnalda.

Después de cerrar la tapadera, Amelia tomó a *Leopoldo*, que la había alcanzado en su arrastre. Con la espalda erguida, sobre la madera plana, acomodo sus nalgas, apoyando los muslos, cruzó sus piernas. Dejando las plantas de sus pies, en dirección hacia el infinito. Llenado su ser de resignación, Amelia respiró hondo y me habló con una voz penosa.

«Mi Genoveva, por esto que haré, te pido disculpas, nunca fue mi intención traerte esto a ti ni a mí».

Amelia Grover, leyó por casi tres horas las cuarenta y siete páginas. Desde su ventana, Bonifacio se sorprendió al ver su mujer, le pareció más espléndida, casi levitando, había cambiado. No era la misma mujer con la cual había dormido. Le dejó sola, la mente de Amelia y yo, nos fuimos llenando de imágenes, con la historia de una familia singular.

Capítulo 12

El Primer Nudo

Amelia leyó la carta una segunda vez, deteniéndose en cada evento pertinente. Los anotaba en un papel, enumerándolos por fecha y desenlace. Mantendría su cumplimiento, en un lugar recóndito, guardaría la última página. La leería antes que atara el último nudo, eso llegó a pensar. Con la última palabra, de la penúltima página, lo entendió todo. Los doce portales que la llevaron a recordar una promesa. Entendió el propósito de la herencia dejada por don Picario.

En la manda, se encontraban todos los elementos, que ella pudiese necesitar, para construir un tapiz colosal. Bastidores de cedro, tan enormes, que casi cruzaban la cuadra de lado a lado. Venía, con decenas de variados espigones, peines, agujas laneras, tenedores ganchos e incluso un martillo pequeño. Llegaron un día lunes con una nota:

«Que te haga feliz, el espejo, se lo consigue usted».

En armar el magnífico bastidor, demoró casi tres días, lo hizo sola y tarareando. Lentamente, Amelia fue tensando la urdimbre sobre el telar. Sus emociones, así como su creación, se habían ido entrelazando, confluyendo con la tristeza y aceptación. El saber de una vida ignota, le otorgaba paz.

Con los pies descalzos sobre la paja de la cuadra, pensó resignadamente. —*«Soy el artífice de un secreto que se me ha contado, una realización ha llegado, mi vida, es tan solo el prólogo de un gran anal».*

«Haaaa», —un suspiro salió del corazón de Amelia.

«Querida Genoveva, guárdalos contigo», —pensó mientras grababa en mí los rostros de los amores de su vida, su hombre y sus hijas.

—No deseo nada más, —dijo.

Amelia miró sus manos; parecían diferentes. Como si se hubiesen remasterizado para el largo viaje que se avecinaba. Le habían crecido las uñas y el pelo. Amelia sintió que la piel de su rostro había dibujado nuevas arrugas. El regalo y la sentencia traían un precio. Amelia había aceptado la ofrenda y no podía hacer nada más. La deliberación del destino formaba parte de la vida de Amelia.

Tejería, ataría y lloraría. No su historia, sino la de unas energías universales. Especialmente, aquella nacida y desvanecida en un hombre. El cual, cambiaría el mundo de una vez para siempre.

Capítulo 13

La Roca Esquiva

Mi Amelia y su historia, quedan atrás. Junto a este tiempo, gran parte de esta leyenda real, no le pertenecen. Ella y los suyos son, o tal vez fueron una pequeña parte de esta madeja. La cual debo deshacer. Mi tiempo es limitado y mi relato es inherente *«señor lector»*. Antes de comenzar debo decir, algunos de los personajes y sus tiempos. No del todo. Llegaron a mí, a través de la carta de Agripina Romana.

Enteramente, en ella, describía la casa de Kaspar T. E. Sabacio, desde su principio y antes de su final, fue así, como Amelia Grover, comenzó su viaje de hebras, junto al fundamento de la crónica de mi esencia, las memorias de otros, la razón de muchos y un desenlace inevitable.

* * * * *

De este modo, Amelia dejó que las palabras de Agripina Romana guiaran las puntadas de su tapiz.

Mi Kaspar recibió tres nombres de pila. Su apellido proveniente de la ascendencia de su madre. El segundo y tercer nombre, incrustados en su pequeña alma tenían un propósito específico. Hacer honor a esa herencia familiar y constreñir la locura si él hubiese nacido con aquella peculiaridad.

Pero su casa, que no tiene igual ni parecido, estaba construida sobre una gran roca blanca, como una mano extendida. Esta, desde la distancia y exponiéndose entre el verde del denso bosque, era notoriamente visible.

La roca, era un crono personificado en el silencio. Nacida, junto al Eón-Hádico[13], antes que la Era, se hubiese hecho una eternidad. Por consiguiente, aquella roca, era tan vieja, como el mundo mismo. Esperando que aquel día fuese hoy.

Se la conocía por múltiples nombres, todos, podían variar, dependían del grado de superstición, o el conocimiento geológico.

Solo dos nombres, resaltan en mí disipada memoria, o de aquello que llegue a oír alguna vez, el primero, fue, "La piedra lechosa". Según dice el rumor, aquel alias le había sido otorgado por su primer dueño. Un ibérico, que nunca vivió en ella ya casi trescientos años atrás. Cuando Aviva, era solamente un suspiro de ciudad y aún estaba bajo el yugo de la colonia. El segundo al cual era conocida, era la «Venus-Durmiente», pero a ese nombre me referiré mucho más tarde, cuando le cuente a usted Amelia sobre mis seres queridos.

El ibérico, cuando llego a sembrar sufrimiento en estas tierras, la confusión folclórica, le atavía de crueldad y dolor. Era un don de nadie, aun así, él es relevante a esta historia.

Pero a mí, no me corresponde hablar de los fallecidos que nunca llegue a conocer, o aquellos, que no tienen parentesco con mi pequeño y solitario Reditus. No es por una cuestión de pusilanimidad, para mí, son eso, muertos y nada más, difuntos, que viven en las remembranzas de aquellos que siguen a este lado, ensalzados o deformados, dependiendo del grado y de cuanto se les detestaron o amaron en vida.

No, no me entraré en eso aún, porque el tiempo, me demanda una cadena de acontecimientos y un solo fruto. Mi Kaspar.

Cómo siempre he dicho yo. ¡Alea iacta est! ¡La buenaventura ya calló en lugar que tenía que caer no más! O algo parecido.

* * * * *

---

[13] Eón-Hádico se define como el nacimiento del planeta ocurrido hace 4.000 millones de años y que precede a la existencia de muchas rocas y formas de vida.

Así, con aquellas palabras, Amelia Grover, comenzó la urdimbre de esta historia.

*****

En los inicios de 1637, el hombre que fue atraído por la roca. Se hacía llamar don Artemio Pinto. Nacido sin fortuna. Toda su vida, el individuo, se había comportado como si llevase una cuchara de plata, sobre su nombre. Allí, pretendía colgar su alma. A esta tierra, había sido enviado por una magistratura que siempre ambicionó.

Cansado de ser un delegado itinerante. La oportunidad rebuscada, en la forma de un beso, se había presentado ante él. Dominado por una mano larga, huesuda. Allí, bajo un hábito negro, la perversidad, propia de un monje dominico e inquisitorio, se ocultaba. Su piel, era pálida, casi verdosa. Su nombre era Enrico Mantonegro, un regidor «*Del Consejo de la Suprema*». Se habían conocido trece años antes, cuando el ansioso Pinto, delató a un oponente, esposo de la mujer que deseaba junto al bienestar del pobre inocente.

En el anonimato, Pinto, como un no creyente y hereje, acusó a su rival. Su testimonio, confirmaba—: El inculpado, habitualmente fornica con tres gatos negros. Apuntó con el dedo, —¡yo le he visto! Lo hace entre lunes y jueves.

El malogrado hombre fue torturado por seis meses y quemado dos veces. En la segunda, hecho un cadáver. El delator, en menos de un año, se había casado con su amada y en su cartera, mantenía las posesiones del difunto. Todo aquello, Pinto lo había conseguido con su animadversión personal y vileza.

Pinto, huyó rumbo a la parte más extrema de la colonia, llevando con él, a su nueva mujer. No soportaba ver los ojos que le seguían, e incriminaban. En una isla tropical, llena de cañas de azúcar y esclavos, fue amasando su fortuna. Tras años de cansancio y aburrimiento por la impotencia de su mujer. Sin que está, le

79

produjese un mayorazgo, el repudiable hombre, se había copulado con una de sus sometidas. No fue porque está lo desease, él, lo había impuesto.

* * * * *

Aún siendo una dócil, la atezada, había sido capturada junto a su madre. Ambas, tomadas de sus manos cruzaron, *«El umbral, del lugar cuál no se regresa»*. Como lo habían hecho, millones de infrahumanos inocentes, antes y después que ellas. Primeramente, las mujeres, fueron separadas por la luz del día y por las repelentes manos de dos traficantes portugueses. La niña esclava fue vendida y enviada, al territorio subtropical del nuevo reino. Durante la larga travesía, llevaba consigo el dolor y el abatimiento, que nunca más vería a su madre.

La desolación, no le dejaría dormir por el resto su vida.

Fue vendida y comprada, cuatro veces, violada seis. El último ciclo fue rotó por la transacción realizada por Pinto.

Después de la adquisición, su amo, le dio el nombre de *Buenahembra*. Como llamaba a todos los animales de su propiedad, sin distinción de ganado, potrada o recuas. Durante su niñez, *Buenahembra*, fue esclava de campo, para terminar, en su adolescencia, como cautiva en la cama del odioso.

Una noche, la esclava, supo que estaba embarazada. Cansada de tanta tortura y somnolencia, espero que el detestable, se durmiese. Armada por el odio y un hacha, le arrancaría el cuerpo a aquella cara, que tanto despreciaba. En aquel preciso trance, antes que la luna llena, se perdiese, parada con los brazos en alto y el filo entre sus manos, sintió a su bebé en sus entrañas. Con angustia, pensó, *«¿qué vida le podré dar a mi retoño?»*, —ante el desaliento, se rindió.

De ella, nació una nena de piel vinosa y cabellos anaranjados, que eran, ensalzado por sus ojos verdes claros. El padre la llamó Albora.

La esposa llena de resentimientos y odio, por la fertilidad de la esclava y la traición del marido. Un año después del nacimiento, un día, antes que el alba se alzara. La engañada se levantó en silencio, se vistió con su mejor vestido de liturgia. Decidida por la tristeza airada, que la capacidad de que aquella adolescente instigaba. Sin dudarlo y con calma, ato el odio a su cintura y se dejó ser llevada por la temprana marea.

Por una confusión de sílabas, el nombre de la esclava, sin intención planeada, le había sido cambiado. Debido la inhabilidad de la pequeña a llamar a su criandera. Desde aquel día en adelante, pasaría a ser su amada *Yayai*. La que la protegería de la infamia y el amor indebido que emanaba de su padre. Aunque en aquello, se le fuese un poco, o toda la vida.

Albora, tendría que esperar hasta después de un seísmo oportuno. En la distancia, un día después de su cumpleaños y antes de su final, parada bajo una llovizna, se enteraría de que aquella esclava linda, le había dado el don de la vida.

* * * * *

Pinto y el dominico, se volvieron a encontrar en la madre tierra. Atraídos por un despreciable denominador común, la codicia más bruta. El primero, llevaba un mostachón apretado y tupido, que lo protegía de su propio tufo maloliente. —Las emanaciones provenientes de sus entrañas, no se quedaban atrás—. El bigote, le hacía sentir de una estatura y considerable ante otros. Junto al deseo por Albora, Pinto, lo que más ambicionaba, era un título. No importaba, sí fuese antiguo o nacido de la nada. Su cuantía yacía que lo sacase de su condición de desprovisto. La ambición, se lo había mostrado toda su vida. Alcanzar aquello, no tenía precio. Sería matando, o liando.

Lo sabía, la pretensión, había forjado en él, un escudo de armas.

Como corregidor absoluto de la aureola real, Pinto partiría a la colonia. Su misión, aparte de ejercitar la justicia y los bienes, sería, emparedar el camino con las víctimas que Mantonegro, necesitaba para satisfacer su sangre malévola. Si no las encontraba, Pinto, las fabricaría a fuerza de mentiras y falsedades. No importaba que tan extenso, o difícil fuese el camino que debía adoquinar. Debía culminar en una sola piedra, preciosa y especifica. Su nombre, era Ángela de Sarmiento.

La primera vez que el dominico vio Ángela, ella aún, era una infanta. Había sido cuando él, no cruzaba aún los cuarenta años, en aquel tiempo ya vestía la hipocresía de beato. Le impresiono la boca tierna, que era amamantada por su nodriza. Las facciones inocentes, la dulzura de la piel, pura y nueva, le habían arrebatado su hálito.

—Que deliciosa y tierna boquita.

Su trastornó, creció más aún, el día que, habiéndose enterado, aquella lactante, descendía de otro meapilas como él; Tomás de Aquino.[14]

A Mantonegro, la niña se le escaparía muchas veces de su indebida indecencia. Cuando sus padres, decidieron llevarla al segundo virreinato de la «*Novo-Hispana*». La empezó a maldecir y ansiar más. Antes que ella, cumpliera los trece años, el dominico, decidió que la quemaría viva. La larga ausencia de aquel cuerpo, le perseguía, sometiéndolo al tormento de su propia humillación.

El oportuno corregidor, embarco un lunes. Con él, iba arrastrando a las dos mujeres. Para su nueva misión y consigo, Pinto llevaba sus tres indiscutibles jueces, envueltos en un paño de seda y terciopelo opaco, iban, un crucifijo hecho de una madera fétida, dos candelabros y tres majaderos.

Aquella travesía de tres meses, se había hecho una eternidad para Albora. Las continuas caricias de su padre, le habían paralizado,

---

[14] Tomás de Aquino fue un fraile dominico, filósofo, sacerdote católico y doctor de la Iglesia.

Pinto no se detenía ante su deseo constante y enfermizo. Debía de sentirla cerca, oler su cabellera, palpar su piel, aquel supuesto amor de padre, no dejaría que ella perteneciese a nadie más que a él. Cada vez que inspeccionaba sus dientes, la entumecía. Mañana y noche, su cara se acercaba a su boca, abierta, como queriendo arrancarle el aliento a descuajo.

Del terror vino un sosiego, en la forma de una última gallina que se encontraba a bordo.

Cocinada por la fámula y servida sin demora, por su vástago. Originando una cagalera, tan masiva, que debilitó a Pinto por aquellas dos últimas semanas. Antes de llegar al muelle final, solas, madre e hija, pudieron ver como aquel viento del norte, iba disipando la camanchaca[15]. Dejando ver las colinas granuladas de Aviva, invitándolas hacia la orilla, sus vidas ya no serían las mismas.

La ciudad, aún en pañales, dejaba ver el disparate geométrico de sus casas traslapadas, vestidas de paja y madera. Arquitectura, por la cual sería conocida más tarde. El último aluvión, se había llevado hacia el mar, la única posada señorial. Contra su propio disgusto, Pinto y los suyos, se hospedarían por los siguientes días, meses y sin saberlo años, en la casa del capitán General de la provincia. En una generosidad forzada, proveniente del mandatario colonial. *Yayai* y *Albora* encontraron un amparo a largo plazo.

Circundante al único panteón, Pinto transformó la humilde prisión de dos celdas. La trena, servía para retener a borrachos y delincuentes. Muchos, carentes de recursos, sin tener un lugar, donde pasar noche o abrigo, se dejaban caer por voluntad propia. Aquel presidio, era lo más apropiado. Mismamente, ocurrió muchas veces, por la excesiva demanda de albergue, junto a la cárcel. Los menesterosos encontraban una guarida en los sepulcros de la nueva necrópolis.

---

[15] Camanchaca, (Chile, Perú) niebla espesa y baja que va desde la costa hacia el interior, especialmente en el desierto de Tarapacá.

Ocupando a los mismos malhechores y a cuanto indígena pudo encontrar. Forzándolos, sin retribución, junto a una mísera alimentación, Pinto comenzó a levantar sus sueños. Extendiendo la jornada de trabajo a once horas por día y seis por noche, con un descanso de diez minutos. Si se moría un desdichado, rápidamente, era remplazado por otros tres infelices. El calabozo fue convertido en un recinto inofensivo, de piedra y grava. Lo que no se dejaba ver, eran sus innumerables galerías subterráneas. Llenas de mazmorras, vericuetos, e incontables pasadizos. Eran oscuros y profundos. Allí, cualquiera alma o grito, se perderían antes de alcanzar la libertad de la noche.

En una de sus tantas inspecciones diarias, de aquel lugar. Por primera vez, Pinto, notó la roca blanca. Mirada desde lo alto de la colina, parecía una cruz virgen e inalcanzable, que saltaba al espacio a casi dos mil pies sobre Aviva, como una tentación angular.

Pensó en su deseo, en Albora.

Como pretexto para hospedar al inquisidor, en su eventual llegada, construiría un palacete colgante, como un lábaro. Para que el fariseísmo, se sintiese sacralizado y su hija, no se le escapara. Esa, sería su *"roca lechera"*.

Tomó dos años de un intenso cincelar. Sobre aquella piedra dura, en una senda angosta de mil doscientas varas de largo, moldeo la barriga de la colina. Esta, comenzaba en una bifurcación, desde el camino hacia la cima y rodeando la colina entera. Teniendo el cerro, como una tapia natural a un lado y al otro, el vacío mortal.

Requisando los terrenos, opuestos directamente debajo de la piedra. Pinto, había creado la única vía de camino que conducía al peñasco. Su pretexto, había sido, la hacienda pública, eventualmente, allí, se levantaría una futura plaza floral. En su secretismo, Pinto, no deseaba a nadie cerca, o debajo de su palacio.

La roca en sí, oponiéndose aquellos dos malignos, fue dura de labrar. Como cuna para sus despreciables haberes, resistía ser usada.

A punta y pico, con un foso de dos cuerpos de profundidad, le delinearon una forma de crucifijo. A falta de tiempo, puesto que, la estructura de la casa prevalecía que nada. Pinto, decidió que los socavones que servirían de reposos para los jardines. Se harían más tarde. No obstante, se había preocupado de que uno solo, fuese completado.

Una balaustrada fue alzada, coronaba alrededor y a lo largo la gran piedra. Sus zócalos y pasamanos de pirita, detenían ciento diecinueve balaustres de lapislázuli. Por un penetrante olor orgánico y pesado, atemorizados, los indígenas convertidos, murmuraban.

—«*El azul y dorado, abrirá el pasillo de lo anterior, trayendo deudas sostenidas en la eternidad. Paseándose, de aquel lugar remoto a este*». — Pinto, no los escuchó, sin saber, aquellas advertencias tenían una fundación verdadera.

Era cierto, lo extraño de aquello y antes del átomo, de la luz, de la vida. Como una fianza, de reserva, la roca había sido suscrita. Si puedo decirlo así, entre las fuerzas que rigen el universo y la creación misma.

El omnipotente Mantonegro, arribó una tarde súbita, en admonición a su llegada, el cielo claro, se manchó de gris. El galeón atracó cuarenta días, antes que el interior y murallas de la vivienda, fuesen concluidas. Con una sincera displicencia, desde la distancia, el dominico miró la ofrenda. Sin considerarlo, llevo a su séquito de veintinueve frailes solapados, ocho monjas que lo regulaban todo, entre cejas y a treinta y un seculares, que lo protegerían de cualquier amago. Lleno de ansias, demando ser llevado al abadengo de su conformidad.

Producto de seis meses en altamar, sucedió que, al descender de la nave, liberaron una pestilencia tan descomunal, como un ave de rapiña. Revoloteando, se quedó, acertando en las narices de todo el pueblerino. Hasta encontrar su presa. Era la homilía previa al terror, era como una peste, el hedor, no tuvo distinción de raza o margen.

Tendrían que esperar, hasta que el humo de la hoguera ilícita, se mezclase con el polvo trepidante. Para así, poder respirar el aire marino nuevamente.

* * * * *

Los padres de Ángela de Sarmiento, murieron el tres de marzo. El mismo día, que, a la hija, le fueron dados ochenta y ocho vergajos en la plaza mayor de la ciudad de Lima. Con pertinacia, la muchacha, se había opuesto a lo que la iglesia cristiana forzaba.

—¡Estoy en contra de la creencia irracional y del conjunto de pasiones insípidas, yo me atengo a la propia razón! ¡La iglesia ha construido la injusticia racial, dentro de esta sagrada institución, necios, miráis a sus alrededores!

—¿Podéis ver la decadencia y la injusticia? —Gritó en medio de una misa dominical. Ángela se atrevió a pensar por sí misma y lo hizo saber.

Su madre, aún pudo escuchar el sollozo de la joven, cuando fue llevada a la cámara dolorosa. Los tres, no se verían más.

Sin previa amonestación, antes de atarla, a la faja del infame caballete-triangular [16], Ángela, fue descuajada de sus ropas. Con las ligaduras tensas, la inmovilización, comenzaba por los hombros, pasando por sus antebrazos y muñecas, Ángela no se escaparía. Con cada vuelta que la rueda daba, se le palidecía el semblante.

Múltiples partes de su piel, comenzaron a sangrar. Al desvanecimiento, en la boca, le arrojaban jarros de agua inmunda. Para aumentar el sufrimiento, en los dedos de los pies y manos, insertaron argollas parvas de hierro con torniquetes. Las apretaron, hasta el punto de que sus uñas, reventaron. Alrededor de la garganta, le ataron un alambre con puntas en relieve. Pasaban por la espalda,

---

[16] Caballete triangular era un dispositivo de tortura, para infligir dolor utilizando el propio peso del sujeto manteniendo las piernas abiertas, atadas con cuerdas desde arriba, mientras se bajaba al sujeto.

cruzándose sobre la vagina, para continuar y bajar en espiral por los muslos. Terminando en las pantorrillas, en cuatro argollas clavadas en suelo de piedra, quedaban sujetos. La sangre que emanaba, iba inundando todo.

El padecimiento de Ángela, duró veintiuno días. No todos fueron consecutivos. Con intervalos de cada nueve horas, para que el sacrificado notario, el ejecutor y los tres carceleros pudiesen descansar. Al momento, que sus labios violáceos, murmuraron algo, detuvieron las ceñidas vueltas de la mancuerda.[17]

«Matadme en este momento, porque no consiguiereis que mi cuerpo, renuncie a mi mente, pues ambos, son parte de mi alma y está me pertenece solo a mí», —dijo la mujer en desvanecimiento.

No importaba que le quitasen la vida; la persistencia y la creencia de la joven mujer iban más allá del sufrimiento y la injusticia.

Desde las sombras de la mazmorra, una risa chillona, fue escuchada. Provenía de un mulato macabeo de Mantonegro. Era uno de los tantos granos malignos, que se dedicaban a predicar a los hijos de dios. Abastecidos de crueldad, bozales y corozas [18]. Al acercarse, el hombre y deteniéndose, antes que sus ropas se plasmasen de rojo. Con una voz afeminada, e igual de estridente, dijo:

—Vuestra vida, no concluirá hoy perversa, ni mañana, ni nunca, aún tenéis, un interminable pasadizo marino que navegar. Por qué, lo que os espera al otro lado, no tiene semejanza a las caricias que os he dado.

Entre convulsiones y sin volver en sí, fue transportada con el cargo de herejía. Aún, no cumplía los dieciséis años.

Al llegar a Aviva, fue encarcelada nuevamente, en una mazmorra especial, que el dominico había hecho habilitar solo para ella. Sus

---

[17] Mancuerda era la tortura en la que se añadían cuerdas a diferentes partes del cuerpo del prisionero, haciendo el efecto de torniquete.

[18] Coroza, durante el santo oficio de la Inquisición, los hombres y mujeres que eran arrestados debían llevar un sombrero puntiagudo de papel en público como señal de humillación pública.

acusaciones habían aumentado a siete; amancebamiento, fornicación, cismas, alumbrada, bestialismo, blasfemia y adulterio.

Las ansias del dominico, de ver aquel rostro pequeño e inocente, le detuvieron la sangre. Sin demora, se hizo llevar. —Al llegar a la cumbre, antes de entrar en la cárcel y desconocido por él, Mantonegro, debía demarcar el nexo de un futuro. Bajo aquel cielo intenso, por primera vez, se detuvo a prever aquel horizonte vasto.

Soslayando suscitó—: Esta perfección azulina de agua y cielo, no fue creada para que estos inmundos, las insulten con sus miradas, — antes de entrar y para bendecir la tierra, la escupió dos veces.

Para que sus ojos encontraran a aquella mujer, le tomó un par de minutos. Bajo la luz de un brasero alto, posicionado detrás de ella. Mantonegro, observo una mujer vetusta, en las manos y pies, tenía grillos. Su entrepierna, le miraba, atormentándolo. No era ella, la infanta de sus pesadillas caladas. En la humedad del sepulcro, había un cuerpo reducido de huesos dislocados. El dominico, no sabía que era piel ajada, o costras acumuladas. En el resto del cuerpo, solo había pústulas.

En el medio de la plazuela de los almendros, previo a su llegada a la cárcel, Mantonegro, ordenó que levantasen una hoguera. Hecha de veinticinco encinas, especialmente taladas para la ocasión. A las cinco de la tarde. Antes de ser quemada, con el espíritu molido, e invistiéndose con la ira resurgida. Como fuerza definitiva, Ángela de Sarmiento, lanzo una imprecación, que duraría en el tiempo.

—¡Muera aquel que matase!

—¡Sufra!, ¡sufra!, ¡aquel de alma pestilente!

—¡Que sufra aquel que inflige dolor y desgarro!

—¡No una, sino mil veces! ¡Una y otra vez!

—¡Que tal, le aconteciese en perpetuidad!

—¡Qué no calle, aquel quien lo viese!

En el monje, la mirada de Ángela en aborrecimiento, había quedado fija. Ángela murió en silencio y pertinaz, no grito, su ira se lo impidió. Nada de aquello ocurriría, al menos no en aquella vida de Mantonegro.

Sin remordimientos, el religioso repugnante, murió casi treinta años después, rechoncho y sonriendo. Sentado en el trono papal, vistiendo de oro y bordón. Bajo las coloreadas miradas, de una virgen y su hijo. Quienes, por sus sacrificadas labores, le observaban en complacencia y agradecimiento. Junto a sesenta y siete santos y beatas plasmadas de sus habitaciones privadas. Que tantas risas, le causaban a sus innumerables ahijadas.

El dominico, toda su vida, olió a pólvora quemada. Antes de marcharse de Aviva, Mantonegro, ordenó; el cadáver de Ángela, debía ser condenada-a-estatua[19]. Todas las veces que fuese necesario. Hasta que sus cenizas no fueran más que un polvo débil en el viento.

Desvanecidas, volverían otra vez a nacer.

En medio de las intensas brazas que aún ardían, Pinto, fue informado, Albora había sido atisbada, huyendo de la cárcel, junto al bandolero de Quintèros. Por un momento, Pinto quedó paralizado, trató de comprender, como era posible que aquella traición, pudo escapársele, sin que él pudiese olfatearla.

Comenzó a sentir la furia, iba quemando su semblante. Aquella reacción fue tan intensa, que la gran hoguera crepitó, lanzando una llamarada infernal. *Yayai* que lo observaba, había formado parte de lo que acontecía. El corregidor se le abalanzó, mascullando palabras hechas de escupitajos. Arrastrándola hasta el caballo, a horcajadas, en loma, se la llevo hacia la cárcel.

Ahora, Pinto podía comprender, aquellas inesperadas visitas de Albora. Aquel súbito interés en las mazmorras.

—¡He sido un imbécil, mierda!, —se juzgaba.

—¡Gilipollez, creyendo en ella!

---

[19] Condenada-a-estatua; era el castigo a un difunto; quemarse en los huesos, tener sus restos mortales quemados.

Pinto maldecía, —¡me buscaba, me deseaba, idiota! ¡Hija de la gran ramera babilónica!

—¡No era a mí!, —grito mirando al cielo.

Aquel canalla, le había robado su joya.

—¡Ahora, solo será cesación para ambos!, —exclamo al llegar a la cima. Arrojando a la esclava por la tierra.

—¡No os mováis!

Antes de entrar en aquella oscuridad maloliente, demandó algo a sus secuaces que le habían seguido cuesta arriba. *Yayai* quedó sola, no tenía espanto, sin duda, sabía lo que ocurriría. Aun así, desde la sólida oscuridad y desde el subsuelo, al atender los ecos que brotaban en cólera, la sufrida mujer, sintió una delicia placentera. Calladamente, preveo unas diminutas luces, que se iban disipando sobre el horizonte. La noche estaba fresca y aquello, inundaba su piel de vida.

Por primera vez en mucho tiempo, la esclava era feliz y libre de alma.

Pinto, no salió hasta mucho después de la madrugada. No estaba abatido, al contrario, la venganza, lo había hecho más alto, más menguado. Sin entender la escapada, o como se había desenlazado. Justo al borde de la caída, encontró su respuesta. En la última sepultura, con su tapia abierta, en la oscuridad, debajo del nombre corrupto de «*Sebastián Pinera*», estaba aquel socavón.

Desde la tumba, descendía. Era un túnel expedito y oscuro, atravesaba las entrañas del cerro, teniendo como salida, la muralla junto a la cocina de la futura casa. Aquel salvoconducto, había sido su precaución. Pinto, sabía cuento era odiado. No era cuestión de ser una gallina, prevalecía su preservación, ante una revuelta asesina que pudiese caerle en cima. De sopetón. Su error, había sido mostrarle aquel maldito túnel a su hermosa.

Como un ventarrón, que se lleva las hojas secas, levanto a *Yayai* del suelo. La mujer no gritaba, ni lo miraba o él creía que lo hacía, eso lo exasperaba más. Entre puntapiés y agravios, la obligo a bajar hasta la boca del túnel. Como el secreto de su nauseabundo deseo, la cavidad estaba llena de oscuridad. Pinto, sabía el recorrido. Por el pelo y sin esfuerzo *Yayai*, fue arrastrada. Ella, trataba de aferrarse de las piedras negras, del mismo aire negro que se le acumulaba en la garganta negra, no importaba el dolor. Su Albora, no estaba allí, él ya no la vería más.

Al entrar en el esqueleto de la cocina, como una muñeca en harapos. *Yayai* fue elevada en el aire. Antes de lanzarla, como un trueno, le grito en la cara,

—¡Sois una asquerosa! ¡Si hubiese sabido, vuestra traición malparida!

»¡Maldita puta, debería haberte arrancado la cabeza y meado en tu puta cara negra!, ¡zorra inútil!

Con una fuerza tan grande como su desprecio, le arrojo. Pinto tenía el rostro desfigurado, le pateó el rostro. Sintió perversión.

Solo la luz de la luna, que se desbordaba por el techo ausente, fue testigo, *Yayai* volaba por la crujía. A lo largo de las tres alcobas, la salita de estar, el estrado, comedor y el despacho. Desplomándose casi muerta, encima sobre las diez puertas de cancel colocadas en el recibidor. Antes de que ella pudiese volver en sí, con toda la fuerza, que sus manos le otorgaban, Pinto, comenzó apretar el cuello de la mujer. Fueron segundos eternos. Aquel castigo endulzado, en él, iba produciendo una erección. Incitado, continuaba estrujando más aquella vida. No presenció, ciego y sordo de ira, aquel momento en que *Yayai*, susurró en un hilo liviano.

—¡Huye y vive libre mi pequeña, ama sin límites, todo y nada en esta vid…!

El último momento de existencia de *Yayai*, fue una lágrima larga y brillante.

En el medio del crucero central de la susodicha cruz, Pinto, continuaba estrangulando a su negra, a su posesión.

—¡Maldita perra!

»¡Haaaa! —Se detuvo, miró al cadáver mientras tocaba su falo duro, al mismo tiempo, Pinto moldeaba su bigote.

Aquello, no le quitaba el odio, ni le daba compensa. No soportó el asco al ver la sonrisa, que aún se percibía en aquel semblante oscuro. Desde la asquerosidad de sus tripas, escupió a *Yayai*.

Excitado por aquel crimen, atravesó el brazo menor de la casa. Para vociferar todo su odio, la furia, deseaba llegar al ventanal. Esfuerzo inútil. Ante el atronador ruido, no lo escuchó nadie, el tremor dantesco, ensordeció a todo sonido viviente. La oportuna sacudida de fin de mundo, duró tres minutos.

Llevándose a casi ochocientas criaturas, deformando los cerros y el borde costero de Aviva. En la caída vertical, una parte de la cruz y él mismo infeliz, se fueron cuesta abajo. Tres días después, bajo el transepto, encontraron su labio superior. Su cuerpo aplastado, aún mantenía el mostachón perfecto.

Pinto, nunca llego a saber cómo los amantes se habían visto por primera vez. Sucedió cuando, el bucanero, había sido transportado en la carreta hacia la cárcel. Todo el mundo salió a las calles a ver aquel magnífico bandolero, que tan notablemente, perseguía y quemaba a las embarcaciones enemigas. Los ojos de Albora y Bartolomeo de Isabelino, se hablaron en ese trayecto, nadie escuchó, excepto la esclava.

Ni un alma se enteraría de aquel amor subrepticio. *Yayai*, se había encargado que los recados secretos, no fueran nunca notados. Los cuales, no se perdiesen a modos de sufragio, e incontables monedas.

Fue ella la que ingenio el plan de escape, fue ella, la que les prometió que se encontrarían al otro lado del océano. En la roca, había sido ella, la que había escondido la arqueta olvidada con las gemas valiosas. Como pie, para aquel futuro de los amantes. Fue ella, que calladamente, se entregaría como ofrenda, en sacrificio para ese dios maligno.

Los amantes, después de la huida y por cuatro meses, se amaron sin embozos. Entre velas infladas y vientos sureños, que los llevaban a su destino final. Entre reposos y mañanas tempranas, construyeron una vida juntos, sin etapas, sin trabas y sin demoras. No habría casualidades indebidas, que los pudiese apartar. Deseaban una tierra verde, amplia y alta, que terminase en el mar. Fue encontrada, junto a una casa de piedra en la loma de una colina, con una cuadra tan grande como esta.

Como un holandés, él, dedico su tiempo, aprendió el arte de gravar el vidrio. Fue allí, un par de años después de sus ausencias, Albora recibió una carta. Enviada por la mujer del capitán de la provincia, con dos mensajes.

Una escrita por su negra amada.

En ella, le decía que el día que ella había nacido, su alma había sido liberada de toda condena. La segunda, le anunciaba las muertes de su madre y el corregidor. Albora, lloró a su difunta, detenida contra la madera mojada, extrañándola en la distancia.

Las órdenes de su padre, finalmente, dieron con ellos. Dos días después del anuncio, los sicarios no tuvieron vehemencia. Solo quedaron los dos cuerpos sangrientos, rodeados de once velas y la diafanidad de sus luces a través de los botellones verdes.

Sus almas tendrían que esperar por una promesa de tiempo y destino, para que se encontrasen nuevamente, en Intiawki y Killay.

Capítulo 14

Desgracias Que Arrastran

A través de la carta, las palabras de Agripina Romana, continuaban nutriendo el tejido de colores y puntos. Pero yo ya había comenzado mi marcha regresiva. En el designio establecido de la roca, la materia blanca, no dejaría que nadie la habitase; solo un individuo en particular. El cometido final, podría haber sido una quimera, pero contrario a esto, su conclusión, tendría propósito, verdad y un cambio radical.

Había sido escrito y tendría que suceder, mucho tiempo después de que el principio de todo. En el punto, en que una dirección errónea y falsa, había tomado lugar en este mundo. Forzando el género humano, hacía un afán de entender, o creer en lo que no se ve y las consecuencias que aquello pudiese traer.

En aquella fianza inicial, sobre toda superstición. Sin citar un tiempo determinado. El destinado, allí, comenzaría una estirpe breve, pero fundamental. Quienes, nunca se enterarían de lo esencial que serían sus seres, para dar marcha al principio de un enlace extraordinario y necesario.

Con esta sangre y su compendio, comienzo la trama de la roca blanca, la casa y la familia que la habitaría.

* * * * *

El nombre del elegido, era Salvador Nonrsmann, según la historia oficial contada por él, había nacido en el 1805, el día, había coincidido con aquel, cuando en España se prohibieron momentáneamente y por última vez, las corridas de toros.

Según aseguraba él; su madre, una Anti-tauromaquina[20], aquella mañana, al bajar por las escaleras de la embajada, al enterarse de la buena noticia, saltó tan fuerte que rompió la bolsa, liberando el líquido y al crío sin dolor alguno.

El golpe recibido por el infante, en el mármol helado, le dejaría una minúscula cicatriz, invisible para el ojo humano, que le marcaría su existencia de por vida, solo Salvador Nonrsmann, sabía dónde se encontraba, entre sus cejas. Como un ojo extra. La seña no había sido una cuestión de fealdad, sino un estigma peculiar, dada por las manos etéreas que se ocultan en el paréntesis del universo.

No fue un joven, cuando llego al nuevo país, en calidad de auto desplazado. Huía de una inmensa seguidilla de circunstancias malogradas. Las cuales, le habían marcado desde su nacimiento. Forzado a escapar por su propia inhabilidad de detener los designios de la vida. En realidad, su vida trágica, era su propia antonomasia.

Eran sucesos, infortunios y casualidades, que podían hacer caducar la vida de cualquiera. Incluso, una sola palabra de él, o un gesto, podía iniciar una cadena de hechos. Su turbación y su culpabilidad, le perseguían por días sin fin.

La idea vino a él, en un brillo fecundo.

Salvador Nonrsmann, se marcharía con su mujer y estirpe. Estaba convencido de que, huyendo de su tierra, dejaría atrás aquel imán, que tantos pesares, le atraía. En la nación joven, encontraría, la nonagésima novena oportunidad, que debía otorgarse.

Está, sería la definitiva.

Al otro lado del mundo, donde se hablaba su lengua germánica, entre otras. Sería allí, antes de arribar, alejado y respirando aire nuevo, podría arrojar todas las desgracias por la borda. Salvador, habría de celebrar su ser otra vez. Debía alejar las sombras pesadas y graves que le seguían en su mente. Atormentándolo y acechándolo.

---

[20] Anti-tauromaquia; personas contrarias a las corridas de toros o a otros espectáculos en los que intervienen estos animales.

Bajo cualquiera descuidó, para así, plantar la vergüenza y el miedo en él. Como un patrón totalitario, al que se le teme y avasalla. El temor, no le daba descanso.

—¡Carajo de vida!

»¡Estoy harto de tener miedo!

Salvador Nonrsmann, siempre lo había sabido, constantemente, se lo advertía, asimismo, no podía doblegarse ante aquellos dos seres. Los que habitaban, en aquel recóndito límite de su sanidad. En la anchura de su cerebro, antes, de llegar al precipicio de las calamidades dimensionales, se sentía atrapado.

Uno, era malévolo y repugnante. Sin importar consecuencias, dictaminaba, los pensamientos que lo avergonzaban. Que lo hacían, sentir diminuto y sin peso. Aquel, era capaz de flagelaciones agobiantes, que le producían heridas abiertas y sangrantes. El ente hipotético, de acuerdo con él, era de ojos falsos. Desde la nuca, le miraban culpables, llenos de envilecimientos, le provocaban, un pavor que lo hacían acelerar de dudas.

La segunda voz que lo atormentaba, habitaba en las sombras. Apartado en el silencio, asechando. Aquella presencia, era arrastrada. El eterno mártir, presumiendo bondades y creyendo ser la benevolencia misma. Era tan vil, como el otro, la diferencia de este, era su vacío de amor u odio. Con un poder agobiante, era un velo férreo. Que le paralizaba y lo dejaba en las penumbras traslúcidas. Sin decisión o entendimiento. Era él, que lo pasmaba por días, haciéndolo sentir podrido de aprensión y bajo. Como el polvo sin sentido y sucio.

Tempranamente, Salvador Nonrsmann, antes de llegar a la enajenación sin vuelta de su juventud. Entendió de un golpe, era él y único, soberano de su vida. El sopetón le dio en la cara aquel día que se había levantado antes de la madrugada. Como un autómata y sin dudarlo. Deseaba terminar con aquella pesadilla, que era su vida, que no le daba rienda. Con diecisiete años recién cumplidos. Con una cuerda atada al viejo laurel, la inexistencia, era su única solución.

En aquel preciso momento de su determinación, al subir en el escabel. La fragancia penetrante y dulce, proveniente de una Bella-de-la-noche[21] recién florecida. Le invadió el alma.

Supo, en su razón alterada que su madre, estaba allí. Aquella memoria, le abofeteo la vida, devolviéndosela. La misma vida, que ella se había quitado, cuando él, aún era un mocoso de pelos áureos. Fue el mismo día, en que él aprendió a leer la hora. La misma hora, en que su madre se había dado un tiro, reventándose la molleja.

El, no la vio, su mente entendió. Aquellas manecillas, decían las once. Aquella fragancia que espantó su angustia, le había alejado de su cometido. Deteniéndolo, con los brazos en alto, sujetando la cuerda.

La helada de la amanecida, le arrojaba vida en cantidades plenas. La sangre, devolvía a su semblante la templanza. No la dejaría irse nunca más. Con la excepción del día que recibió el maldito cable, lleno de culpa. Pero para aquello, tendría que esperar casi noventa y nueve años.

Si Salvador, había aprendido algo de aquella mañana.

«*Yo controlo mi vida*», —se convenció.

Lo sabía, él iba por sobre aquellos dos personajes maquiavélicos. Residentes de su mente. Solamente Salvador Nonrsmann, llevaría las riendas. Serían muchas muletillas, que usaría para lanzarlos a aquel último plano de su mente. Para hacerlos volver a la buhardilla. En la que los mantendría encarcelados, por casi toda su vida. Salvador Nonrsmann, había ganado su primera batalla, haciendo lo contrario a lo que estos susurraban. Se dio cuenta, enfrentándolos, él, se acercaba más a su propia esencia.

---

[21] Bella-de-la-noche es una flor de un cactus epífito sin espinas. Cada flor suele durar solo una noche.

Los catalogó, otorgando a cada uno, sus propios motes. Llamándolos como a dos mielgas, que se les odia y compadece. *Gustav* sería el insidioso y *Otto*, el santurrón e hipócrita.

«*Pedazo de mierda*», — repetía continuamente *Gustav* con voz amable.

«*¿Has comido? Bien, sigue comiendo, siente ese impulso, trata de encontrar tu propósito en la vida, por supuesto, no lo has hecho. ¡No vales nada! ¡Eres un fracaso y todo el mundo lo sabe!*»

»*¡Mastúrbate, necesitas masturbarte! ¡Quítate esa rabia, el mundo, el universo está en contra tuyo!*

»*Mira tu cuerpo; eres gordo, eres repulsivo, nadie te quiere. ¡Nadie te desea!*

»*¡Eso, eso!, métete los dedos en la garganta, ¡Vomita, vomita! Ya está, ves que ahora te sientes mejor, más suelto,* —la voz de Otto estaba allí continuamente.

«*Ni siquiera puedes vomitar bien, eres un inútil, continúas siendo gordo, aquí entre los arbustos, hazlo aquí y ahora, nadie te verá. ¿Si te matas, quién te extrañara? ¡Nadie, pobre diablo! ¡Eres un fracasado!*»

—¡Que se jodan estos malditos! —Salvador gritó al cielo.

Por consiguiente, desde aquel día de auto alumbramiento decidió que, sería conocido como, Salvador Gustav Otto. Aunque le dolía, se completaba a sí mismo, los tres, eran uno solo. Su sustancia real.

Eternas veces, se había preguntado. Si únicamente, eran solo dos, aquellos antagonistas, que le traían tantas desgracias, o provenían de algo más, que él desconocía. Eran ellos los instigadores, con una única misión, llevarlo hasta su propio deceso. Salvador Nonrsmann, no descansarían hasta doblarle las rodillas. Una y otra vez. Ellos, tenían que ser derrotados. Sin cesar, se había cansado de aquellas nefastas calamidades.

Al tener dos subconscientes fatídicos, se consideraba único. Naturalmente, en su reflexión, se decía;

«*Deben ser de ultraderecha y conservadores*».

Por lógica, Salvador Nonrsmann, sería contrario a estos. Después de calladas batallas, en las cuales, él, siempre salía ganador.

Algún día volverían a dominarlo.

Salvador Nonrsmann, era un hombre grande, de pelusas de color mostaza, suaves, casi blancas. Al igual que su ondulada barba, está era gruesa y descendía hasta su ombligo. Su bigote, era recio y firme, como las huellas que dejaban sus pies. Cada mañana, en cada una de las curvaturas del mostacho, balanceaba dos huevos duros. Así, se convencía de que aún, era viril. Sin demostrar la sazón, nadie sabía su edad. Algunos, pensaban que, él, era un joven muy ajado, pero la gran mayoría, se referían a él, como el viejo mancebo.

La inocencia de Salvador siempre, alegaba. Los pretextos, nunca lo sacaba de la duda de los demás. No era su falta o malicia, que los caballos, se espantaran con coches y todo, matando a quien estuviese enfrente. Ni era su maza muscular, o su piel, que hacía que la leche o la mayonesa, se cortasen de forma precipitada. Cuando él, entraba en la cocina, su mujer le advertía.;

—¡Señor Nonrsmann, se lo he dicho muchas veces, sus visitas a esta estancia de la casa, están terminantemente prohibidas!

No fue su culpa, cuando el semental más valioso de su primo, muriese desnucado. Por un solo granizo, grande, como la cabeza misma del animal, que calló desde un cielo despejado y soleado. Pagar el valor del animal, le tomaron tres años. Ni fue su predisposición que un zorrillo, entrara por la ventana de su baño. Emitiendo en su cara, la secreción fétida. La cual, le acompaño, algo más de un año de celibato.

Su vocabulario, ante aquellas desgracias, siempre se constituía, entre un, «*¡Mierda! ¡Maldición! ¡No sabe cuánto lo lamento!*», — irrefutablemente, con un, «*¡mil perdones, no volverá a ocurrir!*», — terminaba alejándose de aquellos percances y con la moral, por debajo de sus polainas.

Estos y los otros de miles de hechos infortunados, en los lugares específicos, coincidían con su presencia inocente. Debido a esto, tuvo que esperar cinco años y un mes para casarse con su amada, los primeros cinco, fueron impuestos por la familia de la joven. No había claudicación, los padres, se oponían a que un hombre tan excesivamente mayor, cortejase a aquella señorita de diecisiete años. Jamás supieron, él, había sobrepasado los sesenta años.

Favorablemente, para él, los posibles suegros, viajaban en aquel vagón. Su azar llegó a él, con el primer descarrilamiento de trenes del país. Matando a la mayoría de los viajeros y una vaca. Los padres de Leonor, no se salvaron. El accidente coincidió, con la presencia inicua de Salvador Nonrsmann, aquel día, en aquel andén de la estación. Antes sus ojos, Salvador pudo ver el ruido metálico y sangriento. A dos metros de sus botines, con precisión, la conglomeración de chatarra y madera se detuvo. Arrojando, una polvareda de hierro torcido en su cara, que lo enmudeció por el resto del día.

El mes adicional de espera, fue impuesto por la novia, para superar el duelo. Tiempo, que les sirvió, para concordar sobre la institución, que utilizarían para legitimar su unión. El dilema yacía, en el protestantismo de Leonor, así como, en el ateísmo de Salvador Nonrsmann.

En un ayuntamiento provincial y apartado, donde nadie los conocía, un jueves, antes del mediodía, se casaron.

Él, se sentía apacible y algo sosegado, ambos, vestían de negro. Solo la dalia blanca, que llevaba Leonor en su pecho, mostraba la ansiedad y alegría, que ambos sentían. La nueva esposa, rápidamente, se acostumbró a la cadena de pesares, que el marido había instalado en el nuevo hogar. Lo más peculiar de todo, las desgracias, nunca las alcanzaban a ella, o a su recién nacida.

Aunque Salvador Nonrsmann, sí, llegaría a preguntar por sus finales. Pero aquello, ocurrió solamente por un breve momento.

Cuando aún se encontraba en su tierra, sin verla, compro el título de la roca. En un periódico, que obtuvo a través la embajada de su adoptiva república, vio el anuncio. Así era descrita;

«En la última colina de Aviva.
Balcón blanco, natural y alto, mucho más que lo sobrenatural.
Es un refugio, para deidades o hacedores.
Donde el destino encuentra un paradero nuboso antes de
continuar escribiendo vidas».

Salvador supo que la propiedad sería suya. Imaginó en aquella descripción, a su hembra recostada, soñando, como su *"Venus-Dormid"*. Hasta aquel entonces, su más preciado objeto. Era un viejo óleo, e incompleto de *Salvi*[22]. Mostraba, la escena de una diosa en vigilia, en la distancia, ilusoriamente, había una casa delineada, esperando ser pincelada.

En aquella roca. Leonor, Adelaida y él, formarían un hogar, distinto. Ya no sería una ilusión, tenía los fundamentos para aquello. Se convenció a sí mismo. Aquella roca blanca, era un augurio seguro, de los verdaderos y que tanto necesitaba en su vida. Especialmente, después de lo que había sucedido la semana anterior a aquella. Los trágicos fallecimientos de un mutualista y tres paseantes, ¿accidente?, ¿desgracia?, ¿contrariedad o destino? Impuestos por la suerte. Eran eso y más, aunque, la verdadera culpa nunca era suya. Solo eran empujoncitos dados por las manos de la vida.

El día que compro los pasajes de embarcación, supo que ya no tenía marchas atrás, comenzaba nuevamente. En la lista de pasajeros, de la compañía de vapores, que iba con rumbo, al continente Neo colonial, él, figuraba como, don Salvador G. O. Nonrsmann y familia.

---

[22] Giovanni Batista Salvi fue un pintor italiano de época barroca.

Antes que la larga travesía concluyese. Solo él y nada más que él, regiría su propia vida y destino.

Se lo propuso y sin dudarlo, empezaría una vida distinta. Era la única posibilidad indiscutible. Salvador Nonrsmann, sería libre, sabría cómo mantenerse en pie, frente aquellos designios, que vivían en su cabeza.

* * * * *

—En la carta, la mano de Agripina, había subrayado. «*Muchos, se pasan la vida entera, tratando de sobrellevar la locura con que nacen. Las inducidas y aquellas provocadas. Solo el tiempo y el olvido, enseñan que las cicatrices imaginarias, se pueden sanar, o se aprende a vivir con ellas*»

Capítulo 15

El Cimiento

Al llegar al país nuevo, en una casa de huéspedes, instaló a su familia Las tres hermanas que la llevaban, garantizaban, en aquel establecimiento, encontrarían comodidad y descanso pleno. Especialmente, eligieron aquel hotel, allí, eran servidas cinco comidas diarias. Su único requerimiento, el menú, debía incluir su dilecto «*Krabbe*», en salazón. Las venteras, sin dudarlo, habilitaron tres habitaciones. Se comunicaban entre sí, con su propia bañera, a sus dominios y para el cuidado de su mujer. Salvador Nonrsmann, agregó una mucama personal. Para qué la esposa, en ningún quehacer, no atormentase sus manos delicadas.

Leonor Nonrsmann, antes de desembarcar ya había asumido sus aires de grandeza. Vestida para impresionar, en su solapa, traía una mariquita viva. El insecto, sujeto a un arnés y cadena de oro, la hacían resaltar más. En su mano, sostenía una cuerda de seda, atada a una tortuga de caparazón ambarino. Leonor creía, aquellos dos seres, le otorgaban una imagen de una estricta excelencia, moral y estética. Muy secretamente, deseaba ensalzar el modernismo que Salvador Nonrsmann, arrastraba con él desde el viejo continente.

Leonor, nunca llegó a enterarse, en silencio y sin revelar, el marido, trataría de apaciguar en ella, aquella grave pasión. Salvador, no dudaba que la prudencia del tiempo y su infinita paciencia, terminarían de poner un fin, a aquella compulsión excesiva, de la creyente y joven madre.

Leonor ladinamente, siempre, encontraba en los textos sagrados, algún ejemplo, aunque, estos fuesen mentiras proferidas, o verdades sin fundamento. Leonor, no se dejaba convencer por la razón, aunque, la tuviese frente a sus ojos. Sabía, cómo obtener una ventaja taimada, que le permitiese alimentar sus caprichos impropios. Empero, su amado, anhelaba ver en la joven, un deslumbramiento mayor a su propia belleza. Aquella tarea, lo hacía sentirse más fuerte, pero nunca más joven.

Fue por el garbo de Leonor Nonrsmann, que Salvador, pudo conocer al señor Andrónico Hill. Ocurrió, a lo largo de la costanera, durante el primer paseo. Fue la esposa de este, en la distancia, indicó al marido, aquel contraste cobrizo que aquella figura diminuta, desempeñaba. Ante la belleza de la intensa cabellera rojiza de la joven, el capitalista, no pudo contenerse. Era distinta al resto de las cabezas negras del proletariado local. Cordialmente, sin previa etiqueta, se presentaron. En pocos minutos, el enlace imprescindible, había quedado establecido.

Había sido la ornamentación de las mujeres. Antes de continuar la marcha, bajo el soto junto al mar, los recién llegados, fueron invitados a uno de los famosos saraos de la pareja ya establecida. De vuelta en su carruaje, sin poder contener su emoción triunfadora, Leonor Nonrsmann, mencionó a su marido —: La señora Hill, se ha quedado estancada, en las recomendaciones de la famosa *Condesa de Landsfeld*[23] y su librito de ayuda, anclas, ¡para llamar las atenciones varoniles! —Leonor, se sentía triunfadora. Su aspecto solemne y refinado, se lo decía.

—Qué agradecida estoy de mi difunta madre, al instruirme, desde de chiquitina, a que guardase todo el cabello depositado en mis cepillos.

Aquella acción, despúes de un largo plazo, le entregaría un dividendo, en la forma de un postizo. Coronaría, la parte frontal de

---

[23] Condesa de Landsfeld más conocida por el nombre artístico de Lola Montes fue una bailarina y actriz irlandesa. Más conocida por haber escrito un libro de consejos a las mujeres en el que se detallan las normas de higiene y belleza y los valores que se otorgan al mantenimiento de la imagen de una dama.

su cabeza, indudablemente, llego a pensar; aquel pelo muerto, la hacía verse más grande y le entregaba una ventaja sobre los demás.

El inglesito bajo, no era desconocido, se hacía llamar el «*conde del nitrato*» y razón tendría. Ambicionaba poseer el monopolio total del mineral. En su empinada carrera, por conseguir aquel objetivo, había sumado a su cartera, el total de las empresas en el vasto norte. Controlaba todo, desde el agua, la energía y tejidos.

Para su determinado plan, el lucrado comarcal, vio en el germánico, aquel elemento clave. Salvador Nonrsmann y Leonor, vieron a través del inglesito, la desconfianza que ocultaba. Para ellos, representaba un falso dilema. Su política, iba más que aquello. Junto a la ambición, Hill, escondía un constante apocamiento.

Ante el escrutinio, Andrónico Hill pasaba sentencia.

—¿Cómo puede juzgar?, ¡su voz es inexorable! No tiene ni una pisca de compasión.

»No, no me gusta, oculta algo detrás de esa mirada malhechora, —entre canapés y velas, Leonor, le manifestó al marido.

—Mi querida Leonor, se está usted imaginando cosas, —dijo Salvador, tratando de convencer a ambos.

Al ver su propio reflejo desfigurado, en la plata reluciente de un candelabro, Leonor, había preferido callar. Había observado su intrínseco pensar, tan solapado como la mirada de Andrónico. Leonor Nonrsmann, debía callar su criterio. Ya, era tarde. Antes que la candileja concluyese, el «*conde del nitrato*», había ofrecido a Salvador una parte ínfima de la sociedad.

A través de las distintas localidades, él y el germánico, emprenderían un masivo cometido. Sobre los privilegios del salitre, Hill, con su pomposidad y labia, necesitaba convencer a los influyentes financieros. El muerto de hambre, hecho un ricachón, deseaba ser su propio tenedor, sin importar, que aquellos que le otorgarían el sello final. Se iban montando a su caravana silenciosa, con un solo rumbo, la indudable ruina.

Salvador aceptó, en su voz, no hubo complacencia. Sin saberlo, él, superaría al conde, no porque se lo llegase a proponer, sino por la repentina occisión del advenedizo. El viaje itinerante, estaba previsto en dos días. Antes de partir, Salvador, llevo a su mujer a conocer su *"Venus Dormida"*.

* * * * *

No deseo confundirle, Amelia, pero esa imagen del conde es borrosa y contradictoria. La he adjuntado a mi historia, tal vez por su falso argumento. El hombre tenía el poder de contrarrestar, derribando al más formidable oponente.

Con las imágenes, que iban aflorando de la carta, Amelia, aún más, comenzaba a realzar el tapiz. Las palabras se acercaban cada vez más, a los puntos del tejido. Yo, me nutría, en las fotografías, aún puedo, ver aquellas imágenes. Especialmente, un daguerrotipo ajado, la disipación, no se había llevado las figuras. Puedo advertir; un abuelo alto, con una barba larga, que terminaba a la misma altura de la cabeza de una joven. Casi una *liliputiense*. Vestía, un pelo tan alto, que la hacía verse deforme, en su mano retenía a una tortuga desgraciada. Intente ver la similitud, con aquellas imágenes que la carta relataba. Todas, eran idénticas.

106

Capítulo 16

El Hierro

El viento otoñal, era más gélido que dé costumbre. En la ladera de la colina, dejaron el carruaje, caminaron solos. Desde los olmos y perales, que rodeaban los vestigios de la vieja cárcel. Sus terrenos y el esqueleto de sus infamias, habían sido vendidos a un extranjero. Propietario de numerosas publicaciones en Londres. Por más 140 años, solamente el apellido Bauer, habitaría aquellas ruinas.

Las ruinas desamparadas tendrían que esperar cuatro vidas para que su nuevo habitante y sus culpas, despertasen la furia necesaria. Los tres pares de manos que controlan el tiempo, lo escribieron en la fianza ancestral.

* * * * *

Salvador y Leonor Nonrsmann, lentamente, fueron sorteando las malezas. Desde el momento que pisaron el camino, Leonor, no quiso dejarse perturbar. Sintió, el desenlace de sus vidas, comenzaba allí. Sin dudarlo, liberó a «*Resina*», su tortuga. Ante tal acto compasivo, Salvador se sorprendió. Honra, de ningún modo, se sentía sosegada a su contrariada naturaleza. Algo diferente, resurgía en ella. En ese sentido, ellos, habían sido emplazados. El llamado celeste, traía ventajas, estaban a la vista.

Salvador y Leonor iban planeando cada detalle. Desde los adoquines, que los llevarían a través de las dos casas de guarda, antes de llegar a la futura casona. Aquellas, anteposiciones necesarias, serían de piedra caliza.

La idea de las rejas de hierro forjado, en algún lugar del camino, había nacido de ella. Leonor detuvo el caminar, se sacudió el polvo del polisón, con un ademán de conformidad, se había aproximado a su marido. Él, la miraba con deleite. Para que los flecos, no mortificasen la barba de Salvador, Leonor levantó su parasol. Deseaba ver su rostro. En él, vio la aflicción escondida, retenida, a punto de estallar. Sin pensarlo, acaricio sus manos trémulas. Le sonrió, ocupando su mejor tono de consuelo, para convencer, Leonor preguntó;

—¿Alguna vez, le he contado la historia de mi padre y el abuelo? —Salvador la observó.

—¡La verdad!, nunca me intereso saber mucho del viejo cascarrabias, en cambio, de la hija, sí que me…

—¡Por favor, no le llame así!, recuerde que fue el morir de mis padres, que nos ha permitido estar juntos. ¡Ahora lo de viejo…!, a lo cual, usted se refiere, —Leonor, se detuvo, no deseaba sonar irrespetuosa.

—Don Salvador, debo recordarle algo, usted mi señor, era mayor que mi padre por una primavera.

El marido carraspeó un poco, —disculpe usted mi Leonor, por favor, continúe, —su voz, sonaba avergonzada.

—Los rumores decían que, mi abuelo, al ver a su único hijo recién nacido, vomitó de asco y horror, incluso, al ver el cuerpo vacío de vida de su esposa, lloró sangre. Las deformidades de aquel bebé, parecían un castigo por su misantropía. Hasta aquel día, aquella característica, había marcado su carácter.

»A quién se le cruzase por delante, el abuelo, le profería insultos injustificados. Fuera una yegua, o un ánima perdida. Incluso, durante sus sueños, daba o imponía su contraria. Su despertar, siempre había sido un refunfuño solapado. No recordaba cuando había sido la última vez que había tenido un comportamiento amable. Dudo que, aquella cualidad, hubiese existido alguna vez en él.

Leonor Nonrsmann, levantó la mano, dividiendo el aire en gradas, continúo relatando.

—Lo callaba, sí, por efecto a su propio miramiento a sufrir, toda su vida, vivió, alimentándose de su propia miseria.

»Después que la partera le anunciara que, el bebé moriría antes del atardecer. En su taller de herrero. El abuelo se encerró junto al chiquitín. Atrancando todas las verjas con cadenas de hierro, giró todas las manillas de hierro. En cada ventanilla, en los marcos de hierro, fue ajustando las fallebas. En los portones, instaló dos enormes travesaños, qué usted, se podrá imaginar, eran del mismo hierro.

»Entre al carbón y el fuego, acomodo al recién nacido, el bebé no lloraba. Tal vez, había dejado de respirar. Decenas de momentos de desvarío, le atormentaron. A veces, lo imaginó muerto, su ilusión incontrolable, iba avivando el fogón.

—El lugar, era la antesala al averno que le esperaba.

—¡Eh!, —interrumpió Salvador en desaprobación, —¡mi querida dama, el infierno no existe, se vive aquí, en esta vida!, —dijo con una voz aseguradora.

—¡Da lo mismo!, —respondió ella.

»Cómo le decía, antes de ser interrumpida con semejante blasfema. Por dos días consecutivos, se quedó allí. El abuelo no quiso escuchar, a las súplicas de la gente a que saliese. Desde la calle le gritaban, que el recién nacido, merecía un fin digno. Si no se había muerto ya, con las inhalaciones y el calor del demonio. Según él, el mejor lugar para su hijo, sería descansar junto a su madre. Contra el arrepentimiento del yunque, mi abuelo, martilló su miedo descontrolado.

Salvador, absorto en la historia de Leonor, podía sentir sus calamidades detrás de la nuca. Su miedo afloraba.

—Al segundo día, al hombre mal humorado, se le había derretido la coraza contraria. No había cambiado. No pudo deshacerse de su cerrazón maligna. Fue, en aquella fragua, el recién nacido, pudo retornar a la vida. Pero tenía con un aspecto desproporcionado.

»Mi abuelo, termino por delegar la crianza del hijo, a tres institutrices, aun así, el niño creció solo, pero provisto de una inteligencia, ágil y aguda. Para evitar cualquier repulsión física, durante toda su vida, mi padre, encontró los medios necesarios.

La voz de Leonor denotaba amor.

—Heredó el carácter de su viejo, motivo más aún, que le llevo a forjarse una moral intachable. Para su familia, mi padre, no fue más que un amable y dedicado cascarrabias.

—¡Qué! —¿Leonor, usted me dice que don Horacio era deforme?, ¿cómo?, ¿de dónde? —Salvador, trataba de comprender.

—Usted nunca lo noto, solamente, una vez, se vieron las caras. Mi difunto papá, manejaba muy bien, el arte del disimulo. Con la ayuda de un tacón y plataforma, encontró el balanceo necesario. Le hacían verse, considerablemente proporcionado. Lo del brazo…

—¿Qué sucedía con el brazo?, —inquirió el marido, cada vez más fascinado con la historia.

—Su codo, terminaba en una mano diminuta, sin dedos y el mismo brazo, por una fina membrana traslúcida, estaba adherido a la espalda. Desde pequeña, se había encargado, que yo no le tuviese horror. Me hacía reír, con sus monerías de que era un señor pájaro y que podía volar. —De su bolso, Leonor sacó rápidamente un pañuelo, necesitaba callar la tristeza a punto de caer.

Al notar la voz quebradiza del relato de Leonor, Salvador, le tomó sus manos.

—Mi amado padre, me demostró toda su vida, las bonanzas del hierro negro. En su capacidad, más sólida, detuvo todos sus pesares y puede proteger aquellos que le poseen. Reprimiendo, al mismísimo amedrentamiento desgarrador. —Leonor calló.

Contra la muralla rocosa, el filo del viento, los había hecho hacer cobija. Esperaron a que se desvaneciera. Por lo que su mujer le decía,

Salvador Nonrsmann, se había dejado convencer. En aquella historia, encontró un amparo infalible.

El hierro, los protegería de su propio mal.

—El enrejado, comenzará en la primera casa de guarda, hasta alcanzar a la pared filosa del otro cerro, —con la contera del bastón, Salvador, señalaba la altura que deberían alcanzar.

—Deberá terminar en puntas de saetas, filudas y mortales, —dijo Leonor.

—Del mimo hierro, —respondió Salvador.

Ambos, no dudaban. Debían detener el eventual retorno de las calamidades. Leonor sabía, el temor de Salvador, no le dejaría en paz, hasta mascullar su alma.

Capítulo 17

El Umbral Maravilloso

Veinte minutos, les tomó alcanzar la cáscara de la amputada cruz, sabían muy poco de su historia. No les importaba. Vieron en la Ele, de aquellas ruinas, aquel lime, que tantas veces habían buscado, que suavizase sus vidas. El origen de sus felicidades.

Salvador lo sabía y Leonor lo sentía, pero no estaban enteramente convencidos hasta ahora. Ambos, tenían la sensación de que algunas formas maravillosas, les habían dado la roca con las manos abiertas. Lo que ellos quisiesen hacer con sus destinos, se encontraba allí.

Cuanto más entraban en el balcón natural, algo nuevo y completamente inesperado, los iba asombrando. Todo comenzó, con un repentino cambio de temperatura. Una gran nube densa e invisible, parecía reposar sobre el llano de la roca. Al llegar a lo que sería el atrio y la rotonda de la casa, Leonor y Salvador, sintieron como el frío, se iba desvistiendo. Dejando una desnudes tibia, Leonor insinuó;

—¡Creo que, hemos cruzado un umbral encantador!

El aire, era dulce. Por un vigor límpido, por unos segundos, Leonor, sintió como sus pies, eran elevados levemente. No se equivocaba. Como tres pares de manos invisibles que sobrevuelan los océanos, los picos de las montañas, e incluso van más allá de otros mundos; aquel lugar tenía la fuerza de borrar cualquier pensamiento racional.

Todo lo que estaba, por sobre la roca, palpitaba acentuadamente, allí, la naturaleza, se sentía a gusto. Por un encanto, que no era parte de este mundo, animales y plantas, eran atraídos y protegidos. De principio a fin, la roca, estaba hecha de lo más excepcional; concebía maravillas.

Las formas peculiares se encontraban allí. Sin ser notadas, les esperaban, no estaban vivas, ni eran de piel, como usted *«señor lector»* o mi mujer excepcional, pero si se les podían sentir, observando, con cuidado, aquellos seres se vestían de naturaleza.

Los Nonrsmann lo sabían, habían sido bienvenidos. De alguna manera, por el periodo de un principio y varias muertes, aquellas maravillas, regirían el impulso de resguardarlos.

Aquella creación elevada, especialmente particular, solo existiría una vez. Allí, se encontraba, la supremacía, para que ellos, meramente, pudiesen ser ellos.

* * * * *

Entraron en el esqueleto de la casa. Maravillados, no por las ruinas, sino por el potencial, que estas mismas otorgaban. Por muchos años, el recuerdo de la desgracia de la roca, había sido una memoria acerba. Para aquella pareja, el lugar, era una posibilidad ilimitada, aquel sitio, les estaba proporcionando una ventaja, única y peculiar.

Después de rodear las paredes desamparadas y antes de alcanzar la curvatura oriental de la roca. Se maravillaron con aquel espectáculo, salido de un ensueño. Los colores vivos de la selva, sobre el resto de la roca, perecían pintados con perfección y simetría, surgidos de una paleta fascinante. No hubo cesado, al contrario, los graznidos de aves, esperaban con anticipación, les invitaban, reflejaban estar contentos. Los elegidos, finalmente, habían llegado.

La joven esposa, termino por rendirse al entusiasmo. Ante ellos, estaban los únicos habitantes permanentes de la roca. Eran, un fresno gigante de hojas anchas y negras, un arrayán y entre dos alerces serios, había una araucaria monumental. De tallas tan altas, que dolía el cuello ver el fin de sus copas. Los cinco árboles eran tan inmensos, como el mismo firmamento. Los troncos robustos demostraban vidas largas y pacientes.

«Si yo, hubiese nacido con un brazo doble, como el de mi padre, aun así, no podría enlazar los árboles en un abrazo completo. Parecen tan atávicos y ancestrales». —Leonor pensó.

Al ver el color de su cabellera única, en la corteza anaranjada del arrayán. Leonor Nonrsmann, desechó cualquier intransigencia, o si alguna vez las había tenido, prefirió omitirlas. No deseaba contrariase a sí misma, o al marido. Todo era distinto, pensó que ella y aquel árbol, eran hermanas.

Como unas manos de dedos copiosos y cobrizos, las raíces de aquellos árboles, por sobre la mayoría de la superficie, se habían extendido. Imposibles de penetrar la materia férrea, habían proclamado la roca como su propiedad. Leonor, dándose palmaditas con la mano en el pecho y tratando de no profetizar, dijo;

—Si algún día, se nos mueren estos árboles, no tengo duda alguna, que se nos caerá la roca de pura penita.

»Se llevará con ella, la casa y a su propio nombre, señor Nonrsmann. ¡Todo, cuesta abajo! —Leonor, llevó su mano temblorosa a sus labios, trataba de detener unas palabras que la llenaban de angustia. Pensó en el hierro de su padre.

No estaba equivocada.

* * * * *

La letra de Agripina, denotaba algo que ella había llegado a saber.

Mi niñito Persival, siempre le decía a su hija. A tu bisabuela, las palabras, le salían sin sudor; haciendo las razones de la improbabilidad, ciertas.

Por alguna razón que no comprendía. Entre ceja y ceja, Amelia, se había quedado con aquel párrafo de la carta, dejó el tejido. Lo reanudaría la mañana siguiente, antes de una hora, había vuelto. Amelia, había intuido, aquello era parte del final y de la última página de la carta, que aún no había leído. Sin serlo aún, con un

114

enorme suspiro de colegir, decidió, dejaría un espacio vacío en la esquina del tejido.

* * * * *

Fue Salvador Nonrsmann, el que le dijo a su mujer que callase y pusiera oídos, a un leve ruido, de unas aguas que caían. El llamado tenue, provenía de una vertiente natural, que se deslizaba, como un manto débil por la roca lateral. Desaparecía entre la intensa fronda.

—¡Su problema, está resuelto!, ¿Se da cuenta señor Nonrsmann, solo hablar del hierro, nos soluciona los problemas? —Con la historia del padre y las propiedades espirituales del metal forjado, dijo Leonor, convenciéndose.

Con un alivio honesto, exclamó—: ¡Ya no tendrá que comprar el dichoso tornillo, a ese tal, *Arquímedes*! —Salvador, se había preguntado mil veces, como se las ingeniara para llevar, o extraer el líquido vital.

Llevado por aquel sonido de la caída, no la escuchaba, continuaba maravillado. La naturaleza, les estaba brindando toda su perfecta belleza. Era su más sublime arte.

En su persevera abstracción, Salvador Nonrsmann, pudo notar, a cada lado de la cortinilla de agua y bajo los helechos, había lo que aparentaban ser, dos pequeños pilares azules. Vestidos de moho viejo y vida. Acercándose, trató de comprender que eran. Los objetos parecían haber sido puestos, allí, con una intención, con sumo cuidado y precisión. Como si algo, o alguien, hubiese creado aquella escena, paralela y callada. No eran ilusorios.

En sus determinadas funciones, aquellos dos cuidadores azules, poseían la experiencia de la espera. La dilación de un momento perfecto y preliminar. Para su asombro, Salvador, había encontrado los dos últimos balaustres de lapislázuli. Por la doncella que cuidaba a su mujer, se habían enterado. La gran roca, alguna vez, había tenido una corona, azul y dorada. Aquellos dos sobrevivientes eran los

115

únicos que quedaban de los cuantiosos saqueos y temblores. Decidieron, no interferir en aquella armoniosa perfección teatral.

Hasta el último día aquellos dos añiles, serían los vigilantes y cancerberos de ese límite líquido. Únicos testigos, de ver como esa casa, se llenarían de vida, colores y energías en cuerpos humanos. Hasta llegar a un vacío no total. Atestada de un odio, que nunca se le escaparía. Impuesto, para aquella última mujer, que la llego a habitar, viviendo toda su vida y sintiendo el dolor de verdad. El manantial de agua, era el pasadizo, que divide la luz, con la oscuridad. Por allí, partiría aquel abolengo temporal.

* * * * *

—¡Está dicho entonces señor Nonrsmann, en esta maravilla de lugar, asentaremos las cepas!, —dijo Leonor.

Continuaron escudriñando, Salvador, pudo notar, en su caminar, el polisón de su mujer, emitía un ruido metálico, en cuclillas, lo levanto. En el encaje de sus enaguas, atascado, descubrió, arrastraba un objeto de metal. Al liberarlo y acicalarlo, descubrieron algo que asimilaba ser una pluma, ambos se asombraron. Era de casi un cuarto de brazo largo, de un color blanco, plateado y sólido.

—Es puro rodio, ¡mire lo que nos ha dejado el aquel aberrante españolito! ¡O quienquiera que haya sido!, —dijo Leonor.

Al decir aquello, por una brisa salida de un par de alas inexistentes, Leonor fue interrumpida, la energía inmaterial, como una rarefacción de delicadeza, le acaricio el pómulo, con asombro, Leonor decidió callar, no importaba, o mejor aún, se ilusionó.

—¡No lo puedo creer! —Salvador exclamó.

—¿Qué pasa? Dígame, ¿qué ocurre?

Salvador, aun con la cara boquiabierta, con ambas manos, hacia unos matorrales, procedió a apuntar. Escondido, había un pequeño arbusto, que parecía ambicionar y trepar hacia el viento.

—¡Amborella, pura y sensata Amborella![24] —Salvador maravillado continúo. —: Mi querida Leonor, esta perfección ancestral, que usted ve allí, es la madre y el padre de toda la flora, que una vez existió y siguen viviendo de este planeta. ¡Está plantita, ha sido parte del principio de todo!» —las palabras de Salvador, delineaban su sentir, su orgullo.

—¡Es una sobreviviente!, ¡es una posteridad viviente!, —dijo él.

Aquella planta, era parte de la tinta, era la rúbrica, que sellaba la fianza inmemorial. En la voz de Salvador Nonrsmann, se podía percibir la emoción y privilegio de aquel descubrimiento. Ahora sabía, perfectamente todo, comenzaba a tener sentido.

* * * * *

La escritura de Agripina, volvió al metal plateado.

Desde siempre, aquella recordación, de aquella pluma, ha vivido en la memoria de esta familia. No ha sido vista, o encontrada nunca, hace un tiempo atrás. La obsesión de la patrona, casi nos volvió locas a todas, cuánto deseaba aquel metal. Con los ojos casi trasparentes y sin el verde, me dijo un día.

—*¡Cómo me llamo Lovisa que la encontraré!*

Por un momento, Agripina Romana, detuvo su escritura, desde su ventana, su vista atravesó los jardines y cuanta materia se encontraba allí. En silencio, quiso prestar atención al sonido de la vertiente, retomando su relato, continúo.

—*El Caladrius y sus plumas no volverán más.*[25]

---

[24] La Amborella situada sistemáticamente como la madre de todas las demás plantas con flores del mundo.

[25] Para los romanos el Caladrius era un ave blanca que vivía en los jardines reales y era capaz de determinar si alguien iba a morir o no.

Capítulo 18

Amor Imperfecto

Adelaida, casi superaba al padre en estatura y ambos, lo hacían casi en el doble a toda la gente de Aviva. La única excepción pudo haber sido Johan, hijo espurio de Salvador Nonrsmann. Él, nunca los llego a comparar en tamaños. No fue porque él no lo hubiese deseado. Antes que el lactante aprendiese a babear, Salvador, descepó al hijo.

Sumido en su vergüenza, trató de mantener la presencia del infante, invisible, ante los ojos juzgadores de la alcurnia local. Aquel consecuente, único devaneo que Salvador tubo en su vida de casado, le recordaba, todo, se podía ir a la misma mierda. Por, sobre todo, Salvador Nonrsmann, termino convenciéndose, no existía lugar alguno en este mundo, donde él pudiese arrancar. Solamente, le quedaba su propia aniquilación, pero aquello, era solo un exceso de mentes.

La única vez que atisbo aquel semblante diminuto de ojos claros, le presagió el retorno de sus pesares y desgracias. Al ver su propia semejanza, en aquel niño, entro en un arrebatamiento, que lo dejó sin comer y beber por un mes.

Al trascurso de los días, sumadas a las preguntas de la esposa.

—¿Qué le ocurre?, ¿qué le han hecho?

Salvador, sin decir una palabra, o describir sus síntomas, la piel, se le fue tornando plomiza. En sus ojos, se había instalado un brillo violeta. Estaba casi muerto.

Según la sirvienta, era ella, la malla de la parca, que lo había cubierto.

«*¿Cómo es posible, que esta muralla de hombre, se esté desvaneciendo?*», —se preguntaba Leonor.

Sin encontrar respuesta del enfermo, o explicación por parte de los dos galenos. Sin perder la esperanza de una cura divina. Una tarde, Leonor le pidió a su dios. Que hiciese la vista gorda. Tendría que recurrir a cuanto yerbatero y curanderas que pudiese encontrar.

Después de un sinfín de untados y mezcolanzas. El estado del marido, continuaba empeorando. Sin ninguna explicación, Leonor, continuaba tratando de dar algún sentido aquella urgencia. Lo primero, que cruzo por su mente, quizás, era algo muy peculiar. Salvador, era el único afligido en la región. Leonor incluso, llego a dudar de los hábitos higiénicos de las hoteleras y sus empleados.

Al no encontrar falla, escudriño hasta las mismas pulgas, garrapatas y cuanto parásito, se encontraban en la tierra nueva. Únicamente, la inmundicia de aquel puerto, podría tener la culpa de aquel prurito imaginario, que le atormentaba.

La mente de Leonor, se había llenado de una sospecha, era desgarradora, *La Morbus Gallicus*. Con aquella duda, los escalofríos en desagrado, comenzaban a controlar su voz.

La neurosis le explotó en un sudor helado. No era por la idea de ver a su marido, sin dientes, o con la cara arrebatada de pústulas, a punto de reventar. Lo de que se volviera loco, no la perturbaba tanto. Mal que mal, algo ya lo era. La representación que arrebato su oxígeno, fue aquella, de verse a sí misma, tratando de obtener mercurio, para tratar al sucio paciente.

«*¿Qué dirá la gente?, ¿o mi confesor?*» —Pensaba que ella misma, moriría de vergüenza, por la culpa de una fulana de cantina inmunda, barata, o quien fuese.

Al vahído, prosiguió a la visión de verse joven y viuda, con un retoño por criar. Sin fortuna y una casa medio erigida, sobre una roca, que nadie compraría. En una tierra, donde el barbarismo, aún se imponía por sobre la decencia púdica. Gracias a ese pensamiento breve. Leonor respiró. Suavemente, tranquila y sin dudarlo, aquella misma mañana, con su propio recato, Leonor, se había acaecido de un acorazado.

Llena de desprecio, por aquel espejismo augural, plantada junto al lecho de la cama, con los brazos puestos en jarra. Leonor se sintió más alta, latente y sin dudarlo, lanzo una perorata al pecaminoso moribundo.

—Señor Nonrsmann, cómo un hombre de verdad, hoy mismo, llenara su bragadura y dejara de ser un hijo de furcia. Sin duda, yo, no me he casado con ningún cretino, para ser arrastrada, con un látigo al otro lado del mundo, para terminar, en una tierra de nadie.

»Si usted, padece de algo en secreto y que le ha mortificado, ¡a mí, no me interesa saberlo!

»¡Sea cual la sea, la razón de su tormento, se deberá terminar aquí, en este día! El valor me es irrelevante, así que, usted se armara de coraje.

»¿Si es que lo tiene? —Leonor respiró profundamente.

—Enfrentará, este advenir inmundo, de una vez para siempre. —La esposa ordenó.

Como un termómetro, Salvador vio uno, solo un pelo de su barba volvió al color de juventud, aclarado por su culpa. Cinco minutos después, Salvador se orinó y su peso corporal perdió casi un tercio de su volumen. Su pijama parecía prestado. Salvador no entendía si aquella repentina disparidad era el producto de su alma que abandonaba su cuerpo, o estaba realmente enfermo.

«¡*Joder estoy perdido!*» —pensó mientras volvía a orinar la cama.

Al escuchar las palabrotas, saladas y agrias de su esposa, los ojos del enfermo imaginario, se habían llenado de espanto. Aquella vez, sería la última que Leonor despotricaría. La retórica podrida le hizo sentirse nauseabunda, su boca, tragaba una saliva agria. Aún, le quedaba mugre por desechar.

Salvador pensó, su mujer, había olfateado su indiscreción, el valor se le iba. Pediría clemencia, se sometería a cualquier penitencia, incluso, mentiría al decir que creía en ese dios despótico de Leonor. Si así, era necesario, cualquier flagelación, valdría más que aquella muralla de hielo, parada frente a él.

Con dos pasos seguros. Calladamente, antes de alcanzar su tocador, en su mente, Leonor Nonrsmann, había finalizado la resolución y designio. Lentamente, comenzó a levantar las ondas de su cabello, en aquel tiempo, aún no había comenzado arrástrale por el suelo. Durante el silencio afásico, Salvador absorto, pudo contar las veintidós presillas, que Leonor, fue utilizando para levantar y dar soporte al peso de su enorme pelo. Para rematarlo y reforzarlo junto al postizo, necesitó cuatro peines de nácar.

Leonor buscó el sombrero Teodora de plumas más largas que poseía. Necesitaba ser magnífica y desmedida. Aunque aquello, fuese en contra de su austeridad. Sobre el cabello, con seis alfileres, larguísimos, como el monstruo velludo, aseguró, el objeto de paja y plumas. Estos terminaban sujetos con unas semi-adheridas abejas de diamantinas. Aquel movimiento, les otorgaban una realidad hipnótica y extraña a los insectos fingidos.

«Querida madre, ¿estoy haciendo lo correcto? Por favor, ayúdeme, permita que mi cabello siga siendo grande», —la mente de Leonor suplicó.

En el trascurso de aquellos quince minutos, en los cuales, había durado aquella transformación. Leonor Nonrsmann, había crecido casi un tercio, aun así, no lucía deforme. Antes de salir, con aguzamiento, se volvió mirando al marido, en ella, había un filo fatídico. Leonor, antes de iniciar su más drástica acción, le hacía saber su última advertencia.

—Debo hacer algunas diligencias, seguidas, por algunas compras, si a mi regreso, usted, aún se encuentra en cama con su larvado hipócrita, le prometo, mañana mismo, su hija y yo, nos embarcaremos en el Winnipeg.

»¡Nos largaremos de esta tierra condenada!, volveremos, a donde la gente usa los cubiertos cómo se debe y saben, contener sus emociones.

»Si no encuentro cupo en el barco, —haciendo una pausa, para abotonar los guantes blancos, continúo.

—Me lanzo de su dichosa piedra, sin gritar y si alguien me llega a detener. —Leonor Nonrsmann respiró hondo, antes de proceder, deslizando del velo de tul azul, sobre su cara seria, dijo—: ¡Qué mi dios todopoderoso, me lance un destello y me mate! Yo, no viviré junto a un hombre con lúes, o peor, el cual, me contagie a mí con su pecado.

Antes de cerrar la puerta, se detuvo. Tratando de no revelar su pesar y sin mirar al esposo, los ojos de Leonor, atravesaron el ventanal abierto. En aquel azul distante del mar, busco el coraje.

«*En un murmullo casi intangible, el amor verdadero, puede traer el dolor. Es suficiente, puedo entender ahora, como el corazón, llega a ser un necio, ensalza la vida de prodigios y a su vez, lo desgarra todo*». —Frente al marido, el alma de Leonor razonó.

—No le conozco señor Nonrsmann y la verdad, no sé, no comprendo, como discernir. ¿A qué modo, se puede amar tanto? A quién, es completamente, desconocido y remoto.

Leonor salió antes que su ser, se disolviese como polvo y se lo llevase la brisa del mar. Salvador, al dar oídos a su mujer, sobre su imaginaria sífilis, conteniendo su júbilo, salivó. Espero a que ella cerrase la puerta. De una risita sin fuerza, ahogada, contra la almohada, paso a una risotada impetuosa. Por cerca de una hora, el ruido de las carcajadas, resonaron en los vidrios de todas las ventanas de la habitación. Transmitidas por el eco, inclusive, fueron escuchadas en la lavandería nipona. Le habían quitado el peso de la culpabilidad.

«*Agraciada sea la ignorancia de tu mujer*», —dijeron dos voces en su mente.

Aunque, no era inocente y sin saberlo, su mujer, le había dado ventaja, debía arreglar su asunto.

Leonor Nonrsmann, no fue de compras, ni tuvo ningún asunto que resolver, o visito a su confesor. Las nueve horas siguientes, las trascurrió, dentro de una iglesia presbiteriana. Entre lágrimas y humo de velas, esperó por un propósito divino. Hasta que el aliento, se le atrancó de tanta oración constante y llanto. Se detuvo, la resignación, se había sentado junto a ella. Por lo demás, no se hallaba nadie, o presencia omnipotente, que la escuchase. Nunca la ha habido.

En los albores del nuevo siglo, en sus tres anuncios que le tiró al marido y sin excepción. Leonor, encontraría su óbito. En la oscuridad de aquella noche, no estaría sola.

Capítulo 19

Costumbres Añejas

Para entender aquel desliz de Salvador Nonrsmann, se debe observar y advertir. Aquellas palabras hirientes, que su padre, acostumbraba a inferir hacia su madre. Salvador, solo recordaba el sonido de la voz de su progenitor.

El constreñimiento verbal, había sido tan violento, cómo el corporal. El padre Nonrsmann, un iracundo, cada día, recordaba a su mujer; él, descendía de valientes. Parte de su sangre abolengo, provenía de Alberto Magno. Eran una cadena sucesiva de pensadores y elocuentes. Ellos, habían creado una sociedad justa y firme.

El hermano de su abuela, había sido uno de los cincuenta y cinco soldados de la guardia real, que el zar de Rusia, le había enviado a Federico el rey. El hombre, medía casi siete pies de talla. El mismo que, había completado la lista de ilustrados, para el rey sargento y así, poder hacer una monarquía patriarcal. Por consiguiente, su voluntad se hacía. Él, como cabecilla de aquella familia, dictaminaba cada asunto que regulaba las vidas de ellos. Sus palabras se debían cumplir a rajatabla.

La última vez que el hombre azotó a la madre de Salvador, fue en contra el ropero de sus habitaciones. Aquello ocurrió al día siguiente, que Salvador cumplió los cinco años.

Cansada del despotismo del marido, desde el suelo y sangrando, con un tris de valentía en sus labios, asimilando la carga acumulada de años, dejó saber. Ella, no sentía orgullo de él, estaba cansada de su pedantería errónea.

—¡Yo soy más grande que toda su familia junta! —Con el dedo apuntando, le gritó.

—Mi bisabuela, fue una de las nueve monjas, que se escaparon del monasterio de Marienthron, se fugaron del totalitarismo, maldecían, la vida eclesiástica y la vida oscura.

»Aquella, que usted tanto defiende y se aferra, incluso, llegó a casarse con el mismo herrero que le otorgo el clavo a Lutero, para clavar las noventa y cinco tesis.

La mujer, no alcanzo a levantarse, el marido, le había empotrado el cañón del mosquete en la boca. En una peculiar forma de ave, parte del cerebro y sangre, plasmaron la pared. Aquel desenlace, había sido una consecuencia, ella, se había negado a dormir con él.

A su hijo y a todos aquellos, que preguntaron, el marido, dio una historia oficial y disfrazada, suicidio por melancolía. Como una leche agria, el viudo, llevó dentro, el disfrute malicioso de su triunfo momentáneo. Estaba satisfecho de su propio sadismo.

Aquel regodeo, duro nueve meses. Una mañana, al salir de su residencia, un ave, que se había posado sobre la copa de uno de los maceteros de la cornisa, desbancándola, la hizo caer. Por nueve segundos eternos, el objeto, recorrió un trayecto diagonal y perfecto. Como si unas manos, que no estaban allí, dirigían una sentencia, hacia un blanco fatídico. Con tanta fuerza, calló, reventando la caja ósea. Dejando, sembrada la calzada con aquel encéfalo dañino. Curiosamente, el ave inocente de tal ecuanimidad, era un *«cardenal gorrirrojo»*, rojo, como la mancha, que dejó la sangre de su esposa en el papel pintado de la pared.

* * * * *

Después de ambas cesaciones, aquellas voces, en la mente de Salvador Nonrsmann, se aguzaron. Aquella evocación viva, le hería. No perdonaba a su madre, por pegarse un tiro, por dejarlo solo, no valía recordarla. El olvido, era su mejor castigo. Salvador Nonrsmann, había comenzado a desconfiar de las personas. Pero aquel recelo, iba hacia las mujeres, sin importar edad o cuna, lo llevaban a mascullar. El día que encontró una miniatura de su madre, aquello, había cambiado. En sus brazos, estaba él. El trazado del semblante de su madre, había sido eliminado en un momento consciente y malévolo.

Salvador Nonrsmann comprendió, solo la ira de su padre, pudo haber cometido tal acto. Comprendió que sus voces y recelo hacia el mundo, en especial, hacia las mujeres, eran solamente el eco de una voz. La de su padre. Había sido la misma voz, que escuchó durante toda su infancia, la cual, no dejó de gritar al entrar en su adolescencia. Aquella misma, del sonido seco y amargo, sin embargo, aquellas voces no le dejarían solo.

Con la herencia que recibió por parte de su madre, viajo al otro lado del canal de la mancha. Aún un muchacho, entusiasmado por la geología, estudió en el Colegio del rey de Londres. Allí, se había enamorado del Uniformismo[26]. Le seducían aquellas ideas, donde los eventos geológicos, eran constantes y lentamente, se repetían en este mundo. Lo deslumbro, el número de millones de años que le había tomado al planeta, para llegar a hacer la tierra, que era en aquel entonces. Solo una pregunta, sin respuesta, le persiguió toda su vida. *«¿Qué edad tiene la tierra?»* —Curiosamente, las dos únicas personas, que pudieron haber respondido su interrogante, con los años, meses, días, minutos y segundos exactos, sobre de la edad del planeta, serían sus últimos dos descendientes. Nunca, se llegaron a conocer.

Al final de los estudios, hecho un hombre, Salvador Nonrsmann, retorno a su tierra, de tanto levantar piedra, su espalda era cuadrada.

---

[26] Uniformismo es la suposición de que las mismas leyes y procesos naturales que operan en las observaciones científicas actuales siempre han operado en el universo en el pasado y se aplican en todo el universo.

Afortunadamente, para él, aquel antiguo recelo, por aquel género femenino, sucumbió ante el placer, que este mismo le podían otorgar.

La soltería de toda su vida, trascurrió entre sus trabajos, casas sin reputación y señoras descontentas con sus maridos. Fueron casi 50 años, lo que le tomaría, para enamorarse de una mujer muy joven.

✳ ✳ ✳ ✳ ✳

Aquella mañana, Salvador sabía, contaba con un tiempo limitado, para poder poner un orden a su vida y traer la calma. Por un desacierto imprudente, su salud mental, se le estaba escapando. Por, sobre todo, Salvador, debía hacer algo dramático y antes, que aquel rumor llegase hasta los oídos de su mujer. Debía tomar el asunto entre sus manos sabias.

Salvador recordó a un tal señor Tanck. Se habían conocido durante la travesía, el hombre, venía con la misma ilusión de tantos. Encontrar fortuna rápida, de la que tanto se hablaba. Justamente, habían sido dos meses atrás, cuando se habían reencontrado, el aventurero, le había contado sobre su mal pasar.

La casualidad, sin duda le estaba dando la espalda. Con el trabajo, ahorraría. Instalaba durmientes, para la nueva línea del ferrocarril hacia la capital, con aquello, se compraría un boleto de ida, deseaba volver a su tierra.

«Deseo mandar a la porra esta ciudad, este país y este continente de descubrimientos, ¡de una vez para siempre! Aquella dicha maldita e ilusoria, no vale la pena».

Salvador ató los cabos, sin duda, su idea resultaría. Debía convencer al hombre, de casarse con Marta Watson, la madre de su hijo.

La amante y Salvador, en las oficinas de la compañía en el norte, se habían conocido. Por los asuntos de trabajo y familia, aquel efímero cortejo y romance, había sido interrumpido. Aquella contrariedad fue la conveniencia de Salvador. Cinco meses, sucedieron. Una mañana, Marta entró en su despacho, le anunciaba, él, sería padre, por sobre todo debía tomar el camino honorable, como siempre había dicho el mismo, —: «*para ser un creyente en la lealtad a los principios morales, uno debe dar la cara ante la adversidad*».

Para mantener a Marta ausente, pero cerca, Salvador Nonrsmann, alquiló una casilla al otro lado de la bahía. La mujer, no deseaba arruinar su vida, o la de él, le preocupaba el futuro ignoto de su bebé.

Salvador condujo su carruaje más allá, donde los durmientes desaparecían, hasta encontrar al señor Tanck. En dos segundos, lo tenía sentado a su lado, durante la trayectoria, le dijo;

—¡La fortuna, ha decidido darte la cara nuevamente!

Su proposición era, —te casarás con una mujer carente de marido y con un hijo, a cambio, a ambos les otorgaré un obsequio. El cual, les dará a ambos un vivir confortable.

Salvador Nonrsmann, con gusto, asignaría a Tanck, un puesto de camisa y corbatín, en las oficinas nuevas de la compañía.

Sin ningún gesto de desaprobación, Marta y el hombre, se miraron. Entendían, aquella bonanza, dependía de sus respuestas, dos días después se casaron. Antes que el barco zarpase para las tierras nuevas de la Zelanda, aquella vez, sería la última que los vería, a ellos y a su hijo.

Salvador Nonrsmann, nunca llegaría a saber, muchos años después, aquel niño ilegítimo, tomaría el nombre de su madre. En una tierra austral, brevemente, sería un primer ministro.

Capítulo 20

El Despertar De Leonor

Había un silencio estrellado y una tranquilidad poco común. Leonor, no deseaba perderse de nada, sobre su mueble de tocador, observó su reloj de carruaje, faltaban cinco minutos para las nueve de noche. Era tiempo. En las murallas opuestas, entre la cocina y la atalaya. Apagó las lamparillas de gas, dejando, solo dos encendidas, para que su hija y yerno, tuviesen algo de luz.

Leonor, los esperaría en los jardines. En las baldosas mojadas, como de costumbre, se había quitado las babuchas.

«Eres afortunada Leonor», —pensó mientras sus pies descalzos tocaban la hierba.

«¿Es posible que uno pueda volver a nacer?» —Su mente esta vez sonaba confiada.

—No tengo miedo, no volveré a sentirlo. Madre usted no podría reconocerme; su decepción ya no forma parte de mi vida, —dijo.

Arrastrar el remate extenso de su bata, no le importaba. En realidad, nunca importo.

Perfectamente, sabía bien donde estaba parada. No había luna, bajo los árboles Leonor, podía distinguir cada silueta negra de la vegetación y aquel orden en que había sido plantada. Por lo demás, para alcanzar aquella simetría caótica de texturas y aromas. Aquella paciente creación, le había tomado diecinueve años. En otros tiempos, su orgullo de juventud, le habría prevenido admitir aquel esplendor.

Aquel ingenio verdoso, se lo debía a las tres hermanas Moreira, sin aquel conocimiento transmitido. De ningún modo, Leonor hubiese podido mantener unas flores en un jarrón, o habría, tratado la imposibilidad de recrear el absurdo jardín del edén. Poco o nada, ya había existido, desde siempre, allí, en la roca.

Capítulo 21

El Jardín

Al cumplir dos años viviendo en aquella casa, Leonor, se había rendido a que los jardines de la roca, continuasen desnudos y caóticos. Las hermanas Moreira, le había enseñado, a través de semillas y tubérculos, como se da la vida.

«Desde junio a junio, comenzando por el leve frío otoñal, hasta llegar a la templanza de verano». Las voces de las hermanas resonaban en la mente de Leonor, —*«cuando las flores, en su color más intenso, llegan a dañar los ojos, es allí cuando las memorias se crean».*

El primer día de enseñanza, de un sopetón, las Moreira, despojaron su contrariada idea. Ella, podía crear.

—Lo que siempre has creído, no importa, solo hazlo. ¡Sea osada y verá! —Lenta y pacientemente, Leonor, fue instruida a una nueva idea.

—La perfección de la naturaleza, nunca, puede ser sobrepasada. Todo, es parte del ciclo de existencia, aquello que muere, continúa produciendo vida.

»Esta es la simple verdad, trascursos que no tienen fin. —Las voces de las tres hermanas se unieron en una sola guía.

Aquel día, observando el futuro diseño de los jardines, en su mente Leonor, comprendió aquella teoría. *«La armonía forma parte de ese absoluto en el libro de las leyes y principios que guían el universo y cada una de las vidas mortales. Solo la naturaleza, como mujer, puede maravillar y ser memorable. Esa verdad ha sido siempre su única ley».*

La trascendencia que no tiene fin, ese sería el primer capítulo del aprendizaje de Leonor. Le tardaría otros veinte años en completar el sabio libro de experiencias vitales.

*****

El último día, que Leonor vio a las Moreira, con unas preguntas, le agraciaron,

—¿Si la madre natura, tuviese que nacer, vivir, por consiguiente, morir en esta roca? ¡Piense usted…!

—¿De qué precisaría ella?

Leonor, nunca supo entender, si aquellas palabras, habían sido parte de unas preguntas habilitadas, para un hecho sucesivo, o tal vez, eran un presagio acertado.

El vergel madurado, le había dado la razón, solamente, se necesitaba un desenfreno de amor. Entre sol, el agua y tierra, donde la luna, mantenía el libertinaje bajo calma, en una fiesta eterna. Solo así, se podía crear perfección.

*****

Los vapores y la compañía, en aquel tiempo, habían comenzado a ser dirigidos por Salvador, gracias a la repentina partida del inglesito Andrónico. Los periódicos, siguiendo la cuenta oficial, de la mesa ovalada de directores. Informaban que, al caer en la ribera del río Giba. El empresario, había muerto ahogado, aquello, se alejaba completamente de la realidad.

El término, vino a él, en la forma de una copita de cristal azul, con tres gotitas de cinc, cinco de cobre y una cucharadita de arsénico, mezclado con su vino añejo preferido. Durante la última discusión con los directores, el malogrado, bebió la venganza. Con su cuerpo, lleno de minerales, no alcanzo a decir, —«esta cepa, sabe un poco agria». Su muerte, era el pago por una malversación de valores.

La inesperada tragedia, a regañadientes, había otorgado a salvador, la oportunidad desinteresada de asumir el alto cargo, lo alejaba de sus minerales y descubrimientos. Aquellos continuaban llegando de todas partes del globo, eran, traídos por los barcos de la entidad.

Fue en unas de las visitas, al despacho del nuevo director, Leonor conoció al capitán Urdemale. Sería él, el encargado de proveer innumerables tallos, vástagos, semillas y plantas, para los jardines. Los frutos de vida, arribaban catalogados, por la misma mano del capitán, describiendo, sus lugares de origen, clima y características.

Fue así que, por alrededor de media década, Leonor, obtuvo los elementos esenciales, para recrear su propio mundo pequeño sobre la roca. Allí, se plantaron acacias y eucaliptos de nueva Holanda, Arces palmatum del Japón y Corea. Junto a dos limoneros y un olivo griego, habían llegado Agapetes del Himalaya. Traídas del mundo azteca, las Ipomoeas, eran de un azul intenso. En recordatorio del lapislázuli, crecerían por encima de la gran balaustrada.

Fue durante el último año de las encomiendas, traídas por el capitán, una mañana, al retorno de una de sus caminatas, para ejercitar la mente y el espíritu, Leonor, junto al fregadero, encontró una pequeña selva.

En potes de greda y costales de yute, se encontraban, rosas inglesas y del mediterráneo, azafranes alpinos y geranios italianos. En unos cajones largos, como ataúdes extensamente largos y descubiertos, había, perales marroquíes, almendros de Persia y un nogal de Basilea. Entre medio de estos, los jazmines andaluces, esperaban ser descubiertos por ella, deslumbraban por su belleza. Desde Sumatra, habían llegado todas clases de hortensias, púrpuras y blancas.

Más atrás de estos, se encontraban dos jardineras colosales de roble, en ellas, había macetas grandes y chicas. En sus interiores, plantados, había un albaricoque de Turquía, lirios indios, achiras de Nazca. Pequeñas parras, con toda clase de variedades de uvas. Dos cerezos. Aunque, estos últimos, habían sido un descuido, de un olvidadizo agricultor japonés, que emigraba al Callao.

—Mi querida, crecerás junto al columpio, darás sombra a los rosales. Tus bonitos pétalos amarán el cacareo de las gallinas. ¡Oh, mis queridas, estoy feliz de tenerlas aquí!

»Cada una de ustedes será como un frasquito de perfume diferente. Atadas a vuestras esencias, allí guardarán para siempre los recuerdos, mi maravilloso ramo.

Acercándose a una planta, Leonor besó una de sus hojas.

—¡A todas ustedes, les doy la bienvenida a nuestra casa!

Pero el deleite, que arrebató cualquier amargura, que Leonor aún sobrellevaba. Fueron los instrumentos musicales para los jardines. Leonor se maravilló, al ver, cinco racimos enormes en forma de trenzas. En todos los tamaños, en cada uno, se hallaban cuarenta y cuatro cencerros, todos, unidos por cintas de colores. Provenían de todas partes del mundo. Habían sido dejados sobrepuestos, arriba de tres tambores vietnamitas de lluvia. Eran de un bronce fundido, verde y oscuro, pesados.

En la nota, dejada por el capitán, revelaba sus usos;

«Para que la lluvia y el viento, cuando visiten los jardines, se puedan entretener un poco».

El jardín en sí, ahora maduro, era constituido:

Treinta y seis árboles frutales y ornamentales, ochenta y cuatro plantas florales, las cuales, en su mayoría eran aromáticas. Muchas hierbas para sazonar y otras tantas medicinales. Cuatro trepadoras y treinta y tres suculentas, que nunca tocaron la tierra firme. Estas últimas tendrían que esperar casi cincuenta años. Por un jardinero sirio, que llegase a la casa, para transformar el jardín completo. Para hacerlo, solamente por amor.

* * * * *

Agripina Romana dejó la escritura y volviendo su mirada hacia el jardín, pensó cuanto extrañaba aquel descomunal de hombre.

Se repitió a sí misma. —*En un frágil ruido, las piedras me dijeron lo que tú nunca pudiste entender. Perderías la virtud más sublime, tu más profunda ternura interpersonal y ese placer único e indoloro.*

»Alondra mía, cuanto te equivocaste. Tu corazón y tu alma helada se fueron con él, para no volver jamás.

Capítulo 22

Trimestre

En la distancia, las luces encendidas de las lamparillas de gas, eran débiles. En la oscuridad, sus pies mojados, se movían sin sigilo, a pasos lentos, iban peinando el césped húmedo, no tenía prontitud. Leonor Nonrsmann, aún era joven, se sabía distinta y completa, pero no había sido por decisión propia, el cambio, había ocurrido después de aquel último embarazo. Habían sido años de perseverancia, por alguna razón, que nunca llegaron a comprender, Leonor, no podía cruzar del primer trimestre de embarazo.

Trataron todos los concejos inservibles. Escucharon, consejos de parteras y charlatanes. Las opiniones podían variar. Desde el reposo absoluto, con cinturones sujetos al catre de la cama, para que los cuales, por extensos periodos de tiempo, la mantuviesen horizontal. En cada embarazo, Leonor pensaba:

«Perderé la capacidad de caminar, infértil y discapacitada». —No importaba, su deseo de ser madre era más potente que esa carga.

A los futuros padre se les informó, que ella debería beber tres veces al día, cerveza mezclada con dientes de león. El consejo incluía, un betún maloliente de cebollas y sardinas, que se debía aplicar en el vientre y en las paredes vaginales.

Esas y otras barbaries, no podían detener un ciclo predestinado. En el tercer mes, el cuerpo de Leonor, rechazaba la creación de vida. Pensaron que el dedo inflexible del destino finalmente había sido compasivo. Leonor pudo concebir en el embarazo decimonoveno. En la barriga enorme, se reflejaban su alegría y la de Salvador.

*****

Un 29 de febrero, a las siete menos un cuarto de la mañana, dio a luz por segunda y última vez en su vida. Nacieron los cuatrillizos, todos idénticos a ella, eran de pelusas rojas y tersas. Cada uno, en intervalos precisos de tres tiempos, afloraron, vivieron 18 minutos, porque, así como habían nacido, murieron separados por otros tres instantes. Después que los niños nacieron, para morir, Leonor, se había derribado ante la aflicción.

La arrastraba, día y noche, sus pensamientos, se perdían en el gas del olvido.

No fue hasta un año después, de aquel día del luto que una tarde, Salvador le presentó a Laura Esther Rodríguez[27]. La cirujana, por unos días, había detenido su rumbo hacia el norte. En aquel tiempo, la imposibilidad de la profesión de aquella mujer, había maravillado a Salvador. Sin dudarlo, le pidió a Laura Esther que entrelazara unas palabras con su esposa.

Simplemente, la inteligencia de otra mujer, podría sacarla de aquel trance de duelo. Después de revisarla metódicamente, la médica cirujana, se sentó junto a la paciente. Con una voz calmosa, le aconsejó:

—Usted se ha alejado de toda realidad, se acorazó por un biombo doliente. Estoy segura, usted puede salir. El dolor de perder a un hijo o a una madre, o quienquiera que sea, nos quita la dicha de vivir, —tomando las manos de la desconsolada, Laura Esther le dio el aliento que solo es transmisible entre mujeres.

—Leonor, usted se está convirtiendo en una ciega y no desea ver la única realidad. Nunca más, podrá concebir bebes, es lo que es, en esta vida y en este mundo, no hay ciencia, o remedios que pueda cambiar aquello. —Dijo la mujer erudita.

La visita, había sido breve y el concejo, certero.

---

[27] Laura Esther Rodríguez Dulanto nacida el 1872, fue la primera mujer universitaria y la primera médica cirujana del Perú.

—Puede luchar contra esta tristeza o rendirse al drama que la vida nos da a todos, usted elige.

Capítulo 23

La Dádiva

Por un momento, Leonor, detuvo su andar, había alcanzado los baldosines de la galería de las parras. Deseaba tomar una uva negra, el almíbar, en otra época, le hubiese sabido, amargo e insípido.

—Nada se puede hacer, cuando las vidas, nacen con las condenas ya establecidas, pueden ser imparciales, pero el día justo, siempre llega, —le había dicho a su confesor, hace mucho tiempo.

Leonor dejó de frecuentar la iglesia, no porque la fe se le hubiese desinflado. Los embarazos malogrados habían germinado algo nuevo en ella. En aquel trascurso, Salvador había podido distinguir el cambio.

Le escuchó decir—: Cada vez, que pierdo la esperanza de ser madre, mi rosario de cristal, se hace más pesado de tomar.

»Una y otra vez, la duda, se va aferrando en mí ser.

Con el fluido del conocimiento, Salvador, pacientemente, se encargaría de alimentar y regar, aquella maravilla. No le cabía duda de la inteligencia de Leonor.

Después del último embarazo, las lágrimas, no perdían las fuerzas de aflorar. Salvador, no desperdiciaría aquella oportunidad, deseaba tener a su mujer de vuelta entre los vivos, entrando en sus habitaciones, dijo:

—Mi Leonor, no se puede perder la perfección de esta noche, —entre sus brazos, la tomó.

Ella, se había aferrado a su cuello grueso, la llevo, siguiendo la tenue estela de luz, que se desprendía del candelero, que la sirvienta llevaba frente a ellos. Apoyando sus labios, en la melena de su amada, Salvador suavemente, comenzó a tararear, la tonada, aquella, que solo les pertenecía a ellos y a su hija.

La canción, era una asimetría de palabras, en su propia prosa, más allá del amor único, era verdadera, que habla del hallazgo afortunado entre ambos. Deseos y anhelos de besarse. Porque sus encuentros, no habían sido accidentales. La melodía, convertía la hazaña del destino, sin casualidades, sin detenimientos. Iba más allá de los sueños. Donde la magia, habitaba en sus vidas, sin restricciones.

Al llegar al atrio, se habían vuelto a enamorar aún más.

Una luz contranatural obligó a Leonor a abrir sus ojos, encandilados, se olvidaron de su pena. Ante ellos, estaba la luna más grande, como si desease ser alcanzada por ella. Era estupendamente llena, vestida de un color azafranado. Un evento único y perfecto.

—Mire Usted, la luna, la tierra y el sol, están en filitas. Los astros han sido puestos allí, por todas las fuerzas naturales que rigen el infinito. Para que usted, pueda mitigar su dolor, mi Leonor, —dijo Salvador musitando.

Calladamente, la dejó conmoverse. No deseaba interrumpir aquel momento, su mujer, había comenzado a quitarse el manto, el cual, cubría su ignorancia autoimpuesta y su religión. Salvador, deseaba que la razón, creciese en ella, como un embarazo, del cual, algún día, ella misma daría a luz a su propia sabiduría.

Para completar aquel momento, Salvador Nonrsmann, tenía guardado algo especial, una dádiva. Consistía en dos objetos, el primero, era una lente espía, de tres patas, dos enteras y una coja, el objeto de madera, en sí era adornado con anillos y ribetes de bronce. El aparato óptico, había sido uno de los primeros construidos, casi 250 años atrás. Junto a aquel, le entregaba una de sus obras más amadas, era una copia de los discursos de «*Galileo*». Contenía, anotaciones de la propia e insigne mano de «*R. Cartesius*».

Aquella noche, había sido el comienzo de una complicidad honesta y llena de anhelos. La tristeza no regiría más.

141

Capítulo 24

La Casa

Salvador, había adquirido el título de la roca, hacía ya veinte años. El interior de la casa, aún no estaba terminado. Fue allí, donde Leonor encauzo su dolor. Dedujo que, contaría con dos años, antes que el casamiento de Adelaida, se realizase. Fue tres días, después de aquella acertada consulta médica, durante el desayuno, Leonor preguntó a su marido:

—¿Qué tan grande son las arcas y que disponibilidades tienen?

Salvador puso el periódico en la mesa, ajustando las gafas y con su total honestidad, respondió, —tan grandes, como el amor que usted y yo, nos tenemos.

* * * * *

Cuando aún se encontraban viviendo en la casa de huéspedes, el cielo y los techos del caserón, habían sido completados. Salvador, había sido tajante con el arquitecto encargando, los techos, a través de toda la casa, debían ser altos, no importaba cuanto costase.

Especialmente, la bóveda de la galería principal, a la cual, le habían dado el nombre de «*Espinazo-de-luz*». Posicionada, justamente al centro, con la ladera alta de la colina a un lado, allí, la luz natural, atravesaba la extensa lucerna de ébano y vidrio traslúcido.

Paralelas a la galería, se encontraban las siete habitaciones equidistantes, se interconectaban unas tras otra, por puertas dobles. Los hombros, posicionados enfrente del pasillo largo de cristal, eran, el gran comedor a la derecha y opuesta, a través del recibidor. Se encontraba el despacho y pinacoteca.

Allí, Salvador se encerraba, era su mundo, de libros, arte y curiosidades. Al aguzar su vista, a través de los biselados paneles de vidrios, que conformaban la seguidilla de puertas interiores. Entre el pequeño atrio y la atalaya a un lado, la cocina y lavaderos al otro. Salvador, se complacía ver las diminutas figuras de sus mujeres, correteando en los jardines.

Aquello, había sido antes que los árboles maduraran y la vista se le enredara para siempre.

La cabeza de la casa, estaba formada por el recibidor, por su tamaño, se usaba más como salón diario y visitas. Las paredes eran de gran altura, se alzaban hasta encontrarse en una pomposa cúpula de agripa. Gracias al óculo de vidrios, que la coronaba, esta, vista desde el vestíbulo, semejaba ser una tasa blanca y geométrica. La luz del medio día, entraba bañando el espacio completamente. Al descender, por los veintitrés peldaños, pasando por el doble portal de vidrios y medialuna. Desde afuera, la casa, se imponía como una mansión magna.

Sin alterar la rotonda, como una prolongación de la casa, hábilmente, allí, Salvador había hecho construir la caballeriza. Su orgullo absoluto, residía en las nueve chimeneas enormes, que la alzaban más.

El grado de magnífico logro, era la larga balaustrada que resguardaba los jardines. Por decisión de ambos, concordaron en dejar el mármol desnudo del hierro. Sabían, era allí donde los males se detenían, el aire liviano, blando y delicioso de la roca, formaba el escudo magnífico, como un ventanal natural.

Siempre, quien la hubiese visto por primera vez, pensaba que, era constituida por dos pisos. Las murallas de piedra pulida, otorgaban una solemnidad, que embriagaba. Junto a los elevados ventanales isabelinos, que eran una dupla de dos en el lado frontal y ocho singulares en el lado occidental. Todos, dejaban ver el horizonte, más allá de la bahía. Los mejores albañiles habían sido empleados para la mampostería.

Al final, la casa parecía un elefante azulino esperando algo o la llegada de alguien. La construcción de piedra azul iría más allá de los sueños de cualquiera y de las pesadillas de muchos.

En el plano, o desde la ciudad, cuando viajaba en carruaje, Salvador Nonrsmann, se complacía de ver su casa.

Sin el eco de las otras voces, un mismo pensamiento venía su mente y era solo suyo.

Esta casa, la pensé, la soñé, muchas veces la perdí en mi esperanza, nunca dejé de llamarla, con mi ser la hice una realidad. Tantas décadas de desesperación y angustia en contra de mí mismo. Si hubiese sabido en aquel entonces que tan magnifica y perfecta llegaría a ser, no me lo habría creído a mi mismo. —Después de tanto tiempo perdido; aprendí mi lección, nunca se sabe lo que el destino nos tiene deparado. Te agradezco vida, por fin soy libre.

Antes Del Destello

En el segundo par de pilares de la galería de los parrales, Leonor comenzó a soltarse la trenza. Hace mucho tiempo, había desechado los ridículos postizos. No le importaba sentirse menos alta. El rojizo de su cabello, se había disuelto en un color arenoso y suave. Leonor, esperaba con ansias, el día que terminase, completamente blanco, como el de su madre. Al atravesar las últimas columnas y antes de entrar en la glorieta. Para liberar su cabello largo, Leonor, introdujo sus dedos, el cual, superaba en tamaño, a la cola del camisón que vestía.

Leonor, había calculado, en otros seis meses, tendido sobre su cabellera, a lo largo de los tablones del «*Espinazo-de-luz*» podría adormecer a su nieto. Con aquel acto, ella por fin liberaba cualquier residuo del viejo ser que ella una vez fue.

Con la misma calma, que había emprendido aquella caminata esa noche, Leonor atravesó el cenador. Paso junto al membrillero, alrededor del níspero, sus pelos, sonaban como el viento pícaro de otoño, arrastraba un revoltijo de hojas secas y varitillas. Sobre la superficie, iba dejando una estela limpia. Ante la conclusión de la roca, al llegar a su meta final. Bajo la gran higuera, se sentó en la banca. Allí, el aire, siempre era más pegajoso, pero aquella noche, lo sentía más ligero y algo cosquilloso.

El suave ronquido de «*petunia*», que dormía tumbada bajo el fresno, obligó a Leonor, a concentrarse. Hasta encontrar el sonido de aquella caída de agua débil, puso oídos. Los balaustres de lapislázuli, estaban cubiertos por un musgo grueso. En aquella oscuridad,

Leonor, podía distinguir la claridad de aquel portal natural. Con un encanto melodioso, la atraía.

De súbito y de la nada, casi endeble, Leonor, vio una luz tenue, aparecería desde allí, no sabía, si aquello era una mariposa nocturna, o una libélula.

La delicada luz, se había desplazado, a sabiendas, los obstáculos que debía evitar. Atravesó los lirios, rodeo los gladiolos, zigzagueando las orquídeas y ortigas en flor, sobrevoló los cactus. Irracionalmente, con su movimiento esa maravilla parecía que le sonreía. Estaba claro, aquel destello, se dirigía hacia ella. La buscaba. Cuidadosamente, esperando pacientemente su última ocasión, el momento particular en que esa noche desataría el resultado al final de su cabello.

Leonor no sentía recelo, la fascinación de aquel prodigio, con sus ansias, se iba mezclando. La endeble imagen de luz, navegó a través del fresno, dio dos vueltas a la araucaria, se detuvo entre los alerces y levitando por unos cuantos segundos, casi sonriéndole, por el follaje del árbol, la vio subir. Al momento que emitía un silbido, como el delicioso sonido del bambú, cuando se deja acariciar por el aire, en un «*Huuu… Huuu*» mecedor, se elevó.

—Ven a mí, querida, sabía que algún día te mostrarías, —sus manos frente a su pecho aplaudieron con alegría.

Leonor, deseaba que aquella aparición asombrosa, se acercase más a ella, anhelaba saber la respuesta, sobre aquel asombroso evento. Las sombras nocturnas parecían en complacencia con aquel momento privado.

«*Creo que te he esperado toda mi vida*», —su mente anhelaba conocer su secreto.

—Estoy aquí pequeña gota de luz.

Por las risas lejanas de Adelaida y Marmaduke, que salían por el atrio. El argumento esperado fue disipado.

Despabilándola de aquel trance, la encantada manifestación ya no estaba. Leonor trató de concordar con su lógica. Ella, había sido testigo de algo único. Como siempre, una vez más, la roca la maravillaba.

Capítulo 26

Educación

Más allá y por encima de toda duda, Leonor amaba a Adelaida, un poco más que a Salvador, él, nunca lo supo. Se sentía orgullosa, de la mujer en la cual, Adelaida, se había transformado. La conjetura de la madre, había sido completamente errónea, aquello, había sido antes del discutido bautizo. Al cual, Salvador tanto se había opuesto y ella, obstinadamente, tanto deseaba.

—Mi hija, no navegará en el tenebroso limbo, Leonor había dicho con brazos en alto.

Aún, se encontraban viviendo en el viejo continente, Leonor, se negaba a partir a una descabellada aventura de cinco meses. Cruzando de un océano a otro, donde era sabido, en aquel lugar, los barcos, desaparecían bajo los vórtices de viento y lluvia, en aquel peligroso estrecho mar, al sur del nuevo mundo.

Si se morían en aquel trayecto, no le importaba, aquella no sería la tribulación de su vida.

—Nuestra hija deberá encontrar el camino iluminado para su salvación. Usted Salvador, después de muerto podrá deambular en el lugar lúgubre, o el que usted desee, ¡eso, es asunto suyo! —Le informaba.

Salvador accedió a la absurda idea, de darle a Adelaida, aquel vacío sacramento, que su mujer tanto insistía. Lo haría, sí, bajo una condición. La nena, debería llevar tres nombres, por si salía medio loca, como él, o entera, como sus abuelos. Salvador, deseaba que las voces, que habitasen en el ser y en la mente de su hija, fuesen, piadosas y afables.

Fue así como, Adelaida S. C. Nonrsmann fue bautizada.

Las inseguridades de los padres, nunca fueron reflejadas en Adelaida, al contrario, ambos, fueron consecuentes en su felicidad. Salvador, transmitiendo lo aprendido en la vida y Leonor flanqueando y deteniendo a sus prejuicios. Ambos, desecharon cualquier miseria innecesaria, suavizando, sus propios defectos y desigualdades, hasta dejarlos en meros ápices.

Fue así, como Adelaida creció entre los objetos científicos y de descubrimientos. Que se iban acumulando, juntos a los cientos de libros de su padre y los bordados aburridos de la madre. Los cuales, no duraron mucho, gracias a la inesperada y breve presencia de las tres hermanas Moreira. Extirparon la vida burguesa y cotidiana, en la cual, Leonor, se había encaminado.

La madre, siempre había sido tajante, su hija, debía obtener una educación correspondiente. Por el contrario, Salvador decía, el único fin, de aquellas lecciones que Adelaida recibiría, harían de ella, una inculta. Por siempre, aferrada a un pectoral único e inservible.

—Adelaida será como yo, como mi santa madre.

—¡Santa! ¿De qué está hablando? Su madre era una mujer maravillosa, pero no podía distinguir entre un milagro y la razón misma, como tampoco podía usted cuando la conocí.

»Debo recordarle, mi querida Leonor, aquel día en que le pregunté si había visto alguna vez la Aurora Boreal.

»¿Qué me respondió usted? Está en la cocina, en el tercer cajón, junto a la porcelana, —la vergüenza de Leonor explotó en su rostro.

—No someteremos a nuestra hija a un conocimiento erróneo, con derivación e ignorancia, —dijo Salvador mientras golpeaba el periódico sobre la mesa. Su tono era categórico. La esposa no pudo continuar la discusión.

Como de costumbre, negociaron la educación de su vástago. Leonor propuso contrapesar las habilidades, que la muchacha recibiría durante el pupilaje. Salvador pensó, en el advenir de Adelaida, sería necesario el conocimiento, que la pudiese sacar de su papel secundario, de su propia existencia. Fue así, a partir de su cumpleaños número siete. Adelaida, recibiría dos educaciones, contrarias y paralelas. Por toda la destreza aprendida, en el hacer calceta a punto y ganchillo, con zurcido y ribeteado, Adelaida aprendería, inglés e italiano y mandarín. La lengua germánica, no se incluiría en el aprendizaje.

En las lecciones de economía doméstica, que las monjas Molineras, repetían como un único aliado. Las futuras madres aprendían el disponer y utilización de todo aquello que incluía el mundo, perfecto y familiar. Serían verdaderos ejes, en sus propios futuros, donde ellas, serían unas meras espectadoras.

En ventura de su propia casa y gracias a los tutores privados, Adelaida descubría algo distinto. Uno de ellos, el señor Kungfutse, utilizaba, sus instrucciones de cívicas. Indispensablemente, ampliaban la visión de la discípula. Con ellas y en la vida, Adelaida, sería capaz de ver más allá, de aquello que la enseñanza doméstica pudiese impartir.

Al llegar al término de las opuestas y extensivas educaciones. La joven mujer, era capaz de zurcir un calcetín, tanto o mejor que una costurera china y doblar con la aprendida sabiduría confucionista. Todas las incongruentes y testarudeces de un senador conservador, que este pudiese argumentar o denotar, convirtiendo los discursos de los oradores en meras reticencias.

Fue durante aquella infame cena. Adelaida escuchó una discusión entre su padre y un candidato presidencial sobre el papel de la mujer en la sociedad.

—Sin ánimo de ofender a su mujer, señor Nonrsmann, pero la enagua tiene dos finalidades.

Salvador observó, el hombre queriendo ser pedante, verificaba la limpieza de un vaso de cristal con coñac antes de beberlo.

—Una es para mantener la moral pública y la segunda por sobre todo para proteger la forma de procrear. —Ya que Leonor era invisible, el hombre no la miró, ella sintió indignación.

Cuando Adelaida entró en la sala la tensión aumentó aún más, decidida, no dejaría pasar ese momento.

—¡Somos mujeres, no enaguas ni otras prendas, tenemos derechos propios, solteras o casadas, somos iguales a usted y a todos los demás! Un consejo sabio, si desea ganar las próximas elecciones, más vale que empecéis a hablar con las propiedades de sus votantes. Y una cosa más, viejo petulante, ¡mi vagina es mía y yo decido lo que hago con ella!

Las luces de las velas desfiguraban aún más el odio justificado de Adelaida.

—Recuerde mis palabras, algún día seremos capaces de ganar nuestro propio sustento y podremos elegir el rumbo de nuestras vidas, ¡sin la incumbencia masculina!

»¡Mi vida vale tanto como la suya! —Al observar a su hija, Leonor se sintió reivindicada y el orgullo de Salvador encrespó aún más su mostachón.

Desde la distancia, en los jardines, se podía escuchar a Adelaida.

—¡Qué coño carajo!, ¡cómo tanta ignorancia y estupidez!
Después de esa cena, el rumor de ese enfrentamiento se extendió como un virus. Tres meses más tarde, un padre soltero gracias al respaldo de las asociaciones de damas de casa ganó las elecciones.

* * * * *

Fue así como, una mañana, entrando con todo su ímpetu en las habitaciones de sus padres, con un aviso, claro y firme, Adelaida, tuviese su futuro asegurado bajo sus términos, antes de entrar en la alcoba de sus padres, se armó de valor y declaró:

—No tengo intención ni deseo de casarme, ahora ni en toda mi vida.

Solo importaba una cosa—: Lucharé por el derecho al voto de las mujeres.

»No pierdan su tiempo, no se conjuren para presentarme a supuestos pretendientes, no se dejen seducir, —les advirtió Adelaida.

»No piensen en hacer una promesa de matrimonio con otras familias. —Adelaida se había negado.

Nada, ni nadie la sometería a tal ofensa.

Salvador, como siempre, sin detener su lectura, le peroro a su mujer —¡Bueno, con eso, el apellido se nos va al traste!

Leonor, mirando a Adelaida con ternura y delicadeza, señaló.

—Mi *Klaine*, recuerde de vestir botines cómodos y lustrados, porque su lucha, será muy larga, sobre todo, hay que estar presentable.

Adelaida cerró la puerta, no escuchó los coloquios de sus padres. Expresaban la aprensión de Leonor y el orgullo de Salvador.

—Sea como fuere, nuestra hija no es idiota, —Salvador sintió su satisfacción detenerse. Por un segundo, pensó en aquel hijo ido y no pudo compararlos. Suspiró y miró a su mujer.

—Adelaida tiene una base firme, como una guerrera, no tengo dudas. Nuestra hija sabrá superar cualquier obstáculo. No en vano ha recibido las herramientas.

—El escudo roto y la lanza no pueden salvarla de esa crítica maliciosa, —dijo Leonor para continuar.

»Si es de hacer así, por lo menos, que vista fino, será ella y solamente ella, quien vivirá en el Amazoneum[28], que usted y yo, le hemos erguido, —concluyó Leonor.

---

[28] Amazoneum; santuario de las amazonas, que implica tumbas y culto.

Capítulo 27

La Reformadora

Adelaida y Marmaduke, se conocieron después del arresto de la muchacha. Con suma perfección, estaba previsto, aquellos dos seres, distintos en sus historias y semejantes en sus sustancias de carácter, terminarían enamorados.

* * * * *

Tras gritar consignas durante debates liberales y lanzar piedras a los vitrales del Club Americano del Este. La vida de Adelaida pasó a ser una seguidilla de encarcelamientos. Cansadas, ella y sus pares feministas de ser despreciadas e ignoradas, irían más allá de la lógica establecida. Deseaban erradicar desde las escuelas, pasando por el grupo familiar el aberrante proceso de aculturación. Odiaban el prospecto de una vida de matrimonio con un único objetivo, la procreación.

Adelaida deseaba más que nada obtener el derecho de enriquecer las mentes femeninas, haciendo que las universidades y academias de ciencias admitiesen a mujeres. Solo una cosa podría prevalecer, igualdad para ellas.

Con el desprecio directo, no solo por los hombres, sino por muchas mujeres recatadas y sometidas. Al grupo feminista se les conocía como «las-ignorantes-en-enaguas-bordadas-de-capricho». Aquel apodo injustificado les daba la fuerza para no claudicar.

La negación del derecho al voto de las mujeres, su derramamiento de sangre en vano; ese fluido les dio el valor para gritar en voz alta.

Frente a las oficinas del periódico local, los alborotos de la semana anterior fueron los más violentos jamás vistos en Aviva.

Se vistieron de rojo sangriento en honor de sus dos compañeras muertas. Antes de abordar el punto crítico, Adelaida miró a su amiga. Con mucha determinación, dijo:

—¡Quítate la pollera!

—¿Para qué? —Su compañera no entendió.

Mirándola fijamente Adelaida le entrego un paquete.

—¿Qué es esto?

—Pantalones, póntelos para que estos desgraciados les hierba la sangre, —Adelaida sonrió se sentía triunfadora.

El día del auto encadenamiento, cuando el gobernador presidía las celebraciones, las jóvenes revolucionarias, fueron abucheadas por la fuerza falócrata y regional.

Ante semejante afrenta, eventualmente, Salvador, con todo su poder económico, podría liberarlas. Como lo había hecho en múltiples ocasiones, esta vez, las voces masculinas humilladas y contrarias a la intimidación, exigían el más extremo castigo. Entre las rejas, tendrían que pernoctar dos de noches, esto, daría tiempo para que se calmasen los ánimos.

Antes de ser transportadas al destino de sus castigos y piadosas exhortaciones, fueron llevadas a unas salas separadas del consistorio. Allí, para tomar el dictado de sus confesiones, fueron esperadas por dos escribientes.

—¡Injusticia!, ¿qué hemos hecho para merecer este perpetuo castigo?

»¡Nacer con una vagina es más valioso que tener bolas llenas de patriarcado! —La joven insurrecta, continuaba dando gritos de injusticia y derechos.

En la habitación, al otro lado de la puerta, el arrebato seguía presente en la piel de Adelaida. Detrás de una extraña lividez, se escondía. Desconocida para ella, era una sensación nueva. No podía controlarla.

«Deseo continuar gritando y no puedo. Solo quiero mirarlo a él. Mi corazón ya no palpita por justicia lo hace de ansias. ¡Despabílate Adelaida!»

Por primera vez en su vida, se sintió derrotada.

Ante Adelaida, se hallaba un joven sentado, de diminutas gafas y ojos acaramelados, que se perdían en un semblante imperfecto y *sereno*. Aquel temor interno, que siempre le había advertido, no caer en ese lazo infalible. Hizo que Adelaida callase.

Marmaduke, sosegando por su propia excitación nerviosa, le invito a sentar.

—Por favor, pro… pro… procedamos al dictado, —dijo él.

—Soy todo suyo, señorita.

Marmaduke se corrigió a sí mismo sin quererlo, ella había vencido su corazón.

—Le escucho.

El dictado, debía comenzar. Las palabras de aquel relato y acto revolucionario, qué por deducción, de principio a fin, no le habría tomado más de tres cuartos de una cuartilla. Adelaida las convirtió en nueve páginas, de esperanza y espera. Adelaida, sabía que su vida cambiaría.

El juez de turno y por coincidencia, presidente del club apedreado. Como castigo, había elegido la antigua cárcel. El lugar, seguía siendo un deplorable cuartucho abandonado. Acentuando los horrores, que una vez se cometieron allí. En las mazmorras gélidas y olvidadas, aquellos gritos y ecos de torturas, continuaban resonando.

Adelaida, nunca olvidaría el escalofrío y desazón, que aquel lugar le produjo, como si aquellas paredes viejas, advirtiesen.

«Tu sangre pertenece aquí, nunca más verás la luz del día. Antes de llegar a la primera catacumba tu memoria desaparecerá. Tú le pertenecerás a él». —Las costras incrustadas las paredes le hablaban de odio y sufrimiento. Ella, volvería a ese lugar, reteniéndola por siempre.

Los dos días de padecimientos, fueron sosegados por la espera de sus padres y Marmaduke. Adelaida estaba en lo cierto, el horror que aquel lugar advertía. Pero no sería ella, sino otra. En una vida arcana y suprimida, aquella que nacería en tres generaciones más.

Capítulo 28

El Llamado Del Oeste

Marmaduke, nunca supo, donde o cuando había nacido. Solamente, que había sido depositado en unas escalerillas, entre los dos últimos pilares de la casa de expósitos de niños. Aquel bebé, le había tomado un año en recibir su nombre. No había sido por una negación.

Después de la gran sacudida, todos los registros, habían quedado sepultados. Cuando el escribano mayor, finalmente, pudo volver a sus *vademécums*[29], el mocoso fue inscrito, como «*Marmaduke Sabacio, sin origen o comienzo, más allá de las raíces y subsuelos telúricos*».

Marmaduke, desde su lactancia y antes de su emancipación, hizo noche en un colchón de varas. Con sus propias pulgas y piojos. Marmaduke, se sabía mulato. Invento sus propias historias, entender su rechazo infantil, otorgaban en él, un consuelo. Así mismo, decidió contarse el principio de su historia.

Aquella, sería la verdadera. Su madre, había sido una negra, una cautiva, por un maldito terrateniente, este mismo malvado, había sido su padre. El amor propio de su madre, no quiso que él, sufriese una vida de maltratos y vejaciones.

Imaginó a su negrita, esperando, calladamente a que llegase el domingo de misa, con él, en brazos y antes de recibir comunión, salió de la catedral. Durante aquel trayecto, la madre, le hablaba.

«*Tu vida será buena y útil, recuerda siempre el amor que siento por ti mi pequeño y, por sobre de todo, sé un ser amable y humilde*».

»*Mi precioso ángel, tengo la esperanza de que tu vida será próspera. —* Ella le prometía.

---

[29] Vademécum; manual o guía que se mantiene constantemente a mano para consulta.

«*La vida nos separa, pero siempre estaré en tu corazón. Cuando te sientas solo, lleno de terror, recuerda que mi amor te protegerá*». —El llanto de la mujer imaginada emanaba como su amor por aquel niño.

«*Deseo que, en tu vida, siempre seas amado y, sobre todo, sé tú mismo*».

Antes de depositarlo junto a los pilares, había besado su frente, dejándole un suave aroma a albahaca. A dos cuadras de su hijo, la tristeza y arrepentimiento, habían desmenuzado su alma. Antes de terminar de dar la vuelta y traerlo de vuelta a su vida, el terremoto se la había quitado.

Para Marmaduke, aquella historia, daba su inicio y una conclusión. Antes que la parca piadosa se la llevase, le reconfortaba, saber el amor que su madre había sentido por él.

Marmaduke había crecido convencido, aquel edificio, lleno de desesperanzas, sería su lugar de por vida.

No fue hasta, una madrugada, una monja taimada, le agarró por el brazo. Sin dirigirle una palabra, fue llevado por un túnel lóbrego y oscuro, hasta alcanzar un cuarto maloliente.

El trajín y gritos, antes de intentar escapar de ese edificio desolado, allí, el desánimo y el pesar, eran detenidos, por la ruina y la maldad, se perdían antes de llegar al corredor.

Sentado en un banquillo de cama, antes de cerrar la puerta, la religiosa, lo miró diciendo:

—A ver si sirves para algo y haces que nos llegue más diezmo, ¡mugroso!, —la vida te está entregando lo peor.

Tenía tan solo ocho años.

Las vejaciones que recibió en aquel lugar, arrancaron de cuajo, su propiedad más pura, la inocencia. Haciéndola desaparecer, en aquella, la primera de las muchas atrocidades, que le fueron cometidas. Los abusadores, siempre eran los mismos, sin distinción alguna, provenían de una misma casta, adinerada y poderosa. Desde el clero a los burgueses mercantiles, pasando por oficiales y señoritos. Para satisfacer sus trastornos, pagaban lo que fuese. Marmaduke sentía, su faz, se llenaba de asfixia. Con pavor, de por vida, recordaría aquel dolor físico y angustia, de aquel lugar cerrado y malévolo.

Aquellos años de padecimientos, aferraron en él, aún más aquella idea inventada. Su pobre madre negra y él habían nacido para vivir, ambos demarcados por la agonía, solo por una razón absurda e impuesta, que no justificaba cada bocanada de aire, más aún, de estar vivos. En el mundo o en los cielos, no existía nadie que le escuchase.

Las voces sucias y malolientes de los perpetradores, constantemente, le recordaban la existencia de aquel ciclo, el cual, nunca acababa.

Marmaduke estaba convencido, sentía que su vida colgaba de un hilo, fino y férreo. Este fue cortado por el nuevo director designado, al cruzar el pórtico de aquel fétido lugar.

Marmaduke observo, a cada lado de su celda, se hallaban otras cinco, la suya, era número seis. Nunca escuchó llantos, o gritos de lamentos, los murallones de piedra y portones de aquel pasillo. De sus muchos pares, solo él, sobrevivió. Habían trascurrido cinco años.

Su oficio de escribano, le fue enseñado por aquel director. Su emancipación llegó el día que el maestro, murió por una uva envenenada.

No lo dudo más, aquel día, dejaría para siempre, aquella tierra de tan buen aire.

Siete años, le tomó atravesar los valles y sierras, cruzo ríos y rodeo lagos. Durante aquel tiempo, Marmaduke, se fue haciendo útil. Fue así, como miles de cartas fueron escritas, de congojas, amores lejanos, alegrías perdidas en los tiempos, finales y nacimientos.

En aquella senda de prosa, Marmaduke, seguía una única dirección, el magnetismo del oeste. No le interesaba el norte o el sur, mientras se alejaba del este, de su infancia, se sentía, libre y propio. Fue en un pueblito vinatero, el joven fue llevado a la casa de un viejo escritor ciego y artrítico. Allí, por seis meses, escribió trovas dolientes, cuentos de frutas, firmamentos a la tierra y al mar lejano.

Con aquellas ganancias, Marmaduke adquirió una mula, a la cual, llamo *Petunia*, durante la travesía montañosa, ella, sería su compañía.

Nunca la cabalgo, en ella estaba su futuro, ese futuro prometido por su madre. Desde aquella fuga del pasado, *Petunia* era lo más cercano que Marmaduke tenía al amor y parecido a una familia

Prefería que *Petunia* llevase sobre el lomo, aquellos utensilios valiosos de su oficio; dos plumas de ganso con puntas de metal, un tintero y papel. Todos, meticulosamente ordenados, seguros y dentro de un pequeño secreter.

Caminaron juntos por quebradas y laderas. Mutuamente, se resguardaron del frío y nieve, hasta alcanzar el otro país. Su caminata, no terminaba allí, en la capital, Marmaduke escuchó del puerto. Allí, siempre necesitaban gente nueva y oficios provechosos.

Después de otros siete días de camino, el aire salino y helado de Aviva, le daba la bienvenida a su destino final.

Fue un uno de junio, durante el tardío florecimiento de los almendros, en algún lugar de la colosal alameda, los Nonrsmann, conocieron a Marmaduke. Leonor divisó aquella extraña imagen. Abrió el parasol, necesitaba saber. Leonor frunció las cejas y sintió que algo inesperado iba a suceder. Un hombre ambiguo, junto a una mula, caminaba hacia ellos, parecía estar buscando un refugio, o quizás los había estado buscando toda su vida. Ella estaba en lo correcto.

Sin palabras entredichas, Leonor y Salvador pensaron lo mismo.

Frente a ellos, estaba un muchacho alto de piel canela, pero más allá de su persona, la serenidad que él, emitía, les invitaba a acercarse. Fue Salvador, primeramente, quien dirigió la palabra.

—¡Saludos, forastero!

—Buenas, tardes señor.

—¿A dónde se dirige joven?

—Francamente, señor, no lo sé todavía.

—¿Puedo preguntarle a qué se dedica usted?

—Escribo señor.

—¿Sobre qué? —De alguna manera, Salvador sentía la necesidad de atraer aquel joven a la vida de los Nonrsmann.

—De todo, o cualquier cosa que necesite ser dicha, señor.

—¿Cómo se llama usted?

—Marmaduke Sabacio y busco trabajo señor.

Leonor observó como su marido aconsejaba a ese plácido hombre recién llegado. Ella, como madre, podía notar la carencia de un amor. Pero, por alguna razón aún no podía entender, en el reflejo de aquellos rasgos, una inocencia robada había vuelto. Tal vez el amor por los cuatrillizos, que ella nunca pudo dar, había encontrado por fin otro destinatario.

En aquel ápice y frente a ellos, estaba parado un hombre bondadoso, útil y humilde, buscando el vínculo de su destino final. Desde la distancia y proveniente de su cabello, uno podía percibir un suave aroma a albahaca y rocío de la mañana.

Capítulo 29

Colección

Después de aquel desayuno, Leonor les informó, antes de las nupcias de Adelaida, tendría la casa completamente amoblada. Solamente, para aquello, necesitaba encontrar el viejo catálogo ilustrado de Chippendale.

—¿No les importa, que su casa se llene de muebles nuevos y con aspectos antiguos? —Preguntó Leonor mirando a su familia.

Sin levantar su cabeza y embutida por enésima vez en el Cosmos de Humboldt[30], Adelaida respondió;

—¡En absoluto madre!

—¿Y a usted señor Nonrsmann? —Preguntó Leonor, esta vez con un brazo en jarra sobre la cadera y la otra mano algo tiritona, sobre la frente.

—Para nada, con tal, de que haya un lugar donde descansar las nalgas, a mí, me da igual, si es un cajón, o en mi propio fonoautógrafo, —respondió Salvador.

Algo más de dos horas, le tomó para hacer la larga lista del pedido. De cabeza a cola, Leonor, recorrió la casa cinco veces. Enumerando todo aquello que necesitaban, su lista, comprendía; un comedor de diario con cuatro sillas. Dos barógrafos, siete camas y siete armarios con cajoneras.

Salvador le recordó incluir los cuatro secreteres y los ocho libreros.

—¡Gracias!, —respondió Leonor con la mente entrecortada.

---

[30] Cosmos de Humboldt; es una descripción física del universo, es un influyente tratado sobre la ciencia y la naturaleza escrito por el científico y explorador alemán Alexander von Humboldt.

Continuó con su pedido, al agregar. Tres gabinetes para la porcelana, dos enfriadores de vino y una bodega para la cocina, cuatro mesas muelles de medialuna, veinticuatro sillas de respaldos calados y tapizadas de cuero rojo. Una mesa de comedor, de tres paneles movibles para acomodar las sillas.

Para cubrir las paredes del comedor, requería, suficientes rollos de papeles pintados de bambú verde, con fondo rojo, Leonor agregó, cinco sofás y diez poltronas. Pensó en incluir las coquetas, prefirió esperar. Leonor al observar sus pies descalzos, decidió añadir quince alfombras, tan grandes como pudiesen ser. Las bacinicas francesas y las cortinas, las compraría en el emporio local.

Adjuntando los dibujos de la casa en ella, Leonor especificó, recordando lo que Salvador le había dicho una vez.

«Usted, mi queridísima, es otro árbol de esta roca que da frutos y flores, Leonor comprendió la razón por la que él la había nombrado portadora de la felicidad y titular de vida».

»Las venas y los órganos de la casa, se los confío a usted.

Las columnas planas, los capiteles, Leonor decidió dejarlos a descripción del diseñador. Para los techos, la misiva incluía, la simplicidad de las molduras de yeso.

Antes que la mano se le desarticulase por los espasmos, Leonor terminó de escribir la lista.

Ayudada por tres de las empleadas, el jardinero y el muchacho de los mandados, Leonor, impele por un peso ajeno y agobiante que llevaba acarreando desde hace muchos años. Leonor Nonrsmann decidió resolver un problema.

Entre los seis, tomaron cinco enormes baúles de madera, en ellos, se encontraba la colección completa de su madre, de sus antepasados y de su juventud. Era el cúmulo de artefactos venerables, eran los años de búsquedas y espera. Aquellos objetos, representaban las respuestas innecesarias, —: *«¿Cuáles son las verdaderas ideas de la fe absoluta?, ¿qué objetos son los que nos atan a Dios y nos muestran su camino a seguir?*» —Preguntas que Leonor nunca se había preguntado, las cuales, sus padres habían impuesto en ella.

Leonor Nonrsmann necesitaba despedirse de su vieja persona.

Meramente, nunca más se ataría a las cuantiosas cruces y textos bizantinos, o el flabelo[31] desmedido. Ni requería de los setenta y cinco iconos hechos de maderas y oro, o las tres menorás[32]. La lipsanoteca[33] labrada, le importaba un bledo, o menos que los dos atriles. No obstante, se libraba de las innumerables variedades de escrituras cirílicas y latinas.

Más que nada, ella, se emancipaba, de aquel olor penetrante, que siempre la había rodeado, provenía de huesos de santos espontáneos y las túnicas apolilladas de santas que pasaron todas sus vidas, bajo las enajenaciones supersticiosas.

La mayoría de los objetos, eran de más mil años de antigüedad. Finalmente, desde sus hombros, Leonor deseaba liberarse de aquella cruz que cargaba. Aquel era su comienzo, Leonor necesitaría ir más allá de los apéndices que eran su lastre. De una vez para siempre ella se liberaría, su obediencia impuesta, por, sobre todo, su tolerancia incuestionable no sería más.

Con gran dificultad, arrastraron las arcas hasta la balaustrada de los jardines, las levantaron, dejándolas posicionadas una atrás de otra. En filitas, aprecian unos sarcófagos, levantados en el aire, como ofrendas, a la espera de la insurrección de Leonor.

Antes de volver a su encomienda, pidió que la dejasen sola, con sus manos sobre la frente, Leonor se detuvo a observar. Los árboles, el mar, las dunas distantes al otro lado de la bahía, el sol que salía tímidamente entre las nubes y se limpió el rostro al sentir el viento que comenzaba a subir por el enfilado. Sacudiendo el polvo de sus manos y antes de ajustarse el polizón que la contrariaba, Leonor dijo

---

[31] Flabelo; un abanico utilizado en las ceremonias religiosas.

[32] Menorá; es un candelabro o lámpara de aceite de siete brazos propia de la cultura hebrea.

[33] Lipsanoteca; pequeña caja que contiene las reliquias dentro de un relicario.

—: A ver si alguien toma responsabilidad de estas porquerías, inútiles y de sus nombres, ¡que no sirven para nada!

»¡Suficiente!, me libero de toda culpabilidad y la inmensa carga que llevan consigo, ¡en mi vida, no las deseo ni las necesito!

Antes que los tres minutos que le tomaron a Leonor para entrar por el atrio, los cajones ya no estaban. No estaban de vuelta en las lozas de la terraza, ni estaban hechos añicos en el jardín botánico debajo de la roca.

Simplemente ya no estaban.

En sus lugares, una neblina inmaterial, había tomado posesión, bajo un fluido sensacional y azucarado. Se podía percibir. Al mismo tiempo que las trenzas de ribetes, enloquecidas hacían vibrar los cencerros. Anunciando, la casa estaba libre de la nocividad de la ignorancia.

Al volver, Leonor introdujo los papeles en un vede de cuero y personalmente se los entrego al capitán, con instrucciones precisas de entregárselas a las manos del decorador. Una vez hecho esto, Leonor, aún parada en el muelle, observo a legarse la fragata. Imaginó su casa, llena de muebles voluptuosos y el dorado por todos lados, que, en otros tiempos, le hubiese complacido tener.

Ahora, aquella idea errónea de su hogar, hizo que el pensamiento por ósmosis, saliese de su estómago, produciéndole unas náuseas incontrolables. Nadie la vio liberar en el mar, aquel arrepentimiento de tanta pretensión. Con aquella última gota, de esa emesis oscura. Leonor, finalmente, se deshizo de toda extravagancia que en ella quedaba. La culpabilidad se había alejado.

Pero sus pesadillas, duraron hasta el mes trigésimo octavo de espera. Solo en las noches, Leonor podía liberarse de aquel tormento.

En su sueño, podía observar una playa vacía, Leonor veía varar el navío, en su dormir, la zozobra se repetía con más frecuencia, donde en un mar calmo y azul, como un reflejo de acuarela, se tragaba lo cometido. Llevándose al abismo mismo, toda aquella ostensible innecesaria.

Leonor pensó, la excentricidad del marido, al fin y al cabo, le había alcanzado. En su mente, una única y tenue voz, como una canción, había comenzado a bisar. Hasta el punto de exasperar, el deseo de nunca ver los malditos muebles.

Después de dos semanas de asuntos en la capital, el día que ella y Adelaida regresaron, todo aquello, terminó.

Para celebrar el momento crucial de sus vidas y cautivado por la importancia de su felicidad, el propio Salvador pensó en un nombre. En la mampostería, sobre el portal azul del atrio y antes del zaguán. Salvador mismo, armado con un martillo y cincel, en letras grandes y romanescas, había grabado el nombre de la casa. Las letras eran bellamente proporcionadas y largas, en ellas, se podía leer:

HADO 1

En aquel nombre, estaba amalgamado la canción secreta de ellos tres, de sus amores, de sus encuentros fortuitos, del hallazgo afortunado de la roca y la fuerza desconocida que gobernaba aquella casa y la vida de ellos. El porqué y parte de sus almas se había muerto mirando al pasado, dejando una estela de pureza en ellas. La roca y la casa, les habían otorgado el presente, en ese aquí y en ese ahora de sus vidas.

El número que seguía al nombre era el inicio del año en el que la casa había alcanzado su máximo esplendor.

Salvador, nunca termino aquel esculpido. Sin saberlo, allí, estaba escrito el nacimiento exacto del mundo y de la roca misma; año uno.

Al entrar, Leonor desechó todas sus pesadillas, al ver su casa vestida de enseres en caobas puros y maderas satinadas de las indias. En ninguna habitación, había la ostentación del *Barroco* y conchas del *Rococó*. En todos los enseres, las líneas, eran rectas y finas. Ahora, tranquila, podría vivir con el único objeto dorado, el gran espejo de Bolonia del recibidor.

Aquella maravilla de sobriedad en el decorado, se debía a la equivocación del capitán, había entregado la encomienda a un arquitecto de Londres, en vez del destinatario original en Edimburgo, de cualquier manera, no importaba. Era un error con resultados provechosos, de un estilo de regencia, bajo la perfección y resurrección de aquel Adams del pasado, los órganos de la casa, eran compatibles con la simplicidad de ellos tres.

Junto con aquella equivocación, la cáscara del interior de HADO 1 continuaba desnuda.

Los capiteles y sus arquitrabes, frisos y toda la moldura para los zócalos, habían quedado depositados por la perfecta equivocación del destino, en una playa deshabitada en El Reino de Orungu[34] (*Gabón*). Tal vez aquel sueño perturbador de Leonor, había encauzado aquella tragedia fortuita.

—Los muebles y el comercio de esclavos se pueden ir al abismo mismo y morir allí, —libremente, una mañana le dijo a su marido.

Dos días después de aquel descubrimiento, sentada sola bajo la fronda del arrayán. Leonor tuvo la idea de llevar las formas del jardín, con sus curvaturas orgánicas y la gracia de la naturaleza. Deseaba desechar por completo la rigidez del hierro, convirtiéndolo en formas libres y flotantes.

Leonor pensó en su mariquita encadenada, se arrepentía de aquel acto vil. Aquel sometimiento y su culpabilidad, le otorgaron la idea para una reivindicación. El vestir su casa con aquellas formas que solo en la naturaleza se podían encontrar, insectos, hojas incluso aquello que no se podía ver, como el nombre de su casa, «*acontecimientos imprevisibles*».

---

[34] El Reino de Orungu fue un pequeño estado pre colonial de lo que hoy es Gabón en África Central. Gracias a su control del comercio de esclavos en los siglos XVIII y XIX, pudo convertirse en el más poderoso de los centros comerciales.

Fue así como el *Espinazo-de-luz* y todo en HADO 1 se vistieron de un bosque de formas en caoba, vidrio y el mismo hierro, inundando cada habitación con el misticismo del mundo moderno.

Para terminar la gran escalera, una barandilla de vegetales curvados de hierro forjado, fue agregada. La naturaleza hacía un eco alegre y placentero en todas las esquinas, a lo largo del suelo y las paredes, la gracia de aquellas formas, eran como viñetas de una historia que recién comenzaba. La casa de los Nonrsmann, así, iniciaba la espera de unos habitantes específicos y sus peculiaridades.

Capítulo 30

El Destello

Proveniente de una de las tantas torres de la ciudad, al escuchar las campanadas de la hora nueve, en la distancia, Leonor se había levantado de la banca, decidió reunirse con los jóvenes padres, acercándose al viejo columpio, atado bajo el fresno, deseaba animarle. No alcanzo. Un aura apacible, junto a las trenzas de campanas atadas, lo balanceaba, Leonor, vio al objeto moverse por si solo. Para que ella, se entretuviese antes de partir.

En su mejilla, pudo sentir el movimiento de unas alas, cosquilleándole, estaba su mariquita sin cadenas. Sonrió de verla libre, en su tobillo, pudo sentir una lengua áspera, pero plácida, era *Resina*. Estaba hecha un peñasco amarillo y más lenta que el tiempo. Le acarició, era la última vez.

Como una remilgada niña, rodeando el bebedero, caminó hasta alcanzar la gran hortensia blanca, arrodillándose, besó la tierra que cubría los cuerpos de los cuatrillizos, suavemente y tarareando una canción de cuna, antes de partir, quitó las hojas secas.

Leonor, se había vuelto a rememorar así misma. Sonrió, al sentirse como una adolescente juntos a sus padres, suspiró, tratando de ver a Salvador una segunda vez. Leonor continuaba absorta en tanta memoria, no notó, su cabello, tanto más, seguía arrastrando hojas, peinando los desechos del suelo.

Leonor Nonrsmann, podía percibir el murmullo feliz de la pareja que la esperaba y la luz que los iluminaba en la distancia. Al quitarse un delicado rizo sobre la cara, en su alma y mente, ella ya era esposa. Ya era madre, pero por, sobre todo, era mujer.

Singular, mujer liberada de sí misma, sin recelos, sin cadenas, completa. Por no dudar, Leonor Nonrsmann estaba agradecida de sí misma. Se enorgullecía por el valor que la había llevado arrancar las cadenas. Aquellas que su ser, desde su viejo mundo, arrastró por los mares.

Leonor estaba feliz, satisfecha y contenta.

Demarcado por el destino, Marmaduke, estaba parado de espalda a la balaustrada y de frente, abrazando a su mujer. El telescopio cojo, estaba detrás de Adelaida y la pareja misma, estaba sumida en absortos.

En su propio lenguaje de enamorados y ausentes. Ellos, no escucharon el sonido crujiente y rasguñado, que Leonor traía consigo. No le vieron, cuando su rostro, se había iluminado por aquel destello.

Todo pasó rápido. Un fragmento cósmico, caía desde la bóveda negra de la noche. Eludiéndolos a ellos y al balcón natural. Todo sucedió antes que un ahílo terminase. Leonor, tratando de alcanzar aquella luz escurridiza. Su cabellera, llena de residuos orgánicos, arrastró el telescopio. Junto a ella, llevándose el aparato y a los jóvenes cuesta abajo.

Como anunció su muerte muchos años antes, Leonor murió en un grito silencioso.

«Cumplí con mi parte, en esta historia».

Leonor Nonrsmann fue atraída a esta saga por una razón. Su sangre correría por las venas de unas energías mortales y universales.

Capítulo 31

La Precedente Vida De Agripina Romana

Katarina Kepler[35], sabía que estaba a un segundo del óbito o a una hora. Lo cierto, le sentía en la habitación, en la cama junto a ella.

—«*¿Cómo puedo estar segura de que estoy muerta?*» —Katarina pensó. Si hubiese podido, ella misma habría tomado el pequeño espejo, acercándolo a sus labios para saber si aún respiraba.

Estaba en paz consigo misma, los errores y equivocaciones, nunca los negó, solo quedaba una cosa que le agitaba el pecho. Se lamentaba de su insoportable temperamento, siempre había sido una virago.

Junto a un mal vivir, su marido, huyó dejándola con un hijo, usando la guerra como pretexto. La señora Kepler siempre lo supo, aquello, había sido solo un escape, se odiaban. Respiro profundamente, deseaba cerrar sus ojos y pensar en su abuela bruja, en sus pócimas. Tan solo una vez más, como desearía saborear, aquel líquido turbio de la mandrágora. Pero las imágenes distantes del hierro vivo, las pinzas, el ecúleo y la soga. Alejaron de su mente, todo aquello, especialmente a la falaz *Reingold*.
Solo le quedaban un par de respiros y ellos, debían ser para su hijo. Su preciado y más puro ser. Sin Johannes, ella, habría muerto desmembrada, como una *Hypatia*. Volvería, sí, tendría que volver a otra vida, para darle a aquel hijo el amor.

En el año 1622, no completamente, el olor terroso de la muerte, silenció su vida.

---

[35] Katarina Kepler madre del astrónomo y matemático alemán Johannes Kepler.

Capítulo 32

La Vida Ulterior De La Señora Kepler

De todos aquellos nombres que conforman mi relato, el de ella, es aquel, que por alguna razón que desconozco, me causa emoción y un sentir verdadero. Creo que Amelia, sintió lo mismo al leer, el comienzo y existir de Agripina.

* * * * *

Antes de ceder mi vida a HADO 1, fui niña, hermana y madre. Pero antes de dar detalles pertinentes de mi vida, debo indicarle, de donde vengo y quien soy. Tal vez, una vez entendido la pulla de mi padre, para sus tres hijas, el señor Diezmo, como se hacía llamar, usted mi querida Amelia pueda comprender mejor quien soy yo.

Mi padre, era un hombre bueno de corazón humilde. Todo, lo daba sin importar a quienes fuesen. Empero, la larga lista, generalmente se comprendía de desconocidos. Aunque, en el acto afable, incluyese algo imprescindible y necesitado por su propia familia. Lo donaba sin dudarlo. La fe, que tanto profería, siempre, iba tomada de la mano, de aquellas enfermedades que el mismo, se diagnosticaba.

La gota en el dedo gordo de su pie izquierdo, se sanaba con la misa de domingo. Los cálculos se disolvían quedando en un polvo sin dolor, según los sermones, dependiendo, claro, si, de la enseñanza recibida o el flagelo descriptivo. Con cada hostia, la deformidad de la artritis, detenía su avance. Si mi padre hubiese podido, habría desayunado mate con pan ácimo, por el resto de sus días, para así, apalear las traiciones de su propio cuerpo.

Mi madre, sabía perfectamente de donde y como había surgido tanta fe sesuda. Recordaba que, aquel hombre nunca había sido así, que si ella, hubiese sabido antes de casarse, como vestido de boda, habría elegido un hábito rojo. Para aguar el futuro que se les venía encima.

Ella, siempre apunto aquel día que comenzó todo, por aquel susodicho cáncer en un pie que el crónico esposo descubrió. Mi padre preguntó a cuantas personas se le cruzaban por la aldea. Hasta que una beata ávida, sugirió el poder de la oración. Porque allí, encontraría la cura para todos sus males.

Mi madre, estaba convencida de que, si el marido hubiese escuchado aquel consejo, directamente de una mata de cilantro. El hombre, habría sido por seguro. ¡Un ferviente herbívoro! Lo peor de todo de aquel episodio, en que el aludido cáncer le tenía desahuciado, no había sido más que las rasgaduras del pie, llenas de mugre e infectadas.

Yo crecí en una casita de adobe, por lo general siempre vacía, gracias a mi padre, nada duraba. Como un jugador empedernido, sacaba todo a escondidas. Se llevaba lo que no teníamos, para darlo a personas que no eran, o menos favorecidas que nosotras.

Ollas, sabanas, incluso los trozos de periódicos, nuestro papel higiénico en aquel entonces, todo aquello que la gente desease, lo conseguían a sabiendas de su debilidad ferviente. Las únicas dos sillas, que tuvimos hasta que yo cumplí los siete años, desaparecieron de un día para otro, dejándonos sentadas en el suelo de tierra.

Fíjese que, una vez yo tuve que caminar casi seis meses semi-descalza a la escuela. Sí no hubiese sido por el ingenio de mi madre. Ella, ato unas cuerdas de yute a unos trozos de caucho. Me sirvieron para caminar las dos horas de camino de nuestro campito, donde vivíamos. Atravesando colinas, riachuelos y cuanta peripecia la madre naturaleza, había depositado tan sabiamente

Para mí, no era una desdicha el no tener zapatos, lo único que me jorobaba, eran las uñas de mis pies. Al regreso de la jornada escolar, siempre estaban negras, de tierra y lodo. Me demoraba casi un buen rato, sacándome la mugre con una mazorca desgranada, que tan bien me las dejaba. Las chancletas artesanales, casi fueron donadas por mi padre a algún menesteroso, sí no hubiese sido por la tenacidad de mi madre.

Se opuso como una fiera, cansada de tanta miseria. Le restregó en la cara, el estado deplorable en que su propia familia existía. Que, en aquella casa, casi nada quedaba o duraba, porque, el señor Diezmo prefería el bienestar ajeno que a de los suyos. Mi madre le gritaba:

—¡Si tanto cumple con las leyes de su iglesia, desde este día, la caridad comenzara en nuestra casa! —Ella, estaba cansada de tener que esconder todo en el culo y que tanto les había costado.

—¡Para que usted señor ecuánime, se los regalase a algún astuto! ¡Suficiente!

Mis hermanas y yo, nacimos en el comienzo de su auto elevación, a medidas que, íbamos viniendo al mundo, mi padre, se impuso a que las bebas, deberían perpetuar su fe. Fue así como, la primera de las nacidas fue llamada, Luisa Católica. Un año después nació Juana Apostólica y casi once años después, nací yo, Inés Romana. Mi nombre me sirvió para vestirme de mi franca naturaleza. Por decisión propia, a los nueve años, informé a toda mi familia. ¡Hic et nunc! Era mi eficacia a la adecuación de mi propia verdad.

Que allí y en adelante, sería, Agripina Romana para ellos y quien me conociese. Me negaba a responder a un nombre que no era el mío.

Fue así que, dos días más tarde me escondí, me buscaron por todos lados. Incluso, se llegó a decir, que los cíngaros de Glasgow, que habían pasado por la aldea la semana anterior, habían vuelto para robarme y hacer de mí una de ellos. Fue tal desesperación de mi madre, no supo cómo o de donde, gritó con todos sus pulmones.

—¡Agripina!

Allí, salí yo, sucia y meada, debajo de una madriguera, completa y, sobre todo, era única.

En esos tiempos, la enseñanza obligatoria, no pasaba más de un par de años. Pero tuve suerte de tener una maestra, que, a cambio del lavado y planchado, me daba lecciones. Fue así que, por cuatro años me enseño historia y lectura.

El primer día le dije—: ¡No pierda su tiempo, porque la verdad, los números a mí nunca me han cuadrado!

Aquella señora solterona y complaciente, me ayudo a abrir mis sesos. Con cada pregunta que yo formulaba, ella a cambio, me daba su respuesta. Produciendo en mí, un despertar que me aliviaba de las sandeces, que escuchaba en casa por parte de mi padre.

Poco y nada, sabía yo que mi familia, ella y todos los pueblerinos de la aldea. Serían barridos y sepultados por una ola de lodo. Llego de la nada, en una noche oscura, en silencio, como queriendo sorprender aquellos que debían partir y dejar este mundo. Me pregunté por mucho tiempo.

¿Por qué yo, salí con vida aquella noche traicionera, sin más que un rasguño en mi brazo?

Llore a mis padres, hermanas y a mi enseñante solterona, por mucho tiempo. Hasta que las lágrimas se negaron a salir de mí.

Fue allí que, convencida que la vida me deparaba algo, desmedido en grandeza, aquel sentimiento único, forjo en mí la ilusión. Creí que había llegado a mí, cuando me embarace de un amor no programado y leve. El cual, así como había llegado a mi vida, se había largado de la misma forma.

Fue un uno de junio, que mi hijo nació, sano y morenito. Al atender mi voz cansada, me sonrió, bebió de mi leche dulce y sin más que nada, dejó de respirar. —Su sucinta vida duró un par de horas, alegres e injustas. Se me estaba arrebatando, lo más querido que yo tenía en mi vida.

Lloré su partida, su entierro en una fosa común. Llore por mi soledad y porque yo era Agripina de nadie

He olvidado, no sé cómo y dónde, porque este lapso, es el único difuso de mi memoria. Yo, sentada en una plaza, bajo un fresno enorme, de un pueblo que no conocía. Tres mujeres se acercaron, me preguntaron por mí pesar, creo que les relate mi zozobrar. Me escucharon calladamente, hasta que mis palabras se volvieron húmedas de tantas lágrimas. Se volvieron a sí mismas *y dialogaron algo que no querían que yo oyese. Aun así, oí que la mayor decía.*

—El bebé nació y no, es más.

A lo que la segunda, algo más joven que la primera respondió.

—Su leche aún sigue, ¡viva y nutre!

La tercera, la más joven de las tres añadió,

—Su leche, será la alimentación que llevará la vida, para continuar con aquella otra, la perenne.

Antes de partir, entre mis manos, depositaron un objeto envuelto en un tisú negro, en él, había un vaso de vidrio grueso y claro, era como mis lágrimas, el objeto, no tenía nada de especial, no pude entender, aquella atención. Al desaparecer y antes de marcharse me dijeron,

—Para que llenes el agua de tu futuro, se mira, pero no se bebe.

Así fue como la primera protección de las almas turbias e hirientes llegó a mí.

Claramente, no tengo presente, cuantas horas pase arriba de una carreta, me llevaba a una estación. Ni tampoco sé cómo, subía a un tren, donde llore y vomite por ser mi primera vez en aquella bestia de metal. Continúe llorando el día y medio a mula, que me traía a esta colina.

Hasta que mis lágrimas cesaron para siempre, con la excepción de una vez, pero eso sería muchos años después.

En mi mejilla, la última gota de tristeza, se iba evaporando y elevando, era por un aire liviano y dulce que me envolvía. Emanaba de todas partes de la roca. Sé que, aquello, era lo que existía más allá de la casa monumental y magnífica. Era la congruencia de este mundo y aquel. El desconocido para todos nosotros, donde esas cosas que no se pueden explicar, lo habitan. Desde allí nuestros sentidos y las energías fabulosas están atadas.

Yo, no lo sabía aún, pero me tiraban, siempre me han tirado, hasta traerme aquí. Al ver que era esperada, sonreí, sabía que yo pertenecía allí. La casa en su magnificencia, en letras grandes y romanas, me recibía con su nombre cincelado. Como yo, me maraville al leer, HADO 1.

La roca, me estaba dando la buenaventura escrita y aún oculta para mí.

Me recibió un hombre desmedido. Era grande, de una espalda ancha, como el marco de una puerta. No supe si era viejo, o un joven apesadumbrado.

—¡Enhorabuena!, —me dijo.

Al entrar en aquella casa, pude ver cosas, que nunca hubiese sabido que el bienestar ajeno, pudiese obtener. Me quedé como una lela, maravillada ante la escalera larga. Los muros altos eran de un intenso color rojizo, de mitad maderas labradas, que contrastaban con la otra, llenadas de líneas, caritas y frutas colgando, todas las formas, todo el interior, era como un jardín blanco y estucado. Sobre mi cabeza, aquella maravilla terminaba en una bóveda redondita, donde la luz, caía en un chorro misterioso, la cual me hizo reír.

—¡Por aquí y sígame usted!, —la voz del hombrón me hablaba desde arriba en el recibidor, que me sacaba de mi asombro.

Le seguí a pazos ligeros, entramos a una galería larga, de vidrio y habitaciones. Pude notar, todas las puertas estaban cerradas, vi en cada una de las manecillas, ramilletes de flores. Estaban amarradas con unas cintitas negras. El señor se detuvo en la penúltima habitación, con el brazo extendido me dijo,

—Le están esperando, por favor pase.

—¿Quién?, —respondí.

—¡Mi nieto, quien más!, —aún sin entender, volví a preguntar.

—¿Para qué?

—¡Para que lo atetes y lo cuides, mujer!

Al entrar en aquella habitación, balanceándose sola, o por unas manos arcanas, junto a una cama grande, había una cunita de barandillas labradas. Allí, sonriéndome, mi niño estaba devuelta. Pero tenía otra piel, otros ojos, otra carita y otro cabello. Rojo como el cobre recién pulido con la sal y el vinagre.

En mi cobijo, lo tomé. Le puse mi pecho que se desbordaba de leche.

—¿Cuál es el nombre del niño?, —le pregunte al señor, que me miraba desde el soportal.

—Persival, Persival A. E. Sabacio, ¡cómo todos los locos de su familia!, con un apellido y tres apelativos, por si alguna vez, tiene que sobrellevar, a más de uno en su cabeza. —Antes de retirarse, me miró y con una voz delicada, me dijo.

—Por encima de todo, ámele.

Fue en aquel segundo, su boquita, se había acercado a mi pezón, atando un lazo que pensé, que se había cortado. En aquel momento, algo, renacía en mí, pero no con mi hijo, sino con el de alguien más. Pero no me importaba. Entendí, las muertes de mi pasado, que tanto dolor, me habían causado. Sollocé, por ese precioso momento de dicha, por un futuro que no esperaba, di gracias.

Volvía a reencontrarme con mi rorro.

Capítulo 33

Entre Lecturas

Agripina amamantó a su *Persi,* hasta su cumpleaños seis, Salvador, no se oponía, a que su nieto creciera apegado a una teta. Siempre y cuando, terminase como un árbol, fuerte y robusto.

Como toda personita curiosa, el niño, se la pasaba entre los libros de su abuelo y los jardines. Recorriendo e inventando sus propios juegos. Fue antes de un cumpleaños, comenzó a orinarse en su cama. Medio avergonzado entraba al cuarto de Agripina, llorando. Persival, le decía, en su dormir, era aterrado por un sueño angustioso, siempre era el mismo. Entre lágrimas, relataba, una muralla de la casa, se abría y lo robaba, en silencio, lo llevaba, a una oscuridad subterránea.

Salvador decidió, era hora que, el niño, debía empezar a absorber las cualidades de un humanista. Ella, no podía opinar, o negarse, a que lo mandasen a una academia de internado. El día que partió, con su uniforme de chaquetilla y corbatín. A ambos, Persival, los miró con el azul de sus ojos llenos de humedad, especialmente, a ella. Era la misma tristeza que Agripina, vería en los otros dos rostros infantiles, que llegaría a criar en esa casa, —¡pero no me adelantaré!

Antes que partiese, Agripina le introdujo un pañuelo en su bolsillo diciendo—: Tome, para que cuando extrañe su casa, su abuelo, la locura del jardín, sea lo que sea, huela esto y su corazoncillo, volverá aquí en un suspiro. ¡Se lo prometo!

El pequeño atadijo era, un batiburrillo hecho de un montón y variadas hierbas bondadosas. Mezcladas con pétalos de flores. Agripina le refregó sus canillitas, eran tan delgadas, como el hilo del llanto, que emitían sus labios, medio azulados por el frío.

Salvador con una voz de fragor, dijo, —: en no tiempo alguno, los huesitos de tu cuerpo, se llenarán de músculos.

Fue así, que Persival, partió en una cuesta que perduraría hasta su madurez. Lo veían, cada seis u ocho meses, los que para a Agripina, se hacían un principio, sin un fin. Ella, nunca se arrepentiría de esperar el retorno de sus amores ajenos.

Por el cuarto, junto a la cocina, después de aquella partida, Agripina, cambio su habitación. Allí, instaló sus cuatro prendas y junto a su cama, en la mesita de noche, dejó el eterno vaso lleno de agua.

Sin proponérselo, Agripina, comenzó a tomar las llaves de la casa y sus quehaceres. Antes del principio del siglo, eran solamente cuatro sirvientes, la cocinera, el jardinero, que solo iba dos veces por semana y un muchacho. Salvador, lo ocupaba para sus recados. El abuelo, desde el deceso de su esposa y la joven pareja, había terminado con toda clase negocios. Retirándose de toda vida pública. Pasaba los días enteros en su despacho. Al paso de cada mes, con objetos e invenciones, el refugio, se iba llenando más,

Le daban alegrías, Salvador, deseaba, que su mundo fuese otra vez, algo benevolente y amable.

Agripina, siempre quiso saber, que eran o entender, para qué servían aquellos objetos. Las encomiendas de libros, no cesaban de llegar todos los días. A través de las distintas embajadas de la capital, Salvador, los ordenaba, siguiendo un catálogo imaginado.

Salvador Nonrsmann, continuamente, mantenía las puertas cerradas de su despacho, de vez en cuando, se le escuchaba hablar solo, o tarareando la misma tonada. Agripina, sí llegó a saber, que era aquella melodía y su significado, pero no la podía cantar, no era de ella, no aún.

A través de la seguidilla de puertas y ventanas de las habitaciones en fila. Desde los jardines, a Salvador se le podía observar, sentado, con la mirada impaciente. Esperando a alguien, o algo, que lo sacase de su pesar, del vacío que se había instalado en el alma.

* * * * *

La breve educación interrumpida de Agripina, siempre, había sido de una forma oral. Sus contactos con libros, fueron limitados. No porque ella quisiese, sino, por la carencia en que vivía su familia. El único libro, que existía en su casa, era una vieja biblia del padre. La verdad, a ella, no le interesaba las leyendas y usanzas impuestas por sí solas. ¿Cómo podía creer en palabras llenas de odio, adornadas con palabras bonitas? Antes que Agripina cambiase sus dientes de leche, frente a su padre, ella ya había comenzado a dibujar una cara vacía, que hacía complacer a los más grandes.

Cada vez que el señor Diezmo, leía algo de su libro prodigioso. Relatando aventuras de vírgenes, mártires sangrados, del bien recompensado y demonios por castigo. Por aquellas historias, Agripina, se jorobaba. Siempre, eran contadas o enseñadas, por seres superiores. Que por lo demás, eran perpetuamente hombres viejos, de barbas e intolerantes, eso pensaba ella. No las podía soportar. Se sentaba y pretendía escuchar, aquello que se esperaba de ella. Pero en su cabecita de niña, se iba y se alejaba. Creando sus propias peripecias, e interrogantes.

Estas últimas, durante muchos años, fueron las que le dieron la valentía para pedir un favor.

Una mañana, Agripina, no pudo contener sus ansias de conocer más. En el despacho de Salvador, entró calladamente. Ella, estaba convencida, se encontraría con una polvareda. Después de la partida de Persival, nadie más que Salvador Nonrsmann, era permitido en aquel mundo.

Agripina se asombró de ver los estantes, sin ni un corpúsculo de polvo. Todo aquello, que se encontraba, dentro de aquel refugio,

182

parecían preservados en el tiempo. Limpios y saludables. Los estantes se encontraban repletos de libros, de distintos tamaños, con cubiertas de cuero verde, marrones, azules y rojas, las letras doradas les daban un magnetismo irresistible. Los ojos de Agripina, no daban abasto para toda esa maravilla. Era todo, lo que ella, nunca se pudo imaginar, aquello que pudiese existir, más allá de la agudeza humana. Agripina deseaba, absorber tan solo un poquito de aquel conocimiento.

En el medio del despacho, Agripina, pudo observar cuatro gabinetes, que más que nada, parecían estanterías. A los costados, tenían unas cajoneras de distintas alturas. Entre estas, había dos esferas, metidas en unas argollas de madera, que las abrasaban.

Cada globo, estaba sujeto por cuatro patas de león. Una, semejaba ser el mundo, la otra, estaba rodeada de figuras de animales, seres mitológicos y humanas. Ambas, eran de un color, que solo el humo viejo, puede preocuparse imbuir.

En las cuatro esquinas de la habitación, se encontraban unas mesillas dobles, atiborradas con instrumentos, que Agripina, no logró entender sus usos. Algunos parecían como si el óxido del tiempo los hubiera envuelto en una membrana verde. Eran como un tesoro que ha estado escondido en un abismo marino, rescatado y secado cientos de veces. En la muralla, junto al ventanal, Agripina, pudo notar, allí, había una delgada escalerilla, llevaba a un pequeño balcón. Este, estaba protegido por una barandilla de hierro y dos pilares.

Detrás del balconcito, en medio de la pared, colgando. Agripina se ruborizó al ver una imagen, que asemejaba ser, una estampa pintada, de una doña en pelotas. La damisela descansaba, recostada sobre un campo rocoso. Con aquel lienzo, Agripina fue capaz de reunir el coraje necesario para completar su propia compilación. Se acercó a uno de los libreros y tomó un libro de Salvador.

Sin crujir el tablado del piso, Salvador había entrado en la sala. Parado detrás de ella, en silencio, había disfrutado con el descubrimiento, de aquella mujer. Agripina, pensó, sería despedida, no vería a su niño nunca más. Agripina sintió que sus ojos se humedecían, los detuvo. No supo, cómo o de donde, musitó dos palabras.

—Quiero aprender.

Salvador Nonrsmann, con una voz de bibliotecario replicó.

—Lea, lo que usted quiera. Como se dará cuenta, todos, están ordenados por contenidos específicos y temas, —dijo apuntando hacia un tejuelo.

—Cuídelos y trátelos con respeto y en retribución, su mente obtendrá una fertilidad magnífica.

Al ordenar su barba, detuvo su invitación, para continuar.

—Aquello, que no pueda inferir, pregunte y yo, responderé, pero le advierto, no lo sé todo aún, creo, —continúo diciendo.

—En dos encargos, seré categórico y no doy pies atrás, siempre, deje los libros en el mismo lugar, —apuntando sobre su buró, hacia el único libro abierto, continúo.

»Y por segundo, nadie, pone las manos sobre ese, no me pertenece. Es de mí Leonor.

Desde aquel día, Agripina, tuvo la libertad, de poner en su cabeza, lo que ella desease. Después de sus labores y en su propio tiempo. Agripina pudo erigir su alma y su ser, nuevamente. Con lo que esos libros le brindaban, Agripina, aprendió y forró, cada sílaba y consonante, de su nombre. Primero, comenzó con su matris-lingua. Como Agripina y por lo romanesco de su padre, su primera atribución, fue aprender el latín.

Cuando las manillas del enorme reloj de pie, en el despacho de Salvador, exactamente dando las tres de la tarde, Agripina como un pacto entre ella y la Razón, firmado y sellado con su propia sed de conocimiento. Por dos horas, Agripina, recorría las estanterías, seleccionando y escribiendo en un pequeño librillo, como un Carné-de-baile, aquellos ejemplares que debían ingresar en su mente. Fue así como se topó con el primer ejemplar de Somnium[36], las páginas de aquella novela exhibían el paso del tiempo, que la atraían como el norte lo hace con la brújula.

Sin desearlo o pedirlo, vino a Agripina la segunda protección para los asuntos de almas turbias y dañinas.

Escrito de puño y letra en la página 46, había esta anotación.

«¡Fiolxhilda, ruega a Inés la Latina, repetir!, ¡Las ENES, tres veces! ¡No una, sino, tres!, con aquella dicción, alejaréis los líquidos turbios que rodean vuestro ser, ¡las almas opacas, retroceden!»

Desde aquel día y en adelante, nadie lo notaría, Agripina entre alma y mente, constantemente, repetiría hasta su muerte aquellas palabras.

* * * * *

Entre unas hebras de seda y lana, Amelia Grover, prensó unas hojas de un libro, en ellas, las palabras de Agripina Romana, dieron más firmeza a su tapiz. En perfección, se entrelazaban con mi historia.

Amelia no crea que soy muy lista, me he demorado años, en aprender una lengua muerta, pero viva para mí. Me servían tanto las esporádicas visitas de Persi. En lo que él podía, me ayudaba con mi pronunciación. Siempre, tratando de no reírse, de lo que mi boca salía. Aunque algunas veces, no se podía contener y largaba unas risotadas. Que los mismos paisanos, allá abajo, en el atracadero, las hubiesen podido percibir. Me decía.

—Agri, tu latín, suena como si tuvieses la boca rellena de Piper nigrum, —antes de terminar aquella lección, manifesté.

---

[36] Somnium ("El sueño") es una novela en latín escrita en 1608, por Johannes Kepler.

—*¡Mocoso, no tengo ninguna pimienta negra en la boca! Lo que no tengo son dientes y unas encías que no me ayudan en nada.*

La vida en aquella casa, continúo sin mayores, o nada que cuchichear. Con la excepción del día que, la cocinera, que se había encamado con el jardinero. Ambos, decidieron saquear la platería de la difunta Leonor. Una mañana, antes del cacareo del *Patrón*, se mandaron a cambiar.

—¡El gallo mismo, les ha ayudado en la escapada! —desde la cocina gritó Agripina apuntando al ave.

El abuelo Nonrsmann, no quiso hacer del hecho, una tragedia.

—Qué les aproveché, por lo demás, nunca se usaron y no se necesitan. —Salvador, tenía razón, la cuchillería en aquel tiempo era innecesaria.

Agripina se ofreció a ser cocinera, no trataba de escapar de las labores de la casa. La verdad que, no las había. Todo lo que estaba por encima de la gran roca, vivía por sí mismo. La casa, los jardines, el hierro, el aire, él y ella, eran el absoluto. Desde qué se concibió la vida ínfima en este mundo, la roca, siempre ha sido la vida irreversible.

—La casa, continúa estando igual, de la misma forma que quedo después de la muerte de mi Leonor, —dijo Salvador sin asombro, un día.

Fue allí, como Agripina se dio cuenta. Todo el mobiliario, la galería de cristal y todo lo que existía en HADO 1. No eran afectados, por el pasar del tiempo. Sería después de un matrimonio y dos nacimientos, que la casa dejaría de esperar intacta. Comenzando a destruirse lentamente. Pero en aquel entonces, no se había quitado el polvo de algo, o dejado por el descuido.

Capítulo 34

Florianna

La larga travesía, que llevaba Salvador Nonrsmann a su viejo continente, no fue planeada. No había sido un retorno, por una nostalgia añeja, él, se negaba a tenerlas. Por el contrario, el día que escapo llevándose a su familia, fue feliz. En numerosas oportunidades, durante aquel nuevo viaje, se había preguntado. Si el mal venir, desde la ensenada, le haría señas. Por todos sus años de ausencia, para volver a depositar, en él, la gran suma de calamidades acumuladas.

«No puedo sobrellevarlas, otra vez, no puedo», —pensó.

Agripina Romana, le había implorado que no viajase, porque, según ella. El señor, no podía ni ver, a su propia cerrazón. Los ojos de Salvador Nonrsmann, rápidamente, habían dejado de absorber las palabras de sus libros. Los colores, no eran más que una dilatación de las memorias. De como habían sido alguna vez.

Desde que Persival había viajado a Italia, para continuar sus estudios. Salvador Nonrsmann, vivía eternamente en su despacho. Ilusionado que, podría ver a Leonor, jugando con Adelaida, en los jardines. A través de la gran hilera de ventanas, allá, antes de la hilada de las parras. Aquel cuerpo grande de hombre, sabía que, a su ser, no le estaba permitido volver a ver aquellas fuerzas, que conjugaban las vidas necesarias.

La vida y la muerte, estaban en tiempos apartes y distintos.

El abuelo, no sospechaba las andanzas de su nieto. El joven, había iniciado sus estudios en la academia *Vivarium Veteris Humanitatis*. Los tres primeros años, sus constantes misivas, iban mesurando los avances recogidos.

De como, el mundo de conocimientos le rodeaba, le abrazaba. Libremente con apreciaciones, que, al mismo tiempo, lo hacían examinar todo. La historia, según él, no era más que una enseñanza aprendida, por consecutivos errores.

Al final de cada carta, Persival, siempre evocaba su promesa inicial.

—Mi educación, es la herramienta apropiada, hará de mí, un elemento de utilidad.

En un comienzo, las noticias, nunca tardaban más de cuatro o seis meses en llegar. Luego, por el teletipo, comenzaron a llegar pequeños avisos, pronto, anunciaría buenas nuevas. Aquella había sido la última vez, que supieron algo de él.

Fue decisión propia, Salvador Nonrsmann, partiría en la tarea de encontrar al muchacho y traerlo de vuelta a HADO 1. Su nieto, valía más que nada, más que sus desconfianzas. Más que las voces dormidas en su mente. Estaba viejo y el miedo que una vez había atormentado, no era más.

Eso pensaba él.

Después que los teletipos enviados a la academia, no fueron contestados, sin respuesta alguna, decidió que el tiempo de rastrear al nieto, había llegado. Salvador, nunca dudo de la integridad de Persival. En él, corría la sangre de Leonor, la determinación de Adelaida y la resistencia de Marmaduke. Empero, las calamidades, siempre se ocultaban, donde menos se las esperaba. Salvador G. O. Nonrsmann, su nombre inventado, le recordaba, los vicios pueden hacer perder al más justo.

* * * * *

La sirena de barco, anunciaba, el atracadero se aproximaba, Salvador, se había peinado la barba de memoria. La ceguera, parada detrás de él, esperaba el momento conciso, para extraer lo último, de aquella percepción.

188

—No importa, es mejor así. Lo que no se ve, no puede dañar, —se dijo.

Antes de salir de su camarote, respiro profundo, girando la manecilla, canto la canción de Leonor.

El temor en su barriga, comenzaba a crecer rápidamente. Salvador, estaba sorprendido de su propia debilidad. Tal vez, la voz de su padre, había resucitado. No deseaba escucharle. Pidió que le llevasen al puente de desembarco.

Entre la bulla de las bienvenidas, el vapor y el gentío. Salvador Nonrsmann, escuchó claramente la voz de Persival, —: ¡abuelo!, ¡abuelo!

La tragedia había dado su pasar, ocurrió el mismo año. Persival, había terminado sus estudios en la academia, decidido a viajar, partiría hacia las costas del mar Liguria, un amor desconocido, comenzaba a llamar.

Fue la noche anterior, la de los vientos del norte, bajo la tormenta descomunal. El barco *Whilhem,* había naufragado en las costas. En la distancia, los gritos de auxilio, habían llevado el pueblo hacia la playa, nada se podía hacer. La oscuridad gélida, se había llevado a mil pasajeros, había sido horrible. Cientos de cuerpos yacían en las aguas, arrojados en las costas, formaban una gran pila fúnebre. Persival, como muchos otros, habían buscado sobrevivientes.

Persival siguió un murmullo, como un aura. Atravesando la muerte, siguiendo un aroma a coral la encontró. Entre dos roquedales, parecía una nereida salida. Expuesta a ser encontrada, con aquel vestido mojado de flores.

El universo ante aquella belleza, estaba aturdido, él, también lo estaba. Ella, era ignorante de quien era.

El hundimiento, se había llevado el secreto. Tal vez con un propósito.

Solo podía recordar de un nombre; Florianna.

Aquel nombre, no figuraba en la lista de pasajeros.

—Quédeselo, es como usted, —insistió Persival.

Tras numerosos meses de búsqueda, nadie, reclamaba aquella joven. El tiempo y la espera, armaron aquella trama intencional. Persival, debía volver a su Aviva ya era tarde, se amaban.

—No sabía que al terminar mis estudios estaría loco de amor.

—Con un amor inesperado, — ella trató de contener las lágrimas.

—Florianna, por favor, permítame darle mi amor y futuro, mi nombre.

—¿Desea usted ser mi esposa?

—¡Sí, por siempre sí!, —en su sonrisa, solo había esperanza de una vida larga. Se habían casado, como los abuelos de él, solos, sin vestigio como familia.

Persival, había callado aquel encuentro súbito con el amor, sin informar a su abuelo, decidió extender su tiempo en el continente. Deseaba volver con las herramientas necesarias, para cumplir la promesa hecha antes de partir. Había encontrado su pasión, Electromagnetismo.

El encuentro, entre abuelo y nieto, había sido sincero y abierto, en aquellas alegrías, no encajaban las formalidades. Salvador Nonrsmann, abrazó a la joven esposa, parabién, llenándola de cariño y agrado. Las calamidades parecían haber olvidado su fisonomía. Fue él, quien había ofrecido un pequeño viaje. Debían llenar la luna nueva, de miel. Recorrieron cuatro países y numerosas ciudades.

Nada hacía prever, el acontecimiento, se aproximaba. Los tres estaban ajenos. Los periódicos habían anunciado, las señales e indicios, fueron ignoradas.

Solo faltaba una causa para su inicio, Salvador Nonrsmann.

* * * * *

Sola en la gran casa, Agripina, ocupaba su pasar entre los jardines y libros, en aquellas dos rutinas, Agripina, había reencontrado un interés del pasado, hierbas y plantas *enteógenas.*

Desde otra vida, le habían llamado.

El tiempo, lleno de soledad, había acentuado su amistad con la mujer de las pociones. Melba y ella, se habían conocido en el mercado. Ambas, atraídas por las plantas y sus nombres en latín, que Agripina, pronunciaba orgullosamente. Ella, se había convertido en la matutera y cantora de la sibila. Empero, no por una cuestión de dinero. Las plantas que vivían en la roca, poseían el doble de savia y efecto que Melba, requería para sus pócimas. La ruda, belladona y el acónito, sirvieron de fruto cordial, para unir aquellas dos camaradas.

Fue durante una mañana sofocante y húmeda. Agripina, estaba podando la ruda, pudo notar una de las raíces. Sobresalía, tenía ensortijado algo, que aparentaba ser un pequeño cofre.

El objeto, desintegrado en el rescate, mostraba un secreto. Entre sus fragmentos astillados, se encontraban nueve piedras. Bajo una rigurosa jabonada de Agripina, dejaron traslucir su gema valiosa. Agripina, había encontrado el sobre conducto y pasaje perdido, de una esclava, su hija y el amante de esta.

Aquellas gemas serían las herramientas necesarias para la lecanomancia[37] de Agripina. Ya no habría interrogantes. Ella, nunca las pidió, aun así, eran un regalo empírico. El sonido de las piedras al caer, entregarían los mensajes. Para la principiante del latín. Ahora, todo podía ser sabido.

Tras recibir el cable con el anuncio de la boda y el pronto retorno, la inseguridad de Agripina, la llevó a saber e indagar más. Necesitaba seguridad, preguntó.

—¿Será Persival, feliz en esa sorpresiva unión?

---

[37]Adivinación por el sonido que hacen las piedras preciosas u otros objetos al caer en una vasija.

Buscando la verdad, el eco de las piedras preciosas, entregaron una respuesta larga y con consecuencias.

Agripina lloró la tarde entera. Planto tres rosales, limpió los 319 vidrios de la galería y dos veces, se cortó las uñas de las manos. Por un par de minutos, tarareo la melodía de los Nonrsmann. Para luego, callar de pena y angustia.

Después de aquella revelación, Agripina se negaría a saber por cualquier ser amado. Aunque, sus emociones, no residían bajo su autocontrol. Prefería, ser ignorante que versada.

El día del arribo, suscito en Agripina algo de disconformidad. Aun así, se vistió de azul, chaquetón cruzado y pollera larga. Cuesta bajo, la franela gruesa, iba barriendo la calle, de lado a lado y abanicando los arbustos. No importaba, antes de llegar al muelle, se sacudiría el polvo.

Al descender del vapor, nieto y abuelo, disfrutaron al ver a la familia esperando. Persival, presento a su esposa, él, sería intérprete entre las mujeres, Agripina, se interpuso.

—Mi querida Agripina, permítame presentarle a mi esposa, Florianna.

Persival tomó las manos de su esposa y dijo.

—Amada mía, esta es la mujer que ha cuidado de mí toda mi vida.

—¡Shuush… silencio *Persi*! — Agripina interrumpió.

»Las presentaciones están de más, son innecesarias, las miradas valen más que miles de palabras.

* * * * *

Al leer aquel entusiasmo, en la letra de Agripina. Amelia Grover, no pudo evitar de sonreír.

Nunca en mi vida, había visto un ser tan hermoso y excesivamente pequeño. No era la forma de su nariz, o los rebordes perfectos de sus labios.

192

Parecía que aquella mujer diminuta había sido hecha por una mano prodigiosa.

Mientras guardaba estas palabras, las manos artesanas de Amelia introducían nuevos colores.

Florianna, irradiaba ser un jardín, acaramelado y de suaves colores. El azul marino de sus ojos, el dorado de su cabellera, toda ella, era como la siga de verano. La lisura de su piel, traía la armonía, que tanto necesitábamos. ¡La primera esposa de mí Persi, brillaba!

—Necesito más rojo, verde y azul. ¿Dónde está la lana de alpaca? —Amelia pregunto así misma.

Aquella mujer perfecta diseminaba el mismo aire, liviano y dulce, que vivía en la roca. Con todas mis fuerzas, la abrasé, su tiempo en la casa, sería valioso y definido.

»Deseaba preservarla, retenerla por siempre. Florianna, estaba fuera de mi alcance.

El tapiz de Amelia continuaba inundándose de sentimientos reales.

Capítulo 35

Un Día Aciago Para
La Última Calamidad

El día que recibió el teletipo fúnebre y la angustia traída por Salvador, desde el viejo continente se había aguzado aún más. El pesar, arrastrado durante toda la travesía, no le dejaba respirar, las noches, en vela, se iban acumulando. La culpabilidad, según él, no se podía comparar, con todos los infortunios juntos. Una mañana de agosto, finalmente, el devenir fatal, le había encontrado.

* * * * *

Dos días antes que se embarcasen, hacia Aviva. Salvador, se había levantado tarde, los enamorados, decididos hacer algunas compras, le dejaron dormir. Sin vehemencia, se vistió de chaqueta, chaleco y pantalones con bastillas. No vestiría sombrero. Después de acomodar el corbatín, sin tocar la barba larga, lavó su cara. El espejo nubloso, indicaba, la hora había llegado.

Desde su habitación, lentamente, bajo las escaleras, no necesitaba ayuda. Solamente, la de su bastón, se negaba a que le viesen temblando. Las voces de su mente, despiertas, como nunca, susurraban contradiciéndose. Por una angustia insoportable, e invadiendo a ese hombrón de pavor y angustia, le hicieron aventurarse a su destino preestablecido.

«*¡Vomita una vez más!*» —*Gustav* y *Otto* repetían constantemente.

Necesitaba un café puro. Desde el recibidor del hotel, a Salvador, le tomarían nueve pasos decisivos, para llegar al ambigú de delicias.

Antes de entrar en el almacén, Salvador pudo sentir. Era observado por una figura callada, esperando el tiempo preciso. El hombre, vestía de chaqueta y camisa abotonada hasta el cuello, le miraba dudando.

En él, existía una perplejidad. No estaba fijado en Salvador Nonrsmann. Aun así, el pecho del joven, continuaba agitándose. El ruido de su sangre, se podía percibir en su piel, el odio, iba frunciendo sus enfilados labios, hasta hacerlos desaparecer.

Salvador se detuvo y dijo.

—Qué más da.

Parado, sobre las escalerillas, al pivotar su cara y con sus ojos casi ciegos, dijo con una voz rauda.

—¡Ármese de cojones y haga lo que debe que hacer, muchacho!

Al advertir aquellas once palabras del gigantesco hombre. El ladronzuelo imaginario de Salvador, despertó de su trance.

Gavrilo Princip[38], el serbio, inesperadamente, vio el devenir del coche descubierto, el archiduque y su esposa, se aproximaban. Volteándose con un solo objetivo, disparó dos tiros certeros a sus ocupantes.

A dos años desde aquella mañana, la tranquilidad del mundo, se había desmoronado. El cable recibido, informaba. Entre las balas, el último eslabón de la familia de Salvador, había desaparecido. Solo, quedaban él, Persival y el bebé, que pronto nacería. Su familia, creada de pánico y hierro, continuaría, porque así tenía que ser.

Salvador Nonrsmann, murió sentado en su despacho, con los ojos clavados en el jardín y en el más allá de la roca. La huesuda y la ceguera, habían llegado para no irse.

Las manos todopoderosas y universales tenían un último privilegio preparado para Salvador. Cuando su último aliento abandonó su cuerpo, su alma también lo hizo. La base de su vida,

---

[38] Gavrilo Princip; nacionalista que asesinó al archiduque Francisco Fernando, heredero del trono austrohúngaro y a su consorte, Sofía, la duquesa de Hohenberg.

catapultada, atravesó la enfilade[39] de HADO 1; una a una el viejo recuerdo de Salvador Nonrsmann cruzó las puertas de las habitaciones interconectadas, rejuveneciendo hasta llegar a los fantasmas de su Leonor y Adelaida. Bajo la higuera, le esperaban.

La última desgracia estampada en su rostro, revelaba finalmente, su longevidad, con él, se llevaba el secreto de su edad. Salvador siempre consideró, el haber alterado la verdad de su nacimiento, no le convertía en un impostor. Aquella verdad, solo le concernía a él, ni siquiera Leonor, había tenido aquel privilegio.

Las calamidades de Salvador Nonrsmann, habían comenzado quince años antes de su nacimiento ficticio.

Aquel ser escogido, con su vida, había cruzado tres siglos consecutivos, solo para terminar con la última desgracia, en aquel día infausto. Salvador, había inducido su propia muerte.

La culpabilidad de haber dado el inicio para la gestación de la primera gran guerra del siglo veinte, era motivo suficiente para dejar de existir.

La calamidad ecuménica de Salvador G. O. Nonrsmann, sería reivindicada con su descendencia privilegiada, por tres bríos. Aquel desenlace sería rescatado y moldeado, para otro final, para el necesitado, pero él, nunca lo llego a saber.

---

[39] Enfilade; un grupo de habitaciones interconectadas y dispuestas normalmente en fila, en las que cada habitación se abre a la siguiente.

Capítulo 36

La Madre

Hasta este punto, mi relato, pareciese algo más que paradójico, ha estado invadido con seres ciertamente distintos y sobresalen sus peculiaridades, algunos, llenos de infamias. Es cierto, pueden sonar dudosos y desagradables. Pero en sus totalidades, sin ninguna excepción fueron simples, cada uno de ellos, habían sido elegidos por un propósito específico e imprescindible.

Sus vidas fueron tejidas para crear un revestimiento de mucha importancia y una aserción inverosímil. Una fecha escrita. Para el resto del mundo, la semana y año, del verdadero principio de los sucesos, tal vez, haya ocurrido sin mayores miramientos, pero para los poderosos vigores, aquel, fue o sería un momento único.

* * * * *

Alondra nació en mayo. El mismo día, afuera de la primera casa de guarda, en tan solo nueve segundos, un pelargonio mayor, creció de la nada. Como una nube instantánea, verde y lila, simplemente, estaba allí.

Fue el mismo día, que el cachorro se apareció por primera vez en HADO 1. Se dio, la misma mañana que Agripina, juró haber escuchado la roca crujir, cuando una neblina gruesa, se había dejado estar en los jardines. Cayendo, como una catarata salutífera, sobre el parque, abajo en la distancia.

En el mismo minuto, sucedió y para algún tiempo posterior en el futuro, tres colmenas sin abejas, trece nidos deshabitados y ocho madrigueras vacías. En los jardines, aparecieron para ser ocupadas y llenarse de vidas.

El tiempo coincidió con una larga efímera estelar. El rayo refulgente nació en el paralelo diecinueve, sobre las rizadas aguas del atlántico. Con algo más de dieciséis mil kilómetros de longitud y desafiando la lógica del concepto. La descarga natural atravesó por tierra, un continente entero y otro mar. Trasponiendo su contraparte, al otro lado del océano pacífico. En una diminuta y nueva isla del mar de coral.

Once segundos, permaneció en el firmamento. Calentando y expandiendo el aire, para que un pasadizo momentáneo, se abriese y así, todas las fuerzas, que rigen este universo, se pudiesen fusionar. Alondra, venía en camino y en ella, el origen de la naturaleza.

La hora exacta, fue a los dieciséis minutos pasados las dieciocho horas. En el milisegundo 0.34, los muebles de la casa, empezaron a acumular polvo. Para contener las desgracias de los cánones de la humanidad. Había sido, tres horas antes de ese preciso momento, desde su cama, Florianna, pudo observar su propio reflejo, al otro lado de los vidrios biselados y los visillos. Su propio espectro, había pasado fugazmente, cómo el compendio de su final.

A un tiempo, sucedió, las bisagras de todas las puertas y ventanas, iniciaron su lento detenimiento. Para un final. El arcano del tiempo, había dado un comienzo. Para que la proporción fulgurante y matriarcal, iniciase el estiramiento espiral. Durante el trascurso de dos vidas, cuatro muertes y la partida de Kaspar Sabacio. Para terminar en un padecimiento. El cambio sería inevitable.

* * * * *

Al dolor de Florianna, una hinchazón en su pierna, se había sumado. La piel era tensa y afiebrada. Existían en un constante calambre. La futura madre, presentía, algo no estaba bien. No se lo dijo a nadie, prefirió callar, no deseaba traer preocupaciones. En su lecho, no demostraba congojo. Rodeada de satines, parecía una muñeca de porcelana y expuesta, esperando ser acariciada.

Con su latín mascullado, Agripina se esmeraba en el cuidado, trataba de cubrir todas las necesidades y si no las encontraba, ella misma, las inventaba. Para que la enferma italiana, no pensara más que en su barriga, llena de energía.

Había pasado los últimos cinco meses, en reposo. El médico, había insistido, la futura madre, debía mantener absoluto reposo. El peligro de perdida, aún era latente, Persival, al saber las noticias, un día en la cocina, le había dicho a Agripina.

—Si tengo que elegir una vida, prefiero que el bebé, se muera. ¡Necesito a Florianna!, mi existencia, sin ella, no podría llevar a su cuesta, semejante dolor.

Con ambas manos. Agripina le tomó la cara. Le entrego un consuelo, contrario a la verdad que sus gemas habían vaticinado.

—Verás como en un par de semanas, el lloriqueo infantil y la sonrisa plácida de la madre, llenaran todos los vericuetos de esta casa, —dijo en un tono que no convencía a nadie.

Sucedió, en la tarde previa al alumbramiento. Presintiendo, Agripina, precisó al joven esposo.

—El alumbramiento es inminente, necesitamos ayuda médica, urgentemente. Persival recuerda no tenemos cochero o muchacho de los mandados. —Él parecía perdido en sus pensamientos de desesperación.

Agripina se ofreció a bajar a la ciudad.

Del cielo, echaban lluvia en cántaros. Era necesario, Persival no debía dejar sola a su mujer.

—Ve *Agri* y trae el médico, no te preocupes, si es necesario, yo traeré a este mundo, a mi propio hijo, es ella, la que me causa angustia. ¡De una vez, ve por favor! —Imploro Persival.

Por cuatro horas, consecutivas de dolor desgarrador, e intervalos de pesares, iban desvaneciendo a Florianna.

El esposo desesperado, se preguntaba, «*¿Por qué no ha llegado el maldito médico?, ¿Agri?, ¿dónde estás?*» —Estaba claro, el bebé, se negaba a nacer.

Persival no sabía que las coordenadas de los acontecimientos aún no se alineaban para el nacimiento de su hija especial. Con los dedos nerviosos en la vagina de su mujer, Persival buscaba cualquier señal de parto. Sin dilatación y con continuas contracciones, a él vino un pensamiento horrible

«Mi hijo ha muerto, Florianna morirá. Piensa Persival, piensa, ¿qué puedo hacer?»

Sus limitados estudios de medicina, habían dado, en numerosas ocasiones, una respuesta apropiada para desmayos, fatigas o dolores neurálgicos. Para aquello, él, no estaba preparado, para aquella magnitud que acontecería. Persival, sí hubiese podido, habría devorado otras tres veces, la enciclopedia de su abuelo. Solamente, para despejar su ignorancia y entregar un alivio seguro a su esposa.

Entre los gritos vivos e intensos de ella y su propia y agobiada respiración, Persival creyó sentir un sonido metálico, pensó, —«¡Un vehículo en la distancia!», —antes de salir de la habitación, sobre la frente mojada, beso a su mujer. Asegurándole que todo saldría bien, no tardaría.

Observo las brazas casi idas de la chimenea, debía poner más leña.

«¡Debes avivar el fuego, hazlo, hazlo ahora!», —dijo la voz, que comenzaba a despertar en su cabeza.

—¡Lo haré cuando regrese!, —él, le gritó de vuelta.

Casi en penumbras, corrió por el pasillo, su sombra no era la única que le seguía, parecía desmedido. El fuerte ruido de la lluvia no había cesado, como si una intención previamente establecida tratara de alejarlo de su esposa. De este a oeste, el agua continuaba cayendo contra un único objetivo; la casa.

La luz de un relámpago iluminó el vestíbulo.

Persival, bajo las escaleras en cuatro zancadas. Voló por el zaguán, deteniéndose ante las puertas. Al abrirlas, se desconcertó, no había nadie, solamente la lluvia continuaba estrellándose en los adoquines.

La oscuridad era pesada, volvió a escuchar ruidos. Esta vez, era un lejano relinché de caballos, con las piernas ágiles, Persival, se había lanzado a correr. Rodeo la rotonda, debía dirigirse a la primera casa de guarda. «¿Tal vez, las rejas están cerradas?» —A su asombro, solo él y el agua, que no cesaba de caer, estaban allí.

Los relinches retornaron, esta vez, sonaban como una cuadrilla, entera de jinetes y cascos. Tal vez, le esperaban más adelante. Al ruido, se sumaron el piafar y voces de hombres inexistentes. Corrió con toda la fuerza de un amante y la energía de un padre. No tenía tiempo para llorar. «*¡Corre, debes seguir corriendo!*» —Trataba de evitar, que la desolación no le alcanzara por los tobillos y le detuviese.

La lobreguez no le importaba, se sabía el camino tan bien como, asimismo. Al llegar a las rejas principales, en medio de la calle de lodo, se detuvo. Con la mente desconcertada, no se dio cuenta. No había nadie, solo él y el aluvión, que silenciosamente, le agarro sin ninguna advertencia. Al contacto con su piel, aquella embarrada, árboles y rocas, había liberado un crujido tronador.

Avisaba tardíamente, —ya estaba allí.

Una roca de proporciones colosales, con la ayuda de la lluvia, empujaba cuesta abajo el alud de barro. Destruyendo todo a su paso, la ola de lodo, se detuvo cuando la única vía de acceso a HADO 1 quedo bloqueada. Como lanzas en desafío, para aquellos que quisiesen atravesarla.

Persival, fue encontrado dos horas después, sepultado hasta los hombros, pero con vida. Emergió de la momentánea sepultura, vociferando, llorando por su Florianna. A la tropa de ayuda, le tomaría otras nueve horas, en abrir un pequeño pasadizo. Enviados como un mensaje secreto, los sonidos, formas y el temor, habían sido las poderosas sugestiones.

Habían alejado a Persival, del inminente alumbramiento.

* * * * *

A las tres de la mañana, el dolor se había intensificado, Florianna creyó ver colores en la pupa de su cuerpo. Entre llanto y dolor, gritó por Persival y Agripina. La respuesta fue un silencio de voces y el sonido tempestuoso que retumbaba en los tejados. Supo que la ayuda no vendría.

Florianna, podía sentir el feto acercándose lentamente.

—No importa, si debo hacerlo sola, ¡lo haré! —Antes que Agripina partiese, la electricidad, se había desvanecido, se sintió rodeada.

Florianna recordó, en el despacho del abuelo. En uno de los tantos gabinetes, había visto instrumentos médicos, de toda clase y formas. Algo le decía, allí, encontraría el escarpelo necesario.

Antes de levantarse, bebió casi media botella de un fluido claro. El *isopropanol*, le quemó la garganta, un dolor más, no importaba. Entre llanto angustioso y el dolor que crecía a cada segundo, termino de armarse de coraje.

«Bebé, si tú te mueres, me voy contigo, pero si decides vivir, crecer, quiero estar allí, en cada segundo de tu vida, no puedo apartarme de ti, no aún». — Entre lágrimas, mucosidad y el pavor hecho sudor, convirtieron su rostro en un revoltijo lamentoso.

«Deseo, que puedas ver las cosas bonitas, que la vida entrega, que vislumbres y sientas amor, placer y alegrías, tu existencia, estará llena de causas nobles y efectos alegres, bebé, marcaras a todos aquellos que te toquen. —¡Doy mi vida por ti!» —Sus lágrimas dejaron en su boca una sensación salada de tristeza.

Era un presagio.

A mitad de la sombría galería, recordó, había dejado la lámpara de gasolina en la mesilla, junto a la cama. Antes alcanzar el despacho, cayó de rodilla dos veces, la última vez, decidió arrastrase de espaldas por el suelo.

Se había dejado guiar por el constante repique de la lluvia contra los cristales del despacho. Florianna, sabía, aquel gabinete, estaba entre la escalerilla y la chimenea muerta. En medio del sollozo, con el brazo en alto, fue abriendo, tanteando todos los cajones. Con una voz más grande que ella misma, la angustia y el desasosiego, le hicieron gritar.

—*¡Aiutami!* —Sus dedos dieron con el instrumento filudo.

En algún lugar de la galería, el temor por el dolor, había quedado botado. Levantó el camisón, como pudo y sin dudarlo, a un costado y por debajo del ombligo, enterró la punta del metal. Con una mano insegura, hizo dos incisiones, ella moriría, pero antes de que eso sucediera la vida de su bebé prevalecería, el resto no importaba. Sin miedo hizo el último corte, en su útero Florianna buscó a su bebé.

—¡Puedo sentirte, cariño, te estoy esperando!, —con la cara llena de energía, entre lágrimas y mocos, gritó a todo pulmón.

—¡Este mundo te necesita! ¡Debes nacer!

Sintió la tibieza de la membrana amniótica desgarrarse. Ya estaba cerca. En un grito sangriento, que se perdió en la casa vacía, tiro con ambas manos. Durante aquel segundo en que Alondra nacía, el paso de un rayo refulgente, le mostraba la carita de su bebé.

Le puso sobre su pecho húmedo, estaba callada, sin llanto, por un momento, un pavoroso pensamiento, cruzó la mente de Florianna. «*¡Esta muerta, la asfixie, la asfixie!*»

A sabiendas de lo que ocurría. Una ráfaga de viento valedora y silenciosa, como un ser inmaterial, bajo por la chimenea. Rodeando la habitación entera, la manera que la música de un instrumento oculto, entra en una apertura fantasmagórica. Se detuvo, aquella energía dimensional, se quedaría allí, junto al bebé. Hasta el final de su vida.

Por un diminuto ciclo de tiempo, aquel aire encantador, rozó la piel de su pequeño dedo índice. Provocando, el primer dolor en la vida de Alondra. Escrita en sus diminutos y huesos blandos, estaba la sombra de la artrosis. Al sentir el llanto y antes de perder la conciencia, Florianna, besó a su hija.

*****

El médico aplicó un líquido helado en la piel del vientre de Florianna, le despertó. En la habitación, estaban, Persival con la cara en aflicción y sus manos juntas de felicidad. Al otro costado, Florianna, pudo ver a Agripina sentada, en nimiedad, susurraba a su bebé.

Solamente ella pudo ver, sobre el tablado, se encontraba un cachorro durmiendo, era de pelaje denso negro y castaño.

No entendía lo que ocurría, las ideas, habían comenzado a asfixiarla. Persival, con pasos rápidos, se tendió cerca de ella.

—Pensé, que le había perdido.

—No podía dejar que nuestra hija, muriese sin antes, conocer el amor de su padre. —Florianna, le murmuró al oído.

Con la voz aún cansada y breve, relató de como, había traído al mundo a su bebé. Entre la lluvia, el dolor y el metal helado del abuelo. Relató, las visitas inesperadas de las tres tías solteronas de Persival.

La lluvia se había detenido, aun así, en la distancia. Florianna, podía percibir el tumbar de los tambores de lluvia y las trenzas de becerros, solos, continuaban repicando. En silencio, sintió a las tres mujeres, subir las escaleras, antes que se detuviesen, bajo el portal del despacho. La habitación, se había llenado del mismo aire dulce y liviano que se encontraba por sobre la roca. Para Florianna, ellas parecían idénticas, como sí proviniesen de diferentes épocas, o tal vez sus rostros siempre fueron uno solo.

Florianna no las conocía. —¿O sí?

Se presentaron como las hermanas Nonrsmann. Las facciones de las mujeres, eran algo difusas y distantes. Como mojadas, por un vapor de ensueño. Sus recuerdos, aún confundidos, no entendían, si aquellas mujeres mayores, aparentaban ser jóvenes, o lo contrario.

Entre caricias que le iban otorgando, *Olimpia*, la primera de ellas, dijo.

«*El mal, ha quedado atrás, hecho y olvidado, no hay nada que se pueda hacer, solo el principio de un final*».

Una sensación de paz, se acrecentaba en el ser de Florianna. Las palabras de la segunda mujer, fueron intensificando su sensación de sosiego. Mirándole y tomándole su mano entre las de ella, *Adolfina*, reveló.

«*Este tiempo, es preciso y valioso, sin ti, ella no hubiese nacido, tu promesa perdurará, ahora y continuamente*».

La tranquilidad del cuarto, se iba asentando cada minuto más. En aquel tiempo, dilatado y único, la tercera mujer, con la infanta, arropada en un manto de lana y sedas negras. Que ellas mismas dijeron haber tejido.

Para que Florianna la viese limpia y durmiendo. Se había acercado, *Lucy*, mirando los ojos azules de Florianna, dijo, «*los frutos que germinarán de esta vida, serán dos puntos decisivos, la vinculación, en un cambio que deberá suceder, inevitablemente*».

Con la experiencia, que solamente el tiempo puede proveer, habían cortado el cordón de la unión. Bajo un canto calmado y apacible, el dolor se había marchado. Usando hilo de seda y una espina de acacia, habían saturado la incisión. Junto a la canción del abuelo, que relataba, el amor inesperado que sentía por Leonor y la serendipia de la roca. Al sonido de aquella melodía de amor, las tres voces, parecían una sola. Para luego, levantarla del suelo helado y limpio de aquella acuosidad de vida.

Aquello, era lo último que Florianna recordaba, despertando en aquella cama, en su habitación y con ellos en vigilia, antes que ella pudiese decir algo más, Persival le besó la frente.

—Vida mía, todo aquello, lo hizo usted misma. Cuando le encontramos estaba sola y dormida. Junto a usted estaba nuestro bebé, —él le besó las manos.

—Me alegré tanto cuando le vi en nuestra cama. Para mi sorpresa, más tarde en un recipiente sobre la cómoda, descubrí la placenta.

»No me puedo explicar la magnitud de su entereza, —había orgullo en su voz.

»Fue todo un sueño, mi amada, en este mundo no tengo tías, o parentesco alguno, solo somos nosotros tres.

Un aura fantasmal entró en la habitación, sus labios se detuvieron.

Persival observó con horror, como los espasmos crecían en el pecho de Florianna. Ella no podía respirar.

Algo detenía su respiración. Las venas del cuello de Florianna, se iban inflando en la búsqueda de aire. La tos sangrienta a gorgoteos, le estaba vaciando la vida. El coágulo secreto y callado de su pierna, finalmente, había encontrado su destino final. Bajo el sollozo del esposo, en aquella habitación, llena de aire dulce y liviano. El designio, había arrebatado el último respiro de Florianna.

En la distancia, en algún lugar de esa casa, en un cajón ignoto yacía guardado un manto negro. Tejido de lana y seda, con dos iniciales bordadas en blanco; *KP*.

Permanecería imperturbable bajo el eco lejano de las lágrimas amadas.

* * * * *

—Debo cortar la última hebra de vida de Florianna, —con los ojos húmedos, Amelia dijo. El tapiz crecía, en una parte del tejido, se podía distinguir una figura diminuta. Era una mujer con una piel lozana y ojos claros. Extrañamente, los nudos emitían un aroma a coral.

Capítulo 37

Sereno

En mi relato, no guardo detalles, soy sincera. Nada es menudencia. Esta historia ha sido llenada de realismo y magia. Aunque parezcan irracionales y absurdos, continúan llegando a mí, las palabras de Agripina Romana. Nunca, cesaron de maravillarme.

* * * * *

A sabiendas del dolor que mi joven Persival sentía, aquella noche, no pude dormir. Durante la madrugada, su llanto, se había hecho menos audible. En la distancia, solo un lamento, me indicaba que aún respiraba. Recordaba la muerte de su Florianna. Ayudado por el sedativo, que el doctor le había administrado, le deje que durmiese en el despacho.

Antes del alba y con tristeza, me levanté. Comencé a buscar una mortaja para la difunta. Aunque, siempre supe que ese momento llegaría. Nunca, quise adelantarme al momento de su cesación. No importaba lo que le pusiese a la muertita, a aquella mujer, incluso después de ida, su piel seguía luciendo lozana. Con delicadeza, cepille sus rizos, tratando de mantener sus pensamientos intactos. Debían irse con ella. La memoria de su amado y el sentimiento de haber sido madre.

Yo, compartía con ella aquella tristeza. Recordé que, aquella mañana las mujeres encargadas del sepelio, vendrían a recogerla. Antes de salir de su habitación, me detuve a verla, sería la última vez. Se veía diminuta, como una mujer dormida, tranquila e inmutable.

Continuaba siendo una muñeca de porcelana.

Al bajar las escaleras, el dolor de mis piernas, me recordaba lo vieja que me estaba haciendo. No quería apresurarme, no deseaba dejar entrar el rito fúnebre en la casa. Pensé que, después de aquella lluvia descomunal de dos días, me encontraría con la adversidad del cerro, venido abajo.

Mi asombro fue, al abrir la puerta. En medio de la rotonda, bajo la gran acacia australiana, donde el flojo sol de la mañana había comenzado a enredarse. Sentado y apoyado junto al tronco, pude ver un cachorro. Note que me miraba, la arbórea amarilla, le hacía verse plácido. Era de un pelaje tupido, casi negro, como una viruta crespa. Al acercarme, con la cola en saludos, en un constante vaivén de alegría, vino a mí.

En su carita, pude ver la sonrisa que solo los perros pueden dar. Llena de honestidad y pureza. Me pregunté. —¿Cómo?, ¿de dónde, semejante criatura podría haber salido?

Como si supiera el camino a seguir, cruzo entre mis piernas, entro en la casa, subió las escaleras, no se detuvo en el vestíbulo. Con mi dolor no le podía seguir. Antes que doblara hacia la galería, lo perdí de vista.

Aunque la suave luz de la mañana ya se dejaba caer por los cristales. El pasillo, no estaba completamente claro. Pensé que se había dirigido a los jardines, me detuve en el atrio, no le podía divisar. La caída de la señora Leonor, vino a mi mente. Otra muerte más desde las alturas, no podía ser. Con todo mi corazón, deseé que estuviese vaciando su vejiga chiquita. — Quise desear, tal vez, era un perdido ánimo perruno que, en algún lugar del jardín, buscaba el pasillo conjurado.

Resignada y aún algo anímica, por los sucesos de tristeza, fui a mi habitación. Allí, la bebé, era alimentada por la mama de crías, ambas, estaban dormidas. Junto a ellas y entre dos libros, que yo tenía por el suelo, enrollado en su propia cola de tigre. Estaba él.

No había sido una casualidad, su llegada a la casa, el día que aquella niña perdió a su madre. Las piedras, nunca me mostraron un alma de cuatro patas, o las eventualidades, que le llevaron a entrar en esta familia. —Me era imposible conocerlas.

Tal vez usted Amelia, con su mente llena de materia prodigiosa, pueda enlazarlas. Lo único que he sabido siempre, que aquel cachorro, se había convertido en la compañía incondicional de Alondra. Una semana después de las exequias, Persival, se dio cuenta del pequeño animal. Al verlo, le tomó entre sus manos grandes. Mirando su carita, dijo.

—¡Tu llegada, fue inevitable y sería imposible cambiar tu naturaleza! ¡Sereno, enhorabuena!

* * * * *

Escapando a la lectura augural de Agripina, el perro, era otro inquilino más de la roca. Se quedaría junto a Alondra, hasta el final. No había subido, o bajado de ningún lugar idóneo. Era un vigía, un observante más del inmensurable sueño de este mundo. Ambos, habían venido para observar el desadormecer de un anal equivocado.

Capítulo 38

Alondra Glauca

Con el nacimiento de Alondra, el destino, le estaba entregando a Agripina Romana una segunda crianza. Fue ella misma, la que sugirió el nombre de la niña. Alondra, había nacido al amanecer y su madre, había muerto antes que la anoche cayese. Fue así que, el inicio y antes de llegar a su adultez. La vida de Alondra G. E. Sabacio siempre, estuvo rodeada de gentes, cosas y elementos indispensables. Muchas, eran imaginadas, salidas de la mente de Agripina.

Pero, la infanta, era más especial que nada.

A sus tres horas de vida, el bebé ya tenía una ronda de cinco nodrizas. Cada una, se alternaban para alimentarla, ocurría en turnos de tres horas, entre mañana y noche.

Agripina, insistía en que todas las mujeres, bebiesen un líquido, espeso y verdoso. Según decía ella, las hojas del abedul y la cayena. Ayudaban a la niña, a calmar su dolor, enviándola al sueño infantil. El brebaje, debía ser bebido en ayunas y otras dos veces, durante el trascurso del día.

—De esta forma, la bondad natural, pasará de la teta al cuerpecito de Alondra, —Agripina instruía.

En la profundidad de los ojos negros de Alondra, la mujer del turno del medio día, al tercer mes de su labor alimenticia, notó, algo era distinto y peculiar.

Su curiosidad, la llevo a mover su mano, una y otra vez, sobre el rostro de Alondra. No había respuesta o pestañear. Aquello ocurrió el mismo momento que Agripina, entraba en el cuarto.

—¡Ave María pu…!, —dijo la voz de la nodriza. La revelación, fue interrumpida con un, — ¡Shuush!

»¡Nunca, nunca, vuelva a pregonar ese tipo de nombres, llenos de oquedad! Aquí, en esta casa, no significan nada, no quiero que la niña, crezca con purificaciones, buenas, para nada.

—Creo que la niña es ciega, —el ama de cría replicó.

Era cierto, más allá de los resúmenes y toda posible explicación médica. Antes de nacer, la ceguera, había sido un pacto entre la vida y ese femenil ser. El llano de sus ojos, mil veces pulidos, era la alianza. Alondra, no podría ver el daño a su propia creación. La perfección de este mundo, que aún vive y late. Alondra y su ceguera serían su redención.

Aquel pacto nunca había existido, o existiría para el resto humanidad. En el sello, estaba estampado el declive malévolo de este planeta, el cual, alguna vez había sido perfecto.
Desde la logia de Persival, fueron traídos, tres oftalmólogos y un cirujano. Todos, concluyeron en una misma conclusión, la niña, había nacido sin la percepción de la luz. Su vida, proyectaría solo lo que sus otras facultades, le entregasen. El perfil de sus ojos, demostraba la carencia de sus córneas. Como si el escarpelo de su madre, le hubiese rebanado el derecho, a aquel sentido al nacer.

✳ ✳ ✳ ✳ ✳

Desde que Alondra había nacido, se hablaba del negro profundo de sus ojos. En la ciudad, los rumores, se habían dejado caer. La niña, era el efecto de una indiscreción de la difunta. Ni Agripina o Persival, los escuchaban. Él, menos que nadie, no importaba las injurias, la duda, no tenía cabida en su ser. Su pulso, nunca titubeo el amor, que ambos se habían tenido. Alondra, con su piel traslúcida y cabellos glaucos, era la continuación, al sentimiento vivo que había dejado Florianna en su vida.

Desde muy niña, demostró un pavor sostenedor. Alondra se paralizaba. Sucedía que, antes de cruzar el último par de rejas, cuando sus pies, dejaban atrás, el último adoquín de la avenida y tocaban la tierra del camino de la colina. Entraba en llantos. Las lágrimas le envolvían en un sopor angustioso, siempre era lo mismo.

Persival, al ver sufrimiento de su hija, decidió, no impondría un dolor innecesario en ella. La atalaya, fue acondicionada. En la piedra azul del torreón y al final del pensil verde, allí, era donde la misantropía de Alondra, se detenía. Sobre la roca, su ambivalencia de odio y amor, podían coexistir en silencio.

La fortuna, que una vez se había asociado con HADO 1, ya no estaba. Se despidieron las ayudantas y el chófer, en aquel tiempo, no tenía sentido la dilapidación. Una por una, las puertas de las habitaciones fueron cerradas.

Agripina, dedicaba todo su tiempo, entre el fogón de la cocina y el cuidado de la niña. Después de haber vislumbrado la vida completa de Persival, en el adivinatorio sonido de las gemas. Estas yacían guardadas y olvidadas en los jardines. Enterradas, bajo la menta y las raíces del clavero. Agripina, no las volvería a usar nunca más en su vida, sin embargo, la tentación, más de alguna vez, haría que se mordiese sus dedos.

Aunque Persival se consideraba un hombre pleno, la memoria de Florianna, se disipaba de su mente. Como si una fuerza, le obligase a caer en el olvido. Era él, el encargado de mostrar a su hija, los objetos, que alguna vez pertenecieron a su madre.

En una de las dos únicas habitaciones, que mantuvieron sus usos. La última, al final de la galería, antes de llegar a la cocina. Estaba el cuarto, donde Persival y Agripina, navegaban sus sentidos, al igual que los de Alondra. Tapizaron el cuarto de oscuridad, manteniendo todos los objetos que guardaban, la memoria, olores y texturas de Florianna. Allí, la pequeña crecería, sabiendo y sintiendo a su madre. Cada vez que los tres y el perro, entraban en aquel cuarto de «*luto-*

feliz», sabían perfectamente, que era que y donde estaba aquello. Incluso, las palabras eran innecesarias.

Sin dificultad y ayudados por la inmortal fragancia a coral. Encontraban las cajas que contenían los atuendos, doblados en papel de seda y almendras. Cada sombrero, mantenía un pensamiento de la madre, los filamentos de los cepillos, hacía sentir el dorado y la suavidad de su cabello. Incluso, el mismo vestido floral que llevaba Florianna, cuando fue encontrada, sola. Despertaba su memoria, con un nombre sin pasado, con un aroma de playa y sal. Todas sus pertenencias, parecían haber detenido los recuerdos de su tiempo.

Todos los elementos, que habían hecho de Florianna, una persona real, estaban allí. Enlazados a distintas historias, estas, siempre eran las mismas, sin variaciones. Alondra, trascurriría horas en aquel cuarto. Allí y en los jardines, era donde ella, se sentía deliciosamente humana.

Cuando Alondra cumplió los seis años, Agripina notó que, Persival, pasaba horas en el viejo despacho con las puertas cerradas. Manteniendo en su interior, la maduración de un secreto. Después de un año completo de dedicación, allí, Persival aprendió la escritura Braille.[40]

Más que nada, deseaba enseñar a su hija, la forma táctil de las palabras. Donde las ideas nacían y se convertían en validez. Para que, las facultades restantes de aquella personita, no desaprovecharan lo valioso del ingenio humano. Que, como todo en la vida, estaba llena de horrores. Bajo el conocimiento verdadero, fácilmente, podían ser mitigados. Poco a poco, los libros que gobernaron el mundo de conocimientos de Salvador Nonrsmann, comenzaron adjuntar las escrituras puntiformes.

---

[40] Braille; es un sistema de lectura y escritura táctil utilizado por los ciegos.

Capítulo 39

Decrepitudes

Nunca fue olvido o descuido. El tiempo de Persival, transitaba entre la compañía de electricidad y la humanidad que encontraba en su logia. Era allí, tratando de hallar la eterna verdad, conscientemente, se iba alejando de la reminiscencia de la mujer, la cual una vez había sido su esposa.

El entendimiento de las causas y el devenir de este mundo, liberaban un poco, el peso que llevaba arrastrando. Su espíritu, se iba aliviando de su materia. Para el resto de los concluyentes, de sangre y piel. Era imposible, pensar que aquel hombre blancuzco, de proporciones enormes, solo buscaba lo justo. Todo era, un pretexto, que le ayudase a levitar su tormento y conseguir algo de calma.

Persival trataría, decenas de fórmulas, científicas e inventadas, pasando por los variados remedios caseros que Agripina, constantemente preparaba. Nada, parecía detener la atrofia en el crecimiento de Alondra.

Sin duda, era lenta, ambos eran testigo de su padecimiento.

—¿Por qué naciste así? ¿Por qué te entregamos dolor?, ¿por qué la felicidad, te ha sido negada? —Persival no podía encontrar respuestas a sus preguntas, con excepción de una sola, la joven, estaba destinada a sufrir. El abuelo, no estaba allí para rebatir, pero era verdad.

Una mañana, por sí mismo, él, pudo observar, como la tibia, parecía tener vida propia, bajo la piel, el hueso de Alondra, se ondulaba como una lombriz en ascensión. Perdiéndose, antes de llegar a la rodilla de la joven. En un llanto lamentoso, sus ojos, pedían culminación. Más que nada, Persival, deseaba evitar cualquier zozobrar. Frente a una de las tantas huellas, que iban marcando la vida de Alondra, él, era impotente.

La intranquilidad le perseguía, acosándolo, recordándole, que no habría nadie más que él. Persival dormía tan solo tres horas cada noche. El insomnio y las preocupaciones le empujaban a volver a los libros de su abuelo en busca de una respuesta que no encontraba. Cada día, perdía más cabello y una tos persistente hizo que su rostro aparentase viejo.

«No puedo ser derrotado, Florianna, por favor ayúdame», —Persival no podía dejar de morderse las uñas. *«¿Quién podrá soportar la hermosa carga de nuestra hija, después de que la vida de Agripina se apague?»* — Agripina estaba hecha una decrépita. Persival, no podía recordar, como había sido posible, que aquella mujer, fuerte y ágil. Comparada, con aquella que había sido una vez.

Cuando él, aún era un niño, que acostumbraba a salir de la nada, para abrasarlo, con sus brazos pasados a tomillo. *«¿Cómo ha podido volverse tan frágil?, ¿por qué parece casi muerta?, ¿a HADO 1 extraído el brillo de su vida?»*

Puesto que, las gemas adivinatorias, habían negado entregar sus predicciones en sus cuantías. El precio de aquel secreto, era el desgaste de su vida y una senectud anticipada.

«Todos debemos pagar un sacrificio de alguna forma u otra», —Persival se lamentaba.

Por aquella razón, Agripina no pudo entender, como la vejez, se le había caído a zancadas sobre ella. Aseguraba que; en el trascurso de una noche, su culo, había decidido tener vida propia, creciendo desmesuradamente. A Agripina, le molestaba saber que sus protuberantes caderas, eran dueñas de su propia personalidad. Le seguían, solo por el hecho de no quedarse a solas. En un balanceo ecuestre y melodioso, se movían. Donde ella, era tan solamente, un jinete impuesto.

Estaba convencida, cada mañana despertaba con arrugas nuevas. Las podía contar, una por una, hasta llegar al número setenta y tres. Los vellos en su mentón, crecían con al contacto del agua, del sol y de la oscuridad. Nunca detenían su crecer. Su cabellera, era una pelusa lacia y los lóbulos de las orejas eran tan largos como el rechazo mismo del *Buda* hacia el mundo material.

Incondicionalmente, la iluminación había llegado a Agripina.

Agripina, se había resignado a olvidar aquella joven, la del tren, la de las lágrimas, la niña descalza. El olvido, era una cualidad, que ella, se permitía sobrellevar.

Persival, se hallaba equivocado. Su Agripina no moriría, ni antes que él, o la otra lo hiciesen. La muerte, cansada de esperarla, haciendo la vista gorda. Se había marchado, arrojando el nombre de Agripina en un estado de oscuridad y olvido. Solo por un tiempo, el chasquido de huesos fúnebres, esperaría aburridamente. Hasta que aquella mujer bonachona, terminara de criar a otro Sabacio.

Capítulo 40

Mirada Turquesa

No guardo rencores, *«señor lector»*, me es imposible tener emociones de ese tipo. Mi relato es imparcial. Aunque sí, puedo distinguir lo bueno, de lo horroroso, lo adulterado de aquello que aparenta ser benévolo. Son, demasiadas las entidades que conforman mi decir. No hay omisiones, así, tal vez, halla comprensión, en el actuar de algunos. Aun así, no existen justificaciones para acontecimientos despreciables.

*****

Persival, no quiso entrar en detalles. Al mediodía de un día jueves, inesperadamente, anunció, se casaría. Tenía apremio, no deseaba preguntas y se negaría a responderlas. Por dos días, el silencio, se había instalado en la casona. Alondra, se encerró en la atalaya. En tan solo ocho horas y con una tozudez rezongona. Agripina preparó las conservas para tres inviernos consecutivos, empeñadamente trataba de encontrar polvo, el cual limpiar y no paró de refregarse las uñas. Sentía, había mugre, de la cual, le era imposible de escapar. La noticia, había remecido la casa entera, desde el pelargonio, hasta la higuera.

La gran roca, estaba a punto de volverse más pesada.

La mujer escogida, se llamaba Lovisa Estries, era alta, de busto y ancas generosas, sus piernas proporcionadas, al igual que su semblante, semejaban una divinidad falsa. Lovisa era como una diosa *Rubenesca*[41], seductora, era todas las alternativas posibles para la ruina de uno.

De ella, desprendía un poder maléfico, del cual, no se podía escapar. Calladamente, engatusaba, abrazando hombres débiles y mujeres desprevenidas. Junto, aquellos fuertes de carácter.

De ella, desprendía un poder maléfico, del cual, no se podía escapar. Calladamente, engatusaba, abrazando hombres débiles y mujeres desprevenidas. Junto, aquellos fuertes de carácter.

Todos, terminaban enturbiados en las trampas de sus enredos, fuera por deseo, o necesidad. Los únicos que escapaban de aquellos tentáculos dañinos, era los animales, tal vez, por sus instintos privilegiados, o tal vez porque eran protegidos.

La misma Agripina, por unos días, pensó.

«Lovisa, es la segunda mujer más hermosa, que ha puesto los pies en esta casa. »

Su melena perfecta, casi índigo, como su destino, era recta y definida. A la izquierda, su pelo dominado por la lógica, el análisis y los pensamientos helados de Lovisa, este estaba esculpido en una raya perfecta y dominado por hondas acomodadas, correctas y asimétricas, de las cuales, uno podría pensar, la mujer era organizada y exudaba confianza. Pero eso era parte de su impecable engaño. Antes que alcanzaran los lóbulos de sus orejas, terminaban en un *Bob*, espléndido. Dejando aquel cuello largo, expuesto, para las delicias. En su totalidad, la mujer era armoniosa, desde sus senos redondos y firmes, llegando a la cintura apretada.

Lovisa, había nacido con todos aquellos atributos, que muchos se pasan la vida entera, buscando o modificando.

Se decía que, la mujer, no se movía sin salir sin su dichoso secador de pelos. Sus brazos habían alcanzado una fuerza casi masculina. Como resultado, al mantener tanto tiempo, aquel kilo de metal

---

[41] Imagen Rubenesca; es una mujer de figura completa, con curvas y bien formada. Una modelo de talla grande con hermosas curvas.

plomizo sobre su cabeza. Mañana y tarde, por dos horas, su fijación, era alcanzar el estilo y único, que la caracterizaba. Fuese ventisca, o el fin del mundo, su peinado, siempre lucía inalterado.

Agripina, culpaba aquel color turqués de sus ojos.

—Irradian, la claridad de las aguamarinas.

Con sus labios pintados de bermellón, estos, se acentuaban más. Aparentaban, una boca grácil, virginal y sutil. Era como si sus facciones, hubiesen decidido quedarse atrás, para dar paso a aquel espectáculo tentador y así, poder ser admirados.

Aquellas facciones, de aquel rostro teatral, Agripina las podía recordar. Para su lamento, ella no podía atar el momento clave, con la primera vez que lo había divisado. Para Agripina, era un constante recordatorio, de una experiencia ya vivida.

«No puedo dejar de sentir desconcierto», —aun así, Agripina no podía sentir recogimiento. Solo una desagradable extrañeza la invadía y únicamente el color negro acudía a su memoria.

«Esta mujer me da escalofríos», —su reflejo en una olla de cobre hizo que Agripina temiese.

Agripina, puntualmente, cambiaba el agua de aquel vaso, el cual, residía sobre su mesita de noche. Para Agripina, aquel líquido, reflejaba ser una alarma, un aviso. Las turbaciones indebidas, espíritus y pensamientos negativos, allí, quedaban atrapados. Cualquier persona, viva o muerta, espanto o malicia dañina. Según decía ella.

—Las verdaderas naturalezas, que entran en HADO 1, son atraídos por este encanto.

Cinco minutos después del arribo de Lovisa Estries. Agripina, sentada en su cama y repitiendo sus palabras rescatadoras. *«¡La ene, la ene, la ene!»* —Observó, como el agua, se iba transformando en un líquido turbio y maloliente. Lleno de burbujas, hervía por la presión helada de Lovisa y la sed de codicia.

Más tarde, en el cuarto de Alondra, Agripina, repetía asiduamente.

—¡Aquello, terminará mal, sé que, la Estries esa, traerá desdicha a esta familia!

Termino por no repetir más su presentimiento. El día de la boda, Alondra, con una voz elucidada dijo.

—Lovisa, no es más que un canto más, que adoquina, la senda de nuestra historia, la de usted, la mía, la de todos. Inclusive, de este mundo.

Callando por unos segundos y con un suspiro de resignación, Alondra exaltó.

—¡Déjela *Agri,* nuestro capítulo final, ha sido dicho, pero aún, no se ha tejido!

Entre el día del anuncio y la boda, fueron separados por cuarenta y ocho horas. Por una razón secreta, Lovisa, se apresuraba, las nupcias debían ser pronto. Su justificación, la llevaba metida debajo de la apretada faja. Persival lo hacía, para que su hija, no estuviese sola.

Ambos concordaron, la ceremonia, debería ser privada y sin comensales.

El padre de la novia, en una misiva breve, se había disculpado por su ausencia. Lovisa, después de leer la nota, húmedamente, la había besado, para luego doblarla, antes guardarla dentro de su sujetador.

Aquel mediodía, entre suspiros y arcadas, Lovisa se vistió sola en la habitación matrimonial. Al verla salir, Agripina afiló sus ojos.

La novia, vestía un ajuar de organza y gotas de oro. Se veía hermosa, casi enamorada. Lovisa estaba decidida a convencer al observador más escéptico.

Agripina pudo notar, vestía un crucifijo enorme y pesado, que le hacía acentuar el busto, dividiéndolo entre dos abultamientos pulposos. Al verla, vino a ella el grabado de la perfección de aquella cara. Un par de años atrás, había sido el día que la vio salir de una sinagoga, vestida de negro, con un semblante de dolor, o alivio.

«*¡Ya sé cuál es!*», —Agripina pensó.

El hermano de Lovisa, accidentalmente, había caído desde un cuarto peldaño, en el pequeño trayecto. El hombre, en tres trozos, se había fracturado el cráneo. Quebrado cuatro costillas, que le habían producido una doble incisión pulmonar. Una muñeca rota en tres partes, seis vértebras fracturadas y la mandíbula descuajada.

Tan solo cuatro peldaños mortales y un golpe. Habían aliviado la extorsión, que él, había gritado en la cara de Lovisa Estries, dos días antes.

Antes que la novia se perdiese por el pasillo, Agripina, sin ninguna bellaquería, preguntó.

—¡Disculpe doña! ¿No se suponía que usted era una persona de fe judía? —La furia de Lovisa, no se hizo esperar. Con los ojos sin pestañear y llenos de malicia incandescente, entre dientes, Lovisa, respondió.

—Usted, mantenga esa lengua ponzoñosa, dentro de su mugrienta boca, ¡si no quiere que se la extirpe de cuajo y se la queme! —Lovisa, se detuvo, respiro profundamente.

«*Veo que hay alguien que necesita que la pongan en su sitio, pronto me desaceré de ti vieja maldita*». —Lovisa pensaba.

—«Vuelva a su cocina, metiche», —la novia debía callar.

Tal vez, contaba su propio pulso, o trataba de poner en la gaveta de su mente, como reservas para más tarde, aquellos pensamientos afilados.

Sin ningún apuro y melodiosamente, Lovisa, acomodó su vestido, palpo su peinado perfecto. Sobre sus dientes de perlas, con la yema del dedo índice, Lovisa, retiro cualquier rasgo de lápiz labial. Con un deleite de alcurnia, su complacencia, fue pretendida.

En sus labios, se había alzado una sonrisa placentera.

Antes de salir por el atrio, a encontrar su salvación. Lovisa, se observó en el espejo del recibidor. Con aquella perfección del reflejo, se deleitó. Aun así, deseaba que, su vestido, tuviese más flecos, bordados y brillantes. No importaba, la ostentosidad ya era su amiga. Lovisa, ruidosa, vistosa y excitante, estaba vestida para la exhibición diseñada, solamente, para atraer e impresionar. Sobre un hombro, reposó una cola de zorro blanco, sobre la mesa, recogió el buque de calas amarillas y salió.

—¡Agace aun lado! —En silencio, Agripina le siguió, entendió que el mal estaba a punto de casarse.

En la galería, un olor a laca quemada, se podía percibir.

* * * * *

Después de la sombría celebración, aquella noche, Persival, pidió a Lovisa que le esperase en su habitación. Desde la cocina, Agripina, pudo atender su llorar en el cuarto de *«luto-feliz»*. Lo encontraron a la mañana siguiente, parecía casi dormido. Su cabeza yacía sobre una caja llena de papel de seda y almendras.

Cuando murió, tenía cuarenta y nueve años, parecía un joven viejo. Antes, que el féretro fuese llevado, Agripina, introdujo el libro más preciado de Persival; *«El Misterio Cósmico»*[42]. Después de una eternidad casi perdida, de esta manera, el libro de astronomía volvía a su hijo otra vez.

---

[42] El Misterio Cósmico; es un libro de astronomía del astrónomo alemán Johannes Kepler.

Capítulo 41

Las Voces Tormentosas

Después de la partida de su padre, Alondra, entró más en su mundo. *Sereno*, no abandonaba su lecho. Ambos, tenían 31 años. Como una extensión de sus pulmones dañados, el perro, calladamente, respiraba junto ella. En el silencio de la atalaya, Alondra Sabacio, era atormentada por los cientos de millones de voces de su mente. El cubrir sus oídos, era una acción inútil. No podía callar aquel bullicio. Eran voces orgánicas, en extinción, maltrato, voces que se apagaban. Para no renovarse nunca más. La angustia de Alondra, residía en la creación y muerte.

Las voces pesaban como el mineral extraído, vaciado por la avaricia y la avidez desmedida. Alondra deseaba, que aquel sufrimiento innecesario, culminase. El tormento y agresión, hacia la creación perfecta, nacida de la nada, esplendorosa y simple. En ella.

* * * * *

—*Alondra, sabes que la vida dada, estará demarcada de sufrimientos, de comienzo a fin, es el precio alto, que debes cumplir para un nuevo comienzo. Tu cuerpo sufrirá las mismas devastaciones, que ocurren en el planeta entero. Tú, has elegido nacer en esta casa, de sangre, piel y un alma. De una familia única y reformadora.*

»Pero más que nada, creada por sí misma, con espíritus construidos en la benignidad, carentes de gravedad. Para esperar el cometido, Alondra, ¡aún falta mucho!, deberás esperar por tu hijo y su inacabable ausencia, Alondra tú debes continuar con tu martirio. De aquí en adelante será arrollador.

La presencia de *Sereno,* era aquel continuo recordatorio, de aquel pacto aseverado. Él era una de aquellas tantas voces, que acompañaban a Alondra.

Capítulo 42

Los Presagios De Lovisa

Lovisa Estries, recibiría tres anuncios que marcarían su permanencia en esa casa. No todos, vendrían acompañados de los otros y todos, serían una secuencia inexpugnable. Días después del sepelio, el primero, le fue entregado por el representante de la logia humanística. Lovisa, no recibiría nada.

Alondra y Agripina, serían las únicas dueñas de HADO 1. Persival, no dudo en hacer de la nueva esposa, un huésped solamente, sin prerrogativa alguna. Su vida en la roca, sería solo eso, un hecho atrayente. Tendría y dispondría, todo aquello que se encontraba en su interior. Lovisa, era parte del subconjunto, perteneciente a algo más grande, ella no lo sabía.

Lovisa, calladamente, espero que la lectura concluyese. En el despacho, solo estaban el masónico y ella. Las otras mujeres no necesitaban saber, lo que les era obvio. Lovisa, con la cara superflua, deseaba que el muerto, estuviese muerto, mil veces muerto. Deshecho y podrido. Su odio, era invasivo y arrollador. Incluso, en inconformidad de estar en aquel cuarto, el marco de la dama desnuda, se torció y los globos terráqueos, por si solos giraron opuestamente.

El letrado, leía sin alzar el rostro, no deseaba encontrarse con el de ella, sin duda esos rasgos le hacían sentir aterrorizado. Era preferible evitar, el iris claro de sus ojos, incineraban. Ellos, daban cuenta de su equivocación. Sobre aquella valorada pócima de Melba, los halagos, la pretensión, marcada de vacíos. No fueron nada, todo aquel sacrificio, se había ido a la basura, convertido en una mierda. Rebotando, había abofeteado su propia cara.

Lovisa, era viuda, no importaba. Ahora, el mundo se podía enterar de su bulto, que su faja, retenía tan calladamente. Había comenzado a mostrar, era la derivación del incesto, que tantas veces, ella deseó.

Lovisa Estries, arrastraba un secreto nauseabundo y penetrante.

Se lo repetía a sí misma, en el silencio omiso de su cama. Las evocaciones vivientes enardecían su aliento entre cortado. Al sentirse hija y amante de su propio padre, le hacía sonreír. Sus dedos palpaban su entrepierna, llamándolo. Aquella excitación, se unía la gradación exagerada de sus pezones ascendentes. Hasta alcanzar, en su término más alto, en un placer delicioso.

Ella lo sedujo, él, no se negó. Con un apetito erróneo, Lovisa, con tan solo catorce años, había mostrado su naturaleza sórdida. El padre le dejó que se alimentara de excitación. Era la búsqueda incesante. — Lovisa, como un corregidor despiadado, volvía a la vida.

Ella, se había hecho dueña ama y señora de su padre. Sus existencias regían dominadas bajo su control y yugo. Lovisa, estaba enamorada de lo indebido y aquello, absolutamente, tenía un sabor delicioso. Con la existencia, o con ella misma, no se disculpaba.

Su motivo, satisfacer a su padre, había sido, lo que le hizo ser como era.

Entre ambos, fueron meses de miradas cómplices e insinuaciones, ella, deseando enardecer el poder, que su joven cuerpo, provocaba. Calladamente, sin aprensión, se sentía segura, saldría triunfadora. Aquella noche, solos, no hubo palabras, no habían sido necesarias. Lovisa sabía, una sola sílaba, podría mandar a la mierda, la voluntad incrustada en él. Arrepentido y tirado por su religión semita. Le quitaría el placer que respiraba, deprisa y húmedamente.

En la oscuridad, ante la cama de su padre, se mostró desnuda. Para comenzar con lo prohibido, ella, era esperada por el nuevo amante. Lo que no se podía nombrar, solo sentir, sin palabras.

«Soy la única mujer en su vida. Oh, madre, ojalá pudieras ver este momento», —una sonrisa astuta se dibujó en sus labios.

—Mira lo que me has hecho, —su erección apuntó hacia ella, para alcanzarla.

—Es una locura. ¿Pero como puedo resist…? —No pudo terminar la frase, Lovisa le besó. Ese beso fue perfecto, húmedo, lleno de deseo incontrolable. Sellaba y destituía el lazo moral, entre el bien y el mal.

Más allá de ese momento, Lovisa sabía, solo le esperaba la perfección sexual.

Hacia una deliciosa locura, se dejaron llevar por aquello que no se podía nombrar, solo sentir. Aquel placer, que provocaba estar sobre su padre, no la dejaría en paz. No hubo límites durante las siguientes cuatro horas. Solamente Lovisa y ese amante perfecto podrían sobrepasar los límites de cada orgasmo perfecto.

*«Madre, tu hombre me perten*ece», —Lovisa pensó, mientras alcanzaba un clímax espléndido. —La vesania desviada, no tardaría en caer, en el amor, que una mujer puede sentir por un hombre.

Más allá, de aquello que Lovisa Estries, pudiese sentir por su padre, solo una cosa, era más fuerte que su determinación. El recelo enfermizo, a la pobreza y la miseria, su propia animosidad, había lanzado a su ser, en la búsqueda de una boya en aquel puerto. Que la salvase de su propia sordidez. Lovisa, odiaba el vacío de su malla de monedero de metal. El sobresalto, que le otorgaba un futuro inseguro, carente de opulencia. Desde siempre, había deseado que sus nalgas, reposaran en la suntuosidad.

Nunca dudo, alcanzaría su cuchara de plata, a fuerza de mentiras y falsedades. No importaba que tan largo, o difícil pudiese ser el trayecto.

Todo el dinero del mundo no podía ser suficiente. Lovisa lo quería todo.

* * * * *

El segundo aviso, cayó desprovisto. Aquella mañana Lovisa se preguntaba, «*¿De dónde obtendré las siguientes cuerdas que debo tirar?*» —Para obtener sus ambiciones, las que estaban adjuntas a su piel. Sin remordimientos, Lovisa tendría que manipular o condenar, no importaba.

Toda su vida acostumbró a defecar en un pozo séptico e infectado. Lovisa había mejorado sus necesidades Sentada en la bacinica de su cuarto. El ribete helado de la porcelana, le recordaba, que su sueño aún no estaba construido.

Lovisa, deseaba un baño grande, solo para ella. En él, deseaba una bañera de proporciones olímpicas, rodeada de espejos y azulejos de un color turquesa. Como ella. Creía que aquel color higienizado, lavaría sus manchas, las cuales, le marcaban y maullaban.

Lovisa, escuchó un ruido mojado, algo, caía en aquel acuoso de desecho, un feto, redondo, sin forma o estiramiento, sangrado, la liberaba de su miseria. Sin preguntarse, por qué o como, sonrió, estaba libre.

En aquel preciso momento, que aquello ocurría, su padre, al otro lado de la bahía, se lanzaba a las palas de unas hélices. Tratando de alcanzar la circuncisión de su vida, el peso excesivo de Lovisa.

Públicamente y enfrente a quien la viese, Lovisa, lloró por su padre cincuenta y tres días. Por diez años consecutivos, lloró por él en la oscuridad de su cuarto. Después de muerto, ella, le seguiría buscando, llamándolo. En la noche, de día, o cuando el material de su vestido, rozaba sus pezones.

Cuando el olor a tabaco, se le metía por las narices. En su mente, lo resucitaría insaciablemente. Lovisa, viviría una relación imaginada, creada de su deseo y mantenida por el amor prohibido. En sus fantasías, jugaba con el padre. Haciéndolo implorar más, por el jugo prohibido. Indudablemente, llego a pensar en él, antes de morir.

Capítulo 43

El Tercer Anuncio

Ocurrió diez días después del Año Nuevo, en una tarde cualquiera. Alondra, le pidió a su mama, que le llamase un coche. Agripina no la escuchó, se encontraba entré unos de los tantos disentimientos que se tejían en la casa.

Lovisa, empujada por la prevención a la pobreza, que había comenzado caer sobre la cima de la roca. Pujaba por vender algo, o todos los objetos que estaban dentro de HADO 1. Su argumento era, vivían en una casa grande, donde la mayoría de las habitaciones, pasaban cerradas y sin vidas. La acumulación de objetos, que, en otros tiempos, habían tenido utilidad. No formaban más que la acumulación de polvo, que ella, ni pensaba limpiar, o mantener.

La viuda, se negaba a morir de hambre, su cuerpo, no estaba hecho para esa carencia alimenticia. Ambas, concordaron en el primer objeto. Agripina recordaba, durante todo el trascurso de su vida, en aquella casa. Había visto, una de las cómodas de olmo, desechada y olvidada. El mueble, pasaba vacío, se veía tan excesivamente viejo, como nuevo. Desde el día que, había sido recibido por Leonor la primera vez.

El encargado y adecuado, para aquella secreta transacción, de acuerdo con Lovisa, era un belga, recién llegado a la ciudad. Traía bajo su manga, una notable lista de clientela. Fue así como, *Monsieur* Marrón, obtuvo el sustento que les llenaría la despensa por un par de meses.

Alondra, repitió su petición, con una voz madura y firme, dijo.

—«¡Por favor, llame un coche, debo salir!», —como una alfombra mágica, Agripina, comenzó a sentir, como una fría columna de vellos congelados, se iba levantando por su cuello, incluso, los del mentón, dejando su semblante impávido. Agripina, estaba paralizaba. Un súbito sentimiento, irreal y contradictorio, la llenaba de angustia. Tratando de comprender, la miró.

«*¿Cuál es la razón, para esta extraña petición?*» —Pensó.

—¡No es necesario que cambie sus ropas, mama!, saldré sola, —agrego la joven mujer.

—¿A dónde vas? —Preguntó esta vez Agripina.

Alondra, antes de bajar las escaleras, se detuvo, volviendo hacia su mama, dejó que la observara. Su rostro era imperturbable y los ojos lucían más negros que nunca.

—¡Eso no importa, estaré de vuelta en un par de horas!

Bajó al zaguán, seguida por *Sereno*, acomodó la pollera y esperó a que la recogieran. Impávidamente, Agripina desde el pasillo, continuaba observándola. Aquella vez, Alondra, se veía distinta y perfecta.

Desde entonces, Agripina había notado, los dolores de la joven, parecían haber dado tregua a sus remedios caseros.

—¡Alondra, necesita comer carnes, rojas con mucha sangre! ¿No entiendo por qué se niega? —Lovisa insistía.

—¡Mi niña, se ha negado toda su vida a ser alimentada con las vidas quitadas de cualquier animal, desde pequeñita!, —dijo Agripina.

Lovisa estaba convencida—: La atrofia, reside en la alimentación verduzca, buena para nada, que usted le da.

»Una persona, no puede vivir, de tan solo fibras verdes y legumbres. ¡Qué payasada, bueno, engáñense solas, la verdad a mí me importa un comino! —Dijo Lovisa antes de perderse en su mundo.

«*La única vez que le serví un plato de pollo con arroz, Alondra lloró. Cuando tenía dos años, le pidió disculpas a un guisado de pescado*», —Agripina reflexionó.

El padre, en aquel entonces, había sido optimista, su descendiente, era una naturista, amante de la vida. Aun así, Agripina lo sabía. Aquella niña de cabello glauco, era diferente a ella y al resto del mundo. Agripina, se había alegrado, aquel día que puso un tazón de leche de almendras, la niña se lo había bebido con complacencia.

* * * * *

Aunque, antes de nacer, como energía, Alondra, naturalmente, sabía cómo dejarse guiar por los aromas del jardín, ella, era los jardines, el aire, el sol. La continuidad de la vida. Ahora, hecha de un ser de materia, podía palpar, oler e invadirse, con lo sublime. Alondra, no necesitaba ver, para comprender. Aquel espacio en el jardín, estaba lleno de texturas cómplices. Colores que adormecían y despertaban tibios de gloria. Su ceguera, no le impedía experimentar lo real, al contrario, la adiestraba aún más.

Desde aquel día y la súbita salida. Alondra, había cambiado, su vida, transcurría más en los jardines. Irradiaba y se sentía más viva. Entre el verde, sol y el agua encantada, allí, Alondra era protegida. Brevemente, habían reemplazado la seguridad de la atalaya.

De árbol en árbol, Alondra, trepaba horizontalmente, evitando los arbustos pequeños y plantas. Para ser acariciadas, sus manos, sabían encontrar las cortezas.

Alondra, respiraba el aroma del arrayán. Su piel, nutria el vapor que exudaba el avellano. Sensaciones y savia, eran traídos por los cuatro vientos. Eran parte de su epidermis. Su luminosidad, transformaba las sustancias orgánicas del jardín, del mundo entero.

Pero aquella mañana, todo era más acentuado, perfecto, como debería haber sido siempre.

Alondra Sabacio, entro en el cenador. Se sentó en la vieja funda de almohadón. Donde los años de pelaje extraídos de *Sereno,* se iban acumulando. Para que se echara entre sus piernas, hizo una seña al perro. Delicadamente, comenzó a tirar las pelusas crecidas del pelaje. Era un hábito asiduo, tranquilo y calmo. Él, dormía al contacto de esas manos, de origen y creación.

Alondra, no deseaba pensar en las decenas de preguntas, que vendrían de su mama. Preguntas de identidad que no importaban, de tiempo, de espacio y lugar específico. Por otros siete meses, protegería la vida, de aquella gestación. Resguardándola de los horrores, allí, dentro y segura.

Como la última noche de vida de su bisabuela, Alondra Sabacio no tenía prisa aquella mañana. No tenía apuro, no deseaba que aquel tiempo trascurriese. No tenía urgencia en contar su secreto. Al sentir un par de lágrimas rodando por su mejilla, sonrió. Por nueve meses, Alondra, volvería a sentir su elemento natural, ella, era la espiral misma, su energía y poder, eran perfectos.

Alondra, no extrañaba el no tener un alma. No la deseaba.

«*El resto puede esperar, esta vez, quiero ser egoísta*». —Pensó.

Se sentía atrapada en aquella forma humana. Más que una duda, de aquella vida, Alondra, se arrepentía de haber llegado a ser una mujer. La realidad era, si Alondra hubiese deseado, llamar al ciclo de vida orgánica de artrópodos, aves, roedores y cuanta vida, existía en aquella roca. En esa ciudad y el mar que la bañaba. En ese mundo particular y diminuto de aquel cosmos, lo haría. Pero aquello no era necesario. Prefería que aquel momento de secreto, siguiera perteneciendo solo a ella.

Palpando al perro, se levantó diciendo.

—¡No se puede dilatar más, vamos!

En sus pasos, no llevaba ansias. Como la última senda recorrida por Leonor muchos años atrás, se sentía igual, segura y completa. Desde la distancia, en la cocina, podía percibir la discusión de las mujeres, por algún objeto, que debería partir de la casa.

Al llegar, calló su tararear de la melodía de HADO 1. Alondra, buscó la ventana abierta, palpo el marco, hasta encontrar la maceta con el jazmín, respiró calmadamente. Detrás de sus hombros, detuvo su cabello y acercándose, para un momento más de paz, olió las flores. Al otro lado de la ventana, por un breve momento de tregua. La porfía de las mujeres, al escuchar su anuncio, se detuvo.

—Estoy embarazada.

Capítulo 44

Eventos Que Se Repiten

La semana anterior del nacimiento, otra habitación más de HADO 1, había comenzado su vacío permanente. El gran comedor de Leonor, donde la mesa de tres paneles y las sillas de cueros rojos. Que permanecían durmientes, comenzaban una travesía colina arriba. *Monsieur* Marrón, había encontrado un comprador asiduo.

La vieja cárcel, en la cima de la colina, por dos años, había iniciado una transformación silenciosa. Las murallas que se demolían sobre secretos. Se habían convertido en la mansión más grande y opulenta de la ciudad. Su dueño y heredero, era un hombre que no alcanzaba los cuarenta años. Se llamaba Ruperto Bauer, no se había hecho solo. Nacido de cuna y metales preciosos. Eran las riquezas de múltiples generaciones de publicaciones y lo que las mentiras, podían otorgar.

Su figura, asemejaba a un óleo antiguo, religioso e inquisitorial. Su piel pálida, casi verdosa, mostraba una generosidad, que Lovisa había esperado toda su vida. Para que su escrúpulo a la miseria, sin un nombre resaltado, se escurriese.

Sus sustancias, del pasado se volvían a encontrar. —El día de la transición, Lovisa Estries, abrió las puertas. Bauer parado y dándole la espalda, la ignoraba. Sus manos entrelazadas, atrás, dejaban ver sus dedos famélicos, e inquietos. Bauer, estaba detenido en la vastedad, observaba. Su mente, trataba de comprender aquella perfección azulina, de agua y cielo. Más allá de esa falsa meditación, observaba y planificaba.

Todo en su vida, se concretaba, todo tenía un precio, nada estaba hecho de sueños, la realidad la hacía él.

Al notar a la viuda que lo observaba, con una mirada cómplice, en un saludo, contrajo su halo de miseria.

—¡Mi querida dama!, —dijo.

Al contacto de sus manos, entre ellos, volvía a nacer un pacto que beneficiaria a ambos. Indudablemente, hasta llegar al último destino de sus muchas existencias, Bauer y Lovisa, cruzarían el Rubicón[43]. Guiados por sus propias potestades, durante un tiempo ya escrito, ambos disfrutarían de sus triunfos.

A los nuevos camaradas algo imperdonable les esperaba.

---

[43] Cruzar el Rubicón es una metáfora que significa dar un paso irrevocable que lo compromete a uno a un curso específico.

Capítulo 45

El Nacimiento De Esa-Ella

La voz, que me ha acompañado durante mi delirante relato, comienza a tener un gran peso y una densidad que me cuesta atravesarla. Es una conciencia y un vigor, el corpóreo y verdadero, se ha levantado, empieza a llevar mis palabras.

Ante ella, ahora, sedo.

Cómo un ímpetu más y entresacada de una de las muchas fuerzas, que rigen la vida, soy fundamenta. Desde origen y más allá, volviendo al principio imperativo y fin, soy el movimiento perenne. Llega a mí la duración de una vida breve, es la mera conciencia de existir.

Unicidad, pensamiento y alma, bajo el sotobosque, ahora dejo de ser imperecedera. Siento, soy real, me espera el devenir.

—*Esa-Ella*, me dijo.

* * * * *

El nacimiento ocurrió en un día común, en uno de los treinta días de septiembre. La mañana, no tenía nada en especial. No era clara y algo fría. En el aire de la bahía, se podía percibir las mismas mezclas, de olores y polución. Entre levadura, combustibles y miseria. Aquel día, no era distinto, a ningún otro día del resto del mundo. En el preciso momento, de la venida al mundo de Kaspar Sabacio.

—En la China, un hombre, impertérrito y temeroso, camina apurado, ha cruzado el puente Zhaozhou. Como lo ha hecho, tantas veces en su vida. Al otro lado, a *Shui Huang* le espera la lanceta de una avispa y la reacción alérgica que ella trae. Él, morirá asfixiado. Ocurrirá, como él, hizo con su hermano.

—En Pesmes, Francia, desde un árbol, cae una *hoja seca*, que desviara el vuelo de una mosca. Haciéndola rozar el oído de un bebé, que es llevado por su madre. Por primera vez, el zumbido de aquel insecto, hará que el niño mire al cielo, con atención, se enamorara del firmamento.

—En una duna cerca del mar, un *perro* callejero, es pateado hasta su aniquilamiento. Su cuerpo descompuesto alimentará las crías de un Tiuque.

—Latitud 74 grados, 7 minutos, 26 segundos, sur, 108 grados, 46 minutos, 5 segundos, oeste. Por el calentamiento de la membrana de este mundo, una *fisura milimétrica*, comienza una fractura en un hielo eterno. Por once segundos y noventa y nueve kilómetros, no se detendrá.

—En Cartagena de Indias, por cuarta vez, como un bien negociable, *Jacinta*, una niña de doce años, a un turista, es vendida por su padre.

—En todo el mundo, consecutivamente, 8.311 *niños* mueren de hambruna.

—*Aníbal*, camina por un aeropuerto, descompuesto por el cansancio, estrella su cabeza en un ventanal. El dolor en su frente le da una idea.

—Australia, cerca de una playa, en Warranbool. *Susana* y *William*, están sentados. Por decimocuarta vez en sus vidas, miran los ballenatos que se preparan para el largo viaje antártico.

—Calle de Napoleón, *Pascal*, un maestro joyero y artífice por excelencia, con sus manos perfectamente artesanales, a un diamante le hace nueve cortes, convirtiendo la joya en un eco de nueve caras, en ellas, él, observa su reflejo. Esas serán sus vidas, algunas de aquellas ya han ocurrido, otras, esperan el momento de nacer, no están completas. Todas tendrán el mismo final, por ahora. Solamente sus sueños le dirán a *Pascal* que el amor de su vida esta frente a él, uno masculino, honesto y puro. En veinticuatro años se volverán a juntar, aquel día, *Pascal* y solo él, podrá rellenar el desenlace faltante para ser feliz en esta y en las otras existencias.

—Una *moneda*, desde un bolsillo cualquiera, cae en forma diagonal, nueve minutos más tarde será recogida por un errante empobrecido. Con esperanza la hará suya, esperando un cambio de suerte, por el resto de su vida la mantendrá junto a él. Sin saberlo, en el siglo siete antes del siglo uno, en ese entonces, aquella aleación del metal pakistaní le había pertenecido a él.

—Avenida de las Tinas, al sur de Victoria, bajo un cielo negro y amenazante, el *señor House*, apoyado en un magnolio gigante, placenteramente, observa como la manada vacuna es arriada por el viento del sur. A dos metros de sus pies, los animales se han detenido. El *señor House,* siente, una corriente eléctrica comienza a erizar los vellos en sus brazos, despertándolo de aquel trance, en aquel segundo, una descarga natural como un racimo desnudo cae. La emisión de luz, le enceguece, al abrir sus ojos observa como dieciocho vacas caen colectivamente, fulminadas por el rayo. La muerte del ganado, salvará la suya, en un tiempo no establecido, él, escribirá una sentencia reveladora.

—República de Angola, entre dos árboles de mopani. Un *elefante* recibe en su cabeza, de lado a lado, un balazo. El marfil que se extraerá de sus colmillos. Será utilizado para la producción de 31 piezas, de decoraciones y tallas artísticas. Las personas, que comprarán aquellos objetos de alguna forma u otra. En el trascurso de sus vidas. Recibirán la retribución por aquella compra inconsciente e indebida. Con el dinero obtenido y por cinco meses, antes de ser muerto, por una bala salida de la nada. El cazador furtivo podrá alimentar a sus hijos.

—En una casa amarilla, a través de una ventana, *Loreto* puede observar el viento, desde una floristería y desparramados por el suelo, la fuerza natural ha levantado los pétalos sueltos. Aquellas 999 corolas de colores, por once segundos y brevemente, en medio del vacío dibujan el rostro de su hijo que aún no es concebido. *Loreto* comprende, un amor único llegará su vida. Ella, nunca más sentirá miedo.

—Lenta, calladamente y contrario a todo lo racional, que ocurría en aquel día. *Animalia,* esparcida en cinco regiones, específicas del mundo y otras elegidas por un derecho ganado. Comenzaban una larga, paulatina e inusual huida. Demoraría la vida completa de ese recién nacido. Nadie, lo notaría hasta muchos años después.

Aquellos eventos que implicaban; a *Shui Huang,* la *hoja seca,* el *perro,* la *fisura milimétrica, Jacinta,* los 8.311 *niños, Aníbal, Susana* y William, *Pascal,* la *moneda,* el *señor House,* el *elefante, Loreto* y *Animalia.* Eran parte de los trillones de sucesos, acciones y proceder que ocurrían al momento, que Kaspar Sabacio, nacía.

Todos ellos, comunes y partes de la realidad.

No eran eventos nuevos, solo historias viejas, que se repetían continuamente. Porque las enseñanzas, se habían perdido en el perpetuo trascurso del tiempo.

Durante la única trayectoria de su vida y más allá de su desvanecimiento, sin interrupciones, continuarían ocurriendo. Con sus antípodas y hebras, todos, absolutamente estaban y continuarían conectados.

En un conjunto perfecto. Formaban el ciclo agridulce de la vida.

Capítulo 46

Kaspar

Agripina, había escuchado como Lovisa, con una voz santurrona, —, le explicaba a Bauer—: La embarazada, parirá en cualquier momento y la venta de los muebles es imprescindible.

—La mama de llaves, no puso más oída. Su preocupación yacía en el recelo de Alondra, al mundo exterior.

«¿Cómo es posible, nueve meses atrás, saliese sola, volver embarazada y ahora, la desconfianza por el mundo, la vuelve a aterrar?» —Agripina reflexionaba.

No podía entenderlo, una vez más Agripina deseaba poder desenterrar sus preciosas gemas, pero su exacto conocimiento la detenía.

Se atrevió a preguntar, una vez, quien había sido el padre de la criatura. La respuesta a una pregunta innecesaria, uniría a ambas mujeres, más de lo que una madre une a su retoño. De la confidencia que dos aliadas se pueden decir.

Más allá, de lo que un destino interminable puede razonar. Parada junto a la ventana, Alondra había respondido.

—¡Un donante, preciado y fecundo, nada más!

Alondra, prefirió callar el secreto de su verdad. Silenció aquel día de su encuentro endogámico. Aquel momento, parada en la arena, entre las rocas y el mar, Alondra se negó a explicar sobre la fusión de sus propias células reproductivas, su única y propia autopolinización.

De alguna manera Agripina siempre supo de aquella verdad.

* * * * *

Con súplicas, Agripina pudo lograr, una matrona, asistiría el día del parto. Otra vez, su mundo, giraba en torno a la futura madre. No importaba, si Lovisa vendía la roca, o su alma misma. Con tal de que le dejase un par de calzones y una enagua, para pasar el resto de su vida.

Agripina Romana no se opuso a la búsqueda de riquezas.

Según la viuda yacían enterradas en la casa. Las leyendas, sobre la pluma del Caladrius, habían llegado a sus oídos.

—¡No importa cuanto demore, encontraré aquella alhaja!

De noche a noche, rastreaba, ignorando cualquier conmiseración por lo que aquella casa, representaba. Agripina le dejó martillar las paredes, olfatear todos los rincones. Palpar las baldosas de las murallas de la cocina, o incluso, cuando con el viejo bastón de Salvador, decidió tantear los tablones del piso.

Lovisa, cada vez que se acercaba al clavero, en el jardín, Agripina, reanudaba una antigua conversación con el aire, recordándole.

—¡Allí, están enterrados los pecados e infecciones de la familia!, —aquella metáfora del feto, deforme y sangriento, hacía que la avaricia de Lovisa, desviara la búsqueda.

* * * * *

Kaspar Sabacio, fue recibido por las manos generosas y latinas de su futura criandera. Al mismo tiempo, afuera de la atalaya. En un rincón, detrás de las gradas, un diminuto viento, jugaba con fragmentos orgánicos. Por once segundos, los hizo rondar en un pequeño torbellino. Polvo, polen y gotas de rocío, en perfecta armonía, giraron. Eran un orden de llaves y cerrojos, de un umbral cósmico.

El bebé nació en silencio y despierto, mirando. Era de piel aceituna, sus ojos negros, se asimilaban a los de Alondra. Antes que la criatura llorase, Agripina pudo observar. De manera muy curiosa, en las manos de aquel niño, había un movimiento circular. Con de sus dedos medios y sus pulgares, como unas pinzas curvas. Las yemas rozaban en el sentido de un reloj y opuestos de izquierda adelante, de atrás a derecha, siempre trayendo una energía hacia delante.

Eran, un meneo de energías. El desplazamiento de sus dátiles, eran sobre aquellos actos y retribuciones. Era un acto definitivo, hasta el final de sus días, ese recién nacido, ataría su ser, con la existencia de *Esa-Ella*.

Antes de emitir su primera lalación, su único gesto, de comunicación con el mundo, sería aquel rozar. Agripina no se sorprendió, sabía, aquel bebé, nacería distinto al resto de la humanidad. Ante aquella peculiaridad, aunque, si sus piedras se lo hubieran dicho, aun así, no necesitaba introducción.

Agripina observó el bebé. Con aquel prodigio en sus manos y con su voz llena de buen augurio. Observándolo, le habló a Alondra.

—Tu hijo, ha comenzado el íngrimo camino de la vida, singular, como todos nosotros.

Le besó la frente. Agripina le arrumó, le dio la bienvenida, sus labios agrietados le dijeron. —Mi inocente qué su vida sea ancha y muy larga, con muchas lunas y soles. Que el invierno, no demore al verano, el cual, estará lleno de sabores. Después de una tristeza, que le sigan infinitas alegrías. Muchas veces el destino doblará tus rodillas, aprenderás a levantarte y continuar.

Acercando el bebé a su mejilla, Agripina Romana, le otorgo su primer consejo.

—Más que nadie, siempre, recuerde que su madre. Le dará abrigo, durante esta existencia de sangre y corteza, el lazo afable, perdurará toda su vida. Disfrute todas las emociones universales, que el vivir trae. En plenitud, sin detenerse, que le sean naturales. Por qué en esta existencia, usted, estará rodeado de lo malo y por, sobre todo, de lo bueno.

»No dudo, se contrapesarán entre ellas, —le besó la frente.

Estirando el ceño, Agripina se detuvo, sus ojos estaban enlazados en un nexo natural, de lección y lucidez.

—Sé que, en su infinita sabiduría, usted, cobijará las historias indulgentes, se equivocará, pero la lección de atenuar los errores, le harán continuar.

Limpió la sangre y secreciones de su cara. Con un manto negro, de lana y seda, arropo al recién nacido, Agripina quiso creer, tal vez su hijo había vuelto. No importaba si no lo era ya le amaba.

Olió la pureza de aquella piel, en ella, no había remordimientos, cadenas o ataduras de otras vidas. Era original, nacida por primera vez, sin el peso de las faltas, o los detenimientos del miedo.

Agripina debía cerciorarse, acercándose hacia la luz, contrapuesta de la ventana. Al ver los óvulos redondos y completos, con una sonrisa desdentada, respiro aliviada.

No había imperfección.

Fue allí, en aquel silencio, que su voz iba ocupando la habitación, Agripina pudo notar. La sangre, comenzaba sustraer la vida de Alondra. Súbitamente, recordó, estaban solas, la ayuda nunca había llegado. El desfallecimiento y el lívido color en el semblante de su niña, le decían, su Alondra se iba, estaba inconsciente.

Agripina dejó el bebé junto a la madre, miró a *Sereno* y con una voz suplicante, dijo temblando.

—¡Cuídalos con tu vida!

Por primera vez, en mucho tiempo, bajo por la escalera sin dificultad. El dolor de las piernas, no importaba. Antes de atravesar galería, en el atrio, comenzó a gritar.

—¡Ayuda!, ¡por favor necesitamos ayuda!, —el pasillo, parecía un túnel interminable.

No se detuvo, ni deseaba golpear en los vidrios de la puerta de Lovisa. El humo del cigarrillo, decía, la mujer estaba allí y no estaba interesada en ser parte de aquel momento. Era mejor así.

Al salir de la casa, le pareció que la acacia, se hacía un lado. Al momento que recorría la rotonda, pensó y sintió a Persival. Agripina, corría como una adolescente en furia, con el dolor y la vejez, de un alma que se iba extinguiendo.

Estaba segura, aquella mañana, ella misma, había abierto todas las rejas de las casas de guarda. Una por una, se fue dando cuenta, lo había imaginado. Con desesperación, busco las llaves que solo ella portaba.

Estaba segura, al otro lado de la última reja de hierro, estaría la partera. Al llegar, junto con la mujer, se sorprendió de ver un médico, Agripina sonrió. Ahora, podía respirar. Por veinte minutos eternos, había evitado romper en un llanto, que no se permitía dejar caer.

De vuelta y antes de entrar en la atalaya, desde las gradas. Los tres, pudieron oír los gritos de desesperación de Alondra. Clamando que, le habían robado a su hija. Al entrar en la habitación, Agripina pudo observar, Alondra estaba completamente desnuda. El niño yacía junto a la teta de la madre. Desde el otro seno de Alondra, un hilo débil de leche, se iba extinguiendo. Retrocediendo, anunciando otra vida. El líquido en la muralla, había dejado plasmado una silueta mojada. Era blanca, como un ave en vuelo.

Una paloma encapsulada para siempre.

Capítulo 47

El Largo Momento
Antes Del Zaguán

Se dice; antes de la muerte, nosotras, las memorias de infancias y de toda la vida, cruzamos las mentes de aquellos que sucumben. Somos, aquellos pasajes del retorno, transitando desde este mundo, al otro. Hasta, que se hayan completado las travesías necesarias, de pagos y retribuciones.

Antes de tocar el último peldaño de la gran escalera, en la mente ponderada de Kaspar Sabacio, él, atravesando sus veintiséis años, se iba aproximando a su memoria más temprana. Comenzaba a tener forma, dolor e intensidad. La ráfaga de viento valedor, que habitaba la casa, cuidándola, le hizo detener. Antes de tocar el suelo del zaguán, se había dejado llevar hacia atrás. A la primera fibra de sus emociones, la más terrible de todas. Despertaba de un inmenso sueño.

* * * * *

Eran los últimos días de la estación, el frío de un invierno que nunca terminaba, se podía sentir en la ciudad. Agripina debía saber, si la contrariedad de Alondra, había cedido. Desde el nacimiento, sus dolores y deformaciones, crecían a cada minuto. Cada mañana despertaba con nuevos huesos deformados. La maza ósea se fracturaba, solamente por el mero hecho de existir.

Su cuerpo, se iba cerrando en nodos, de pesos y muertes. Tenían apariencias y motivos.

La razón de las lágrimas de Alondra Sabacio, no era por el dolor de su materia orgánica, era su desesperación.

—¡Las almas podridas me robaron a mi hija, de mi vida! —Nadie la creyó.

Seis meses antes, cuando la encontraron a punto de desvanecer, a gritos, llorando en la oscuridad de sus ojos. Sumergida en su propia hemorragia. Entre sus muslos y apretando con toda la fuerza, había una placenta y su cordón de vida.

El médico que le examino, tratando que sus ropas no se plasmaran de rojo. Con una voz afeminada y algo estridente, fingió al decir.

—Mi querida dama, solo un bebé ha nacido.

Agripina observaba calladamente.

—Es muy común, que muchas madres, en estado de histeria, se confundan o crean experimentar lapsos prolongados de alumbramientos. —Al decir, escribió en un papel, la fecha y hora del nacimiento del varón. Volvió a mirar a Agripina.

»El bebé ha nacido sano, es lo que importa, —había algo en ese hombre, su voz chillona. Agripina se estremeció, él pretendía algo.

La mama de llaves, entre sus manos, tomó la placenta y bajo al jardín. Debía cavar un foso en la tierra, los gritos de Alondra, podían ser escuchados en la distancia.

—¡El olor a pólvora quemada y el incienso, me han arrebatado a mi hija, de mi seno, de mí ser!, —el lamento parecía un eco, el jardín estaba cubierto de tristeza y miseria.

En la oscuridad en la tierra, Agripina llorando, depositó la sustancia orgánica. Sobre ella, sembró un par de semillas, las cubrió de fertilidad. Allí, crecería un naranjo dulce. Agripina Romana no sabía, al final de los jardines, un pomelo lo haría al mismo tiempo. Aquel árbol, sería la esencia de otro ser permanente.

Capítulo 48

La Sala De Baño

Más allá de su estado y forma, otra fibra comienza a emerger de la retentiva de Kaspar Sabacio. Es un filamento de congojas. Diez meses, después del alumbramiento, Lovisa Estries, se vio sentada en su cuarto de baños. La habitación pulcra, había sido pagada con su ofrenda a un sacrificio ajeno.

La maravilla que rodeaba a Lovisa, era de color verde y blanco. Se sentía menos pobre. Con aquel mundo higiénico, ahora, Lovisa era alguien de respeto y reverencia.

Supo que estaba cerca de su ensueño, el día que obtuvo su reserva. Sin dar explicaciones, clausuro las puertas de la primera habitación que conectaban con el despacho. La transformación del cuarto, comenzó con una muralla de ladrillos quemados y cemento. Semanas de tuberías y martilleo, el fontanero y albañil, apresurados por la presión de aquella mujer, entregaban un cuarto, de suelo a techo, tapizado, con noventa y nueve relucientes baldosas turquesas.

Los cristales del ventanal, habían sido reemplazados, por otros con grabados y figuras ambiguas en copulación. En el medio de este, llamaba la atención un óvalo con un monograma. La pieza traslúcida, resaltaba en sí, por los visillos berilos que lo cubrían. Alargando el espacio aún más, todo, parecía hecho a pulso y detalles.

La habitación pulcra, era dominada por una bañera, desproporcionada y grande. Era de patas de león y bronce, así como el lavabo y bidé. En el medio de la habitación, se encontraba un coqueto, ancho y ovalado, con tres espejos imponentes y biselados. A un lado y sobre el mueble, estaban ordenadamente, los cepillos, frascos de mejunjes y pócimas. Un sinfín de lápices labiales, todos, en un intenso color carmín. Cinco polveras de oro, seis pastilleros de plata. Entre ellos, había un joyero enorme, era de cristal cortado y saturado de fantasías.

Opuestos a estos, había siete botellitas de perfumes. Que, mezcladas, formaban un olor penetrante a gomorresina. Y allí, en medio del mueble vestido de tul rojo, se encontraba el secador de pelos.

* * * * *

En aquella reminiscencia Kaspar Sabacio, se sintió liviano, inocente, lleno de curiosidad, era su más temprana memoria. En ella, él se puede mirar hacia atrás. Es un niño a gatas, en aquel recuerdo, el baño de Lovisa está apegado a ese momento, cuando aun, el miedo no le alcanzaba. Ahora, al pie de las escaleras, Kaspar alzó su rostro hasta alcanzar la bóveda del «*Espinazo-de-luz*» de vidrio, allí, aquel sueño dilatado volvió a él.

Como aquel niño de antaño. Él, esperó a que Agripina se apartara de su vista. Al desaparecer después el atrio, en cueros y por la galería, Kaspar comenzó un trayecto a gatas. En la distancia, se podía percibir un ruido mecánico y seco. Ayudado por la desnudez de sus piernas rollizas y la baba de los primeros dientes. Kaspar iba fregando los tablones. Su pequeño cuello, estaba erguido y su carita, llena de asombro. Frente a él, estaba su primer camino de luz y colores, se detuvo. Sentándose con la espalda erguida. El pequeño, podía escuchar un ruido que se iba acercando hacia él, apresuro más su andar.

La alegría de aquel descubrimiento e inocencia, fue interrumpida. Unos tacones lejanos comenzaban a acercarse. Delante de él y parada, con un vestido de seda lila y flores verdes, estaba Lovisa Estries.

—¡No siento más que repulsión por ti, mocoso repugnante!

Ceñida a ella, estaba la repulsión por aquel niño. Su odio, era alimentado por la memoria y culpabilidad, o tal vez por su intransigencia. En sus manos, caliente por el constante uso de las horas de empleo, Lovisa, sujetaba su secador e instrumento de devoción.

Lovisa Estries, levantando un pie y con la punta de su zapato de hebilla, contra aquella minúscula mano, comenzó a presionar toda su aversión.

Era un acto natural, de placer y enfermizo. No se detuvo allí, contra una de las piernas de Kaspar, Lovisa, acercó el abrazador tubo metálico.

—¡Aquí, no eres deseado!, —presionando, haciéndole saber su lugar.

Continúo, hasta que aquella piel aceituna, se fue transformando en una carne viva. Él, no debía alcanzar el margen de su dichosa sala de baño. Lovisa, deseaba hacerlo retroceder, porque sus límites se detenían allí.

Frente a tal acto de horror, aprisionando contra el panel de madera. El niño abrió su boca, el llanto, transformaba su carita. El sonido del sollozo, era imperceptible.

Con aquellos brazos arqueados y sus manos remilgadas. Aquel mugriento, le parecía afeminado. Para ella, Kaspar era un pequeño mariconcito. Lovisa no negaba aquella desviación del niño, ella le sentía intrínsecamente desordenado, repudiable, por ende, su rabia iba más allá de toda comprensión.

—¡Llora todo lo que quieras, nadie va a venir, infeliz!

Lovisa se protegía con su tremendo odio por aquel despreciable ser humano, Lovisa debía mantener aquella dicotomía de género, la de ella y la de todos.

Según pensaba ella, al nacer, aquel niño había violado su código, su comportamiento y por lo tal, Kaspar merecía ser castigado y abominado. Allí en el pasillo, Lovisa solo podía exhibir una conciencia superficial, con nulidad y sin remordimientos, a ella poco o nada le interesaba aquella vida, extirparla y expulsarla.

Sin inconvenientes, ella deseaba hacerlo.

Lovisa acercándose más, en alto y con el reverso de su mano y tres anillos con puntas. En una bofetada, Lovisa, dejó caer su repudio. Lanzando al niño por el aire. Estrellándolo en medio de la galería, hasta alcanzar la última mesa de medialuna.

El impacto, había hecho que el mueble, se desplomara. El silencio que reinaba, fue el único testigo de aquel despotismo. Aquel rostro moreno, desagradable, le insultaba. Sus cabellos lisos hacían que su encarnación envarada, aumentara. La superioridad de Lovisa, no hacía distinción alguna.

Lovisa deseaba ser hostil. En su distorsión, no podía percibir la presencia de un ser indefenso. Si no que, alguien bajo e inmundo.

Contra su piel blanca, él, era repudiable y ofensivo. Si ella hubiese podido, habría tomado al mocoso de un tobillo, arrastrándolo hasta el balcón de los jardines y lanzarlo en sacrificio.

Para ella, aquella cara infantil, no reflejaba nada más que un retraso mental, desprovisto de un razonamiento abstracto. No deseaba un idiota en su misma casa. Aquel ser desagradable, no era más que una inoportunidad en su existencia. Era una palabra maldita en su léxico. Una verruga que le recordaba su propia imperfección.

—¡Mal parido! —Lovisa se negaba a mirarle a los ojos.

Antes de desaparecer en su mundo verduzco, sintió la tristeza del niño y sonrió.

—¡Tú y las otras dos perras que se pudran!, ¡ustedes me importan un coño!

El pequeño cuerpo, al sucumbir ante aquella fuerza de aversión. Se estrelló contra las manillas punteadas de una puerta. A tal suceso, un sonido de pavor por fin pudo escapar.

Agripina Romana lo encontró meado, llorando. Mojado en un sudor de pánico. El cuerpo de Kaspar, se estremecía de espanto. El primer temor injustificado, se había instalado en él. Dejándole en el cráneo, una cicatriz de vileza y mórbida, la misma que Salvador había recibido al momento que nació.

En el pasillo, solo se encontraban ellos. A través de las puertas del baño, al otro lado, un eco, había invadido la gran bóveda.

Capítulo 49

La Fecha

Las revocaciones de Kaspar Sabacio, lentamente comienzan a desenredar un filamento de suavidad. En él, van sujetos los días de mercado que habían cesado en la vida de Agripina. Así como, sus asuntos triviales y mundanos. Su pasar, desde hacía un largo tiempo. Se limitaban entre los olores de la cocina, la atalaya y la vida sustentable de los jardines.

Agripina Romana pensó, tal vez el miedo incontrolable que flagelaba a Alondra, finalmente, le había alcanzado. No podía derrochar, aquel tiempo que le habían dado. Los minutos, eran un lujo que solo los jóvenes podían ignorar. Para ella, las horas eran el conocimiento de que un final, tarde o temprano ocurriría. La mama de llaves, tenía apuro en criar a su *Reditus*.

Bajo las primeras luces del alba de aquel día especial, Agripina examinó el rosado de sus uñas, eran planas y anchas. Contrarias a las de Lovisa. Tintadas de un rojo incitador y en puntas, como garras mortales. Las suyas, eternamente crecían bajo el agua. Cuidándolas, como si la música fuera parte de su vida. Cada día, en un ritual apremiante, retiraba de ellas, la maza incrustada, el barro y la mugre, para Agripina, debían lucir sanas, siempre. Agripina necesitaba ver el rosáceo, la perfección de sus lúnulas y sus curvaturas. Observándose en el espejo, no pudo evitar, un anuncio de hace muchos años se acercaba a ella.

* * * * *

Meses antes del retorno de Persival. Agripina, su tiempo libre lo dividía entre los libros de Salvador y los jardines. Aquella mañana, ambas amigas, sentadas junto a la ruda, sabían que no estaban solas, se sentían rodeadas de magia, no era ni blanca o negra, eran todos los colores y aromas, todas ellas en sus formas peculiares y únicas. Agripina desde hace mucho era parte de aquella armonía. Melba, muy distintamente, cada semana, contaba los días que le tomarían para entrar en HADO 1 nuevamente.

La sibila criolla, sabía cada vez que pisaba el primer adoquín, su bienestar emocional ascendía a una grada más allá de lo real. Percibía como su aura extendía y absorbía toda la gama espectral, se sentía sana, llena de bienestar, perfecta. Melba estaba convencida, la muerte, su muerte, al otro lado de las rejas de la primera casa de guarda, era allí, donde se detenía, no se atrevía a seguirla, creía que, al pasar por el umbral, ella desechaba 50 años de su vida y era joven nuevamente.

Pero ese día, la seña de la muerte, se había colado calladamente y estaba sentada entre ambas. *La-cuasisoprano*, mirando las manos de Agripina y con los ojos inundados de asombro. Exclamo:

—¡Extraordinario!

—¿A qué se refiere? —preguntó Agripina.

—La fecha de su muerte. —Delicadamente volvió a inquirir Melba, —¿desea saberla?

Agripina no dijo nada. Aquel enunciado indujo a Melba a levantarse y diciendo.

—Necesitaré un par de cosas, —dejó Agripina sentada bajo el sol de mediodía. Al volver de la casa, traía consigo, un poco de hollín de la chimenea y una jarrita con cera derretida.

Melba, se sentó junto a ella, miró los ojos incrédulos a su amiga. Podía percibir la angustia, acercando los hombros de ambas, dijo.

—Es un aviso, que solo usted sabrá, pesa mucho, porque yo lo sé.

Melba bajó su voz, —se aprende a vivir con él, pero si ve el lado provechoso. Le ayudará a dejar sus asuntos en regla y partir en quietud.

—¿De qué me serviría? —Agripina cruzó sus brazos.

—Yo ya me compré la mortaja hace veintitrés años, —su amiga le contestó.

—Mi consejo para usted, es, sea muy sabia con el tiempo que se le ha dado, utilícelo. Aprovéchelo, lo que más pueda, porque a pesar de ser la única circunstancia, que nos alcanza a todos en la vida. Usted, tendrá diez pasos delante de la sepultura.

Melba suspirando, preguntó dos veces, —¿está segura?, ¿cree usted que se va a arrepentir más tarde?

Agripina calladamente, dejó que su vista se perdiera en horizonte. Más allá del océano, como dando la vuelta al mundo, tres veces. Pensó, hasta volver en sí.

—¡Qué vida la mía!, no deja de sorprenderme, ¿sabe usted Melba? Siempre se me han dado alternativas, las que podría haber negado o ignorado, pero por una razón clara siempre he elegido las que estaban escritas en mi destino y no me he equivocado.

»Ahora que se me otorga una que no esperaba, aun así, sé cuál camino debo tomar.

Agripina miró a su amiga, le tomó de la mano, suspiro una vez más.

—Si no me queda otra, echémosle pa delante no más.

Con el aceite, Melba, delicadamente, lavó los dedos de Agripina. Cantando un tango añejo. Para luego frotar el hollín, lo hizo alrededor de las cutículas y por todas las superficies de las uñas. Melba continuaba mirando, metódicamente, analizando los contornos. Después de presentar al sol, las manos de Agripina. Se detuvo diciendo.

—¡Mujer!, qué morirás trece años antes que yo, el catorce de febrero de mil…

*****

—¡Suficiente de pensar en aquello Agripina!, —se dijo, así misma.

Antes de empezar el día, al abrir sus ojos aquella mañana, su olfato, se había anegado de un olor penetrante a perejil y apio fresco. Su boca extrañamente necesitaba el sabor de una papaya jugosa. Agripina levantó su pollera. La franela era menos pesada que su temprana senectud.

Con dificultad, doblo su espalda arqueada. Deseaba alcanzar las calzas gruesas, estaban plegadas sobre sus tobillos venosos, blancos y robustos. Por sobre las rodillas, cada una, las fue anudando en unos torniquetes. Estrangulando la piel hasta dejarla cárdeno, pensó.

«¡Lo que me faltaba, a esta edad y diabética!» —No podía apartar la memoria del néctar de la fruta.

Su paladar, era como un llamado, no comía mucho, al contrario. Evitaba todo aquello que la pudiese mandar en aquellas deposiciones colosales. Que la dejaban desvanecida. No se lo permitía, no porque su salud fuese primordial. Sus continuos recordatorios residían en las alturas de la atalaya. Sabía que, si ella muriese, ambos, madre e hijo, estarían solos. Se mordía los labios tratando de detener sus impulsos. No podía excavar las gemas, sacarlas para un uso más. Deseaba saber y entender el final de aquellos dos seres. Sus amados, su familia.

Se volvió a mirar en el espejo, no le pareció ver el reflejo de una muerta. Aunque sí, se sorprendió al observar sus ojos. Sus párpados parecían tres capas de esperma derretidas, se veían alargados.

Pensó, le gustaría volver a nacer en un cuerpo oriental, la raza, no importaba, africana o lo que fuese. *«En realidad me gustaría ser china.»*

Al final de su vida, la vejez, había sido cándida con ella y algo bruta. Agripina, nunca se lamentó de llegar a esa edad, nunca tuvo tiempo de hacerlo.

Decidió escuchar a su deseo apremiante, bajaría al mercado aquella mañana. Después de llamar un coche, se dirigió a la habitación de Alondra. El niño, jugaba solo, como siempre lo hizo y lo haría. Estaba sumido, maravillado, observando una hilera de hormigas, que marchaban junto a la muralla, con su venir y traer.

Agripina no quiso despertarla. Cambio las ropas del niño, en el mercado, compraría algo de comer, para que ambos desayunasen. Y así, se lo llevó, camino a una a nueva aventura de descubrimientos y olores.

Capítulo 50

El Lazo De Esta Historia

¿Cuánto toma un descuido? ¿Qué tan ferozmente breve, puede ser una fracción de tiempo, para que todo cambie y se nos venga la desgracia encima? La ventura para muchos, para el resto, únicamente un revolotear de alas. Una partícula de polvo levantada por la brisa de mar, o el grito de un feriante ofreciendo sus productos. Eso fue lo que le tomó Agripina, para que aquella pequeña mano, se apartase de ella.

Sumida en la transacción de un producto y la verificación de su frescura. No dio cuenta, como Kaspar embelesado, por el zumbido de una efímera. Lo hacía levantar la vista, tratando de cautivar ese instante. Ese insecto con su cuerpo perfilado, opalescente, como una línea trazada sin alas, en un zumbido suave y en un lenguaje desconocido, le hablaba, desde el medio del aire, le invitaba a seguirla. Ese misterioso ser lo había estado esperando desde hace mucho tiempo.

Después aquel breve vuelo. Ante él, se encontraba toda una maravilla. Toldos listados y colores vivos. Desde su poca estatura y visto por sus ojos negros, aquello, semejaba una invitación a continuar más allá. Para Kaspar Sabacio, aquel sin fin de sonidos y tonalidades, se encontraba un entremés. Nuevo, le invitaba y lo atraía.

Aquella, era la primera vez que el niño escuchaba los gritos de ofrecimientos y posposiciones, las vociferaciones bajo los tenderetes de lonas. Llamando para las compras de huevos, acelgas se perdían entre las ventajas de la mantequilla. Los fruteros y sus voces se enredaban con las palabras de llamado hechas por los pescaderos.

Iban y venían. Los chillidos de los carniceros, sobrevolaban como una alfombra mágica, arrastrando los gritos

—¡Caserita elija no más sus alcachofas!

—¡Fresquitos los pomelos!

—¡Ciruelas pa la reina de la casa!, ¡sandias más ricas que un suspiro de amor! —Todos los ofrecimientos eran un enredo orgánico y vegetal, que el niño observaba como el estreno de una obra pintoresca y única.

Aquella comunicación desbandada, en donde las voces, estaban enrolladas en aromas y texturas, que formaba la feria del mercado. Eran algo único y maravilloso. Pero para *Esa-Ella*. Aquella energía que vivía en el interior del niño. Nunca lo había sido.

Esa-Ella había visto, rodeado, alcanzado, recogido sus cometidos. Entre millones de ferias y sus gentes, desde que el tiempo, había comenzado a ser tiempo. Ferias de mercancías y trueques, ferias de esclavos y de esencias lastimosas. Ferias nómadas, espontáneas y las que desaparecieron con el tiempo, entre tantas. Eternamente antes, durante y después. *Esa-Ella*, siempre había estado allí y aquí.

Para la esencia humana, él aquel siempre, no era más que una realidad inalcanzable. Pero para *Esa-Ella*, era su continuidad y aquella precisa mañana. Todo, era diferente, esta vez, era táctil y se olía, innegablemente se podía saborear.

Kaspar, recogió un trocito de sandía del suelo. Tenía hambre, el dulce sabor de la fruta, lo maravillo aún más. Esquivando la basura tirada por doquier. Entre bolsos y canastos llenos de verduras, gente empujándose, camino solo. Nadie parecía notar, aquel niño con cara de fascinación, se iba perdiendo entre la multitud. Porque, al final, era esperado por una mula.

Agripina gritó y continuó gritando. Sentía que el universo, le estaba tragando, el niño no estaba. Preguntó desesperada. Aquellos pensamientos de un robo infantil, continuaban asechando. Sin descanso, no le dejaban respirar. Por tres horas, recorrió el ir y venir de la bahía. Ningún alma, había visto a su niño, desesperadamente lo buscó.

—¡Kaspar, Kaspar! Pequeño, ¿dónde estás?

—¿Ha perdido a alguien? —La gente que la rodeaba, asfixiándola.

—¿Cómo pude ser tan descuidada? Mi Alondra morirá.

—Disculpe señora, ¿puedo ayudarle? —Un policía le tomó el brazo.

Había una mezcla de mocos y lágrimas, Agripina siguió gritando. —Estaba aquí, junto a mí, ¿quién se ha llevado a mi *Reditus*? —De pronto, Agripina se dio cuenta, no tenía ninguna fotografía del niño. No había ni siquiera una imagen de Alondra y su hijo para mostrar.

—¡No estoy loca, por favor, créanme!, ¡mi niño pequeño con pelo negro y con sus ojos de tristeza estaba allí, a mi lado!

»Viste unos pantaloncitos con costuras, con finas líneas color calabaza, creo. ¡Si, si, eso! ¡Y lleva un corbatín con lunares!

Ningún alma había visto a su pequeño Kaspar.

Pensó en la bondad de algún extraño, el niño encontrado y llevado de vuelta a casa.

«*Pero, ¿cómo podía ser?, ¿quién?*» —Angustiada, volvió a caer en miente.

Agripina pensó, nadie más que ella y su protegida, Carmencita del Carmen, sabían el semblante moreno de su *Reditus*. Tomó un coche, se dirigió a HADO 1. Colina arriba, pensó en su familia muerta y su maestra. Pensó en el sacrificio de Florianna. Se atormentó pensando, las gemas estaban equivocadas.

Sus ojos no pudieron contener las lágrimas.

—¿Cómo le diré a mi Alondra que esta vez el mal le ha arrebatado a su hijo?, ¡extirpado de su existencia maternal! —Al llegar a la casa, Agripina pudo observar. Bajo la acacia, estaba Alondra Sabacio, sentada en cuclillas, lloraba.

Aquel día, sería la segunda y última vez en su vida, que el ser de Alondra, cruzaría la última casa de guarda. Esta vez, su pánico no importaba, o su desamor y el odio por el mundo. Su hijo, le había hecho vestirse de una beligerancia sin tregua.

Por cinco horas, tres policías y un cuerpo de bomberos, buscaron, rastrearon y barrieron todos los rincones y piedras de Aviva. A las seis menos un cuarto. Antes que el sol cayera por completo. Una mujer informó que un niño, había sido visto entre los dos primeros cerros. En una quebrada desnuda, donde nadie entraba.

Al salir de la verbena extraordinaria. El pequeño, cruzo una avenida atestada de tranvías, coches y gentío. Rodeó una plaza y atravesó otra, se detuvo a observar, una volatería bulliciosa, que cruzaba por sobre su cabeza. Entre sus paletas blancas, encía y la baba, que continuaba cayendo, sonrió. En su mano, llevaba un trozo de un panecillo duro a medio comer, que había recogido del suelo.

Contrario a su madre, él, no sentía temor.

Al llegar al primer tercio de su camino, después de cruzar un cause de unas aguas, se detuvo. Frente a él, había una manada prodigiosa de perros callejeros. Estos lo miraron con incredulidad. Solo una, la hembra más grande y robusta, se acercó.

Con su herramienta trascendental, olisqueo su piel atezada. El animal, por unos segundos, dejó de respirar. Necesitaba concentrar su olfato. Los poros de aquella piel, eran distintos. Lentamente, recorrió aquella mejilla tranquila, al alcanzar la curvatura del ojo, se detuvo. Kaspar, podía sentir la tibia humedad en su cara. La trufa privilegiada del animal, comprendió, había encontrado una inmensidad.

Lo que emanaba de aquel niño, era un olor viejo y vasto. En un acto sumiso, sus orejas largas y puntiagudas, retrocedieron. Era la entidad pura de *Esa-Ella*. En una actitud sumisa, con delicadeza, sobre aquel rostro moreno, la perra, dio dos lengüetadas. De su mano, como si fuese una celebración, de manera muy furtiva, le quitó el pan, intuitivamente, ella fue seguida por los otros perros mestizos y sus colas felices.

Con la partida perruna, se levantaba un telón más. Pero no el definitivo, delante de él, junto a una carreta destartalada, esperaba una mula atada. Ambas, salidas del ocaso, de la imaginación y del aire. Estaban allí, para que el niño emprendiese el camino opuesto.

Kaspar acercándose junto a la carreta, con la sonrisa más fuerte, que sus facciones podían dibujar. Con un lenguaje aún desconocido, se presentó. Él, era esperado por tres cajones de madera muy viejos. Estos formaban unos peldaños. La tenacidad de su curiosidad y el hambre, alentaban el trepar. Al tiempo que subía, junto a sus manos en gestos, iba balbuciendo su larga travesía. Le escuchaban. Era una continua charla de sílabas mojadas y repetidas. Entre cuatro jaulas de aves de corral vacías, se sentó. Junto a él, había dos ánforas, un ataúd en desuso, cueros y cañas. En su rostro, el deleite se podía percibir.

Un chifle encantado, salido del viento, dio un puje inicial a la mula. Para que cruzara él cause de agua, las dos plazas, el gentío y sobrepasando a un tranvía detenido, que, junto a las voces de amparo de la multitud, al otro lado, retenían los gritos de auxilios de Agripina.

El animal, continúo hasta llagar al final de la gran vía. Lentamente, serpenteando árboles y los macizos de la quebrada. Comenzó el camino cuesta arriba. La mula, era guiada por las ansias del niño, a encontrar una leche madura. En una casita de madera, salida de la nada y llena de vida. En la cima, un néctar lactífero, le esperaba.

Fue allí, casi al anochecer, su madre y Agripina, lo encontraron. Chupando de la única teta que aquella mujer tenía. En el otro brazo, Amelia Grover, esperaba su turno. Su hermana de leche.

* * * * *

En aquel segundo especifico, así, con precisión, comenzaba mi lazo con esta historia.

Capítulo 51

El Primer Triunfo Deficiente

Kaspar, aún sentado en el zaguán. Ahora, alrededor de una sólida retentiva de creación. Los filamentos de su memoria, han comenzado a torcerse. Formando la hebra de su inteligencia, la cual comenzaba de esta forma.

Érase una vez, en el mundo real, un lugar perfecto que ya no existe. En aquel entonces la Madre de la creación, podía ver el amor en cada rostro humano. Esa maravilla ya no existe; en el hoy, aquello es un recuerdo lejano; en su ausencia, solo hay desesperación.
»En aquel ayer, ella no tenía nombre, pero estaba viva. Hoy respira entre nosotros. Lo sé, su sustancia es palpable; está aquí y cerca de ti, de mí y de todos…

* * * * *

—¡Qué mierda es esto, coño!, —dijo Lovisa Estries después de leer la primera línea de un párrafo, escrito en una hoja de papel.

Cinco minutos antes, de aquello, orgulloso, Kaspar Sabacio, había atravesado el atrio de la casa. Debía compartir su logro.

Veinte minutos antes, al abrir el primer par de rejas. Había vuelto a acomodar su pelo fijo, en la parte frontal de su cabeza y atrás en su cráneo. Aquellos dos flecos obstinados eran un constante remolino, como sus dedos. Giraban en el sentido de las agujas de un reloj enloquecido. 45 minutos antes, en su aula de colegio. Había recibido un tercer premio. En la temprana jornada de aquella mañana, decidido y guiado por una intuición natural en él. Comenzó a escribir una breve historia de tres cuartos de una página.

La composición literaria, que aquella competencia requería, era; La fábula y la imaginación narrativa. Las juezas del concurso, su maestra y la directora de la escuela, sin saberlo, en aquellas palabras, habían leído la verdad sobre la naturaleza misma. Vivía en un cuerpo humano, en Aviva y su nombre era Alondra.

Las mujeres pensaron, demasiada imaginación y muy poco realismo. A Kaspar Sabacio no le importo, aquel juzgamiento. Sin saberlo, ellas, le habían otorgado el premio mayor, su imperfección humana.

Ahora, parado frente a Lovisa, sus diez años de vida y aquel premio, le hacían sentir real. Kaspar Sabacio, era un realizador con deficiencia y humano. Aquel tercer lugar, lo completaba. Nada existía, nada más allá del género de vida. Fallas, era lo que más deseaba. Pero aquel sentimiento de maravilla, había sido descuajado de un golpe de su alma.

Lovisa Estries, antes de lanzar su gran hazaña en el fuego de la chimenea, dijo.

—Solo los ganadores cuentan y tu inmundo, no eres uno de nosotros, ¡córrete inútil!

Mientras ella se alejaba riendo, con los ojos llorosos, Kaspar observó las cenizas, levantándose, desintegrándose, pensó en su muerte.

Capítulo 52

Bajo El Velo Negro

Seis horas después de aquella infame quema literaria. Agripina encontró a Lovisa Estries desnuda en la bañera. Al entrar en el aquel cuarto pulcro, la criandera, por un momento se sintió intrusa. Parte del cuerpo de Lovisa, como una cortina de teatro, despaciosamente, emergía del agua. Pero no era por una cuestión de vida. Al contrario, la falta de un alma, hacía que aquel cuerpo perfecto se alzara hasta dejar aquel perfil delicioso en un descanso final.

La luz rojiza del crepúsculo, que entraba por el vitral, hacía que el agua turbia, dejase ver sus pezones erectos y rosáceos. Expuestos por su perfección cadavérica. Ni siquiera el más santurrón, hubiese podido desviar la vista.

Agripina, con inocencia, con aquel espectáculo, se sintió embelesada.

Los brazos de Lovisa, ahora, colgaban detenidos, casi dibujados. Su faz limpia de maquillaje y la peinada estupenda, como buscando absolución, estaban reclinados. Delicadamente, eran traslúcidos por un velo de luto que pesaba, el material y sus pliegues finos de viuda, estaban largados como un riachuelo en penumbras que se dejaba arrastrar por el suelo. El mismo tipo de material, deteniendo la expiración de la viuda. Cubría todos los espejos del baño. La escena era tan melodramática, como el realismo encantado del cual estaba hecho.

Junto a la bañera, en un cenicero de pie y aun humeando. Un cigarrillo, se iba extinguiendo de impaciencia. El olor a tabaco, se mezclaba, con una extraña mezcolanza de fetidez a pólvora quemada, e incienso. Escrito en el aire, como una cuesta arriba, la película fina y gris, se alargaba hacia el techo, dejándose caer como un telón final. Agripina parada allí, parecía disfrutar con aquella escena. Sin apuro, como la única espectadora, de aquel espectáculo, atravesó la larga cortina de humo.

Agripina Romana al acercarse, iba murmurando algo, sus tres místicas *Enes*. Tal vez eran unas palabras de conformidad, tal vez una condolencia, o tal vez, era un encantamiento de libertad. —¿Para quién? ¡No lo sé! —O simplemente era un agradecimiento a la casa, aquella energía que habitaba por sobre la roca, por liberarlos del único oxígeno dañino, que no se disipaba nunca de la gran galería, incluso, según decía Agripina, aquella corrupción, tenía un sabor ácido, casi cítrico y denso.

Aquel conjunto perfecto, parecía un cuadro revelador. Por un momento, Agripina la contempló, aquella estampa detenida de Lovisa, le pareció más bella y majestuosa que nunca. Casi encantadora y adorable. Agripina pensó, tal vez, la hubiese querido si ella, hubiese sido contraria al alma desmesurada y cruel que irradiaba.

Lástima, era lo único que Agripina, podía sentir por Lovisa.

En su memoria, no era necesario, retener aquel momento. Antes de retirarse del cuarto, sin enojo y con una calma metódica, Agripina, quitó la tela negra del semblante de Lovisa.

Al igual que aquellas, que cubrían los espejos. Exponiéndolos a las verdades de la viuda. Atestiguando, Agripina dijo.

—¡Ahí tienes, para que la huesuda, te encuentre y sepa quién fuiste en tu puta y miserable vida de usurera!

Hasta ese momento en su vida, Agripina nunca había pensado en aquel amor fugaz de un junio lejano, cuando ella era una adolescente, cuando aquel amor, brevemente, le dio un hijo. Tras ella, al cerrar la puerta esmeralda, al mirar la luz ambarina que penetraba por los cristales de la galería, Agripina pensó en voz alta, —¡ya no te juzgó!

Un mes después del sepelio, solo un eco sobrecogido, revoloteaba en el baño vacío de Lovisa. Por un peso que Agripina se negaba a sobrellevar, decidió sepultar a la hija junto a aquel padre amado, se negaba a separar amores, aunque estos estuviesen hechos de sentimientos que ella no podía comprender. Porque aquello que constituía la muerte estaba hecho de lo mismo que rebosaba en la vida, amor.

El amor de Agripina por su hijo y por aquellos ajenos, pero tan merecidos, valían tanto o más como el amor que Lovisa había sentido por su progenitor. Fuese donde fuese, en la oscuridad de la muerte, al otro lado de la vertiente mágica, allá en los jardines, o en aquella fosa en el cementerio. De esta forma y en paz, había decidido, así, Agripina se quitaba el lastre quejumbroso de la mujer de los ojos marinos.

* * * * *

Los vínculos de la vida de Lovisa Estries, habían sido formados en la carencia de sus éticas. Llevados por la sed de su propia prioridad. —Nunca lo supo. —Estaba escrito, e hilvanado. Ella había sido llevada a esa casa con un propósito espeluznante. La iniciación de la furia de Alondra y sus energías cruciales.

267

Capítulo 53

Una Maceta

No era el día de los muertos, ni de los vivos o su cumpleaños, Agripina empeñadamente, había decidido levantarse antes del alba. El día anterior, sobre su mesita de noche, había notado, al fondo de su prodigioso vaso de agua, este, contenía una burbuja, una sola, solitaria, el resto del líquido, se notaba sano, cristalino. La pompa, no tenía trasparencia, en ella, se podía distinguir un color cerúleo y turbio. Era la huella de los muertos, carentes de brillo. Vino a ella el rostro perfecto de Lovisa, cubierto por aquel velo de la muerte.

Agripina, al igual que el resto de su familia en aquella roca, les era imposible, o no se permitían sentir odio, excepto por Alondra, pero aquel sentimiento en la ciega, tenía otra razón de ser, tenía justificación.

Agripina, había sido la única persona en HADO 1, que no había respirado la indiferencia, o sonreído la complacencia sobre la muerte de la segunda viuda Sabacio. Era una verdad sincera. El vacío que había provocado la muerte de Lovisa, rápidamente fue llenado con el olvido. Aquello, se lo había hecho notar *Sereno*. El único ente de la casa, al cual, le estaba permitido ser sobrenatural.

Los seres humanos clasifican lo desconocido en muchas categorías. Agripina conocía todas sus etiquetas. Solo quería acercarse a la magia, por una vez, para tocarla. *Sereno* se la mostró.

Agripina lo había visto entrar en el cuarto de baño turquesa, sin disimulo, el perro se había dejado ser observado por Agripina, no importaba. La criandera, estaba hecha de la misma relevancia de aquella historia, o como el sigilo de aquellos personajes, no había secretos.

Por los visillos blancos y aguzando la vista, a través de sus bordados negros, Agripina pudo advertir como *Sereno*, lentamente se detuvo, estaba parado frente al coqueto de tul rojo. Su vista estaba concentrada en algo sobre el mueble, la dirección de aquella mirada, perpendicularmente, dejaba ver el rastro y su objetivo. Era el susodicho secador de pelos.

Sin acercarse, en la distancia, el perro liberó tres exhalaciones largas, pausadas, como las crestas de unas olas purificadoras. Cubrieron el objeto de metal en su totalidad, abrazándolo. Agripina, incluso, creyó oler aquellas bocanadas. Parecía que, desde el cuarto esmeralda, un olor a golosina, saneaba aquel espacio, de aquella energía dañina y malévola. Por veintitrés segundos, Agripina dejó de respirar y sin pestañear, observó como el secador de pelo se disolvía en la nada, dejando que aquel recuerdo dejase de ser retenido en la memoria de HADO 1, especialmente en las memorias de la madre y su hijo.

Aquel acto mágico hizo que los ojos paralizados de Agripina, finalmente, liberasen lágrimas de asombro y de agradecimiento, por haber sido la única testigo, de esa grandiosidad secreta. Después de aquel acto, como quien se lleva un desenlace, *Sereno* caminó pasando junto a la mama de llaves, era un acto final. Las uñas de sus patas, en la distancia del pasillo, hacían saber, ellos no estaban solos. Él, *Sereno*, como un *Betto*, unido a un *Espinoza*[44], sin dualismo, existía en aquella casa. Sin juzgar, su presencia alentaba aquellas cosas favorables y detenía aquellas que podían detener la razón de ser de aquella familia. Él era aquella superstición, la propensión.

El trance final de Agripina, fue quebrado por el único vestigio del secador, la clavija sin añadidura, cayó en las baldosas, liberando un voltaje de realismo.

---

[44] Betto Espinoza fue un filósofo judío holandés, uno de los principales exponentes del racionalismo del siglo XVII y una de las primeras y principales figuras de la Ilustración.

* * * * *

Aquella noche, la de la burbuja turbia, Agripina, subió hacia la atalaya, entrando en el cuarto, le dio las instrucciones a Kaspar, para que él y su madre, desayunasen.

—En el mesón de la cocina, dejaré huevos y tomates para usted, hágaselos revueltos, ¿sabe cómo? —Preguntó Agripina.

—Si mama, —respondió Kaspar sin levantar su rostro embutido en uno de los globos celestiales de Salvador, traídos por él al cuarto de su madre.

—¡Ya sabe! Si desea le agrega un poquito de orégano fresco y un poquito de perejil, solo unas hojitas bastan, dejaré un pocillo con avena y leche de almendras para su madre, los podrá encontrar en la nevera.

—Antes de salir mañana, le dejaré pancito amasado, calentito, dentro de la panera.

—Gracias mama.

Antes que Agripina saliese del cuarto, desde la poltrona, Alondra sin voltear su rostro, le hablo a su criandera.

—Junto a la puerta de su cuarto, le he dejado una tregua, entréguesela aquella burbuja turbia, —dijo alondra, con la voz seca como una lija de vidrio.

—Mi alma, en esta vida, nunca dejará de ser beligerante.

»Descanse usted mama.

Al bajar los escalones y observando al pórtico de su cuarto, Agripina pudo notar, solo había la nada. No quiso contrariar a su Alondra con preguntas.

* * * * *

Aún faltaban un par de horas para que la luz del alba, comenzase a inundar la casa, una vez hecho el pan amasado y luego de escudriñar y limpiar sus uñas como reliquias, Agripina decidió partir temprano hacia el cementerio. Recogería su monedero y gafas.

Antes de entrar en su cuarto, los ojos de Agripina se fueron llenando de asombro al observar como una maceta, que no había estado allí la noche anterior, le esperaba junto al marco de la puerta. Al alzarla, la maravilla de Agripina se dejó derramar, al ver como dos jacintos, uno blanco y uno azul, crecían paralelos, sin tocarse. Eran proporcionados y completos, no más grandes que sus antebrazos. Al liberar el aroma embriagador en la cara de la mama de llaves, el acto maravilloso, terminó.

Agripina al bajar por la colina, se arropó la cabeza con la toca de lana, el viento del norte comenzaba arremeter de cara y con fuerza. En aquel momento protector, Agripina pensó para sí. «*Alondra puede odiar, a ella misma, incluso a su hijo y a todo aquello que habita en este mundo, pero el contrapeso de su sentimiento infecto, en ella, se balanceaba con el amor por la vida*».

Sin impedimentos morales, ni menos sentimentales, un mes después, Agripina vendió todo aquello que ataba a HADO 1, con la segunda viuda Sabacio.

Capítulo 54

Consuelo Para Tiempos No Ocurridos

Por cerca de cuatro horas, Kaspar Sabacio, recorrió la casa entera, desde los hombros hasta la cocina, Agripina notó que su niño, con angustia buscaba algo. Antes de verlo desaparecer en las habitaciones, Agripina preguntó.

—¿Qué busca?

—No lo sé, no he perdido nada, ¡pero sé, algo me falta!

—No se preocupe mama, no sé lo que busco, cuándo lo sepa, se lo haré saber. —Agregó Kaspar.

—«Bueno, cuando haya encontrado la susodicha interrogante, vengase pa la cocina, aquí le tendré, una sopita de osobuco, mire que hace frío y no quiero que se me enferme, aunque usted nunca se enferma, ¡venga igual!»

—No le diga su a mamá, lo de la sopita. ¡Ya! —imploró amablemente Agripina, antes de perderse en el alfabeto de aromas que salía de su mundo.

Kaspar, registró el despacho de su bisabuelo, removió y recorrió cuantas páginas fueron necesarias, los almanaques, no le indicaban que era aquello extraviado, aun así, no sabía lo que buscaba y aquello le afligía más.

«*¿Cómo saber lo que se busca, sin saber, lo que se ha perdido?*», —pensó para sí. Abrió gavetas, removió cuanto figurín y cosas se encontraban en aquel mundo de conocimiento.

Un sentimiento desconocido se presentó, comenzó a inundar su pecho. Era miedo. Él, había nacido con un propósito, buscar las cosas perdidas en el tiempo. No era temor por fallar a su justificación de existir. Aquello era imposible.

El desaliento provenía de su piel, de su alma humana. Se detuvo por un momento y mirando a la dama desnuda del balcón, preguntó.

—¿Mi querida señora, sabrá usted a donde debo ir?

Vino a él, la imagen de un libro, viejo, guardado. No era uno de aquellos de la biblioteca. Las páginas de aquella obra tenían un aroma a almendras y una cubierta azul, de un género gastado. En su mente, la historia contada por Agripina, de como Salvador, pasaba horas enteras paradas frente a las puertas de las habitaciones, tratando de ver una vez más, las imágenes de su mujer e hija jugando en los jardines, se presentó.

La mirada de Kaspar, se detuvo en la habitación de luto, allí se encontraba lo que buscaba. Era un libro traído por Florianna desde su mundo desconocido, al otro lado del océano. Una por una, Kaspar fue abriendo, las puertas de las habitaciones, hasta llegar, aquel mundo en tinieblas, él, sabía tan bien donde estaba todo, la voz de su madre, le había repetido aquel pasado toda su infancia.

Entre dos cajas de sombreros, retenido en el tiempo, había un libro, Kaspar lo tomó entre sus manos. Necesitaba paz, volvió al despacho y por la escalerilla, subió hasta la doña en pelotas del balcón, con la aprobación de ella, junto al ventanal se sentó a leer, sabía, allí se encontraba lo que buscaba.

* * * * *

Kaspar Sabacio, tenía la fascinación de descubrir palabras nuevas y aquellas olvidadas, palabras que habían sido renegadas en el tiempo, aquellas que el desuso les había entregado un valor anticuado, que, para él, aún se encontraban llenas de grandiosidad y volumen. Él las llamaba las-viñetas, la razón a tan extraña peculiaridad yacía en su costumbre de escribir el significado de aquellos vocablos en los bordes, espacios blancos de las páginas, entre líneas de aquellos libros apolillados por el olvido. Los márgenes en sí, podían formar una historia dentro de otra historia. Las anotaciones eran una ventana más, para llenar su mente con ideas, horizontes amplios, capaces de llevarlo a viajes fugases y traerlo con una experiencia nueva.

Al abrir la cubierta, se encontró con una dedicatoria, en aquel entonces, era de un amor nuevo, esbozado en los contornos del destino.

Para mi amada, cuando la nostalgia de una tierra que se lleva en la sangre, se aproxime, aunque sea ignorante de su pasado, el señor Dickens, le traerá de vuelta en un santiamén.

»Suyo por siempre, su Persival.

La dedicación estaba escrita por encima del título «Estampas de Italia» y bajo este, había una fecha en tinta verde, esta había sido escrita por la mano misma de Salvador Nonrsmann «junio de 1846».

Después de horas de ojear y leer las continuas anotaciones que aquel libro sobrellevaba, Kaspar, finalmente, pudo dar con aquello que le intranquilizaba el espíritu, era un párrafo que él mismo había marcado con asteriscos, subrayado cada palabra, para que aquello no se le pasase. El texto hablaba de una experiencia pasada, de una sensación ya vivida, tal vez en otra vida, la migración de almas, tiempos anteriores, existido.

En él, eso «*ya vivido*», nunca había sido experimentado, aquello era desconocido. En la fibra de su alma humana, los filamentos que la formaban eran ingenuos y puros, no arrastraban, memorias de vidas o muertes. El reconocimiento de aquella deficiencia, produjo en él una fuerte emoción.

El dolor, el sobrecogimiento que aquella ausencia le traía, le forzó a buscar un consuelo, no fue a la cocina por un abrazo de Agripina, ni llamo a su efímera opalescente. Caminó hasta encontrar a su madre, bajo la glorieta.

Corría viento y las nubes presagiaban una tormenta, aun así, sobre un gobelino viejo, Alondra se encontraba sentada con su espalda apoyada en la pequeña muralla, bajo el helecho trepador. *Sereno* estaba echado junto a ella, dejándose quitar el despojo del exceso en su pelaje.

—¿Qué ocurre hijo?

Aquella pregunta había estado esperando aquel momento, o tal vez el instinto materno, se había adelantado, antes que la aflicción llegase a Kaspar. Dijo Alondra, señalando con su mano, para que el hijo se arrumase junto a ella.

—El estar vivo, me alegra, me hace sentir, soy único, no puedo pensar en otra vida, aquello, no me corresponde, —dijo Kaspar al momento que apoyaba su cabeza en el regazo de su madre.

»Hay algo que deseo más que nada, una memoria perdurable, un recuerdo que transite por siempre en mi tiempo, —dijo la voz del muchacho de diez años, aunque su entonación era la de un viejo.

El chiflido del viento, elevaba basurillas, tirándolas para todas partes, hojas secas entraban por las cuatro paredes inexistentes de la glorieta. En el centro, iban creando un crujido molesto. El momento que podría haber acercado madre e hijo, parecía ser disipado, por aquella tormenta intencional.

—¿*Sereno*, por favor, solo por una vez en esta vida lastimera, otórgame el beneplácito de este momento único?, mi hijo me necesita, ¡*Sereno*, has que las cosas de las vidas sucedan infaliblemente! —desde la maraña climática, imploró Alondra.

Su voz, aun perceptible, sonaba distinta y tenue.

El perro movió su oreja izquierda, fueron dos movimientos sincronizados, que hicieron que el desbarajuste que los rodeaba, se detuviera alrededor de ellos, creando un pozo de claridad. El momento parecía haber sido cortado de aquella realidad, como si una membrana, los protegía, dejando el miedo, las inseguridades al otro lado. Deteniendo el dolor y el odio de Alondra. El muchacho, con su boca boquiabierta se alzó, aquel momento semejaba la liberación de su madre, de su propósito. Su tarea destructiva, se había detenido, solo claridad, ni deseos ataban a su madre con ese preciso momento.

La verdadera esencia empírica de Alondra, se dejaba ver y oír.

Kaspar cerró sus ojos, se dejó llevar por un silencio que emergía, desde la tierra, una paz subterránea, afloraba, trayendo consigo la sinfonía de la naturaleza. En ella, la melodía inenarrable de la perfección, era guiada por una batuta sorprendente, donde los silbidos de aves, unidos al canto de ballenas, surgían. Como si fuesen presentados en una bandeja de hielo eterno, hecha de una aurora boreal, iban atravesando el bambolear de árboles, con las hojas aun mojadas por la lluvia. Liberando un goteo de vida, constante, que se perdían en el innumerable sonido de las arenas que eran deslizadas cuesta abajo por el viento, el crujido ingenuo, se perdía en un gorgoteo marino, de coral y arrecifes vivos. Los sonidos iban más allá, de los hombres, más allá de la imperfección humana, más allá del silencio cósmico. El rigor de la naturaleza, en aquel centro, de aquel espacio en la glorieta, se estrellaba como un relámpago luminoso de vida.

Un sonido personal, único, afloró, era el latir del corazón de Kaspar, tan importante como todo aquel tejido de vida, Kaspar comprendió, su encarnar seria de una vida y aquello valía el tiempo, la dicha, aunque el sabor agridulce se presentara en los sentidos.

—Para atar la memoria a una vida de recuerdos, solo una palabra se necesita, —dijo Alondra, interrumpiendo aquel momento de magnificencia, haciendo que toda aquella perfección se desvaneciese en la nada, volviendo a la materia natural en ella.

Media hora más tarde, en la cocina, sentado entre los aromas, de una sopa prometida y el sobar de una maza, para un pan de la tarde. El muchacho agregó aquellos ingredientes, el tararear de «*My lady greenleaves*», de su amada criandera.

Kaspar Sabacio, ató aquel momento, con aquel que su madre, le había otorgado aquella mañana bajo la glorieta, pensó, en una palabra, única y solamente suya. —«*Poliana*».

Así, en su vida, partía la experiencia de un camino ya caminado.

Capítulo 55

Un Recordatorio

El sonido del tranvía sobre los rieles, es intenso. Aun así, puede escuchar la melodía de una canción, es en su mente, se repite, es la misma, no le molesta. Observa sus manos, son las suyas. Se desconcierta, sus dedos, voluntariamente, no circulan, a su propia voluntad, puede esparcirlos. Recuerda, él, es un adolescente, un ser vivo.

No sabe a donde se dirige, no sabe por qué se encuentra allí. Cree estar solo, los asientos y los paneles de madera del vehículo, se ven viejos y usados. Embutidos de un color castaño y verde musgoso. Extrañamente, puede oler el aire marino y tierra mojada, aquella combinación, es penetrante.

Con una uña, algo del sebo acumulado del asiento de madera, Kaspar, comienza a rascar. La mugre, sede, dejando ver su materia original. Sobre aquella corteza pardo-grisácea, escribe su nombre, sabe, que no puede dejar huella, aun así, lo hace. Graba su apelativo completo, siente orgullo de aquel nombre, no lo cambiaría.

Le observan, se da cuenta, la mujer que conduce el tranvía, le mira por el enorme y desproporcionado espejo retrovisor. Junto a ella, se encuentra otra mujer, la boletera, ambas son idénticas. La campana le avisa, la próxima parada, se aproxima. Kaspar Sabacio, desea saber quien tira de aquel cordel, desiste, prefiere observar por la ventana.

Al frente, el carro, es tirado por una mula, parece levitando, el animal se ve alegre. Se maravilla.

A su extremo derecho, observa un valle inundado de colinas, en ellas, entre los follajes de un bosque extenso, hay nueve pueblecitos, cubiertos por una bruma azulina y distante.

El tranvía, continúa su avance, ¿para dónde? Lo ignora. Fugazmente, ante la velocidad del vehículo, entre cuatro árboles alargados y finos, se vislumbra a sí mismo. De espaldas, caminando, dirigiéndose hacia ese valle, le acompaña un perro. Detrás de él, unas imágenes traslúcidas y fantasmagóricas le siguen.

Aun en su asiento, gira su cabeza hacia la otra ventana, él y el carro, esta vez, están rodeados de agua, los rieles, pareciesen que descansan sobre un espejo líquido y pacífico. No hay fin, el panorama se ve vasto, sin conclusión, todo es agua. Se siente tranquilo.

Se pregunta, cuál es su camino final, lo desconoce. Espontáneamente, salidos de la nada, allí, se encuentran más pasajeros, se siente rodeado. Observa, frente suyo, sentados, hay dos hombres, uno, lleva un gabán con nueve botones, al otro pasajero, le falta un dedo y a su lado, hay una anciana. El dedo meñique de la mujer, está cubierto con nueve anillos.

Todos, le miran, parecen buscarle. Kaspar advierte, parados en medio del pasillo, hay otros seis personajes. ¿De dónde han salido?

No entiende, todo parece ilusorio.

Sabe quiénes son, pero no les puede recordar. Sus semblantes parecen distantes, anteriormente vividos. Las personas que están de pie, cada una de ellas, llevan algo que le atrae, que le invitan a que los reconozca con su mirada. Debe encontrar, buscar algo en particular. Observa nuevamente, un hombre está desnudo, no completamente, viste algo que asemeja ser una piel de animal. El ruido de la campana, es más intenso, le avisa, pero no sabe sobre qué.

Debe aumentar su atención. Como una revelación, se da cuenta, todos los pasajeros tienen algo en común. Consigo, llevan algo en la misma cantidad; nueve dedos, nueve anillos, nueve trozos de piel, nueve vasijas de greda. Un vestido de seda con nueve colores, nueve pinceles, nueve rollos de papiros, un collar con nueve mostacillas, una lámina de cobre con nueve figuras.

Vuelve a observar sus dedos, aún están detenidos, libres de la fuerza enérgica que rige su existir. Kaspar puede sentir como sus manos, están atadas con una lana negra, es suave, cree que es perdurable. La misma hebra, sujeta y rodea a cada una de las personas. Incluso, a la conductora y la boletera, todos ellos están atados a él.

El ruido de la campana, es insoportable, retumba, aun así, el silencio es pesado, le hace sentirse consiente, ¿Cómo puede estarlo? Todo es aparentemente falso, soñado. Kaspar se da vuelta a observar, hay otra mujer, esta, sujeta la hebra, de la campana, de ellos, de los nueve filamentos, de ese momento específico. Ella, es idéntica a las dos mujeres originales, parecen ser una. Ella, es la fuerza que está tirando, que tiene atadas a esas ánimas, que tiene sus manos sujetas.

El ruido y el tirar, le avisan, su parada ha llegado, trata de comprender dónde esta. Vuelve a observar por la ventana, con horror, salida de nada, siente como el tranvía, es tragado por una ola colosal. Desea gritar, sus piernas, su cuerpo, están detenidos, paralizados. Se da cuenta, no puede huir, no le dejarán. Por otros 9 minutos, debe estar allí. Ahora, se encuentra bajo un agua tranquila, no es turbia, trata y desea flotar. Cree que se está ahogando. En la superficie, algo de luz se puede apreciar.

Siente, sus brazos son tirados hacia las profundidades, millones de voces, tiran a través de la oscuridad, del agua. Arrastran a las otras 9 personas y a él. Siente dolor. Sabe, solamente depende de su ser, debe impulsar, no les puede dejar que se pierdan. No duda, su esfuerzo, no puede acabar. Siente terror, cree que morirá, sin oxígeno, la desesperación, se apodera de él. De la nada, en un instante, desde la superficie, le atraen y con él, a las otras sustancias humanas.

* * * * *

Antes de despertar, enteramente sudado. Kaspar Sabacio pudo recordar, un bote le rescataba, le salvaba. En él, estaba Salvador, Leonor, Adelaida y Marmaduke, detrás de ellos Agripina, sonriente parada le invitaba a continuar.

Despierto, observa, sus manos reales, en ellas, el movimiento de las yemas, está presente, más intenso que nunca.

Kaspar Sabacio, nunca olvidaría aquel sueño, en su mente, se mantendría latente y despierto. Aquel sueño, era su razón de ser, eran su propósito. Sin embargo, desde aquel día, un disimulado temor a la muerte, comenzó a crecer en él. *Esa-Ella* se sintió dejada atrás, el verdadero ser empírico de Kaspar fue tomando la delantera, sus sentimientos, emociones se moverían y actuarían con cada acción.

Era la desventaja entre la vida dada y el final que le esperaba.

Capítulo 56

El Jardinero

En la memoria de Kaspar Sabacio, las hebras, han atado un primer nudo. Llevan sujetas las manos gruesas del jardinero. Él, *el-Siriano*, para ser un hombre grande, no se había atrevido a abrir las rejas. El temor al rechazo, le empequeñecía. Ante el enrejado de hierro negro, *el-Siriano*, había vuelto a ser diminuto. Con inseguridad, por seis meses y antes de poder subir la colina, había detenido su decisión. La falta de conocimiento de aquella lengua nativa, había incrementado su demora.

El-Siriano, había visto a Alondra una vez en su vida. Once años a la fecha. Ocurrió el día de aquel extravió de Kaspar. Las circunstancias predecibles habían llevado a su barco y a él, a atracar en aquel puerto. En aquel día, en aquella mañana. Decidido a bajar, estiraría sus piernas por dos horas. Para alimentar a sus gusanos, necesitaba obtener desechos. Al final de la feria, vio a Alondra llorando, estaba tomada al brazo de una mujer mayor. Inmediatamente, se había cautivado con aquella piel clara y aquel cabello glauco. El cual, en aquel tiempo, indudablemente ya había comenzado un crecimiento eterno.

* * * * *

El-Siriano, como le conocían, había nacido con un ánima nueva y pura. Desde niño, aprendió a vivir con sus errores. La sublimidad de su carácter y el encarar el futuro vacilante, le había formado una justedad positiva. *El-Siriano*, había navegado mares, océanos y caminado su propio desierto dos veces y media. Sabía que no era culto. Pero su ingenio, era sobrellevado más allá de sus límites. Donde los problemas cerraban todas las posibilidades, él, podía encontrar soluciones. Sus remedios carecían de prolijidad y antes que terminaran desplomados, eran eficaces por un tiempo. No sabía mucho, pero podía entender todo. Aquel día, que pudo ver brevemente a aquella mujer en llantos. Su empatía y compasión, no pudieron equiparar aquel dolor ajeno.

Después de reanudar su rumbo, en la distancia y en un distante continente, aquella reminiscencia, se había tatuado con la tinta de su amor. *El-Siriano* decidido, arremetería contra todo, e iría más allá de su pobreza. Una guerra civil y la misma plaga. Nada, lo detendría, debía volver. Escupiría en la cara misma de la adversidad.

Su ser había reafirmado. «*Todo aquello, que constituye la vida, está hecho de imposibilidades y de un aguerrido atrevimiento*», —se repetía constantemente.

—Podré perder todo y ganar inmensidad. —Sin arriesgar, no dejaría que la muerte, le llevase. En aquel entonces, tenía cuarenta y dos años de eterna manutención. Para él, su futuro y su vida, solo residía la eternidad misma. Y no le esperaba retribución alguna.

* * * * *

Después de atravesar el segundo par de rejas. *El-Siriano*, llevaba consigo, la esperanza de ser recibido y con él, su cajita de gusanos. Lo demás, no tenía peso. «*Aquello que no existe, puede ser creado*», —pensaba.

Su plan, constaba de dos cosas, aromas y sabores.

Desde el comedor vacío. Agripina pudo ver a aquel hombre grande, como una torre, lento y tímido. Iba caminando por la rotonda. Antes que él pudiese golpear las puertas. Como una inmaculada rejuvenecida, Agripina ya se había plantado afuera. Escudriñando de arriba abajo aquel ser. En él, se podía percibir un

283

aire de vida nueva. Los ojos de Agripina, se clavaron en aquella piel curtida y aún joven. En aquel rostro pacífico del *Siriano*, resaltada un bigote descomunal, el cual, no se detenía después de sobrepasar el mentón.

Con una sonrisa afable, *el-Siriano* se presentó como el jardinero.

—Buenos días, querida señora, ¿necesita ayuda para cuidar sus plantas?

—A Agripina se le escapó una sonrisa. ¿Cuál es su nombre?

—Puede llamarme *Siriano*.

Agripina sabía perfectamente, no había necesidad de un par de manos para el mantenimiento. Todo, ocurría por si solo. Los jardines y todo aquello que vivía en la roca. Continuaban con la misma perfección, desde que habían sido plantados por Leonor.

No existían, buenas o malas hierbas. Todo, era vida.

«*Aún no estoy segura*», —esperando que alguna felicidad entrara en la casa con él. Agripina dejó entrar al hombre.

—¡Sígame!, —ella sonrió, Agripina pudo sentir un amor duradero, deseaba que algo de felicidad invadiese la serendipia de la roca.

Los ojos de Alondra, no podían ver la ausencia de un amor en su vida y Agripina, estaba dispuesta a dejar entrar aquella oportunidad en HADO 1.

Caminaron por el jardín, Agripina sabía que la confabulación del amor podía tener lugar.

Junto al lavadero, Agripina se detuvo y dijo.

—Usted puede instalar sus cosas en esta habitación.

Desde allí, el aire cálido y liviano de HADO 1. Se fue mezclando con la energía nueva y confianza del jardinero. Para que su presencia, se pudiese afianzar frente Alondra. *El-Siriano*, traía consigo un manto único, la paciencia.

Bajo el nogal, comenzó instalando su caja de gusanos. Aquella tarde, al llegar del instituto, Kaspar Sabacio, se encontró con aquel extraño gigante. Llevado por su curiosidad de adolescente, formulo una pregunta. No precisaba una introducción formal, o la explicación de Agripina. Kaspar parecía saber, aquella presencia, traía consigo indulgencia.

—¿No se sentirán apresados, viviendo allí dentro, sin luz ni sol?, —preguntó el muchacho.

El-Siriano al volverse, pudo observar a un joven de piernas largas y cabellos azules, profundos, como su propia curiosidad.

—¡Al contrario, mi querido señor!, allí, son más felices, se revuelcan en su mundo de oscuridad, nadan, en sus propios residuos orgánicos, contentos, yo les proveo su alimentación y ellos, me dan los nutrientes necesarios para hacer crecer la vida. ¡Alegre y sana!

Abriendo la tapa del cajón, *el-Siriano*, continúo.

—Es una relación vital, e intima, provechosa.

Con atención, Kaspar le escuchaba y observaba, —desde hace mucho tiempo, mis antecesores, siempre entendieron. Aquella relación, entre tierra y lombrices. En aquella época ida, los gusanos, eran cuidados con sus propias vidas. Era sabido, sin ellos, los sustentos malograrían. Era mucho el respeto que sentían por la tierra.

Aquella energía, había sido testigo de lo que relataba el hombre. En el curso y a lo largo del río Éufrates. En su vorágine de tiempo, memoria y entrega, en sus ráfagas minúsculas. *Esa-Ella*, había observado, la deferencia de aquellos, que habitaron por primera vez, aquella tierra dada.

—¿Cómo se llama usted joven? —Preguntó *el-Siriano*, con su mano callosa, había extendido su carta de presentación.

—Kaspar.

—Yo soy *el-Siriano* y estas son mis lombrices semitas. —En aquel estrechamiento de manos hábiles, se había establecido una fraternidad, pero limitada. Aquellos meses, que el jardinero llegó a vivir en la roca, serían recordados por Kaspar. Cuando cruzaba el desierto de aquel hombre grande.

Capítulo 57

Consejo Perdurable

Fue afines de marzo, los dos hombres, comenzaron la siembra de verduras. *El-Siriano*, deseaba que la cosecha de amor y su presencia, pudiesen ser notadas. Desde su llegada, Alondra, había dejado de salir de su cuarto. Desde los jardines, había comenzado a ignorar su propio llamado. En las tardes, fuera lluvia o neblina, Alondra Sabacio, puntualmente, desde su atalaya, subía hacia el pequeño balcón a tiempo para bañarse de luz. En dos macetas llenas de tierra, enterraba sus dedos. Los extendía como si fueran raíces, en busca de consuelo.

El-Siriano, sabía que, a las cuatro de la tarde, vería a su amada. Parada y reclinada sobre alguno de los cuatro pares pilares, que formaban el torreón del techo. En la distancia, le parecía cercana. En aquella locura de cabellera, *el-Siriano*, podía imaginar un intenso olor a lavanda.

—No pierda su tiempo *Siriano*, —dijo Kaspar, arrodillado al momento que sembraba las cebollas.

—Mi madre, es incapaz de amarle, no es porque usted sea quien sea, sé que, ella, es idónea de sentir aquel sentimiento. Tal vez, no lo siente como usted, o como el resto del mundo puedan vivirlo.

»Tengo seguridad, lo valora, lo sobrelleva, pero es diferente en ella. —La voz del joven denotaba madurez, *el-Siriano* de alguna manera se sintió triste.

—No se juzgue, en mi madre, el amor, es un flagelo, entre el bien y el mal, la impulsa a alcanzar ambivalencia. Entiendo, tal vez, usted me vea como un joven, el cual, aún no ha alcanzado la experiencia suficiente en la vida.

»Y tiene razón, empero, algunos pocos, nacimos sabiendo el absoluto de las cosas.

Por un momento, Kaspar suspendió su hablar.

—Mi madre, *Agri* y esta casa, son mi familia y aquello, me sitúa en este mundo. Son mi presente. El pasado y el futuro, son puntos, que no me corresponden y no me atraen. —Kaspar, debía guardar silencio.

El muchacho miró sus manos llenas de tierra, podía sentir al jardinero ido. Él, estaba en otro destino, sus palabras, no le había alcanzado. Kaspar estaba en lo correcto, *el-Siriano*, pensaba en la necesidad de Alondra. Una oportunidad, antes de alcanzar la dicha.

Kaspar, volvió a mirar sus manos sucias. El movimiento de sus yemas, hacía recordar prudencia. Sería sabio en sus palabras.

—Son muchas las posibilidades de amar, su tierra, su arte, sus sueños, su gente. Sus propósitos. El tiempo agradece amores, con otros amores.

»No hay libertad en ello, no se escogen, ¡son lo que son! Dichas y sufrimientos, subyacen ocultos, para poder ser encontrados, pueden tomar toda una vida, —Kaspar suspiró.

—¿El suyo?, ¡no lo sé!, ¡honestamente, no sé! Tal vez, no sea en esta vida, o en otra forma de existencia. Incluso, aquellos destinos que se desconocen, pueden atravesar años y tardar vidas.

»Quizás, sean muchas las vidas necesarias que usted deberá vivir, hasta que el bienquerer exacto, le sea retornado o dado. —Kaspar prefirió callar.

El-Siriano, no había escuchado aquellas palabras viejas y sabias. Entre el perejil y el ajo, su propósito había encontrado una solución.

Capítulo 58

El Conjuro De Verano

La mañana del veintiuno de diciembre, el jardinero, se levantó temprano. Tomó el poco dinero ahorrado. No sabía cuánto costaría el favor.

El-Siriano no podía faltar a una cita cincelada en el tiempo, antes del cenit de medio día, debía estar de vuelta en HADO 1.

En aquel leve aparecer de la luz, *Sereno*, se había acercado, olfateando las piernas del *Siriano*. Aseguraba, nada detendría su aventura. El perro le miró con los ojos enormemente abiertos, la retina blanca, resaltaba debajo de sus pestañas largas. *El-Siriano*, acercándose a él, le acaricio la mollera perruna.

—¡Deséame suerte!

Unas seguidillas de informaciones erróneas, llevaron al *Siriano*, a golpear en una puerta correcta. No sabía con quién se encontraría, dudaba, si aquel pedido tendría cabida en la cabeza sana de alguien. Volvió a golpear, si nadie abría, volvería a la desesperación de su cuartillo. Antes de desanimarse, la puerta, fue abierta por una mujer de baja estatura. Era de ojos alargados y tenía un lunar prominente en su pómulo. Antes de un pestañear, Alodia del Corral, sabía el sufrimiento de aquel hombre grande. Ella era una adivina.

El-Siriano, sentado en un banquillo, al momento que se sacaba el sufrimiento, se iba achicando. Con sus labios, un poco llorones, relato su pesar. Se sabía estoico, siempre lo había sido. Pero hasta aquella mañana, el escupitajo, que había arrojado años atrás, en la cara de la adversidad, le llegaba de vuelta.

Alodia, no necesitaba entender o descifrar, aquel acento, o cualquier otro. En las distintas lenguas, los dolores del corazón, siempre sonaban iguales. En las inflexiones de las palabras, solo variaban sus agudezas.

Con una sabia calma, la maga folclórica, explicó.

—No existen conocimientos, o ritos que hagan amar un ser a otro. Carezco de cualquier poder, o que puedan ir más allá de los conocimientos naturales. —Alodia pensaba, enroscó un pelo largo y único de su barbilla.

—¡Solo tengo un consejo para usted!, —dijo al levantarse. Entre los cientos de frascos, hierbas y cuanto cachivache que formaban su cocina, Alodia buscaba algo especifico.

Removió diarios antiguos, levanto velas y figurines andrógenos, hasta encontrar el magnetismo del amor. Acercándose a él, continúo—: Si esto no funciona, aléjese sin retorno, ¡olvídese de ese amor! La distancia, ayuda mucho. El recuerdo doliente será una mera postal, que usted, se habrá enviado a sí mismo antes de partir.

»Día, tras día, aquella imagen, será una analogía. —Elodia encontró lo que buscaba.

—Con el tiempo, la percepción se desvanecerá y aquello, que hoy parece intolerable, mañana, comenzará a aliviarse un poco más.

Acercándose a él, lo que más pudo, continúo, —¡este, es mi aliado, el más leal en asuntos de amor!

Era un disco de vinilo, *el-Siriano*, incrédulo la observaba. Antes que él pudiese formular una pregunta. Alodia anunció. —Créame funcionará, ¡nunca falla!

Con el dedo encorvado, apuntando a la cantinela, dijo. —La canción número dos.

»No se puede forzar, aquello que no existe, ¡pero él!, le dará empujoncitos, que usted tanto necesita.

* * * * *

Antes que el punto del firmamento, se dejase caer verticalmente sobre la roca, *el-Siriano*, estuvo devuelta. Por una hora, la conjura de un silencio, tomó lugar. El viento primaveral dio paso a una brisa suave de verano. Todos los árboles y plantas de los jardines, en sus mejores momentos y sin excepción, mostraban sus florecimientos, el robustecer silvestre estaba en su punto máximo. En una terraza doble, las suculentas, finalmente, habían sido plantadas. La tierra húmeda, dejaba salir su aroma de vida fértil.

El viejo baúl trasatlántico. Traído por Florianna, desde el olvido, había sido abierto nuevamente. Las manos cómplices de Agripina, liberaron sus candados y ribetes. Extrayendo, manteles y guirnaldas de papel. Aún guardaban los colores de una fiesta que nunca tuvo lugar. Fueron colgadas en el atrio y más allá.

Desde la cocina, un olor a nuez moscada, delicadamente, emergía. A aquella confabulación perfecta. Se sumaban, 132 tomates cortados en mitades. Revueltos con hojillas frescas de orégano, que se secaban al sol. Todo aquello, como una mano sensible. Dieron la caricia, para que Alondra, bajase de su encierro. No necesitaba ver, Alondra, sabía que aromas se vestían de cuál color. Por el aire acentuado y deleitoso, se había dejado llevar.

Aquella tarde, almorzaron bajo las parras. En la mesa, Agripina puso su vaso de agua, el líquido, esta vez, era claro, opalescente y en un estado placentero. Las tristezas del mundo, el egoísmo y la envidia, no fueron invitadas. Eran solos ellos cuatro y *Sereno*. La perfección de aquel momento, no había sido completada. Antes de retirarse, Kaspar se dirigió al mueble de pie, posicionado fuera de la habitación de «*luto-feliz*». Lentamente, deslizo la leva del aparato. Levantando la aguja y posicionándola en el surco número dos del disco. Liberó el encanto requerido. Entre violines y bandoneones, que arrebataban en la distancia. Incitando que, «*Todo es amor*» y envueltos en un eco, de un *Guerrico* hipnotizador.

Bajo el aroma dulce de las uvas prestas, allí, quedaron Alondra y el jardinero, la confabulación comenzó. La seducción de la madre naturaleza, su perfección dio al *Siriano* placeres inimaginables. Durante unas horas Alondra estuvo «*de temporada*» ambos cuerpos provocaron reacciones de felicidad. El amor del *Siriano,* la llevó a sentir el único orgasmo en la vida de Alondra.

A la mañana siguiente, las lombrices semitas y *el-Siriano*, habían dejado la roca. En su cuartillo vacío, junto a la cantinela quebrada, solo quedaba aquel signo de su paso. El Jardinero, se había alejado para siempre. Llevando consigo, la memoria de aquel atardecer y metidos en la valija de su corazón, iba la noche que prosiguió.

Sobre la tarjeta postal de su memoria, iban escritas las palabras dichas por Alondra Sabacio.

—No puedo amarle como un ser vivo, pero esta noche he hecho un pacto con las tres maestras de la vida, —las manos de Alondra detuvieron los labios de él y los silenciaron.

—Antes que el amanecer llegue, con mi piel, le ofreceré la perfección misma. Pero mañana y antes de que el tercer pájaro cante en la higuera, sin preguntas se irá, o borraré su ser para siempre. — quitándole el miedo, ella le besó.

—Llévese los recuerdos de mi hogar, mi familia y yo. Y por siempre estaré en su corazón. —Esa noche, durante unas horas, el odio de Alondra se detuvo.

No el polvo de las rocas, ni las arenas de su desierto, o cuantas plagas existiesen en este mundo, lo harían olvidarla.

Capítulo 59

El Espejo

Después de aquella partida, algunos años después, la desnudes de la casa, se había acentuado más aún. Había sido el vacío, había llenado sus murallas altas. Yacían sin memoria y descascaradas. En el corredor, entre las tallas orgánicas de Leonor, se paseaba una propagación inducida. La tarea de disponer aquellos muebles, necesarios para la venta, había pasado a manos de Kaspar Sabacio.

Sin mucho que vender, —el gran espejo dorado. Último vestigio de un pasado de caoba. Ahora, residía en aquel vasto espacio vacío del recibidor. Desde la punta de su cabecera, su oro, bañaba el enorme capitel. Así, como las frutas que rodeaban sus once caretas del gran marco. Aquella magnificencia. Había capturado los ojos de un asiduo comprador de *Monsieur* Marrón.

El señor Ovidio. Acercándose con temor y evitando ver su propio reflejo en el espejo boloñés. Absorto, observaba aquellas patas de dragón. Como una magia irresistible, el mueble perecía suspendido en el aire. Sus proporciones colosales habían atraído al coleccionista. En tan solo un par de minutos, aquella transacción, había sido completada.

El comprador, al descender las escaleras, se detuvo. Observando nuevamente el espejo, dijo.

—No es para mí, algún día, será un regalo para mi hijo.

Desde las puertas del despacho, con sus brazos entrecruzados. Kaspar Sabacio, había mirado absorto aquella escena.

El reflejo de aquel espejo, sería un objetivo que aún no ocurriría. Como en esta oportunidad, a mí no me corresponderá relatar ese episodio y esa historia ególatra.

Antes de marcharse. La voz del mercantil belga, lo saco de sí.

—Está visto, esto lo último que queda por vender, —con algo de esperanza, dijo observando aquel rostro moreno del joven. Le entrego una proposición.

—Joven Sabacio, si usted necesita trabajar, venga a verme.

—Gracias, —respondió Kaspar, extendiendo su mano austera.

Monsieur Marrón, antes de descender por la escalera, fugazmente, le observo. No retenía culpabilidad, sin duda el muchacho era hermoso. Incluso, imaginó, asimismo, oliendo aquella piel oscura. Al alcanzar la puerta, la música de sus deseos se había avivado, pensó, su Orfeo, tal vez había retornado a él, una melodía de una lira, resurgía en él.

Desde el otro lado de los vidrios, cerró las puertas. A través de la imagen grabada en el cristal, alzó su mano en despedida. *Monsieur* Marrón, rechazó su instinto natural, no se dejaría encantar como una fiera. Estaba cansado de sobrellevar sueños pulposos. Al salir, había desechado aquella tentación de antaño.

Capítulo 60

El Bello Fin

Por el evento de la noche anterior, Kaspar Sabacio, aún se encontraba congojado. Aquella madrugada, había despertado temprano.

Aún, podía percibir el aroma a tomillo que su mama, había dejado sobre su frente. Agripina, había pedido que la dejasen morir sola. Sola había nacido y de aquella misma forma, debía suceder. Kaspar, había tratado de dormir.

Su corazón dolido, se negaba a decir adiós, a aquella mujer, que había vigilado sus pasos de niño. Arrumado en consuelos eternos. Limpiado sus mocos. Agripina con un amor materno y adoptado, durante su infancia, había hecho que sus lágrimas, afluyesen con aguante, siempre, se las había ingeniado, de alguna forma u otra dibujar sonrisas en su rostro, cuando los pavores se presentaban inesperadamente. Ella y nada más que ella, invariablemente, había encontrado los medios para poner comida en su boca y en la de su madre.

Kaspar Sabacio, amaba a su madre, pero el amor que sentía por su criandera, era inigualable, era cierto, en muchas ocasiones, él deseó que aquella mujer de campo, honesta de alma y corazón fuese su madre. Lo sabía, Agripina era su mama, su madre, la peana de su vida.

Sin Agripina, HADO 1, difícilmente, habría resistido los maremotos de frustraciones y pesares que habían golpeado aquella casa. Kaspar, estaba atado a Agripina por un lazo corpóreo, de protección, de felicidad. Solamente los refugios efectivos, se podían comparar con lo que aquella mujer, representaba para él.

Durante toda su vida, Agripina, le había relatado sobre aquellas personas, que habían formado su familia y culminaría con él. Ella, había transmitido los sueños alcanzados. Aquellos temores desterrados por el hierro negro y su excelsa templanza. En aquellas lecciones de empirismos valiosos. Kaspar Sabacio, había entendido sobre la entereza humana y el dolor por aquellos que han departido.

Agripina se despedía, sobre el velador del muchacho, como regalo, le entregaba su brújula de almas, su vaso de agua. Antes de salir de la habitación. Agripina se detuvo. Sin mirarlo, le daba su último y sabio consejo.

—Dentro de los límites más allá de la vida y en cada acto, agujeros profundos pueden tomar fuerza en nuestras almas, eso es inevitable. Con ellos traen tristezas, para combatir esa pesadumbre, son necesarias las memorias jubilosas.

»Pequeño mío, siempre recuerde, desde allí saldrán tus sonrisas futuras. Tú y solo tú podrás vivir y sentir todas las emociones, inmensamente humanas. Cuánto más, se recuerden aquellos que se han amado, nunca, estarás solo.

En aquel final, Kaspar Sabacio, había sentido la entidad humana, en su más compleja forma.

Entre ambos, se había producido un silencio. No había sido necesario decir nada más. Antes del nacimiento de Kaspar, aquella energía, siempre había existido sola. Agripina siempre lo supo. Era por eso, Agripina invariablemente, pensó y agradeció a su destino, por el privilegio de haber abrazado y sobrellevado. Por sobre todo amado algo que no existe. Pero en su vida, Agripina, había podido palpar. *Esa-Ella* magnifica, nacida en un niño.

Únicamente, para el resto de los mortales, ellas, existen en un ámbito imaginado. Para Agripina Romana, Alondra y su hijo, habían sido la más bella sobrecarga. Antes de partir, se acercó a su dorado *Reditus*, le besó la frente, al momento que lo hacía repitió sus palabras encantadas. —¡La ene, la ene, la ene!, para que te protejan.

Mientras cerraba la puerta tras de sí, se preguntaba si una segunda vida vendría a ella.

«*¿Agripina, lo harías nuevamente?*» —Pensó.

No era necesario responder aquello. Las piedras sabias, se lo habían dicho.

* * * * *

A las tres de la mañana, Kaspar, la vio pasar por el pasillo, como en vida, o como un fantasma que no descuida sus obligaciones, Agripina comenzaba su partida, recorriendo HADO 1. Desde su cabeza, hasta aquel punto de ida. Al otro lado de los visillos, Kaspar la podía sentir.

Agripina no estaba sola. Era guiada por miles de luces, diminutas y otras no tan insuficientes. Apresurado, debía levantarse. Kaspar, cruzó las puertas que conectaban su cuarto, con aquellas que eran la última habitación. La de «*luto-feliz*». En la oscuridad de recuerdos, Florianna, salió a su encuentro. Kaspar Sabacio, aún derramaba su pesar. En el pequeño escalón de piedra, frente al atrio, callado, se sentó y lloró.

Aquella alegoría de difuntos, fue anticipada por un revoloteo lejano. Miles de alas, combinadas en un repiquetear sensible. Se acercaban. Iban de cuatro, tres y milpiés de patitas, por la importancia de la base de la vida misma, iban unidas.

Frente a Kaspar, había comenzado una algarabía de rumores diminutos. Eran damiselas, odonatos, entre *Escarabajos Hércules*[45], iban chinches. El grupo maravilloso, lo formaban, mariposas y polillas. Al mismo tiempo, las cigarras habían salido de su entierro. Eran seguidas por libélulas montadas en escarabajos y larvas.

---

[45] Escarabajos Hércules; está amenazado, ya que gran parte de su hábitat natural se ha perdido por la deforestación o se ha visto afectado por la contaminación del aire y del agua.

Detrás, sobresalía la presencia de un hermoso *Lobo-de-Tasmania*[46] de hocico largo. Sus franjas eran curvas, su cola prolongada, parecía hecha por la luz del sol. Le seguía, una *Tortuga de Pinta*[47], ronca y gigante. En su caparazón de bisel suave, estaban sentados dos *Mohos Nobilis*[48], hembra y macho. Sin mellas o defectos. Sus alas iban extendidas, exponiendo aquellas plumas magníficas. Entre ambas aves, recostado, se encontraba un *Sapo Dorado*[49]. Sus ojos eran grandes y complacientes, al son del paso fúnebre, pestañeaban.

Aquella procesión quimérica, iba sumida en una paz, que solo la muerte, podía entregar. Sus silencios creaban una sinfonía avasalladora. Era una comprensión inmediata de seres extinguidos, dejados ir y olvidados.

Desde la galería, en su recta final, el alma de Agripina Romana, comenzaba a doblar. Lucía igual. El muchacho, podía sentir aquella lozanía espectral, ante él, iba flotando su pilastra, hecha de toda la vida. Agripina, iba ataviada con su mortaja de flores. El caminar lentamente, hacía que toda aquella flora bordada, titilase con entusiasmo.

Detrás de ella, en un trote gallardo, relinchando un roció tenue y ambarino, iba un *Tarpan de Estepas*[50]. En la liviandad del aire y por sus orejas, un sinfín de *Margaritifera Auricularias*[51] nadaban.

---

[46] Lobo-de-Tasmania; era un marsupial carnívoro habitaba en la isla de Tasmania, Australia, la única especie de la familia Thylacinidae que sobrevivió hasta la era moderna, ahora extinta.

[47] Tortuga de Pinta; era una especie de tortuga de las Galápagos originaria de Ecuador, ahora extinta.

[48] Mohos Nobilis; era un género de aves de la familia de las aves hawaianas, ahora extinta.

[49] Sapo Dorado; fue la primera especie en extinguirse como consecuencia directa del cambio climático.

[50] Tarpan de Estepas; caballo que era nativo de Europa y Asia occidental antes de que se extinguiera a fines del siglo XIX.

[51] Margaritifera Auricularias; es una especie de almeja gigante de río endémica de la Península Ibérica, se encuentran prácticamente al borde de la extinción.

Con ellos, *Bluefines*[52] grandes, seguidos por numerosas *Totoabas*[53] refulgentes. Toda aquella ánima, iba envuelta en un lento torbellino. El aire, era más dulce que nunca, acaramelado y pegajoso. En él, delicadamente, volaban miles de hojas, pétalos, semillas e insectos vestidos de polen. Todos, iban en una romería de armonía y precisión.

La presencia de Kaspar, no fue notada. Él, no estaba allí y ellos no vivían. En un caminar del pasado, e ido, iban deslizándose. El carnaval fantasmagórico, había sido guiado sobre un océano de minerales y foresta de *Nesiotas*[54] en flor. Corales luminosos, *Palmas de Rapanui*[55] a flor de agua y *Árboles de Sándalos*[56]. A través de la cortina fina de agua, que caía entre los pilares de lapislázuli. Todos, desaparecían. Al final del jardín, perdiéndose sobre la pared de roca.

Inesperadamente, antes que todo pudiese concluir, una *Paloma Postrera*[57], devolvió su migración. Volando, directamente hacía y por sobre Kaspar. Frente una muralla, entre la galería y la cocina, detuvo sus alas. Proveniente del otro lado de la roca, parecía esperar una respuesta, para luego, retomar su vuelo. En un suspiro, se había llevado con ella, la intensidad de aquellas luces traslúcidas y el espléndido revoltijo de imágenes, de destellos y energías.

Desde aquella repentina oscuridad violenta, la imagen de Alondra, reaparecía. Durante todo aquel séquito utópico. Ella, siempre había estado allí, parada, bajo las parras, con los brazos

---

[52] Bluefines; El atún rojo es uno de los habitantes de los océanos más exitosos de la naturaleza, el mayor de los atunes y un pez con pocos depredadores naturales.

[53] Totoabas; es una especie de pez marino, miembro de la familia de los tamborileros Sciaenidae, su estado es endémico.

[54] Nesiotas; el olivo de Santa Helena desapareció de la naturaleza en 1994 y se extinguió en 2003.

[55] Palmas de Rapanui; la especie de palma cocoide nativa de la Isla de Pascua. Desapareció del registro polínico hacia 1650.

[56] Árboles de Sándalos; era un árbol de la familia Santalaceae que era endémica del Archipiélago de Juan Fernández en Chile. Fue vista por última vez en 1908.

[57] Paloma Postrera; o paloma salvaje es una especie de paloma extinguida que era endémica de América del Norte.

caídos. En sus manos, estaba la manta de seda y lana negra. En ella, envueltos, estaban los minerales adivinatorios. Alondra había enviado aquellos espectros, extinguidos, ellos, eran algunos de los que ella más amaba, para que guiaran a su mama, al alma humana que le había enseñado el valor de estar viva, sin egoísmos, sin detenimientos.

El momento había sido breve, Alondra, por primera vez en su vida, había visto con sus ojos ciegos, el rostro de su vieja amada. Para memorizar aquel semblante amado, el tiempo, había sido suficiente. Por un único instante, ambas mujeres, habían podido enlazar, sus aromas, sus voces, sus tactos y sus formas.

La muerte y aquella vida, eran hermosas.

Antes de morir, Alondra, pensaría en su amada *Agri*. En aquella noche sin luna, la vio partir. Atada a su cuello, Agripina Romana llevaba la pluma del místico *Caladrius*. Para no retornar nunca más, junto a ella iba caminando *Resina*.

Capítulo 61

La Promesa

Entre los libros de su cuarto, allí, envueltas con la vitela de *petunia* y un aroma a glicerina, habían quedado, las últimas palabras de Agripina Romana.

* * * * *

Hace diecisiete días, comencé a escribir esta carta. Mi tardanza no fue por cuestión de incumplimiento, o pereza, siempre supe, debía empezar algún día. Desde hace ya catorce años, la higuera, constantemente, me lo recordaba. Tal vez, mi única disculpa, sea, me he hecho vieja y algo perpleja. No me detengo, no quiero hacerlo, el tiempo que tuve acumulado, se ha ido gastando. Solo, quedan hilachas de aquel tejido de años y vivir. Creo que, lo he utilizado provechosamente, me ha abrigado a mí y a los míos, digo míos, porque eso, han sido.

Persival, seco mi leche de madre huérfana, lo vi partir y volver a mi enamorado de una mujer hermosa. En sus ausencias permanentes, ambos, me dejaron a su Alondra. Toda su vida, fui los ojos de aquella niña, hasta el día, que no quiso ver más. Encerrándose en su mundo negro y amargo, dejándome afuera. Solamente, podía protegerla de sí misma.

Con la llegada del Siriano, me ilusioné, para que la llevase, a alcanzar una felicidad efímera. En él, pude ver la fortaleza, que ella, tanto necesitaba. Con la marcha del jardinero, volvió a apartarse en su cuarto, usando su cólera, como candado. Deseando, detener el soleamiento del mundo, impidiendo, las ruinas vejatorias de la vida y que no entrasen.

La esencia natural de Alondra, es ella misma, verde como su cabello. Nunca, he dudado quienes sean, aquella madre y su hijo. Las piedras me lo dijeron.

Amo a Alondra, más allá de lo que se puede amar a una hija, o a la madre de la creación.

Esta carta ha sido una promesa, hecha por mí, hacia usted. Aquel día, su curiosidad infantil, demandaba saber la negación de su imagen de niña, en los ojos negros de mí Reditus. La respuesta, siempre ha estado en su nombre, dado por mí. Él, era el Retorno, el regreso de mi hijo, el retorno de la existencia de Esa-Ella, que vive dentro de él.

Su nombre va más allá del retornar, es la consecuencia de lo enlazado, son el reflejo de la profundidad de la vida misma.

Esta mañana, Melba me trajo una mortaja, no se la pedí. Nunca me intereso. Pero cuando la vi, no me pude negar. Recordó lo que yo había dicho, aquel el día de mi plazo, de mi último segundo. Para esperar aquel instante, no me importaban los arreglos previos. Solamente, deseaba ser metida en un costal bajo tierra. Su bisabuela, con arpilleras de un saco, había bordado todas las flores que existen en HADO 1. La tarea, había comenzado aquel día de mi revelación. Tiempo, tubo de sobra, treinta y seis años, dan para mucho.

No sé cuándo le llegue esta carta y honestamente, espero que nunca ocurra. No quiero que imagine, que esta vieja, no cumplió su promesa, pero el precio por saber un secreto, incontable, es muy alto, espero que usted y su Genoveva me perdonen.

Melba, se despidió de mí con un abrazo fuerte, me hizo prometer, nos encontraríamos en diez años más. No sé si pueda hacerlo, la oscuridad abrazadora, después de la muerte, tal vez, me lo haga difícil. Antes de mi última despedida y revelaría tuve que mirar a mi amiga exhortando, una última vez, le pedí disculpas, la casi-soprano me pregunto.

—¿Por qué razón debería disculparla? —Antes de responder sentí una amargura por un daño hecho. Por una promesa y sentencia dada, una promesa inquebrantable dada a su Amelia.

Su bisabuela con una sonrisa llena de paz me dijo.

—*Lo sé, no se martirice más, sé que ella no cobijara un mal pensar hacia usted.*

Amelia, no me puedo ir sin decirle, que nunca tuve malicia alguna, para lo que acontecerá a usted y a su Genoveva. Tal vez usted yo y todos solo tenemos un cometido más en este condenado hilo de vida. Antes de decir mi adiós, solo me queda una cosa por hacer, excavar las piedras bajo el clavero.

* * * * *

La letra humilde y sincera de su escritura, terminaba allí, en su lugar, otra calmada y honesta, tomaba su continuación.

La voluntad de expresar, aquello que mi vieja amada prometió, me obliga, debo continuar con el ofrecimiento solemne. Guardaré estas hojas, llenas de mi vida, para continuarlas antes que mi existencia concluya. Sé que, estarás viva, en mí ser de piel y sangre, observo las sendas ya trazadas, me alegra.

»Tú tendrás tiempo.

»Kaspar Sabacio.

* * * * *

La Carta de Agripina Romana, tomaría dieciséis años para ser enviada. Era un tiempo regalado, un tiempo para Amelia Grover y yo, hiciésemos una vida normal. —¿Qué era normal?, ¿qué es común? Nada. Pero aquellas últimas palabras de Agripina, llenas de absolución, sé que, acondicionaron el alma de mi Amelia.

Capítulo 62

El Dandi

En el zaguán, la reminiscencia tejida de nudos y turbaciones, comenzaban a ser frescos y recientes. Eran cómo ayer.

—¡No se quede parado allí, pase usted!

—Cada vez, que asomo mi nariz a la deriva de la calle, este frío de invierno, me asecha, —arropándose el cuello con la solapa estirada, dijo *Monsieur* Marrón.

Su largo abrigo, le arrastraba por el suelo. El anticuario era un hombre de común estatura y piernas robustas. Sus ojos y nariz, asimilaban la misma finura de sus modales y la belleza delicada, que alguna vez había cubierto su rostro. Los años de soledad y tabaco, habían dado lugar, a innumerables arrugas. Bajo la culpabilidad de un estupro adolescente, su hálito de vida saludable, había quedado enterrado, forzándolo a huir. Alejando la promesa de aquel tiempo, de su suerte y sus planes.

En su piel y cuerpo, se podía oler los años de maltrato. Su aliento, destilaba un inherente olor a vino. Sus labios eran dos surcos púrpuras y costrosos. Para muchos, *Monsieur* Marrón, poseía la imperfección de un hombre sobrio y lo mejor de una mujer borracha.

Su mundo, consistía en un espacio pequeño y desocupado. Sobre las dependencias de la tienda misma, allí, él, rodeado de botellas vacías, dejaba de ser infeliz. Echado en su butacón, junto a la lámpara de pie. Frente a la muralla alta, salpicada de óleos.

El anticuario, dejaba que sus sentidos lo abandonasen y así, momentáneamente podía ser libre. Sin embargo, los tormentos aprisionados, habían sido la mortificación de *Monsieur* Marrón.

Aquellas cosas inertes y elementales, sus antigüedades, castigaban. Hablaban con voces que se confundían. El hombre, pensó, el alcohol, había podrido su materia gris. Por los ojos de vidrios en desaprobación y encierros, sentía que era observado, por aquellos animales añejos y embalsamados, que le rodeaban.

En su mente, un chirrido muerto, no cesaba de gritar. Aquel caballero reducido, necesitaba una exhortación y un amparo. Ante aquel constante martirio, no sentía alivio, era un flagelo que le perseguía y le atormentaba.

Lo arrastraba como su largo abrigo gris.

Su remedio provino una tarde, Kaspar Sabacio, catalogaba cuatro cajas colmadas de cilindros de fonógrafos. La gran mayoría yacían desnudos, sin resguardo, ni envolturas. Kaspar, por décadas, idiomas y melodías, los iba ordenando, no pensaba. Iba atando pertenencias a sus aceptantes, no era una cuestión de preferencias.

Al igual que aquellas cajas, en la vida, su energía original, llenaba cavidades vacías, con aquellas acciones dejadas.

Kaspar Sabacio estaba distraído. Por un *yoctosegundo*[58] y desde siempre, su visión, se adhería a cientos de miles de efigies. Creció con ellas. Nadie las podía ver, eran constantes, por un tiempo sucinto, se plantaban en su visión. Eran un aviso, la existencia *Esa-Ella*, no se detenía con su vivir. Aquellas siluetas pasajeras, instantáneas de negro y blanco, eran gestos detenidos en el tiempo. Antelaciones de colores. Aquellas fotografías orgánicas eran las indicaciones de su verdadero ser, nadie más que él, sabía de aquel perseguimiento, le era imposible huir. Estaban atados a él, como la muerte lo hace con la vida.

Entregaban un mensaje de culminaciones, eran deudas y pagos de toda clase, eran, el incesante recordatorio de su intención de ser. Dormían con él, estaban en el reflejo de un espejo, frente al plato de

---

[58] Yoctosegundo es la unidad de medida de tiempo más pequeña que hay a la fecha, equivale a una sépto-millonésima de un Segundo.

su comida, cuando se observaba sus pies desnudos, detrás de su nuca, o a través de los árboles y sus follajes. Entre el sol y la luna. Día y noche, eran el mismo aire que respiraba.

Eran el mismo roce de sus dedos, eran un círculo, que nunca culminaba. En diferentes sentidos, a miles de velocidades, siempre girando.

—El secreto yace en el advertir, entender lo que se nos dice. Los mensajes se confunden, pero si usted pone atención. Encontrará una palabra única, atada a un cambio, o inicio. Es algo, que siempre ha estado esperando un desenlace.

»En su frente, llegará como un topetazo helado. Le devolverá aquella cordura, que día a día, se le ha ido perdiendo, —*Monsieur* Marrón, entendía muy bien, aquello, que el muchacho decía.

No quiso levantar su cabeza, absorto, su mirada, se encontraba en el reflejo de sus zapatos de charol. Aquellas palabras abofeteaban su conciencia, remeciéndola, llenándola de un perdón, que debería encontrar. *Monsieur* Marrón sabía, aquel olor a sebo, nunca, quitarían la mugre que llevaba incrustada en su alma. Desconocía, si aquel recipiente de su tormentosa culpabilidad, aún, murmuraba su nombre. Sintió un cambio, sus pulmones, habían dejado de toser, en un segundo, había tomado su decisión, debía remediar aquel antiguo agravio y vileza.

✱ ✱ ✱ ✱ ✱

La potestad tendría que esperar. Debía dejar sus asuntos, en manos de Lola Esteros, la mujer, llevaba las cuentas. Por naturaleza, Lola, era falsificadora de firmas. Siendo una mocosa desdentada, había hecho diestro, aquel arte de guante blanco. Para ella, no era un crimen.

Al contrario, se sabía un arquetipo y paladina. Según ella, las vidas de sus clientes, prevalecían que las indiferencias. Ante las

305

desgracias y miserias ajenas, Lola, en un lamento ajeno, suspiraba y alzaba el pecho, los hacía de su propiedad.

A sus trece años y al falsificar la firma de su madre, Lola, descubrió su habilidad manual. Después de dos meses de vida profana, las bofetadas, recibidas, en sus mejillas, la llevaron, a subsanar atropellos y perjuicios. Hicieron de la mano derecha de Lola, su herramienta de justicia.

Lola, pasaba su vida malcriando una araña pollito, peinando la cobertura pilosa en sus patas. En una actitud pasiva, el arácnido, se dejaba mimar. Ambas, vivían en una complicidad de ama y fetiche, no se sabía cuál, era quien. Las patas del artrópodo, tejían la constante ilusión de su dueña. Lola, vivía pegada a una edad de diecinueve años. Gracias a ella, *Monsieur* Marrón, había obtenido su legalidad. Entre copas de burdeos y tintos, entablaron una amistad. Compartían un secreto, él, huía de un amor traicionado y ella, lo protegía con su excentricidad cincuentona.

✳ ✳ ✳ ✳ ✳

Una mañana cualquiera, el elegante belga, se despidió. Llevaba consigo, el bálsamo del perdón. Como un regalo momentáneo, entrego su abrigo largo aquel aprendiz. *Monsieur* Marrón, estaba cansado de arrastrar cosas.

Antes de partir, propuso, no bebería más, su voluntad, sería cumplida.

No por el hecho de su promesa. En alguna parte del atlántico, su cuerpo yacería, moriría feliz. El pasado, le había alcanzado.

Capítulo 63

La Inaguantable Furia

En el segundo año de universidad, Kaspar Sabacio, había comenzado a distanciarse de su madre. Mientras más se acercaba aquello que siempre imagino ser de sí mismo, más le hacía ser fehaciente con su conciencia humana.

Cursado por el propósito de su existencia, dirigiéndolo, pronto, tomaría las sendas de una ausencia dilatada. En un lazo subterráneo. La brecha, unirían cuatro continentes, aquello, era algo del cual, él, no podía escapar.

Después de la presagiada muerte de Agripina, Carmencita del Carmen, heredó los cuidados de la casa. No había sido una cuestión de riquezas. La herencia que la nueva empleada recibiría, estaba intrínsecamente atada con la alimentación de la ciega.

Entre ambas mujeres, aquello había sido una promesa. A cambio, los libros de latín de Agripina y todo cuanto se encontraba en su habitación, serían suyos. Aquel convenio, no tendría una duración establecida. En una bandeja, fuera de la puerta de la atalaya, las cacerolas de verduras y legumbres, constantemente, deberían llenar el plato de Alondra. Las visitas culinarias de Carmencita, eran proporcional a la distancia de tiempo, que le tomaba caminar, desde su valle, hasta alcanzar las puertas de HADO 1.

* * * * *

Después de dos años de labores, una mañana, la costumbre de cocinar ancho para su familia. Hicieron olvidar a Carmencita, el único mandato. Recalcado, con voz y letra de Agripina,

«*¡Mañana, tarde y noche, siempre hortaliza! ¡Nunca jamás, carne!*»

Dos huevos revueltos y tocino, hicieron entender aquel recado fundamental.

Aquel día, era un día más de primavera. Alondra, parada afuera de su atalaya, el viento, el cual, emanaba de ella, había elevado sus pelos casi en su totalidad. Liberada por sus dientes apretados, emitía una vaharada punzante, intensificaban su furia.

En arcadas y detenida, en su mano, se encontraban dos trozos de tocino. Con su semblante compungido y venoso, Alondra, vociferaba por aquella muerte.

—Por mi pesada vida, ¡qué injusticia! — Alondra gritó por esa muerte. Por su bramido, el aire cálido y dulce que vivía en la roca se convirtió en humo tóxico.

Carmencita se sintió sentenciada por la agobiante mirada de Alondra.

Era un crematorio de congoja y horror. Como un otoño forzado, su lamento iba estremeciendo todo. Incontrolablemente, la firmeza de las hojas, en pánico, se desprendían. En un santiamén, las flores, sin ninguna excepción, cerraron sus pétalos. Parecía, la vida de la roca, deseaba huir de aquel momento, alejarse, de la madre enfurecida. Espontáneamente 321 grietas y quiebres aparecieron en HADO 1 y en la colina.

En lo alto de la atalaya, Alondra, se detuvo a jadear. Ignoraba la presencia de aquella cocinera y verdugo, Carmencita, no existía. Entre llanto y saliva, libero su lamento.

—Terror antes de un final injustificable, ¡dolor y sufrimiento!, — sus ojos se movían sin control.

—Un cuchillo carnicero, corto de cuajo las sensaciones de este animal espléndido. Su existencia fue regida por la conveniencia humana, por el maldito placer, matar y extinguir.

Apretó sus dedos contra sus palmas, con tanta fuerza que las uñas se clavaron en ellas, liberando su sangre, tan humana y tan animal.

En una maza de convulsiones fantasmales, la cólera, transformaba aquel rostro ciego. Ante Alondra, solo había culpabilidad, e inmoralidad.

Lentamente, el líquido rojo, comenzaba a caer por los peldaños, iba formando un pequeño torrente de sacrificio. Su cabello, lucía más glauco y viviente, era refulgente. Desde allí, se podía percibir sonidos orgánicos, vivos. Eran vuelos de aves, el ruido del agua cayendo, su cabeza en sí, era un ciclón descontrolado.

Sereno y Kaspar observaron cómo Alondra levantaba la voz y exclamaba.

—Razonamiento que di a la creación humana, un error atroz, ¡fue mi error...!, —por el suelo, un crujido atravesó las piernas de Carmencita.

—Nunca, han entendido sus propias sobrevivencias. Jamás, debieron sobrepasar aquellos irracionales, aquellos inocentes. Se matan entre sí mismos.

»¡La prepotencia, les ha sacado de mi esfera, de la vida, llevándolos a otros dominios...!

Desde el atrio, el lamento de Alondra, fue detenido por un tronador ladrido, *Sereno*, junto a Kaspar, eran testigos. Por primera vez en su vida, él, le temía.

Todo, parecía una alucinación, no existían percepciones distorsionadas. Sin embargo, aquello, era la realidad de Alondra. Creada por la máquina perfecta de su cerebro. Alondra, comprendió, ante otros, por siempre, debería callar.

Después de aquel adagio, su sentencia muda, la llevo a cerrar su pórtico. Antes que la madera alcanzase el marco de la puerta, en un golpe cataclismo la tierra de los jardines, comenzó a secar su humedad perpetua. Ante la condena, eran las hendiduras y la prontitud.

La equivocación de Carmencita de Carmen, caía entre sus piernas. Aquella meada, haría que recordase. Su presencia, de ahora en adelante, se movería entre las sombras y el silencio de aquella casa vacía. Porque afuera y desde la atalaya, en Alondra, el aquilón, remecía con fuerza.

Capítulo 64

Etiquetas

La epigrafía[59], había llamado el entusiasmo de Kaspar Sabacio. Ahora, en aquel último semestre de estudio, frente a él, sobre una mesa del aula. Cronológicamente ordenados, se encontraban algunos soportes perdurables. Eran mensajes y textos transmitidos a través del tiempo. El doctor, que impartía aquella clase, levanto uno y expuso su data. Diciendo.

—3911 años antes del siglo I, un fragmento con escritura silábica de Creta.

Desde su tribuna elevada, Kaspar, callado, observaba. Sumido en su propósito, aquellos, no eran los objetos. Al contrario, entregaban un lejano claroscuro de ignorancia. Las razones de su nacer, aún se mantenían ocultas, lejos de las manos de la humanidad. Tapadas de toda luz, por todo el mundo yacían nueve trozos y fragmentos, eran separados por milenios de acontecimientos. Esparcidos y divididos por las cortinas del tiempo. Juntos, formaban un mensaje. Se encontraban sepultados por el olvido y por *Esa-Ella*, los objetos, esperaban ser encontrados. Como si hubiese ocurrido un segundo ante de aquellos tiempos. *Esa-Ella*, sabía los lugares específicos, dónde se encontraban soterrados.

En el despacho de Salvador, en el tercer gabinete, escondido en una última gaveta, debajo de un papiro que hablaba de un dios sol y humano. Allí, se encontraba una inscripción primitiva, era el trozo de un cráneo, plano y oscuro. En él, estaba el principio de una imagen. Era la primera fracción de la aportación del género humano, hacia la esfera.

---

[59] Epigrafía; es el estudio y la interpretación de las inscripciones antiguas.

El día que Kaspar lo vio por primera vez, dijo.

—La inscripción primigenia, ahora, solo faltan ocho.

Kaspar Sabacio, ignoraba las etiquetas, para él, no eran ni *Homo sapiens*, *Denisovans* o cualquier otro *Neandertal*. Para Kaspar, es más, para *Esa-Ella*, aquellos humanos del principio, habían sido seres inocentes y puros. Cuando la supervivencia, aún, no había sido desviada por intenciones aviesas. Cuando aquellos seres, no les rezaban a espíritus, ni sabían de tabúes o supersticiones. Sus relatos eran sobre el origen de la vida, en aquel entonces no existían las murallas, ni espadas, o escudos que dividían al género.

Todo era valorado, todo tenía la misma prevalencia.

Kaspar, pensó en aquel fragmento, el de su bisabuelo, el de la gaveta. El fragmento número uno de su cuesta, allí, escondido. Sin concentrarse, escribió en su cuaderno, en números pequeños, casi microscópicos, 61911. Sin observar el reloj, a la referencia, agregó; 6 horas, 2 minutos y 15 segundos, junto con el siguiente texto:

«Después de la vida, antes del razonamiento humano, antes de la miseria del dinero, mucho antes del nacimiento al deseo a escapar a la muerte, o tal vez el deseo a perdurar, e ir más allá de ella».

Capítulo 65

Entre Amores

Detrás de él y apoyada en la pared, se encontraba su profesora de ciencias. Se llamaba Duda Torres. Era alta, con rasgos finos, casi diminutos. Duda, era una mujer madura en su cuerpo y erudita en su mente. Rebosaba los cincuenta años, su piel, asimilaba la vainilla dulce. Más allá de una relación carnosa y deseo ávido, Duda, había entregado a Kaspar, el sabor del placer y sus satisfacciones.

Atraídos durante la primera cátedra. Aunque, las miradas cómplices, sin intermediarios, habían sido atadas entre ellos mismos. El resto, había ocurrido sin planes, sin apuros, tal vez, habían sido llevados por la búsqueda de Kaspar, por encontrar un cuerpo, al cual amar. En un sentimiento maduro.

El idilio, se había transformado en un solo tiempo de perfección.

Sin la casualidad, entre ansias, orgasmos, e ilimitadas inhibiciones, sus personas y aquel encuentro, habían sido conjugados.

Para alcanzar aquella perfección, aquella atracción, había necesitado un eslabón más. La relación, era regida y completada, por la unión de tres seres puros, sin compromisos, ni ataduras. Necesitaban el cuerpo y el alma, del marido de Duda.

Duda, sin restricciones, amaba a su esposo, Aguayo, idolatraba a Duda. Sus edades eran separadas por seis semanas. Ambos, tenían el mismo comportamiento ante la vida, ellos, eran honestos consigo mismos. Ilimitadamente, se apoyaban mutuamente. No tenían una fórmula, el amor, se educaban aprendiendo de sus errores. A sabiendas de aquello que los unía, respetaban sus espacios y tiempos de soledades.

Sus uniones estaban atadas a una gama de colores, con sus negros y blancos. No tenían subtítulos de vida, ni para sus sentimientos. Sus existencias cruzaban sus propias benevolencias y amistad.

La historia de Duda y Aguayo, era un aprendizaje de amor, acumulado a través del tiempo.

Ambos, amaban a Kaspar Sabacio, aquel sentimiento, era un sumario, atravesaba más allá del discernimiento y de lo común. Kaspar Sabacio, los amaba sin inconvenientes. Al mismo tiempo, los deseaba como un hombre, puede amar a una mujer y a un hombre. Los tabúes del mundo, nunca habían entrado en la alcoba. Allí, en aquella única cama, las pulsaciones, formaban una conjunción ideal.

En la atracción desinteresada, sin refrendo, Kaspar, estaba vinculado y ligados a ellos. Sus pieles atravesaban la razón y el deseo animal. Los tres, estaban atados a un placer máximo, que solo el sexo, en su más puro desenlace, podía reconocer. Sus bocas, así como sus pieles, eran un solo órgano compatible, sudoroso y sin detenimientos.

La primera noche de ese encuentro, Kaspar pensó, *«no sé a quién besar primero»*.

Aguayo adivinó la anticipación,

—Acércate.

El cuerpo desnudo de Duda tomó la mano de Kaspar, ¡ven conmigo! La colocó sobre el pecho de Aguayo.

Mientras los dos hombres se besaban, con sus uñas, ella, suavemente, dibujó líneas de placer desde los hombros de Kaspar hasta llegar a sus glúteos.

—Perfecto.

Kaspar se volvió y la besó.

—Simplemente perfecto, —reafirmó Aguayo.

Para aquellos que no hayan experimentado aquella sensación, donde el alma sale del cuerpo y es capaz de palpar la piel de la otra persona, saborear la boca del amante, la saliva de la amadora. Donde todo, en un mismo plano, está unido en su totalidad al placer y al amor.

Kaspar se consideraba afortunado de ser parte y uno más de aquellos tres, donde las analogías eran escritas solo con placeres sexuales. Las moderaciones y los limites, nunca existieron, solo la excitación que nunca escuchó a la razón, solo a sus propias voluntades.

* * * * *

Una noche, cuando sus amantes dormían, Kaspar, recordó su temprano aislamiento al dolor. Se antepuso al día de su muerte, pensó en Agripina. Así mismo, se sintió en el odio de su madre. Se cautivó, con el amor sincero del *Siriano*. Sobrellevo la culpabilidad de *Monsieur* marrón. Ante la antipatía de Lovisa, se estremeció. Sin dudar, pensó en su razón de existir, volvió a pensar en su final.

En aquella cama y en aquella noche, Kaspar, comprendía la complejidad humana. Enteramente, no la sobrellevaba, la deseaba, sí. Toda su vida, escuchó a otros, del fundamento de existir, ante el cual, todo era parte un plan excepcional. De una razón de ser, de las espléndidas posibilidades, que el azar, puede presentar. Incluso, aquellas espantosas. O cuando las revelaciones quiméricas, se transforman en eventos extraordinarios y pasan a ser realidades perturbadoras, casi novelescas.

Hasta ese entonces, Kaspar nunca pudo distinguir entre el mundo humano, el racional, o el imaginado.

«Para la humanidad, nada tiene sentido, o nunca será suficiente aquello que tanto se desea». —Pensó.

»Para alcanzar lo imposible, la certidumbre, en el yo es el elemento crítico. En la simplicidad de la vida, en la excelencia de cada ser humano, existen infinitas posibilidades de realización. Comprendiendo ese hecho, solo entonces esas espléndidas posibilidades pueden habitar en la realidad.

Él sabía, podían llegar a ser concebibles.

—Las fascinaciones de la humanidad, pueden convertir todas aquellas gilipolleces, en interminables resquicios de esperanzas. — Murmuro apoyando su mano en el glúteo tibio de Aguayo, para Kaspar, únicamente provocaban un sentimiento de indignación.

¿Cuánto deseaba decir? —Mucho o nada, sucede por el mero hecho de ocurrir. Sin motivos. Las voluntades del género humano, están escritas por las manos mismas del libre albedrío. En sus totalidades, las personas, son libres de elegir, pensar y actuar.

Desde siempre, había sido así. Después del ejecutar de *Esa-Ella*, las almas humanas, debían sobrellevar las consecuencias. Era allí, donde nacían todas aquellas frases rebuscadas de certidumbres y anhelos para sobrellevar la vida. La totalidad de la existencia, era tan simple y fácil. Únicamente, en una palabra, se podía resumir; en el respeto. Respeto por las vidas, respeto en los decires y acciones, respeto sobre el libre pensamiento.

La consideración había dejado de existir entre la gente. En su lugar, exacerbado por el odio, solamente había indiferencia rayana por el menosprecio a lo esencial de la vida.

A sus lados, se encontraban la ratificación de las emociones más elevadas. Kaspar, se sentía humano. El joven Sabacio, una vez más volvió a buscar las bocas deliciosas de sus amantes.

* * * * *

Aquella tarde, después de la cátedra, por una última vez, compartirían la intimidad de aquel amor y deseo. Kaspar, había cayado, el comienzo de su trayecto, comenzaría pronto.

Las partidas siempre, eran difíciles. Su viaje de una vida, aún no había comenzado. Sería durado en el tiempo. Con él, llevaría las memorias de expresiones de calor, las sofocaciones de aquella perfecta relación, donde la ansiedad, convertía todo, haciendo lo trivial, en algo fabuloso y perfecto.

Volvería a encontrar la sensación de placer, alegría y deleite con otros. Pero no igualarían la sensualidad de aquel maravilloso libertinaje de aquella cama.

Capítulo 66

Vacilaciones

La tarde anterior, con la ayuda de Carmencita del Carmen, habían hecho del despacho, la habitación permanente de su madre y el perro. Con el dedo deformado, Alondra, había apuntado hacia la esquina. Por debajo de la escalerilla, haciendo saber, su cama, no se movería de allí, jamás. A modo de una muda espontánea, Alondra, indicaba, como si las cosas, ni tuviesen nombre. Sin origen, o hubiesen sido recién creadas. Aquello, no necesitaba explicaciones.

Como con la cara dibujada en el padecimiento de una tara física y anímica, los ignoraba. En realidad, los objetos no tenían valor, o importancia, excepto, aquellos de su madre y los libros de su familia. En la paz de aquel cuarto, lleno de memorias, conocimientos, falsos o ciertos, no importaban. Allí, encontraría el sosiego, aquello, que el resto de su vida, tanto requería.

Alondra, solamente, confiaba en la fuerza y fecundidad femenina. Desde el balcón y hasta su muerte, la dama desnuda y el silbido de aquel viento velador, serían sus únicos compañeros.

* * * * *

Antes del alboreo y después de la hora del bien y el mal, Kaspar Sabacio, se había levantado temprano. Su dormir, al igual que el de su abuelo, necesitaba tan solo un par de horas.

Al salir de su habitación, su desnudes, sintió el frío invernal. De un porrazo, la estación, se había dejado caer. Su cuerpo estremeció de vida. Para saber el camino, no necesitaban luz. Una vez más, el alma de Kaspar Sabacio, deseaba ser solitaria y taciturna. En un silencio explicativo, le pidió a su efímera opalescente, que le dejase solo.

Sus piernas eran largas y vigorosas. Desde sus abultadas pantorrillas, sus vellos, cubrían toda su piel, hasta alcanzar sus muslos membrudos. Dejando descubiertos, aquellos glúteos recios. Rebotando y sutilmente, entre sus piernas, su falo, iba colgando en una flacidez pendular y alargada. La perfección masculina de Kaspar Sabacio, en una fina hilera, se extendía, desde sus vellos púbicos, continuando, sobre su estómago jayán. En una resumida salpicadura, entre sus pectorales firmes, se detenían. Para cualquiera, que hubiese deseado, asombrarse con su órgano recio. Los oblicuos de Kaspar Sabacio, en una redondez tubular, le apuntaban.

Al caminar, por el pasillo, las yemas de sus dedos, mantenía aquel movimiento esférico, sin parar, como lo habían hecho siempre. En su otro brazo, sus uñas esparcidas, iban rasguñando la delicadeza de los paneles de la madera. No tenía apuro. A través de los cristales de los ventanales, entre la pared de la colina y el techo de la casa, Kaspar Sabacio, podía ver una fractura del firmamento. Al salir a los jardines, un viento pícaro, desordeno su cabellera larga.

Kaspar Sabacio, no necesitaba tres nombres. Aquella energía, era la voz de su mente, sin tormento, ambas, se complementaban.

«*¿Qué sientes?*», —preguntó *Esa-Ella*.

—Culpabilidad.

«*¿Por qué?*», —volvió a preguntar su mente.

—Me culpo de vivir esta vida plena, yo aquí y ella allá, soy libre, nada me detiene, excepto, nuestras razones de nacer. Aun así, ¿cómo puedo hacer vida, sin sentir indiferencia? Por ella, o por el resto de mis semejantes. No he cometido delito, el peso de mi culpa, me agobia.

Una débil resonancia a su respuesta llegó desde la oscuridad de su mente.

—La vida te enfrenta a tu responsabilidad, esa es la razón por la que sientes culpa. También es lo que te hace humano.

Las palabras de *Esa-Ella*, eran sabias, «*cómo energía, tú no posees malicia, esta emoción, de ser un ser viviente, te pesa*». Se detuvo a observar sus pies anchos, en el pastizal, iban llenándose de humedad, era un acto común. No para él, cosas como aquellas, tenían un valor diferente. En su totalidad, eran apreciadas, valían ser vividas, a cada instante, en todo tiempo.

Ahora, la voz de su alma, se dejaba ir en un monólogo. «*Mi vida, ha tenido volumen y densidad, puedo editar mi futuro y manipular mis acciones, corregir mis errores. Abonando los momentos que me dan y gratifican, puedo ver el futuro, el que yo, he elegido*».

»*Sin ver omisiones pasadas, camino entre las reiteraciones, faltas y aciertos, aunque, he circulado siempre, no puedo vivir en cautela y prudencia.*

Conscientemente, Kaspar Sabacio, había comenzado a demorar su inexistencia, no la deseaba.

«*Cómo hombre, mi naturaleza, está hecha para cometer errores terribles. La misma me da la facultad de entenderlos y rectificar. Sé que el tiempo, me los devolverá, aun así, puedo sentir horror*». —Más que pensar, era un diálogo honesto y culminante. *Esa-Ella* departía sin miramientos.

Con sus muslos, apoyados en la balaustrada, podía observar las luces distantes de los cerros, ocupado de vapores y estelas. El trajinar del puerto, iba despertando a otro día. Kaspar Sabacio, debía tener la última conversación con su madre, con aquella carga, se sentía agobiado.

Deseaba sentarse en la banca, bajo la higuera desnuda. Aquel árbol, al igual que él, nunca fue podado. Creció sin limitaciones y frondoso. Kaspar Sabacio, había sido hijo como un fruto agregado, de un óvulo y dos vidas. Como el higo, su carne sangrienta, semejaba su propio ser.

Al caminar, iba rozando los árboles, por aquella alteración, por sus méritos y cadencias, se sentía ceñido.

En sus reciedumbres originales, aquellas energías magníficas, nunca se dieron cuenta, del verdadero significado, de la pureza de ser un ser vivo.

Por un tris, la posición de su forma real, en aquel espacio, del jardín y el mundo, deseaba cambiar. Se dirigió hacia la caída de agua. Entre los pilares centinelas, el líquido fino, como una piel apegada a la roca pulida, iba deslizándose. La luz del alba, comenzaría a asomarse pronto. Antes que aquello ocurriese, Kaspar Sabacio, deseaba hacer algo prohibido para él.

Detenido, mirando aquella celeridad fluida y por primera vez, en sus veintiséis años. Kaspar Sabacio, suspendió el movimiento de sus yemas. Atravesando la materia sólida, sus manos, cruzaron el agua sobrenatural, los codos, se detuvieron, dejando sus manos, al otro lado del infinito. *Esa-Ella*, estaba en el oscuro dimensional, en su elemento.

La piel, su carne y sangre, por un paréntesis en el tiempo, dejaron de ser. Excedían lo que era ser humano. Desde la atalaya, la presencia de *Sereno*, recapitulaba aquel ladrido. Era el mismo recordatorio de Alondra.

Ellos no debían cruzar realidades.

Llego a él, como un aviso fulgurante, el tiempo de *Esa-Ella*, no había llegado aún. Inmediatamente, en un movimiento rectificador, a este lado de la vida común, retiro sus brazos, con él, volvía la continuación en el roce de sus yemas. Se sintió desconcertado.

—¡Mierda!, ¡maldita sea esta condena!, se dijo, asimismo. La tentación de ser un hombre le hervía. Había comparado realidades. Ya no dudaba, el alma, el derecho a ser una identidad humana, estaba ganado su propia batalla.

Como Salvador, Kaspar sabía, en el todo del universo, no había lugar alguno, donde encontrar cobija, al miedo, a la cobardía. Le detenían. Kaspar Sabacio, deseaba ser rebelde. En su estómago, sentía las mismas mariposas revolotear de su bisabuelo.

Kaspar Sabacio, se repetía una misma pregunta. —¿Por qué?

El porqué de las cosas. El porqué de aquella obstinada circunstancia, en la cual había nacido. ¿Por qué no poder largarse y hacer una vida normal? ¿Pero qué era normal? ¿Tener una familia, un perro, riquezas? ¿O simplemente una ventana, a través de la cual, poder observa el mundo pasar? El poder de decidir, que hacer con la vida que se le había otorgado, ser él y nada más. Su voluntad, no contaba. El peso de toda su existencia, no le dejaba respirar, era agobiante.

Kaspar no podría escapar de su destino, arrastraba la larga hebra de la eternidad. El presagio era abrumador. Deseó que los malditos objetos nunca existieran.

Salido de la casa, como un manto protector, el viento valedor, le envolvió. Tal vez, era una protección, tal vez, era una solidaridad. Él, no estaba solo. Él, no era parte de aquel mundo, había nacido con un propósito. Kaspar Sabacio pellizcó su piel, allí, en aquel breve dolor, encontró sus respuestas. Ese era su obstáculo, el desear ser humano y feliz.

Capítulo 67

Interponer

Las puertas del aposento de su madre, estaban abiertas, antes de entrar, el revoltijo de sentimientos, produjo en él, un mareo de carnaval, Kaspar Sabacio ya no era extraño a la inquietud de la hora.

En aquella revocación predicha, Alondra Sabacio, estaba sentada en la butaca azul, el perro, estaba echado junto a ella. Kaspar, caminando, los sobre paso, al llegar junto a la chimenea, quiso iniciar un fuego. Se detuvo pensando, la fumarada, sería algo muerto. Contradecía la paz de aquel refugio provisorio.

Parado frente al ventanal, observando a la distancia, Kaspar preguntó.

—¿Madre, desea saber que ocurre en aquel trajín, que no acaba nunca?

No hubo respuesta. Ni importaba, en su alma, Kaspar Sabacio, podía sentir una brecha profunda y divisoria, que no había existido allí antes.

—A lo lejos, puedo ver la niebla mañanera, ha comenzado a introducirse, es como una gasa, larga e interminable.

Antes de referir su realidad, distinta a la de su madre, respiro profundo.

—Sobre las olas violetas, traídas por el viento del norte, va levitando. Al entrar por la ciudad, la bruma, ha comenzado a escurrirse entre las chimeneas altas, con ella, arrastra vapores corroídos y desechos pestilentes. Cada efecto nocivo posee un tono distinto. En sus ir, puedo ver cientos de personas, mezclando, vidas que no cambian y sus monotonías de polución.

»Empero, en aquella confusión, puedo vislumbrar una ínfima partícula de agua, en aquel peculiar recado, puedo distinguir los vientos claros. En ella, siento el poder de germinaciones, son olas, nubes, animales apareándose.

Por un momento Kaspar deseó estar hablando consigo mismo, Kaspar sintió la respiración de Alondra, dejó de reflexionar.

—En aquella visión, puedo saborear las pulpas de aquellas frutas invernales, el polen de las flores, que me harán estornudar.

Una sonrisa sincera se dibujaba en sus labios.

—Hay sonrisas en millones, son alegrías que empujaran la esperanza humana, son los seres materiales y sus ideas maravillosas, ante las tristezas y pesares, no se detienen. Poseen algo magníficamente grandioso, la entereza, que les alienta para continuar viviendo.

El agobio, en su pecho, le hizo detenerse.

—Puedo sentir las arenas de playas y desiertos, llegan a mí, más allá de lo acuoso, térreo y del aire. A través de ellas, siento las descomposiciones de los cuerpos, son el reciclaje de las materias finitas, son idiomas de sol y tierra, temas dispares de una sinfonía insuperable.

El corazón de Kaspar se elevó al sentirse alejado de su madre. —En mi piel, puedo experimentar la vida y su continuación. En aquella ínfima secuencia, puedo ver su rostro madre.

—Distingo la creación, puedo ver cenizas…

Kaspar, guardo silencio, era evidente, algo había permutado en él, no se lo dijo. En él, la duda y las consecuencias, empezaban a sobrellevar un peso, que no deseaba acarrear. La culpabilidad y el excesivo precio de no ser libre, le atormentaban.

Alondra no escuchaba razones, ni las de su hijo.

Capítulo 68

Razones

Los dedos de Alondra Sabacio, parecían raíces centenarias. Estaban torcidos, como una red frondosa, que no detiene su crecer. Al cubrir sus oídos, Alondra dijo.

—Aquellas imágenes, llegan a mí, son voces distintas, confundidas. Son lamentos de miles de millones de direcciones, unificadas, me dicen. «*Quédate, no nos pierdas. Protégenos de aquel desamparo silencioso, sentimos turbaciones, sobrecogimientos, pavores y cesaciones*».

—Es un mensaje, cargado de perfumes florales y esencias de criaturas, cortezas, tala y fuego, ¡escorias! Son el veneno y prepotencia, son una apoteosis hacia su madre.

—Vienen a mí.

»Como la base de la vida, que se apagaba a la piel de Alondra, ella, podía sentir los picores de insectos y sus incansables fecundidades. Con su cabeza reclinada, entre sus cabellos y el ala de la butaca. Alondra Sabacio, continúo con aquel razonamiento.

»En los estantes de esta biblioteca, en sus 24811 libros, se encuentran, algunas de las realidades que una vez, fueron de este mundo. Conocimientos, ganados por las magníficas mentes humanas. Sin embargo, son aquellas codicias, egoísmos y necedades, los cuales, han hecho desviar la naturaleza humana.

En el suelo polvoriento y sin mirar a su madre, Kaspar Sabacio, junto a ella, estaba sentado, prefería callar. La voz de Alondra, sonaba seca y granulada.

—Procuro responder a nuestros propios espectros, por qué insisten en seguir hablando. En tonos sobrios, me piden un cambio, el cual, no se puede dilatar más. Hijo mío, ha sido escrito. En unos cuantos minutos, serán millones de vidas extinguidas, unidas, en un solo grito de muerte.

»Aquel evento, me hace prevalecer, me duele, —una gota de sangre rodó por la mejilla de Alondra

—Será el despertar de un sueño erróneo.

Kaspar Sabacio, levantó su mirada hasta encontrar los ojos vacíos de su madre. El cuerpo de Alondra, estaba reducido, era una consternación permanente, de amargura, de plasma púrpura y músculos deformados. El saber de su existencia, denotaba el abatimiento de sus huesos quebradizos.

Alondra Sabacio, no podía aceptar lo que ocurría en la costra de su planeta. Aquellos billones, de aquella especie, sin valorar el concepto magnífico de la vida, continuaban viviendo, sin reparos, maltrataban y mataban. Para Alondra y sus energías, no había duda. La gente importaba. No podía haber otra extinción.

Alondra, en un estremecimiento mortal, cambiaría el contrapeso del mundo.

—Puedo sentir su tristeza madre, han perdido la bondad en la esfera. Y la confianza con ella. Kaspar murmuró, —sin un cataclismo devastador, no se podrá volver al punto original.

Junto con aquella tercera energía, la oculta, lo sabían.

Por un instante, Alondra dejó de respirar. Parecía ser asmática. Acercando su rostro al cabello de su hijo, dijo.

—Mi mundo cambiará de forma inesperada y sin preocupación. Ellos han creado las huellas de la desolación. Nunca escucharon los miles de advertencias.

»Los vestigios de desolación, los han creado ellos, nunca, escucharon los miles de avisos.

»Creación y doblez de los seres racionales. En la duplicidad de ignorancia y asombros, nació ella. La más nefasta de todas las plagas.

»La religión hipócrita, siempre, sorda a atender la verdad, muda, al no procurar rectificar sus errores monstruosos. Nunca, ha estado sola, ha estado acompañada de innumerables denominaciones. Eternamente, buscando respuestas y así, poder dominar al resto.

Alondra respiró con furia, —la religión escapó de su condición de madre. Se prostituyó, convirtiéndose en política.

»Ella es errónea, el régimen se viste de verdad, por un derecho ganado, que aparenta ser propio Aquella infinita necesidad, de un peculio inconsciente. El daño de hoy, se resume a ese dios inepto y falso. Existen muchos dioses y cada uno de ellos es el verdadero y se impone sobre los otros.

»¿Quién los entiende? Yo, nunca pude.

En la oscuridad de su mundo, los ojos de Alondra, parecían rebuscar algo, tiritaban tratando de alcanzar comprensión. —Hasta que llego aquel día y dio a luz, a su más despreciable engendro. El patriarcado, sin moral, con privilegios, en control. Parado sobre la ignorancia más pura de su linaje.

Alondra, respiró profundo, no se detuvo, tenía mucho por decir.

—Cómo deseo cortar esa hebra llamada Varonía.

»Ellos, los que habitan en mi mundo, no han visto más allá de sus propias irradiaciones. Sometiéndose al encadenamiento de embustes y sofismas. Deformaron su emoción más espléndida, la esperanza. Junto a la razón, fue pisoteada, de aquel juzgar, trajeron la justicia de las cosas. Nació la fe ciega.

Kaspar miró como la cola de *Sereno* retrocedía en un movimiento brusco.

—Sin una causa genuina. Un silogismo sobrecargado de descrédito y valor.

Kaspar Sabacio apretó el pulgar contra la palma de su mano. En su mente *Esa-Ella* yacía tranquila. Seguro de sí mismo, seguro de su forma humana, con su razón, apeló a su madre.

—Nacimos, hemos vivido en esta casa, conocimos sus gentes y sus pasados. Somos parte de ellos, nuestra sangre, es la de ellos.

»En mí crecer, yo he alcanzado el más sublime destello de mi alma, el tiempo, no tiene tiempo. No tiene dirección. Los errores se pueden corregir, usted yendo más allá por sobre sí misma. Puede alterar todo. Inclusive. A la misma naturaleza humana y sus complicaciones. No hay retóricas, ni enseñanzas, la historia es una abstracción lapidaria.

Se detuvo, su mente, corría a la misma velocidad que sus yemas. Kaspar Sabacio, debía ser diligente, miro al perro, tratando de encontrar algún apoyo, continuó.

—Aun así, en ellos, hay inocencia, sé que, pueden distinguir y extraer el bien, del mal. Pueden crear cosas estupendas. Ilusiones que ayudan a seguir adelante. Por esta simple razón, le pregunto, madre. ¿Son necesarias esas aniquilaciones?

Kaspar Sabacio, esperaba trocar aquel desenlace. Antes de continuar con su amparo, Alondra, le detuvo diciendo.

—Por milenios, la multitud humana, por una creencia falsa, se ha dejado esclavizar, la torpeza simple. Ellos mismos, se otorgaron la evolución de una inteligencia magnífica. Pero en sus estupideces, desecharon el valor a la vida, de sí mismos y todo lo que los ha rodeado. Solamente, aquellas muertes copiosas, podrán liberar, aquellos que subsistirán.

»De los menajes perdidos, discernirán, ni una sola criatura viviente, en sus formas de ser, sufrirán agravio, o perjuicio. Sin dolor, sin daño, sin muertes tempranas, sin sufrimientos, sin extinción.

»Esta es su tarea hijo mío. Usted nació con ese propósito, encontrar esas piezas, para entregarles un mensaje único a esos necios. En el futuro de la raza humana ya no puede haber, ni claros u oscuros, solo un destino, la comprensión indulgente y forzada.

»Estoy cansada de ser sabía, que se diga de cuan erudita soy, yo, como madre naturaleza, no esperaré más a que se respete aquello que les he otorgado. ¡Me cansé de sus ansias mezquinas, de los abusos!, de las apropiaciones para sí, mi riqueza no les pertenece.

»¡Cómo odio ese afán de obtener beneficios carentes de toda humanidad!

En aquel momento, la voz de Alondra Sabacio, podría haber sido el arma más eficaz, de exterminio, de desolación. *Sereno*, sabiamente deposito su pata sobre el pie atrofiado de Alondra, para refrenar aquel odio, para impedir que aquel desenlace se adelantase a su tiempo.

Con un dolor agudo, Alondra, mantenía sus manos sobrepuestas en sus piernas, delicadamente, semejando con torpeza, un par de alas en movimiento, continuó —: Con ella, la-IRA, aquel hostigamiento, partirá a las profundidades, a un lecho de agua y con él, aquella creencia de un dios encarnecido, crucificado.

»En sus jactancias y presunciones, en sus ansias de poder y exuberancia de enriquecimiento. En el eslabón culminante, de los devotos y necios. Aquella maldad se ahogará junto a la aceptación sumisa. Así, despojados de los fundamentos capitales. Aniquilados de las doctrinas defendidas, que las apariencias piadosas y cinismos compasivos, traen.

»Ellos, serán libres de sus barbaries, profecías escritas en fábulas desmañadas, e historias de fariseos, en sus mentes, resurgirá la certeza de la razón. En mi mundo, este planeta dejará de morir, hijo mío.

Desde la piel de Alondra, diminutas esporas llenaron la habitación, en el aire volaba un horrible olor a hongos. Era como si las palabras de Alondra tratasen de atraer y romper todas las desgracias del mundo.

—Por aquellas faltas garrafales, no hay pretextos, ni la ignorancia, podrá salvar a la humanidad de sus creencias imaginarias. De un golpe, entenderán.

—¡Ninguna raza es y nunca ha sido la elegida!

En la calma de aquellas palabras definitivas, el pecho de Kaspar Sabacio, se agitaba. La fuerza recíproca, sin juzgar, siempre, había observado *Esa-Ella*, no constituía razón, ni argumentaba. Kaspar Sabacio, debía aceptar aquella resolución, por tres pares de manos, su destino, había sido apuntado.

Como el respiro al nacer, la voz de Alondra Sabacio, era firme, honesta y sin peso, no había culpabilidad, —«de aquel pasado, de mentiras vestidas de verdades, de revelaciones, profecías y milagros. Saldrá la obsolescencia, la claridad de los errores».

Alondra, no pestañeaba, unas lágrimas fructíferas, habían florecido. Una línea de luz delicada, entraba desde la ventana. Eran partículas de almas, iban flotando y cruzando la brecha del tiempo. En aquel momento, no había tiranos, gobiernos ásperos, o naciones equivocadas.

Solo ellos estaban. Unidos, en el lazo de madre e hijo. En el eslabón de vida y la fuerza del comportamiento correlativo.

Alondra, guardaba su propio secreto, en su espléndida mente, resurgían las últimas palabras de Agripina Romana, de aquella noche sin luna, de aquella noche del último adiós.

«Sin fallas, no hay perfección que se pueda alcanzar, tu mundo está hecho de sueños empíreos, Alondra, escucha a tu hijo».

Dejando su palma arrugada al descubierto, Alondra, levanto su mano temblorosa. Deseaba que su hijo, pusiese las suyas en ellas. Al contacto de sus pieles, con delicadeza, las llevo hacia sus labios. Aquello, era un acto de amor y partida. Olió aquella piel morena, trataba de mantener aquel ápice de esa mañana única. Con su mejilla húmeda, las acarició. En ellas, con suma delicadeza, depositó las gemas de Agripina Romana. Eran para la gran hazaña de búsqueda.

Kaspar, en silencio, se levantó y se marchó. Su madre esperó hasta oír cómo se cerraban las puertas de entrada.

Alondra tenía algo de verdad atragantada, pensó, *«después de la muerte, no hay paraíso. Y nada que beber; las purezas humanas y las almas mugrientas siempre permanecen en mi mundo. En mi planeta, como una huella innecesaria».*

Desde uno de los estantes de Salvador, una vasija de cristal se rompió en mil pedazos, la mente de Alondra habló.

Alondra Sabacio, esperaría por su hijo, porque sin ella, la costra terrestre, no podría resquebrajarse. Aquello, sucedería después, mucho después, que las piezas del mensaje, hubiesen sido rescatadas.

Capítulo 69

La Marcha

Antes de partir, cumpliría aquella promesa, Kaspar Sabacio, terminaría la carta de Agripina Romana. Por tres horas ininterrumpidas, se arropó con la voz de su amada mama. No tuvo vacilaciones.

Kaspar Sabacio, escribió la verdad, aquella, era lo que me ha llevado a relatar su historia, la mía y la de Amelia Grover entre otras.

Una vez escrita, se dirigió al cuarto de «*luto-feliz*». Entre las memorias de Florianna, la atalaya, el baño turqués, jardines y la casa entera. Kaspar Sabacio, fue llenando el antiguo cajón de embalaje. Allí, depositó los materiales primarios y únicos. Huellas de la existencia de aquella casta peculiar y eterna.

En diez años, antes que él retornase, Alondra, cumpliría con otra promesa. Enviaría aquellas memorias y el cumplimiento de mi sentencia.

En el Zaguán, Kaspar Sabacio vistió sus pies desnudos. Al anudar sus cordones y aceptando las adversidades, se detuvo. Respiró profundo, los aromas y siluetas inundaban su alma. Deseaba preservar aquellas memorias para el camino. Kaspar Sabacio, había atado evocaciones, las suyas, las de todos aquellos que una vez, llegaron a existir en HADO 1.

A él, venían los accidentes impuestos a Salvador y así, encontrar un anuncio de aquella roca. En aquel puerto, un aliviado Salvador, respiraba aire nuevo. El crecimiento y soplo individual de Leonor, su florecimiento. Era el mismo aire que Adelaida y Marmaduke, sintieron, antes de encontrar sus finales.

Su boca, saboreo la leche dulce y madura de Agripina, la misma que había alimentado a su niño Persival. Con sus ojos cerrados, Kaspar Sabacio, podía advertir el chasquido de las piedras preciosas y sus vaticinios, de su eterna criandera.

Pero, había algo en él, aquello, le producía un remolino de contracciones. Desde hacía mucho tiempo, había dejado de sentir lástima por su madre. La culpabilidad que sobrellevaba, no era por ella. Si no por el mundo que le rodeaba. Su madre, había tenido las innumerables posibilidades, de haber sido feliz, cualquiera, que aquellas hubiesen sido. Kaspar Sabacio, no justificaba el ser maligno, que en ella habitaba, pero lo entendía y lo acataba. Tal vez, sus dudas y amarguras yacían en el sufrimiento de su mundo, en la incomprensión que Alondra, se negaba a asumir.

Su madre, se había convertido en el peso que no le dejaba respirar. Fugazmente, antes de partir, pensó, sin detenimientos, se imaginó, asimismo, sin ella, sin la carga, sin la condena. Valdría la pena tener un futuro, libre de Alondra, libre de *Esa-Ella*, sin las cadenas del conocimiento, sin el presagio y cumplimiento.

Al apreciar la acacia, su respuesta, una vez más, llegó a él. El árbol, estaba lleno de vida, presente. Frente suyo, al igual que él, esperando que el mundo cambiase, aunque, no fuese inmediatamente. Kaspar Sabacio, podía sentir la savia en su propia piel.

Comprendió, aquello que prevalecía, su razón de ser, el cometido que le esperaba.

Sin ninguna duda, lo haría. Los años y hasta los segundos, que le tomasen para hallar aquellos trozos de verdades. De todas formas, disfrutaría de su forma de piel y alma. A sentir un amor, no se detendría.

Kaspar seguiría el consejo de Agripina y mantendría vivas las sonrisas de sus seres queridos. En su viaje, amaría a todos aquellos que merecieran ser apreciados. Viviría y experimentaría cada uno de sus nueve sentidos. Por algo, tres mujeres del tiempo le habían concedido esa peculiaridad.

Él deseaba creer, él no tenía poderes mágicos, ni los deseaba. Se negaba a utilizarlos. Solo el poder de las gemas adivinatorias, la memoria y el alucinante vaso de agua de su Agripina.

Sentiría el exorbitante don de ser un hombre, un individuo. Uno más, de aquellos que habitaban aquel fabuloso planeta. Le habían dado una vida, la otra mitad que le quedaba, sería para él. El egoísmo de vivir, era un asunto que no le detenía. Mal que mal, aquel, propio interés, cuando se sobrellevaba sin envidia, o maldad, era válido. Detrás de las puertas de HADO 1, dejaría el conocimiento de su devenir. Todo aquello que estaba en su senda de búsqueda, prefería que llegase a él, sin conocimiento. Sin ansias y deliciosamente vestidos de maravillas.

Miraba hacia la distancia, aquel trazo que debería recorrer. El tiempo restringido, era vasto. Cogió el abrigo de *Monsieur* Marrón, no era largo en él, levantando las solapas y entrecruzándola, se despedía de HADO 1.

El viento helado le esperaba afuera, antes de partir, con las esponjas de los auriculares, cubrió sus orejas. Eligió una canción, sonrió ante aquella ironía, la melodía, era cantada por un Jesús real.

Entre hojas secas y adoquines, quedaba atrás su casa, su familia, su roca. El destino le extendía la mano universal, sin miedo saltaría a lo desconocido, su vida por delante sería un río, una senda desconocida. El Jones de la música, decía aquello asimilado por Kaspar.

«*¡Se siente bien estar vivo! ¡Aquí y ahora, no hay otro lugar donde quisiera estar, aquí y ahora! ¡Viendo al mundo despertar de la historia!*» *Esa-Ella*, había esperado, ahora estaba viva. Aun así, Kaspar no pensaría en su cumpleaños cincuenta y dos, faltaba mucho tiempo para aquello.

Ambos, él y *Esa-Ella*, pensaron algo único y definitivo.

«*¡Larguémonos de aquí!*»

Al cerrar la última reja, introdujo sus manos en los bolsillos, allí, llevaba el primer mensaje, extraído de los elementos y descubrimientos de Salvador. Era el trozo de un cráneo ancestral y labrado por un hombre vestido de pieles.

En ese momento, un regalo inesperado se materializó, un cachorro hecho de miles y pequeñas luces y colores, se presentó, era como *Sereno*, enviado para ser su guía y amiga. Kaspar pensó en el sudario de Agripina hecho de vidas del jardín.

—¡Hola, mi querida *Flora!*, —bajo su abrigo, la cobijó.

Al caminar media colina abajo, Kaspar, se detuvo. Observo su casa en la distancia, recorrió el cielo con su mirada, cerrando sus ojos negros y llenado sus pulmones del aire salado de Aviva, gritó con toda su voz, «*¡La ene, la ene, la ene!*»

Al alejarse por aquel momento eterno de Aviva, Kaspar Sabacio, pensó en aquel instante de existencia, en ese encuentro en la cama de Duda y Aguayo, él, para cumplir sus anhelos, no necesitaba deseos de cumpleaños, o de estrellas fugases y tréboles de múltiples hojas. Cada mañana, su vida en sí era un deseo que se cumplía en sí.

Abrió sus ojos y conscientemente respiro vida.

Capítulo 70

La Precedente Vida De Manón Farmstead - 1824

En mi decir tengo libertad, sin auxilio puedo ir de una vida y volver a ese momento específico antes de la muerte de otra. Por ello y brevemente, a usted «*señor lector*», le acerco una de aquellos seres traídos de ese sueño angustioso de aquel joven Kaspar Sabacio, el del tranvía. Donde nueve seres del pasado le recuerdan la razón de su existir.

* * * * *

El maestro recordó, aquel año, era bisiesto, había comenzado un día martes, en el segundo día de la semana. Siempre, había pensado, aquellos días dos, de los años, de los meses, de los siglos, abrían los cielos melancólicos. Lunares y nocturnos. El olor a plomo, lo llevaba en las narices, aunque, nunca lo olió, o lo saboreó, estaba allí, en las paredes de la finca. Las pinturas negras se lo recordaban, exponiéndolo aún más. La luz tenue, cruzaba las ventanillas, trayendo consigo, el leve sonido del río y los aromas de los álamos.

El silencio de su mundo, le había tomado precipitadamente. Llevando su realidad, a otra, instalando en él, una de sordera de treinta años. El maestro, estaba solo, antes de la huida, Mariano había salido para iniciar los últimos arreglos. Llevándose con él, la turbulencia de Leocadia y a la niña.

Deseaba pensar en sus ilusiones cromáticas, como ideas, no cesaban de invadirlo. El mundo, continuaba caduco y lo haría por mucho tiempo. No revoluciones, ni caprichos, habían ayudado a liberar sus expresiones de aquello. Siempre, había pensado. —

«*Quiero un lugar justo e igual para todos. Como deseo censurar por siempre, los errores del mundo. Sus ridiculeces, extravagancia, sobre todo, los horrores humanos y las consecuencias para los inocentes*».

A un paso cercano y seguro de la finalización. El maestro, ahora de viejo, podía ver la confusión. Quizás, aquella cercanía al final de su vida, le otorgaría la observación crucial. Trascendencias y sus consecuencias.

No le quedaba mucho tiempo, no se podía permitir, ser enigmático. Hasta aquel día, sus mensajes, habían sido ambiguos. De lo claroscuro y de los vicios, debía ir más allá. Su insaciable criticismo, se encontraba más allá de los análisis y posibilidades.

En un segundo reencarnado, un grabado, engendrado desde hace muchos años, el capricho «*Tú que no puedes*», cambiado y maduro, comenzaba a levantarse. Con él, llevaba sus setenta y nueve Caprichos y Miserias[60]. Desde sus pies dolidos, emergían, subiendo por sus débiles piernas, llegando a su razón definitiva. Se habían instalado en su mente y salían por sus ojos. El maestro observador, se sentía levitando, más allá de las nubes vainillas y la luz helada del espacio. A través de una ventana, como un pedúnculo cósmico, podía observar este mundo.

Su mano temblorosa comenzó a trazar una esfera, verdadera y sus vínculos. Era un mensaje obvio y lógico. Sin el cendal de la fábula, plagio o el rumor sin fundamentos. Aquel ensueño, era la esperanza de una ilusión, de ver un mundo permutado en una fugacidad instantánea.

La lámina de cobre, desde un ángulo infinito, era el marco de su ventana. En su propia maestría, el maestro, delineaba la matriz. Al otro lado del cielo, la imagen, era distante. El aguafuerte y aguatinta, entregaban la huella. Se la llevaría con él. Solamente Mariano, sabría

---

[60] Los caprichos y miserias, son una colección de grabados de temas caprichosos, inventados y gravados por el pintor español, don Francisco de Goya.

el descanso de su cráneo y aquella estampa de cobre. La nombro, *«La sordera del espacio y tiempo, que no se puede propagar»*.

Marcados, en la esquina superior, los números, 1, 1, 9, quedaron escritos

Capítulo 71

La Vida Ulterior Del Maestro

Sus manos tiritaban, así como su cuerpo entero lo hacía. Aquellos pequeños movimientos de convulsión, no eran por el frío de la mañana, o la helada. Los músculos y la piel de Manón Armistead, nunca, habían experimentado aquella oscilación. Ni siquiera, durante aquellos ocho años de entrenamientos. Ni cuando la presión centrifuga, jugó con su cuerpo, no sintió temor. Dentro de la cámara hipobárica, o en la piscina de veinte metros de profundidad, cuando el peso del agua, agobiaba su cuerpo por siete horas. Durante aquellos años de torturas y entrenamientos, Manón, nunca había experimentado sobresalto a fallar. Siempre, los había sobrepasado con tesón y perseverancia.

* * * * *

Aunque sí, sintió inquietud llena de tristeza, aquella noche. Aquella de la poderosa explosión, la noche del extremista radical y sus creencias repulsivas. Aquella noche que los cuerpos de su esposo, e hijo, fueron desintegrados. Convertidos en nada, Manón no tuvo un centímetro de piel, o polvo de cabellos, por cuál llorar.

Desde aquella noche, un aborrecimiento por aquella religión, o todas aquellas que requerían sometimientos, había nacido en ella. En la creencia de un dios inexistente y sus sacrificios Manón, no podía comprender, aquella absoluta ceguedad. Manón, no sentía odio por la humanidad.

Su retraimiento, era por aquellas cosas materiales, unidas a cualquier fe ciega. Manón, rechazaba por igual, una cruz y todas sus variantes, o la oscuridad de un nicab[61]. El encadenamiento imaginario de un escapulario, o las castas de los dhotis y saris[62].

Manón, sin distinción, se alejaba de la hipocresía del alzacuello[63], o el peso de los hombros de un talit[64].

¿Allí encontraban la fuente dada de algunos mandamientos obligatorios? ¿Por quién?

Ella no lo sabía.

La arrogancia de las kipás[65], el fingimiento del griñón[66], la mojigatería del klobuk[67], o el resultado siempre buscado, de las kasayas[68]. La mente de Manón, delimitaba los iconos y las estatuas lloronas, que padecían martirios infligidos. Todos, de igual manera, representaban opresión, para ella, no eran más que un boleto de ida, a un paraíso inexistente.

La antipatía de Manón, no residía en las personas, sus razas, o de donde viniesen. Si no, era aquel supuesto sometimiento, que aquellos objetos transmitían. De ansiar y estar con un omnipotente. De verlo, de sentirlo, de alabarlo, de ir hacia una senda vacía, de un aleluya y jubileo por la salvación hacia la vida eterna.

«Después de la muerte únicamente hay oscuridad, como el vacío del espacio», —se repitió a sí misma.

* * * * *

---

[61] Nicab es un velo que cubre el rostro y que usan algunas mujeres musulmanas.

[62] Dhotis tiene el estatus de vestido formal para los hombres en la mayor parte de la India. El Sari es el traje preferido de las mujeres en la India.

[63] Alzacuello; tira suelta de tela u otro material, recta, rígida y blanca, que los eclesiásticos llevan ceñida al cuello.

[64] Talit es un accesorio religioso judío en forma de chal utilizado en los servicios religiosos del judaísmo.

[65] Kipás es una pequeña gorra ritual usada tradicionalmente por los varones judíos.

[66] Griñón es un griñón o toca es prenda femenina que se usa alrededor del cuello y del mentón, que usualmente cubre la cabeza.

[67] Klobuk es un tipo de tocado propio de la Iglesia ortodoxa, generalmente utilizado por los obispos y patriarcas.

[68] Kasayas ropa de monjes y monjas budistas.

Su vuelo inicial, sería en una semana, partiría un día martes. Para ella, los martes representaban los comienzos en su vida, aquel día era su favorito. El vacío del espacio la esperaba.

Necesitaba la paz de su Montresor, allí, alejada del trajín urbano, concentraría aquello que estaba separado en su vida. Manón, se levantó temprano, necesitaba caminar. Las callejuelas estaban vacías de ruidos. La soledad del amanecer y sus pensamientos, fueron interrumpidos por una pareja. Se acercaban en su dirección.

Los vio caminar lentamente, eran viejos, no tenían premura. La mujer, vestía un hiyab negro, caminaba dos pasos más atrás del marido. Él, iba sumido en su propio mundo y el peso de su turbante. Manón, se detuvo, llevo su libro y tesoro a su pecho. Pensó en cruzar la acera. Debía evitar su propio devenir. Los gritos de ayuda de la mujer, interrumpieron aquel acto de huida.

Manón, no necesitaba entender aquella lengua árabe, podía percibir el temor y amor que aquella mujer sentía. El marido, había caído, la piel desvaída, indicaba que su término, le había alcanzado.

—No puedo!, ¡no debo tocar esa piel, su vida no es de mi incumbencia!, —Se repitió muchas veces. Cruzaría la calle, empero, fue detenida por la razón de su inteligencia, de su conocimiento médico. Le impedían que se alejase de aquella antesala de la inexistencia.

Dejó de pensar en ella y su rechazó. Sus piernas apresuraron su correr, lo hacían por ella, por el musulmán, por su familia ida. Sin dudarlo, arrodillada junto al hombre, como un autómata, comenzó la labor. No pensaba en ella, o en el turbante, o en la religión del hombre, solo en la vida débil, que aún prevalecía en aquel cuerpo.

El libre albedrío, le indicaba, ahora, si Manón lo desease, sus últimos años, podrían ser reversibles. Tenía que suceder.

Ese origen o su creencia no importaban. Al presionar el pecho del anciano, Manón dejaba de lado su disgusto. La compasión de ser un ser, con la reanimación palpitante, volvió a ella. Con cada maniobra,

Manón se alejaba del daño, llevándose su odio. Al presionar la caja torácica, sus labios contaban una secuencia. Manón estaba a punto de resucitar.

—¡No más, no más!

Cuando sintió que el hombre respiraba, se detuvo. Se apoyó en la pared y se sentó. Estaba agradecida. Manón vio a la mujer balbucir incomprensibles palabras de amor a su marido; Manón había traspasado el límite de su aversión. El tejido del velo y el llanto de la esposa habían purificado los sedimentos nocivos de Manón.

El sonido de una ambulancia le recordó que ese no era su sitio. Temblando de emoción, Manón se puso en pie. Se sintió más ligera. Recogió su libro, bajó por la calle y se apoyó en el mismo árbol, donde muchos años atrás, una *hoja seca* y suelta había desviado el vuelo de una mosca. Provocando un zumbido que atrajo la atención de un niño, que le hizo mirar y enamorarse del firmamento. Manón abrió su libro una vez más.

Quería compartir este momento con esa fotografía de su marido y su hijo. No estaba allí. Impaciente, repasó una y otra vez las páginas de su «*Hitchens*». El último recuerdo material no estaba allí. Pensó en volver a buscarlo, pero no lo hizo. Se quedó detenida, allí, junto al árbol.

Manón, había cruzado la línea de la vehemencia de su vida y con ella, la de un maestro y sus miserias.

Capítulo 72

Celofina

El día del arribo de Kaspar Sabacio, coincidió con la firma final, de Celofina Estrada. Al otro lado del océano, en su continente adoptado, la mulata, había dejado de usar su telita de candela, la última vez, había sido con el hombre, con quien se había casado, el hombre, así como de carácter, había sido un noble de linaje.

Celofina, toda su vida, había sido el amor puro, distinguía, sobreponiendo la vida de los animales, ante cualquier otra. Para ella, nacían iguales, de fuego y aire. Celofina, abominaba la aversión de aniquilaciones y estridentes matanzas. El repudio de Celofina, iba, desde el egoísmo de las cacerías furtivas. Hasta aquella vieja tradición asiática, necesidad y manutención de un maldito pene, erecto y eterno. Por el mero hecho de realzar egos desmedidos. Mataban por un cuerno, sin importar, que aquello, extinguiese la vida de inocentes.

Celofina estaba vieja, viuda y adinerada, para sus hijos de vértebras y aletas. La mulata, deseaba dejar una huella verdadera. Entre las cejas idas de Celofina, había un cometido latente. Desechar toda extinción, especismo y marginación, sabidas e ignoradas, por el mundo racional.

Pitágoras, su fundación, había sido la primera organización, en socorrer, el ya descubierto éxodo silencioso. Por más de cinco décadas, en un mensaje secreto, traspasado por el sentido subliminal. Miles de especies, habían comenzado una escapada en sigilo, abandonando sus hábitats y adaptándose a otras.

El prevalecer de Alondra Sabacio, los incluía a ellos más que a nadie más.

Capítulo 73

Preludios

Un crujido rocoso, había invadido el silencio de la roca, proveniente de lo más remoto, unido, como un cordón umbilical y un lazo viejo. En el principio de todo comienzo, el estrépito, había sido dejado como un seguro, era la afianza, entre la creación y sus herederos de este mundo.

Los adoquines, en la senda hacia HADO 1, estaban cubiertos de cenizas, los jardines, los cerros, incluso el mar, se hallaban vestidos de una nieve gris. Consecuencia de múltiples erupciones volcánicas, cráteres vivos y extinguidos. En el mismo minuto, de la segunda hora, de un día determinado, con una misma duración, habían comenzado a lanzar aquella intensidad destructiva.

Aquel, era el comienzo y Aviva, no era ajena a aquel evento. Ante el pavor de lo desconocido, el mundo había despertado. Aquellas fumarolas eran la entrada para el cambio trascendental de Alondra Sabacio.

* * * * *

Al llegar a la rotonda, Kaspar Sabacio se detuvo a observar aquel árbol perfecto, la acacia, estaba vestida de plomo. Al igual que sus cabellos cortos, ambos, lucían de cenizas. No había cambiado mucho, las arrugas, en sus ojos y frente, demostraban, risas pasadas y la intensidad de emociones vividas. La barba y su piel curtida, eran como las de un beduino, quemadas por un sol constante. Parecía que hubiese crecido más, su cuerpo, era gruesamente sólido. En sus cincuenta y dos años, Kaspar Sabacio atraía más que nunca.

Frente al atrio, observó la casa. En las piedras azules, aún, se podían percibir aquellas letras esculpidas por Salvador. En la entrada, ambas puertas, estaban abiertas, las hojas secas, cubrían el zaguán y la totalidad de los peldaños en la escalera larga. Alondra misma, las había abierto, había sido el día después, que Carmencita del Carmen, dejó de ir. La ausencia de la ayudanta, no había marcado en absoluto, aquel desplome.

El crujido de afuera, se hacía sentir en el interior, se unía junto al crepitar de las maderas, las baldosas y cristales. Incluso, los libros del despacho, lloraban en el secamiento y hongos que los invadía. En aquella vasta plétora de memorias de HADO 1, el vacío mismo, se sentía incómodo. La edificación, reflejaba la amargura de Alondra Sabacio.

Al entrar, Kaspar Sabacio, fue recibido por aquella ráfaga de viento valedor, tal vez el único amigo que quedaba en HADO 1. Aquel fresco roce en su mejilla, indicaba, un ser inmaterial, había salido a su encuentro.

En el comedor vacío, Kaspar Sabacio, llamo a su madre. En penumbras, cruzo el recibidor. El color de las paredes y decorados, se descascaraban, al mismo paso, que las cenizas del exterior, entraban por los ventanales de la galería sin vidrios. Solamente el despacho, parecía haber sido detenido de aquel tiempo polvoriento. Sin haber sido perturbados, todos sus conocimientos, e instrumentos de maravillas yacían allí, callados, testigos de los años de espera. La dama desnuda, continuaba bella, tal vez más que nunca.

Kaspar Sabacio, al entrar en el deshabitado baño de Lovisa, las baldosas, que tanto habían tratado de dar un linaje soñado, caían enteras. Como si la presión de la casa, las quisiese desterrar de sus formas. Una por una, Kaspar Sabacio, fue abriendo las habitaciones desocupadas y aquellas puertas que las entre conectaban. En ellas, había un olor a olvido, una sensación de melancolía, había inundado su ser. Le hacía más humano. El aspecto de su hogar, no lo llevaba a un pasado, ni lo sujetaba, o trataba de retenerlo. Kaspar Sabacio no deseaba quedarse allí. En las pocas horas de vida latente que quedaban en él, aquellos recuerdos, e historias, perdurarían en su memoria.

Al entrar al cuarto de «*luto-feliz*», aquel aroma de amor y coral, acaricio su mejilla, era allí, donde se podía percibir la dicha más completa, que alguna vez, había habitado HADO 1. Nuevamente, Kaspar Sabacio, salió hacia la galería, camino la ruta original de su llegada. Podía sentir el silencio desvencijado.

Una última vez, el zumbido de aquella efímera de su infancia, le hacía levantar la vista, para que cautivara aquel último instante. Como la misma raya dibujada sin alas, en el aire, junto a su caminar, el espectro, en alegría, iba zigzagueando los marcos sin vidrios. Los dedos de Kaspar Sabacio, iban rozando los paneles orgánicos y quebradizos del decorado, dejando delgadas estelas de limpieza en la madera. Removiendo la nube de años de desidia.

Volviendo a la habitación número tres, se detuvo. Camino los mismos pasos que sus huellas habían dejado en el polvo. Como si Salvador, lo hubiese hecho, parado, frente a todas las puertas abiertas. Con su vista, Kaspar Sabacio, las fue atravesando. Tratando de encontrar a Leonor y Adelaida, recostadas en los jardines, esperando a Marmaduke que alimentase a *petunia*, junto al fresno. Allá, al final de la roca.

Antes de salir a los jardines, junto a la cocina, desde la cima de la tierra y por el socavón secreto del regidor. Un último mensaje, llegaba a él, en la forma de piedras rondando, como aquellas de Agripina Romana, caían en un recordatorio. Sería pronto. Al caminar, junto a la atalaya, no llamo a su madre, aquel, era su tiempo culminante, era su despedida.

Los residuos volcánicos caían finamente. Como una bola de cristal obsidiana, lo hicieron sentir pequeño y observado. Como si alguien ajeno a ese mundo, a través de una nebulosa redonda de páginas, estuviese leyendo su vida.

«Su razón de haber sido».

En el vergel perfecto, los árboles, asimilaban ser muebles cubiertos por mantas polvorientas. Como si sus dueños, los hubiesen dejado así, para ser encontrados, intactos, después de un regreso, después de un viaje largo. Entre el bullicio de pánico que se elevaba desde la ciudad, desde el manantial, se podía distinguir el débil sonido del agua.

Sobre su cabeza, aquella amiga de infancia, su efímera opalescente lo sobrevoló, llevando consigo al viento valedor convertido en un Siroco[69] brillante. En un santiamén, todas las cenizas de los árboles y de cada planta y vida orgánica del jardín, se desplomaron como un escalofrío liberador. Una vez más, dejando al descubierto toda aquella perfección.

Todo el verde resaltaba más que nunca, afable, robusto como siempre, el aroma mohoso y característico del jardín resurgía, volvía a él, con colores fluidos y vivos. La memoria escrita de las Moreira, una vez más volvían a invadir aquella roca mágica, para que Kaspar Sabacio retuviese en aquella palabra, su palabra, la prolongación de su sentido de vida, aquella dada en la sensación que solamente se viviría una vez.

Cayó de rodillas, Kaspar Sabacio, lentamente liberó de su mente y de su alma aquel recuerdo perdurado, sus labios dejaron escapar su recuerdo, el momento de su vida en ese mundo torturado, equivocado, maravilloso y único. Sin miedo y con una paz que le rebosaba el espíritu, dos veces, murmulló; —*«Poliana»*.

Kaspar silbó tres veces, sosteniendo en su boca el primer calcetín robado que le quitó hacía veintiséis años, desde la casa, *Flora* corrió

---

[69] Siroco *es* un viento tibio, a menudo polvoriento o lluvioso, que sopla desde el norte de África a través del Mediterráneo hasta el sur de Europa.

alcanzándole, era gris como su amo. Rascándole detrás de las orejas, Kaspar dijo.

—«El momento escrito de ver a mamá, ha llegado, ven vamos».

Ahora, era el tiempo escrito de ver a su madre, el tiempo que no se podía dilatar más, le esperaba. Porque, camino colina arriba, su final venía a alcanzarle, él, se dejaría llevar.

Capítulo 74

Un Llanto

Desde el atrio y junto a la cocina, antes de entrar en la casa, se podía sentir un proceder débil. Deslizándose por los tablones de la galería, como un río largo, rasguñando se iba arrastrando la cabellera glauca. Eran seis metros de un tul añejo y desechos orgánicos. Ese pelo, continuaba siendo tan claramente vivo, como el propósito de esos seres en este mundo.

Como las resinas aromáticas de los árboles, Alondra Sabacio, estaba tullida y deformada. En su totalidad, sus manos, al igual que sus tobillos, asemejaban una maza de piel, huesos y dolor. En su espalda arqueada y con dificultad, para arrastrar aquel cabello, la cabeza de Alondra Sabacio, había encontrado un balanceo. Estaba diminuta y encogida. Su semblante, no se podía distinguir debajo de aquella encorvada. Toda su piel estaba cubierta por un verde musgoso, como los pelitos absorbentes que se adhieren a los árboles, para no dejarlos ir.

Vestía la misma bata de estera que llevaba el día de la partida de su hijo. Como su respiración, el género, era delgado. No estaba sucia, pero un olor a tierra mojada, se podía percibir. Aquella imagen, de aquella mujer, de aquella casa, podrían haber espantado, a la propia señorita *Havisham*[70] y derribar sus expectaciones con un vómito de asco y hacerla resumir su cordura de juventud.

Con pasos rápidos, recorrió la galería. Al llegar junto a su madre, en un abrazo de amor, Kaspar Sabacio, tomó aquellos hombros quebradizos. Lentamente, la ayudo a alcanzar la butaca. Junto al mueble y echado en el piso, estaba *Sereno*, el animal guardián,

---

[70] La señorita Havisham es un personaje de la novela de Charles Dickens Grandes esperanzas.

respiraba con dificultad. Su pelaje, continuaba joven, negro y miel. Sus ojos mantenían la frescura, con sus pestañas largas, al verlo, exhalo un aire de complacencia. Ambos, Alondra y él, habían cruzado los ochenta y siete años.

Flora se acercó y olió las piernas de Alondra

—¡Hola, pequeña, puedo sentir un alma preciosa!, —había emoción en la voz de Alondra. Sin ser instruida, *Flora* como un cachorro se acurrucó junto a *Sereno*.

Al arrodillarse, Kaspar Sabacio, pudo observar la totalidad y el cansancio en su madre. Su piel, estaba plegada de arrugas, habían deformado su rostro, hasta convertirlo en una imagen irreal y abstracta. Al reposar su cabeza, en el respaldo del sillón, los ojos de Alondra Sabacio, se fueron abriendo. El negro profundo ya no estaba allí. En su lugar, su mirada ciega, permutaba desde en un berilio traslúcido, pasando a un color verde claro, para luego tomar un azul amarillento y rosa. Desde aquella gama, un brillo vítreo y vivo, resaltaba.

Después de un silencio de muchos años, la voz áspera de Alondra Sabacio, musitó.

—Mi alegría ida, ha vuelto a mí, mi hijo está aquí, ¡antes de…! —Se detuvo, respiraba con dificultad.

—¡Le he extrañado mucho hijo mío… mucho!, —un vaho frío, salía de entre sus labios.

En la chimenea, Kaspar Sabacio, pudo observa un fuego vivo. Alondra, al sentir su mirada desviada, dijo.

—Desde aquel día de su partida, aquellas, son las mismas brasas.

Antes que él, pudiese formular una pregunta, ¿de cómo, o dónde?, el dedo desfigurado de Alondra, apuntaba hacia tres cajones enormes.

Bajo la escalerilla, allí, estaba lo que quedaba de aquella colección de Leonor y su madre. Eran los mismos que habían desaparecido en la nada.

—Después de todo, aquella porquería, ha servido de algo, —dijo Alondra, casi sonriendo, —no olvidé su encargo, la encomienda y su carta, ¡partieron hacen diez años ya!

Alondra pausó un momento, necesitaba más oxígeno, —¿Y su cometido?

—En rumbo a su destino, —susurro Kaspar.

La savia del cuerpo de Alondra Sabacio, estaba escapando, lentamente, volvió a cerrar sus ojos. Su voz, era casi inaudible, su rostro deformado, trató de encontrarle. Pero la estación de su ímpetu, se interpuso.

—No puedo continuar con esta vida de piel y sangre, me duele y lástima, estoy cansada, —dijo ella, —: siendo la mujer que soy, humana, real y llena de amarguras. Antes de partir, aquello, me otorga la libertad, —pausó por un segundo, debía reforzar, aquel hilo de vida.

—Realmente, odio a la gente, odio sus mediocridades, odio sus castas, odio sus superioridades, sus imperfecciones. Nunca he podido entenderlos.

»Ellos, odian todo, sin culpabilidad, destruyen. Para luego tratar de reivindicar el daño con acciones vacías. Cubiertas de hipocresías. Soslayan lo evidente, por sus culpas y ansias descontroladas y adoración al dinero, tuvimos que nacer. Hemos sido forzados a cometer algo inmensamente horrible.

Como burbujas delgadas, las palabras de Alondra, comenzaron a emerger, en sus interiores, a pedacitos, el alma de Alondra Sabacio, se iba escapando.

—No deseo continuar más con este tormento. Mi mundo está sufriendo, mis hielos eternos, se derriten, la tierra, continúa agrietándose, mi fauna, mi flora, padecen. Debo marcharme, necesito a mi fuerza, necesito a mí «Greta», debo rodearme de mis aires puros, necesito al norte tanto como al sur y claro, alzar mis extremidades y alcanzar todos mis puntos cardinales. Liberaré tanta energía, después, la nada, será mi perdón y mi reivindicar.

»Intensamente, haré llover, inundaré este mundo con mis pares. Los Alcornoques, Jacarandas, Peumos y Olmos, llenarán mis pulmones.

»Ellos, serán mi incumbencia, mi retoñar.

Kaspar pudo observar, como aquella mano deforme de su madre, se elevaba hasta alcanzar su propia cabellera glauca. Alondra, con los labios casi adheridos, pronunció una sentencia.

—Antes de partir, en este mundo mío, dejaré que mi *Corona* navegue en un *Delta* creado por mentes maléficas. —sin denotar prioridad en el tiempo, tosió dos veces.

—A ellos, les dejo el dolor más duro, como ellos, les entrego inhumanidad.

Con un último esfuerzo, abrió sus ojos, al igual que la última despedida de su *Agri*. Alondra, por primera vez en su vida humana, claramente, observó el semblante moreno y arrugado de su hijo. Le pareció hermoso y perfecto. Pensó, aquel rostro, era más cercano a la perfección. Él, había salido de ella.

—Mi perfecto y querido hijo mío, gracias.

Sus labios secos sonrieron, —ante el epílogo de mi Tiempo, inesperadamente me siento feliz, ¿Mi querido *Reditus* sabe usted por qué?

Al ver la energía bondadosa que emanaba de su madre, sacudió la cabeza con asombro.

Kaspar se sintió tranquilo.

—Porque apenas estoy aquí y estoy más allá.

Antes de aquella culminación, Alondra, deseaba decir algo más. Kaspar Sabacio acercó su rostro, su madre, susurró las últimas dos palabras de amor.

En el despacho, lentamente, nueve líneas de luz, se fueron introduciendo en el espacio, con cautela, como una procesión fúnebre, caían desde los cristales del ventanal. Solo se encontraba él y el cadáver. *Sereno* y *Flora* ya no tenían razón de existir.

Kaspar se sintió liviano, el peso que había llevado toda su vida, allí, no se encontraba más, los últimos minutos de su vida, en aquel hombre justo, comenzaban a levitar, su alma, aun así, tenía una gravedad, arrastraba alegrías, placeres.

Cincuenta y dos años de cumplimientos que solo la vida puede otorgar, aunque Kaspar Sabacio había cumplido su cometido en su totalidad y llenado cada vericueto de la senda de su existencia, sobre todo, había realizado, aquello que había propuesto hacer de ella. Finalmente, algo más grande que él, comenzaba a tomar posesión de su ser, antes del final, la desolación le había tomado su mano, llenando sus ojos de una membrana húmeda de tristeza.

El viento velador y la efímera de su infancia, únicos seres inmateriales, como despedida, le rodearon una vez más, para luego abandonar HADO 1. Al hacerlo, en una sincronización fantasmagórica, todos los cristales de los ventanales de la casa explotaron.

Fuera del despacho, desde la totalidad de la roca y HADO 1, uno podía distinguir el llanto de un hijo por una madre muerta. El lamento de un hombre por un designio establecido del cual no se podía apartar.

Lloraba por un futuro que no podría cambiar, Kaspar lloraba por la tristeza de sentirse diminuto ante el peso de un secreto arrollador. Por la grandiosidad de ser un ser humano y porque debía continuar. Lloraba por el retorno que no vendría a él, por su soledad en aquel final.

Simplemente, Kaspar Sabacio lloraba porque tenía que llorar.

Capítulo 75

Después De Aviva

En la necrópolis, el viento helado, con una fuerza tóxica y descomunal, arremetía contra los cipreses, haciéndolos doblar aún más.

Bajo una magnolia enorme, de colores vivos, en la tierra fértil, había un foso abierto. En él, había quedado depositado el cuerpo de Alondra Sabacio, desnudo y vestido con su propia cabellera larga. Su cabeza, descansaba sobre en un manto negro, de lana y seda.

Lentamente aquel pelo de vida, como raíces que vuelven al punto original y natural, comenzaba a retornar a la tierra, con un ruido orgánico y crujiente, el cuerpo de Alondra Sabacio se descomponía a la misma velocidad que aquel rayo refulgente.

El mismo que había anunciado su nacimiento y cruzó un océano entero.

Alondra Sabacio, libre de odio, retornaba a su forma de madre, a su forma de «Naturaleza, universo y creación». Ella llevaría la última hazaña, la más grande, la más doliente, su mundo ya no sería el mismo. Nada demarcaría la vida, o el conocimiento de que aquella vida glauca y llena de aversión, alguna vez había existido. Alondra G. E. Sabacio, había sido hecha y moldeada de palabras imaginadas, bajo un fresno universal.

* * * * *

Al alejarse, Kaspar Sabacio, levantó el cuello de las solapas de su abrigo prestado, en la confluencia de su rostro, quince vientos, iban arremetiendo. Todo aquello, era deliciosamente favorable.

Atrás y en un trecho lejano, por tres mujeres, una mula, era arreada colina arriba, en la carreta atada a ella, en su interior, había tres jaulas, dos ánforas, un ataúd, cueros y cañas.

En la distancia, antes de comenzar y una vez más, Kaspar Sabacio, observó a su Aviva, aquella roca blanca, la vida.

Desde el infinito y el espacio, él, se podía observar, asimismo, parado como un individuo único, diminuto e insignificante. Kaspar Sabacio sabía, ante el deseo de anhelar más, no sucumbiría, estaba completo, no dejaría atrás, su más valorado tesoro, su pasado, en él llevaba su inocencia y la pureza de su confianza. Kaspar se sentía en armonía con su ser y con la muerte que se acercaba. Lo había cumplido todo, aquel cometido inquebrantable, lo suyo y aquello que se había propuesto hacer antes de su partida.

Al pensar, se había alegrado, nunca había odiado. En aquel singular minuto, con el mundo, con el universo, con el recuerdo de su madre y por, sobre todo, con aquellas manos creadoras, Kaspar Sabacio, fue egoísta, él como un ser humano, era completamente imperfecto y satisfecho. Ya nada importaba.

* * * * *

En su mente *Esa-Ella*, dijo recordándole, — «*el tiempo de cambiarlo todo, es ahora.*»

355

Capítulo 76

Los Mensajes Del Todo

Berlín, dos de septiembre, 6:45 y un segundo de la mañana, en *Bodestrasse*, entre los dos edificios que forman el Museo de Pérgamo. Sobre sus escaleras, espontáneamente, una caja de embalaje de madera, ha sido depositada. En ella, se encuentran múltiples bastidores. En ellos, las piezas que forman parte de un mensaje, invaluable e ignorado. Rescatados por los Sabacios.

La receptora es Profesora Mariana Jung, avezada en conocimientos indescifrables sobre las cunas del mundo. A Mariana, le tomará tres semanas para comprender el significado de aquel aporte anónimo.

Las comunicaciones se han detenido, al igual que el mundo entero, está sumido en la interrogante. Ha vuelto, la ignorancia original. Aquella, antes de la evolución, se ha instalado en las mentes de todos los seres racionales. De un cuajo, la tierra, ha comenzado quitar sus costras malolientes y con un toser descontrolado, da un empezar para que sus pulmones se limpien.

Son treinta y tres volcanes, en las Américas África Asia Europa y el mar mediterráneo, no dejan de toser. Son la suma de aquellos activos, latentes y dormidos. Por el tiempo esperado y así, levantar la gran nube eruptiva, que es ayudada por los cuatro vientos. Para dispersarla, llevarla y rodear el mundo entero. No hay día o noche, solamente una luz plomiza y una oscuridad gaseosa. La borrasca parece no acabar, es empujada sobre los mares y océanos.

La rueca del tiempo no se ha detenido. Desde el inicio, ha estado girando con las hebras de los anales. El planeta es su contrapeso. En múltiples direcciones, las dimensiones se han cruzado. Las historias, han sido hiladas y el tejido, se desenvuelve por una tortera. Manejada, por tres pares de manos universales. No hay pasado, ni presente, solo una expiación de este a oeste, el futuro ha sido cambiado.

Un nuevo y doloroso cambio en la vida de todos, había llegado. Tuvo muchas advertencias, todas ellas persistentemente cegadas por el ojo de la humanidad.

Capítulo 77

Ellos Y La Cuna De La IRA

El despegue de un avión de reacción privado y el depósito de aquella caja en el museo de Berlín, son separados, por un *yoctosegundo* de tiempo. Atrás, desolado, ha quedado el aeropuerto de Heathrow. En la nave, sus ocupantes, son, el piloto, un viajero y dos presencias, que aún, no han sido notadas.

La cabina es amplia, finamente decorada, sus paneles, son de olmos con divisiones de oro. La cubertería, las bandejas de plata, la cristalería, los ocho asientos artesanales de cuero rojo. Todo, lentamente, va alcanzando la altitud de navegación requerida. El pasajero es Ruperto Bauer. A sus noventa años, Bauer no desea detener su disciplina.

Trabaja más que nunca, su propio control, rige su vida. Bauer piensa y continúa pensando, sus actividades, no cesan. Su concentración es aguda. Bauer desea que el mundo, continúe ignorante, lleno de autómatas, como siempre lo han sido.

Bauer, al igual que aquellas trece personas, hombres y mujeres, controlan el mundo, no cesan de alterar realidades y crear otras a sus conveniencias. Ellos, son regidos por codicia. Controlan aquello que se dice y aquello que se debe callar, en el emplazamiento y origen de sus tramas y bajo sus creaciones, es silenciado por un virus. Son muchas las asechanzas invisibles.

Para los catorce seres empáticos, todo y nada tiene un precio.

No es necesario saber, aquello que se debe pensar, lo demandan. Ellos, diariamente, deciden, como viven, o cuando mueren las personas. Calladamente, ejecutan sus tareas, así, sus recompensas, son gratificadas con el poder absoluto. Los detalles de la vida en el planeta, son controlados por ellos.

Sus presencias son un secreto que no existe, que ni se puede mencionar. Ellos, dividen naciones a conveniencias. Constantemente, aumentan la intensidad de las creencias y la fe.

Producen armamentos para las guerras. Por consecuencia, ni descansan, hasta que el último ciudadano haya muerto, o han sido desplazados de sus hogares en millones. Deforman la faz de la tierra con pretextos económicos, ni se detienen ante la aniquilación, la flora, la fauna, las almas, pueden ser remplazadas.

No tienen valor.

Siempre ha sido así. Desde que la humanidad aprendió a cultivar la tierra, por ende, el surgimiento de creer en algo divino. Aquella elite de almas viles, eternamente, han gobernado el todo. De aquel comienzo, no hay memoria. Desde siempre y por siempre ha existido un Bauer específico, o alguien como él, callado, sigiloso y astuto.

Aquellas catorce divinidades terrestres, creen ser imperecederas. Mantienen los niveles de desigualdad, ellas, son guiadas por sus ansias de control. En sus mundos, ni hay justicia divina, moral o principios, solamente ellos y los suyos.

El resto, sin diferencias, son una mierda productiva y necesaria.

Capítulo 78

La Purga Incondicional

Los pensamientos de Bauer, varían entre papeles de cohecho y su agenda apretada. El mundo exterior ha quedado detenido, pensar en ello, no merece el esfuerzo. La vileza de Bauer, siempre lo ha sabido, tarde o temprano, todo, ha girado en su favor, el planeta, el clima y las historias.

Sus ojos precipitados se alzan, Bauer nota una presencia súbita. Aunque la desconoce, siempre le ha observado, a él y a todos. Sin embargo, esta vez, es distinta, posee una apariencia. Es un hombre alto, de cabellos y barba cana, viste un abrigo gris. Su piel es morena y algo arrugada, su semblante, al igual que sus ojos negros, no tienen expresiones. Están vacíos y secos, no le juzgan, no pueden, solamente, sea bien o mal, dan lo dado, lo dicho, lo entregado. *Esa-Ella*, siempre ha estado allí. Esta vez, aquella presencia, calladamente, solo observará.

—¿Quién es usted?, ¿de dónde ha salido?, —pregunta Bauer desconcertado.

No hay respuesta, le siguen observando. Desde su asiento, Bauer se levanta indignado, no tiene miedo, nunca lo ha sentido. Ciertamente, no aún. Se dirige al desconocido, desea increpar aquella injerencia, de su vida, de su espacio.

Súbitamente, un viento helado ha detenido a Bauer, está paralizado por una energía cósmica, existente y funesta. En aquel espacio lujoso, no hay sonido. Una neblina fina es originada por acumulaciones de culpas. Junto al frío, han comenzado a levantarse.

Bauer, percibe una quietud intensa y descomunal. Trata de comprender, su mente no se ha detenido. Piensa, tal vez aquello, es una deficiencia, Bauer concentra su pensar, continúa razonando, está consiente. El fuselaje y los conductos se encuentran intactos, la altitud del avión es la deseada, es perfecta.

Ahora, desde las inexistencias, quince vientos, se estrellan en su piel, en su cuerpo. Bauer continúa sin entender, los objetos, no se mueven, en su escritorio, sus papeles continúan quietos.

Bauer, observa, algo comienza a materializarse, sobre el mueble, hay un vaso de agua.

El objeto no le pertenece, no le puede dejar de observar, en su interior, el agua es turbia, casi hirviendo, el líquido, se ve nauseabundo y putrefacto, lo puede oler, Bauer aún no lo sabe, su propia alma ha comenzado a llenar aquel vaso.

Los relojes de su mente, empiezan a detener sus diferentes ritmos. Los milisegundos de su cerebro, están suspendidos, sus extremidades no responden.

Desde la distancia, atrás de la nave, ella lo obliga a observar la primera etapa de su final. La cabina ha comenzado un crecimiento irracional, junto al fuselaje, los asientos, se multiplican por docenas. Son espontáneos. Instantáneamente, una luz agobiante le golpea su piel, todo es níveo y efusión sangrienta. A lo largo y frente a él, el espacio, continúa llenándose de paneles. Aquel movimiento espontáneo le provoca una sensación nauseabunda. Como un precipicio interminable, un vértigo, explota desde su cuerpo. Llenado su visión de horror. Precipitadamente, aquel crecimiento de materia, es detenido.

La aeronave es diferente y enorme, cree estar en otro espacio. Está equivocado, aún está en este mundo.

Frente a él, se encuentra un pasillo dilatado y sofocante. A ambos lados, hay dos hileras largas. En cada una de ellas, hay 256 asientos vacíos. Desde la cabina sin ventanas y al otro extremo, con la misma fuerza que inmoviliza, los vientos continúan arremetiendo. Sus barloventos, es aquella otra presencia. La puede notar, el soplido, le impide enfocar. Piensa y desea gritar por ayuda, por la terminación de aquel suplicio. No le es permitido, no en esta vida, no en este final. No ocurrirá, no aún, su muerte dentro del avión, deberá esperar otra eternidad.

Su boca está retenida, puede sentir el peso de ambas miradas. Son distintas, la de aquel hombre, es imparcial, no hay juzgamiento, se contrapone a la figura del otro extremo. Desde la distancia, ella observa, su cólera es eterna, sus ojos negros, son penetrantes. La IRA, debe ser inacabable, desea ser dañosa.

Le alcanza.

Desde los asientos vacíos, formas difusas, comienzan materializarse, a ocupar un espacio. Deben estar allí. Son fragmentos de aquellas vidas discontinuadas por él, ellas padecen. Han sido atormentadas, con sus obsesiones, sus pavores, sus flagelos, sus torturas, sus fines tempranos. Antes de sus suicidios, antes de sus muertes violentas, han sido obligadas a un sentimiento de culpabilidad.

Una por una, Bauer, puede ver sus rostros. Una y otra vez, analiza. Aquellas faces tienen nombres, los puede recordar. Aunque, algunos son desconocidos, pertenecen a otras vidas, a otros tiempos. —Los ojos de aquellas mujeres y hombres, son impávidos. Se unen a la serenidad lastimosa de otras presencias, aquellas infantiles y diminutas, contienen las mismas ansias y pesos que las otras.

Aquel momento, parece una noche de estreno, de una obra esperada con anticipación. El nombre del evento, «El fin del maldito Bauer». Los espectadores observan, la casa, está llena, es un espectáculo nunca visto. Él, es el único actor y director, aquellos espectros, son las prelaciones de su perecimiento. Ataviados del sombrío deleite de la venganza, serán sus críticos. El catálogo ha sido escrito con aquellas miserias humanas, es profuso y horrible.

IRA es una mujer vejada, su piel es morena, su cabello es largo y cano, está desnuda. Lentamente, por el pasillo que divide las dos hileras de asientos, comienza a caminar, se dirige hacia él. A medida que lo hace, aquellas energías de ultras muertes, comienzan las reacciones finales.

Su cuerpo comienza a palpar, a sentir. Bauer padece aquellas muertes. Las mismas de aquellos fragmentos soportaron. Por las hogueras, Bauer es quemado cuarenta y cinco veces, su garganta, degollada veintinueve. Bauer, siente traiciones de padres e hijos, perfidias de entidades fascistas y torturadoras. Puede palpar aquel dolor de venas cortadas por cuchillos culpables, trece asfixias, sofocan el aire de Bauer.

Bauer siente los agobios excesivos de aquellas familias inocentes. Treinta y seis pares de manos asesinas, presionan y sofocan su voz. Al momento que es ultrajado en forma anal, llegan a él, cientos de sometimientos antepuestos por la angustia del suicidio. Una y otra vez, balas cruzan su cuerpo, provienen de aquellas víctimas, de sus corrupciones, de sus tiranías, de sus dictaduras.
Bauer siente las angustias, siente el terror a ser raptado y violado. Como lo sintieron aquellos espectros de niñas bangladesíes e hindúes. Con sus córneas quitadas, sus riñones extirpados. Una vez muertas, Bauer siente sus extremidades esparcidas y arrojadas en la basura.

Él, no es directamente culpable, pero lo cayó. Cayó por la banda Rosenbaum[71], las familias reales, patronas de los Estados del Golfo y los oligarcas rusos, como lo hizo con tantas otras, suministradoras de órganos. —Para su elite, para sus iguales, sus progenies, puros del derecho a matar, utilizar y extinguir. Bauer guardó silencio, porque la decadencia de la moral humana no existe; todo es falso. Bauer, posee riquezas para convertir verdades en mentiras.

---

[71] Rosenbaum: red de trasplantes, es una de las muchas formas de tráfico de trasplantes hacia y desde los Estados Unidos. El tráfico de trasplantes es un secreto público, algo que todo el mundo conoce, pero que, dentro de la cultura corporativista de la profesión de los trasplantes, es tan secreta como el Vaticano, nunca se discute.

Ha llegado, el último resuello de su vida, sin embargo, su mendacidad no le puede liberar.

En un breve momento, todo termina, eso cree. Repentinamente, Bauer tiene cuarenta años, viste de negro, como un monje dominico, seco y pesado. Su piel se llena de costras inocentes, vive el dolor de sus víctimas. Antes de ser atado a la faja del infame caballete invisible, su hábito de estameña, en múltiples ocasiones, es descuajado.

Está desnudo, con ligaduras tensas, es sujetado por sus hombros, antebrazos y muñecas. Con cada vuelta que la rueda da, su semblante palidece. En su piel, múltiples partes, comienzan a sangrar. Al desvanecimiento, jarros salidos de la nada, arrojan un líquido nauseabundo de orina y mierda en su boca. Argollas de hierro, son insertadas por manos espectrales. En los dedos de sus pies y manos, torniquetes, comienzan a ser torcidos, hasta el punto de que sus uñas, revientan.

Hay un deleite enorme en los vientos, —proviene de la-IRA.

Por su garganta, Bauer siente, un alambre con puntas es atado. Pasa por su espalda, cruza sobre una vagina que no es la suya, ¿cómo puede ser?

Antes sus propios dominios desquiciados e inquisitoriales, Bauer es una mujer, es un anciano, es un niño, es una bruja inventada, es un esclavo maloliente. Por sus muslos, en forma espiral, metales oxidados, son atados hasta alcanzar sus pantorrillas. Quedando sujetos en argollas de éter. Están clavadas en suelo de la nada. Su sangre inmunda emana, inundando el viento, las alfombras, los asientos.

No ha sido un segundo o una hora, aquellas ocasiones, son eternidades de dolores. La apatía, su mayor cualidad, trae consigo el desprecio, agravantes y humillaciones. Siente las depresiones y sus infelicidades, las dudas, las hostilidades, el odio, el hambre. Lamentos que persisten en sus contrariedades de sufrimientos. Una tras otra, Bauer continúa recibiendo, las dejadeces. Las indolencias llenas de ansiedad y sus perplejidades. Las restringidas limitaciones humanas, que él ha impuesto siempre.

Por una perpetuidad, le han esperado. Lo han alcanzado. Sin duda, son sus deudas impagas, de esta vida y las otras. Aún detenido, desde el vacío, una voz, ni femenina o masculina, le grita lo asquerosa que es, la repugnancia de su piel negra. Bauer es una niña, violada en innumerables lances por sus dueños. Desolación, no tiene libertad.

Con una fuerza tan grande como el desprecio que él ha llevado en su alma toda su vida.

Sin tocarlo, los dos seres sobrenaturales lo azotan, hasta que su piel, comienza a rendirse y explota. Sus ojos revientan. Por unas manos inexistentes y poderosas, aprietan su cuello de mujer, de esclavo, de padre, de hijo, de un animal indefenso.

Son minutos eternos. Antes de un breve morir, nuevamente, siente las erecciones de satisfacción de sus asesinos. Las atrocidades no cesan. Aunque sí, la cabina continúa en silencio, él, es recordado por los gritos en su mente, aún sigue vivo. No son castigos, son sus comportamientos que traen el equilibrio al vacío dimensional.

Cada vez que un final y vejamen, llegan a él, aquella mujer es físicamente más grande. Es más grande su odio. Bauer cree que la mujer le sonríe, ella, fijamente, le acecha, lo penetra hasta llegar a su diminuta conciencia.

Bauer la reconoce. Finalmente, sabe quién es, ella es su propiedad, ella es su fetiche. Por cincuenta y dos años, siempre lo ha sido, ¿cómo es posible?

Desde aquella mañana que se la compro a Lovisa Estries. Ella, siempre ha sido invisible, encerrada en Aviva, sepultada en las catacumbas de su casa. En la mente de Bauer, los detalles de aquella transacción inhumana, emergen como palabras de un capítulo censurado.

Continúan vivas, las puede ver, están allí y sucedieron así—: *Las rejas del caserón, han sido cerradas con doble llaves. Antes del parto, la viuda insidiosa, debe demorar la ayuda médica y con ella, la ausencia de Agripina. Lovisa cuenta con diez minutos. Al otro lado de la muralla de la cocina, en el socavón del incestuoso, Bauer la espera. Juntos, entran en la habitación de Alondra, ella yace en un vahído. Hay asombros en sus rostros, ha parido gemelos. No hay tiempo, Lovisa desea más riquezas. —Sereno observa impávido, ese es su papel en aquel episodio.*

»Al acuerdo comercial, Lovisa Estries agrega una cláusula especial y secreta.

»¿Qué gemelo prefiere?, —Lovisa despoja el camisón que viste Alondra y con ambas manos, aprieta los pechos firmes de la madre desmayada, hasta dejarlos amoratados, liberando hilos de leche.

»Hilos de dos vidas.

»El hálito de Bauer, es arrebatado por aquella boca parva, por aquel rostro inocente, mojado de sangre y líquido materno. Por aquella piel pura y nueva. —¡La hembra!, con una mueca de insulto, Bauer responde. Al tomar la niña en sus brazos, Bauer cierra el convenio, sería suya. Con la criatura en brazos, Bauer sale de la habitación.

En diez años, Bauer retornará aquella casa. Serán siete minutos que le tomarán extirpar la vida de Lovisa Estries.

Los espectros de muertes precipitadas ya no existen, Bauer se da cuenta, el hombre que ha observado su calvario, es idéntico a su fetiche. Son copias perfectas, calcadas por una mano de creación absoluta. En su terror, Bauer entiende, son los gemelos.

Entre ellos, hay una diferencia, en el hombre, sus dedos giran contra sus pulgares, crean una fuerza inacabable, constante. El movimiento ha traído la memoria, lo hecho, lo dicho, las intenciones de Bauer. Las manos y dedos de la mujer están abiertas en garra, sus uñas y sus ojos, están derramados por la presión de su sangre hirviendo. —IRA, está parada frente a Bauer, sus ojos están cerca, no se tocan y es así, Bauer, comienza a sentir su última antesala a su destrucción.

Bauer se remonta a ese terrible recuerdo—: «*Tres horas después de haber comprado y raptado a esa criatura. Con su propio dedo meñique, cubierto por el cordón umbilical, aún atado al ombligo infantil. Bauer va desgarrando las paredes vaginales de aquella beba. La viola, el grito desgarrador, es callado por su propia mano depravada. Bauer, desea que su deleite, no sea interrumpido. El acto es repetido. Son cientos de episodios, a intervalos de escarnio, humillaciones, castigos, violación tras violación. Son años de mancillar y maltratar a ese cuerpo que nunca olvidaría*».

Porque la-IRA, no olvida, ella, posee una memoria perfecta, no hay paranoia o prejuicio. Solamente, odio descontrolado, ella es implacable.

Bauer no sabrá, aquella mujer sometida, supo su origen, siempre lo ha sabido. Antes y después de nacer. Fueron cincuenta y dos años de flagelos. Para sí, ella, la —IRA, pudiese originar la fuerza de un cataclismo. Porque, así lo había dicho el pacto de las energías universales.

IRA trae la sentencia final dada por la voz llena de odio de Ángela de Sarmiento.

—¡Que muera Bauer como aquel que él matase! ¡Sufra! ¡Sufra! ¡Bauer de alma pestilente! ¡Que le sea infligido dolor y desgarro como él lo hace! ¡No una, sino mil veces! ¡Una y otra vez! ¡Para Bauer aquello le aconteciese en perpetuidad! ¡Qué no calle, aquel quien lo viese!

Cada palabra de esa maldición le llega hasta convertirse en realidades en secuencias esperadas.

La última muerte de Bauer, la numero 513, llega con el fuego destructivo que consume la nave. Y con ella, llega a mí la más acertada afirmación en esta historia real y mágica. Aunque si tengo el permiso de aquellos lazarillos que me han acompañado en esta revelación, ahora me dirijo directamente a usted.

Mi estimado testigo, usted la presencia respetada que se encuentra revisando mis palabras, usted que al igual que la humanidad entera, desconocen esta realidad, aquella que solamente aquellos que transitan de la vida hacia la muerte, pueden llegar a experimentar.

Existe un lapsus diminuto de tiempo, una fracción de realidad, como aquel segundo incompleto de mi Amelia Grover, el de aquella mañana. En aquel umbral dimensional, los castigos acumulados de vidas, de encarnaciones ni tan olvidadas. Siempre llegan. Ese instante donde el alma deja atrás lo material y se disuelve en un vaho sin aliento, es allí donde se paga por aquellas acciones dadas, siempre esperan, nunca olvidan las deudas.

Bauer transitó dos vidas, pensó y creyó que él era omnipotente, tal vez si hubiese sabido su final, este no habría sido tan horrendo, aun así, lo dudo. Yo, como una observadora, puedo afirmar, el conocimiento de la entrega de sus acciones, no le habría hecho ser una mejor persona con sus similares. Simplemente la vileza era parte de él.

* * * * *

Es en ese mismo *yoctosegundo* de destrucción y alcance, los volcanes, detienen sus estampidos. Al tiempo, un teléfono suena, la llamada es para Antuanette Burete. Proviene de la unidad de trasplantes, su hija y la del piloto muerto, será recipiente de un trasplante de hígado. El tercero en diez años, esta vez, salvará su vida, esa niña, al cumplir sus treinta y dos años, atravesará los hallazgos de los antirretrovirales existentes. Su cerebro obtendrá la cura para del VIH.

Esa-Ella, sin juzgamiento, entrega aquello que es justo. Por una muerte, vidas serán recompensadas y de aquellas vidas, en el futuro, las acciones de crueldad y vilezas existirán, aun así, el balance de lo negativo con lo negativo, lo puro con lo limpio, lo bondadoso con lo maligno, lo innombrable con lo silencioso.

Las formas ya existidas son arrastradas de una vida a la siguiente, hasta alcanzar la última secuencia. *Esa-Ella* no pospone, implacablemente espera el tiempo que sea necesario.

Nunca ha existido culpa sin castigo. Porque en la vida, así como se refleja el valor verdadero de la naturaleza humana, en toda su grandiosidad y en su inmensa repugnancia, nada pasa inadvertido para aquellas presencias universales.

«*Señor lector*», para ellas, no son comparaciones fuera de lugar, sino que son deliberaciones, aquello que queda entre la vida y la muerte de cada individuo.

Capítulo 79

Mi Nombre

Al unísono, cientos de roedores y perros callejeros, huyen cuesta arriba. Hacia los cerros de Aviva, saben, presienten. Desde la ensenada y en el roquedal, dos metros separan a los gemelos. Están detenidos, esperan. La mujer desnuda, por primera vez, siente el viento en su cara libre, en su piel, en su cabello cano, ella, inmensamente, respira para que sus pulmones liberen los años de vejación. Están solos, siempre lo han estado, las cenizas han cesado de caer.

Por un breve momento, los tres pares de manos, aquellas que han escrito esta saga, con algo de ternura y lástima más que nada, a IRA le entregan un ínfimo espacio de tiempo, perfecto y natural. Se lo deben, por aquella vida justificada, de dolor, de sufrimiento, de olvido. Colmada de lo más aberrante que el ser humano puede producir, donde la mezquindad merodea sin límites, ella, había nacido para sufrir, para ser de su alma un martirio en desolación y un detonante mortal.

Ella, odiaba tanto o más que su propia madre, la diferencia residía, en IRA, el sentimiento de aversión era verdadero. Su energía, se había hecho una llaga, abierta, pulsarte y dolorosa. Después de dos horas de vida, aquel ser humano, robado e inerme, había comenzado a preparar el camino de destrucción que se aproximaba a pasos gigantes.

Los tres seres rebosantes de todo, se lo debían. Las aguas del mar, enfrente de ellos, como un manto de vergüenza, que ha sido purificado, dejan ver, el firmamento y el azul profundo de ese mar que ha estado esperando a esos dos seres prodigiosos. Que por cincuenta y dos años acumuló el brillo de vida, como en un acto de redención, una luz refulgente se extiende, plana y enroscada sobre las crestas de las olas, deja que aquella mujer, momentáneamente, se llene de una paz esperada.

Kaspar Sabacio, está junto a ella, son idénticos y distintos, una tarea destructiva los une. Ella, continúa enroscada, hinchada de odio, no se miran, no pueden cruzar sus miradas. En un susurro esperado, Kaspar Sabacio dice a su hermana.

—Madre pensó en ti antes de morir… musito tu nombre.

Sus ojos han detenido el rojo del odio que los inyectan. Ella escucha calladamente, desea saber, el cristal húmedo de la tristeza, han comenzado a cubrir sus ojos, el negro en ellos, asemejan la oscuridad del universo profundo, donde billones de cuerpos celestiales fulguran, calladamente esperan.

—Quiero saber , —una rota y nunca escuchada voz de una mujer olvidada, mostró por fin su emoción humana.

Acercando su rostro por sobre el hombro desnudo de ella, Kaspar Sabacio dice —: Mi Paloma.

En aquel instante, programada por un boleto de ida, a sus pies, una ola descomunal enviada por el océano vivo que los había estado esperando por una eternidad humana, explota en las rocas. Golpeando sus pieles, sus venas y así, libró sus almas de sus cuerpos.

Aquel hombre y aquella mujer, en una sincronización infinita, ambos seres, desunen sus todos, por si solos, producen el disgregamiento de la materia de sus cuerpos. Sus almas no existen, han retornado a sus formas y energías trascendentales. Han vuelto a la memoria de los mares, a las historias sumadas de los riachuelos, a los regatos de vidas de la humanidad. Forman el torrente definitivo, llevan las reminiscencias al océano que no olvida.

A un tiempo, aquellos cinco árboles atávicos, que hicieron que Leonor se enamorase, comienzan a caer en un estruendo culminante. Con ellos, HADO 1 y el umbral dimensional, todo se va cuesta abajo.

No había razón para que la roca continuase existiendo, aquellas huellas de los Nonrsmann y los Sabacios, se han convertido en nada.

En el viento, zozobrando quedó la memoria viva de Kaspar Sabacio de aquello que había sido vivido. Solamente, hacia el horizonte, un suave aroma a tomillo era arrastrado, quedando incrustado en el sueño de un retorno. En el aire, acababa una memoria solitaria y ajena. Nadie tendría recolección de aquella piel, de aquel sentir, de ese aliento, suave y tierno.

Kaspar Sabacio nunca existió.

Capítulo 80

El Habitáculo Del Maestro

En el planeta, los medios de comunicación, están detenidos. En el habitáculo espacial, Manón Armistead se encuentra sola, ignora sobre aquellos millones de vidas extinguidas. Por primera vez en dos semanas, la gran nube, ha cedido.

Lentamente, ayudada por la ingravidez, Manón se acerca hacia la ventana de bahía del habitáculo. Su cuerpo, levita más allá de las nubes vainillas y la luz única. Su ser es un pedúnculo, atado a la vida de un maestro. A través de esa ventana, su percepción, recibe una respuesta, proveniente de una pregunta, de una vida pasada. Es más lógica que a la ilusión de una ilusión, es una verdad doliente.

La visión del mundo, ha cambiado. Las manos de Manón han soltado el libro, está abierto, flota en la nada. Ante ella, comienza a emanar aquella fotografía perdida, no la percibe. Manón y aquella imagen volátil, son testigos del impacto de aquella revelación. En su mundo de silencio. Manón escucha su respiración entrecortada. Precipitadamente, ante ella, una realidad, se ha instalado en otra.

Una voz más allá de la oscuridad, del espacio infinito, dice—: «*No hay marcha atrás*».

Desde su puesto de comunicación, el pánico recorre su mente. Sus dedos temblorosos escriben en el teclado. Simultáneamente, envía un mensaje a todos los continentes. El mundo ha cambiado. Ante los ojos de Manón, aparece la imagen de un grabado surrealista y espeluznante. El mapa del planeta Tierra ahora es mundo extraño.

—Desde el pacífico, -17.707356, -71.381887 hasta -16.402835, -68.906326 en Bolivia, la tierra, NO Existe.

—Entre, Washington D. C., 38.911844, -77.036808 y 29.788309, -83.586601 en Fish Creek, extendiéndose hasta 32.897075, -86.715797 en Alabama, la tierra, NO Existe.

—Desde Ostia 41.729332, 12.276233 hasta 41.996835, 12.802349 en Tívoli, la tierra, NO Existe.

—Entre Netanya 32.322214, 34849502 y 31.862283, 35.461857 en Jericó, extendiéndose hasta 29.549814, 34.954023 en Eilat, la tierra, NO Existe.

—Entre Yeda en el mar Rojo 21.4841125, 39.177537 y 26.046834, 56.158956 en Ras al-Jaima, extendiéndose hasta 17.008158, 54.096713 en el mar Arábico, la tierra, NO Existe.

—Desde Bushehr 28.924441, 50.821490 a 25°1507.1 N 119°2152.3 hasta 25.615998, 118.989409 en Putian.

—NO Existen. NO Existen.

—Todo está cubierto de agua. La Franja de Gaza Yemen, Omán, partes de Irán, Pakistán, la India, Bangladés, Lagos y la China son… Islas.

—El Dorsal Atlántico, desde Islandia hasta el sur de América Latina, 64 nuevas islas, han emergido a la superficie. Kiribati es una isla grande unida al asentamiento de Napari. Nueva Zelanda, Fiyi, Nueva Caledonia son una masa de tierra enorme. Prácticamente tocan el continente australiano.

—Fin del comunicado.

* * * * *

Manón, mandará el mensaje, sus coordenadas deben ser seguras y ciertas, su mente, no puede asumir lo visto. Manón ha tomado una fotografía del nuevo mundo. En aquel momento es ella la que desconoce. Cada país, sin excepción, las torcas se han tragado todo edificio religioso. La fe, al igual que aquellas trece divinidades humanas, ninguna, se han salvado. La tierra llevará por siempre, las cicatrices después de una epidemia. Aquellos agujeros serán recordatorios del sometimiento humano.

Como un ser foráneo, la tierra y Alondra, se regenerarán, no dejaran de reproducirse, en este mundo, continuaran caminando, observando. Ella, la majestuosa, después de una historia fantasmagórica y apabullante, supone un acto de desintoxicación. Ya no es un acto de ensueño, e inmaterial, la vida se autocorrige por si sola, haciendo de ella una realidad extravagante.

Capítulo 81

El Después

Ocurrirá el 11 de septiembre, un lunes. El ruido desgarrador de millones de voces apagadas por el terremoto quedará atrás, incrustado en el planeta. Las manos de la creación agarrarán las bisagras de la energía de la tierra, creando así grandes torceduras, deformándola y liberándola. Con su momento, la inercia, la corteza terrestre será sometida como un eje. Ocurrirá a través del punto dicho de Alondra.

Esa tos liberada por Alondra antes de morir sería la otra ola de destrucción. Sin ninguna deliberación, mataría, convirtiendo el futuro de este mundo en una realidad implantada. Al igual que aquella corona dada por Alondra en los últimos momentos de su vida, el acto de la madre perturbadora convertiría la acción en una esfera de destrucción biológica. Destruiría a casi todos los seres humanos, sin importar la raza, la edad o el sexo. Todos sufrirían por igual la amenaza existencial. Nada sería como antes.

Los tres pares de manos habían reescrito la forma de vida. Estaba dando a la naturaleza un alivio necesario.
Estaba silenciando al mundo de sus creencias. —No del todo, aún no. A través de la desolación, llevará tiempo.

* * * * *

Mariana Jung tomará múltiples fechas de especímenes orgánicos de esos once componentes. Con los fragmentos originados en mentes reales y humanas; no habrá dudas. Son reales. Separados por milenios y siglos, hablan del conjunto, único y unido a la esfera de la vida. Tienen la misma precedencia y traen consigo importancia y valores.

Los ciudadanos encajarán sin excepciones. Las fronteras serán una mera línea dibujada en el mapa del olvido. En este universo viven unidos en la flora y la fauna a los elementos. Junto con el sol y la luna, son una totalidad, sujeta al tiempo.

Esa era la voluntad, esa era la verdad que se había ignorado.

La humanidad comprenderá y aprenderá de ese mensaje único. No será una utopía, ni una catarsis, no habrá falsos argumentos de razonamiento, ni teocracias. Será un despertar a la comprensión, a la conciencia del derecho a vivir.

Los cambios no serán inmediatos, las posturas y los valores persistirán, pero sin llegar a cuajar, desvaneciéndose bajo el peso de la verdad. La transformación vendrá de ambos géneros, no débiles ni fuertes. Del mismo modo, no esperarán recibir la sabiduría divina. La búsqueda de sus propias percepciones irá más allá de los caprichos, los dogmas y los fanatismos. Las mentes proclives seguirán existiendo junto a los acontecimientos pérfidos y malvados. Pero la razón humana no se rendirá.

Del entendimiento, del pensamiento, pasarán al conocimiento. Marcadores de sangre marcan el libro de la historia. Aprenderán de ella. La prevalencia de los humanos irá más allá de su egoísmo porque las *Nornas* habían vuelto a escribir el preludio humano, sin la creación divina, no habrá final.

Capítulo 82

El Vacío

Uno por uno, entre años y décadas, entre cuevas longitudinales y desconocidas, desiertos olvidados, selvas y meridianos. Resguardados ante el paso del tiempo. Por veintiséis años. Kaspar Sabacio, los fue encontrando. Hasta llegar a una última parte, la lámina perfecta.

Un capricho, esperaba junto al cráneo de un maestro aragonés.

¿Cómo?

Esa-Ella, había estado allí, antes, durante y después que ellos hubiesen sido creados. Sin embargo, aquel viaje extendido, es la crónica de una segunda urdimbre, que yo, no relataré, ni mi Amelia tejera.

Amelia Grover, fue la ejecutante de una historia, un secreto lleno de elementos enigmáticos, ante todo inescrutable. Sus ojos vieron la historia de una familia distinta y única. Creada en el balcón de la creación misma y así, tres energías trascendentales, naciesen de piel, sangre y cambiasen al mundo. Aun así, el tapiz, está incompleto. El tejido, para el resto del mundo, no será más que unas manchas, sin formas y confusa, creadas por una mente febril. Tienen un propósito. La historia debe permanecer oculta. Mi final, para usted la presencia y testigo de mi condena, con el tiempo, ocurrirá lo mismo.

Solo seré una memoria de una memoria olvidada y añeja.

Aún débil, estas palabras me abrigan. Invadidas de protección, cubren mi desventaja, antes del final, tengo frío, ¿cómo puedo?, ¡soy inmaterial!

No alcanzaré a cumplir la mitad de mi vida. Septiembre no vendrá y el mundo ha cambiado. Mi mujer extraordinaria no lo sabe. Hace cinco años yo, su memoria ulterior, me he ido perdiendo en las emanaciones nebulares del extravío. Su familia, su casa. Están olvidadas. De aquellos seres difusos en mí, solo quedan el reflejo de su cuerpo avejentado y el recuerdo distante de una gota de leche.

¿Y qué sucederá con las hebras que forman mi urdimbre?, ¿con mi ser?, probablemente, alguien disolverá mi estambre, tejera un manto nuevo y reciclado.

No fui un ente real, de mí, hasta este punto solo existe un nombre, mi nombre. Para alguien especial yo soy y fui una *Genoveva* única, una grandiosidad, sin mellas y perfecta.

No hay pasividad en mí. Después que me haya ido, no existirá una lápida que pueda retenerme, una memoria o un murmullo folclórico. Al igual que Kaspar Sabacio, no le temo a la muerte, tuve un propósito magistral. Sin detenimientos, lo cumplí, mi historia ha llegado a usted y aquello me entrega satisfacción.

Ambos, él y yo, nunca existimos, mi vida, la de ellas y ellos, son únicamente una fabulación llevada a través del tiempo, envueltas en un aroma a naftalina azucarada.

Me extinguiré pronto, aun así, siento orgullo de mi perfección, que alguna vez fue. Tal vez, si ellas lo permiten, como todo cambia en esta existencia, después de mi final, el nombre perfecto de una *Genoveva* inventada, por alguien pueda ser cincelado en un árbol, donde la corteza pueda retener, mi concepto. Y después de cinco mil años yo, una memoria petrificada pueda continuar existiendo a las puertas del tiempo.

Esa será mi magia duradera.

Mi final me da derecho de sentir arrogancia. Puedo decir. Esta historia fantástica ha ido más allá de lo absurdo. Aunque no estuve allí, ahora puedo entender. La integridad del entero de este cosmos. Incondicionalmente, TODO está hecho de una sola hebra sin fin, en ello, no hay duda.

Aquel es el secreto que más me reconforta y se apega a mí. Todos somos uno y una historia única contada en trillones de partes que nunca dejan de repetirse.

Los eventos de su realidad mágica, los hechos de aquellas vidas, una y otra vez, nacidas y muertas. Sucedieron hace mucho o tal vez no han ocurrido todavía. Aun así, serán, como habían sido anunciados, en ello usted no tenga duda. Lo sé por una revelación.

¿Cómo?

A través de la extensiva carta de Agripina Romana, las historias de aquellas vidas atadas a la gran roca magnífica me fueron dadas. Pero aquellos eventos destructivos que cambiaran el mundo y a las personas que lo habitan yo no los viví y en los cuales no estaré presente.

Ellos, llegaron a mí, por la boca inocente de Kaspar Sabacio. Aquel sesgo revelador hace muchos años y a través de mi niña excepcional, entraron en mí. Aquella vez que los labios infantiles de Kaspar, se nutrieron a través de la única teta que la madre de Amelia Grover tuvo.

Capítulo 83

Después del Olvido

En el lado más lejano; Genoveva sin retorno se ha despedido. Ella y yo nos iremos para siempre; cuento este fin y mi existencia eterna. La gran cuadra ha quedado en silencio. En el interior del cajón, junto al tapiz colosal, allí, ha quedado el último vestigio, la carta completa. De la nada; aquel viento valedor y la efímera opalescente, han salido, se introducen, levantando las hojas sueltas, revolviéndolas junto a los últimos residuos de aquella memoria espléndida. En un remolino, más allá del escarpe, las lleva, vuelven aquel mar que no olvida nunca. Dejando en mí, los designios de cada cual, que me hacen fundamental. Haciéndome trascendente.

Desde origen y más allá, entre el principio imperativo y fin, existo. Soy el movimiento perenne. La ley y retribución en los efectos después de las causas.

* * * * *

Antes de que el parpadeo de tus ojos se complete. Y las sílabas, por tu boca se pronuncien o precedan al engrosamiento de una sola consonante y formen esa única palabra, la única, la acción, el tiempo inmemorial.

Sea lo justo o lo perverso, siempre llamará mi nombre.

Tarde o temprano, cuando tu vida termine. Antes del desenlace de tu voluntad y la trama de todo se repita. Tantas veces como sea necesario.

Estaré detrás de ti, llevándote lo dado y lo no tan olvidado, eternamente.

Tú que lees, tú, mi inequívoco y momentáneo observador y todos los demás, eres y son perpetuamente los rehenes de vuestros propios pasados.

Este presente, este ahora es la coordenada absoluta que me lleva a tu futuro que me espera por siempre, no olvido.

Separado por un yoctosegundo de justicia o premio.

«Yo soy Esa-Ella, yo soy y seré tu Karma».

Fin

Dedicado a Peter, Gabi, Emilio y Flora.

Carlos Higgi-Naumann nació en Chile en 1967, desde temprana edad se dejó llevar en la lectura de Edgar Allan Poe, Dickens y las Bronte. Carlos, primeramente, fue influido por el realismo mágico de Kafka, para más tarde admirar la escritura de Umberto Eco.

Después de graduarse en las artes gráficas, Carlos Higgi-Naumann emigró a Australia en 1994, para continuar con sus estudios en la universidad RMIT, Carlos viajó extensivamente a largo de su nuevo país. Por los últimos 16 años, Carlos ha trabajado en la industria de la aviación, llevándolo a recorrer muchos países, que le ayudaron a llenar su mente de ideas.

En el año 2011, Carlos Higgi-Naumann comenzó con un proyecto, que venía arrastrando en su piel, primeramente, en forma callada, para luego explotar en las páginas de un borrador. Fue así como comenzó con el relato de una familia muy peculiar, en una ciudad ficticia llamada "Aviva", basada en su viejo y querido Valparaíso.

Le ha tomado 9 años concluir su primera obra.

www.ingramcontent.com/pod-product-compliance
Lightning Source LLC
Chambersburg PA
CBHW020543120726
47903CB00001B/107